"我爱你，怀今
我比以前任何时候都爱你。
以前总觉得你是我的遗憾
现在才发现，其实你才是我的起点与终点。"

何建绳
2023.8
To: 程家冰×怀今

魅丽文化　桃天工作室

何缱绻——

著

长江出版社
CHANGJIANG PRESS

图书在版编目（CIP）数据

痴缠／何缱绻著 . — 武汉 ：长江出版社 ,2023.10
ISBN 978-7-5492-9127-4

Ⅰ．①痴… Ⅱ．①何… Ⅲ．①长篇小说－中国－当代
Ⅳ．① I247.5

中国国家版本馆 CIP 数据核字（2023）第 180927 号

痴缠／何缱绻 著
CHICHAN

出　　版	长江出版社
	（武汉市解放大道 1863 号）
出版统筹	曾英姿
选题策划	刘思月　戴　铮
市场发行	长江出版社发行部
网　　址	http://www.cjpress.com.cn
责任编辑	张艳艳
印　　刷	湖南天闻新华印务有限公司
版　　次	2023 年 10 月第 1 版
印　　次	2023 年 10 月第 1 次印刷
开　　本	880mm×1230mm　1/32
印　　张	11
字　　数	327 千字
书　　号	ISBN　978-7-5492-9127-4
定　　价	46.80 元

目　录
CONTENTS

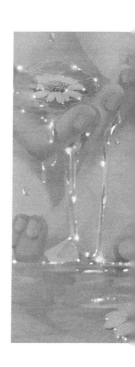

目 录
CONTENTS

第一章

❂
◗

长
刺
玫
瑰

怀兮靠着沙发卡座，半支着脑袋望向窗外，有些昏昏欲睡。

白天外滩下了场冷雨，天色近晚，黄浦江面浓雾未散。

一艘小型游艇随着浩荡的江流飘荡，与江对岸簇拥在一起抱团取暖的林立高楼相比，显出几分形单影只的寂寥。

尹治推来一杯咖啡，在她对面坐下："怎么都快睡着了？"

怀兮的注意力还在窗外，过了片刻稍清醒了些，拿起手机看时间。

傍晚六点半，不早不晚。在这儿干坐了一下午，无所事事也难免疲倦。她耷拉着眼皮，有气无力地应了一声："嗯。"

蒋燃的微信消息还停留在一小时之前："来沪城了？怎么没跟我说？"

"你晚上应该没什么事吧？"

咖啡杯里小勺"叮叮当当"地响，尹治一边搅动，一边观察怀兮。

怀兮眼眉低垂，一副与平日大相径庭的恬静模样。她在屏幕上打字回消息，头也没抬道："有事。"

她的头发比上次见面更短了，发梢打了卷儿拂在脸际，这样刚刚好。

"蒋燃也回沪城了？"尹治甩了甩手里的工牌，"《JL》执行副主编"的字样一圈圈儿地转，"我听说，他们车队都回来了，今天在嘉定区赛车场跟 Hunter（猎人）打练习赛呢——你才到沪城，还没来得及跟他见面吧？"

怀兮没说话。

尹治又半开玩笑地说道："今天试镜没结束你就得一直待在我这儿，我听说他管你管得很严，他知道了不会吃醋吧？"

怀兮的手顿在屏幕上，眼角一扬，看着他笑："你还知道什么了？"

"我还知道，今天是你的生日。"尹治跷起一条腿，吊儿郎当地说，"怎么，晚上你们有安排？"

"难为你这个前男友当得这么称职，前女友的生日都记这么清楚。"怀兮收起笑容，幽幽地收回视线，继续打字，"少打听我的事。"

她回复蒋燃："晚点打电话给你。"

空调开得足，有点热了。

怀兮抬手，在脖颈附近漫不经心地扇起了风。十指一圈儿精致漂亮的猫眼绿，色泽美丽，高调又扎眼。

"什么叫打听你的事啊。"尹治不满地撇嘴。

她懒懒地回眸。

"晚上找个地方给你过生日吧，怎么样？叫上你的蒋燃，再叫几个我的朋友——哦，对了，你有朋友在沪城吗？一起来吧。"

"算了吧，"怀兮抚了抚左耳的流苏耳坠，淡淡地说道，"没必要。"

"怎么就没必要了？"尹治笑道，"生日一年不就过一次？你想的话，我现在就安排，地方你挑，包你满意。"

怀兮微微偏着头，侧脸迎上光。她口红色泽偏暗，面容清透瓷白，一双眼明亮清澈，左眼下生了颗泪痣，像朱砂。

她靠着沙发，足尖上一只当季限量款的红底高跟鞋摇摇欲坠，暗色海洋的蓝绒面，鞋跟点缀着一圈渐变的银灰细钻，很漂亮。

"真要给我过生日？"

"是啊。"

怀兮手指绕起了耳侧的发，笑道："可是，你给前女友过生日，你现女友知道吗？"

"呃……"

光线昏暗，尹治一时分不清，她嘴角的那一点笑，是有或是无。

他看着怀兮。

怀兮也看着他，神色倦懒。

和以前几乎一模一样的表情。从来是她玩儿腻了就拜拜，此后在她眼中再看不到半点兴味与波澜。

够无情的。

摄影棚前人群散去，只剩零星几个，星斗渐渐爬上夜空，天色不早了。

这时有人出来，喊："怀兮在吗？该准备了！"

尹治想说什么，一抬头，怀兮已经从沙发上款款起身。

"而且，你晚上给我过生日，我该怎么跟我男朋友介绍你？你认识他，可他不认识你。"她拢好肩头的大衣，依然开玩笑似的说，"难道我要说，是有人想吃回头草了吗？"

"呃……"

她睨着他笑，嘴巴一张一合："你说，是谁啊？"

尹治愣住了。她轻慢地收回目光，走向摄影棚。

她足有一米七二，踩着一双十厘米的高跟鞋，背影纤细单薄，身姿曼妙，高挑又出众。

《JL》是国内准一线的时尚刊物，怀兮是尹治推荐来试镜的。

化妆室中等待试镜的模特大多来自她前经纪公司 ESSE（爱喜），有几个眼熟的前后辈，还能不尴不尬地和她打一声招呼。

怀兮一年前与 ESSE 解约时闹得很不愉快，ESSE 在秀场话语权重，离开公司这一年她没团队，又没靠山，几乎无秀可走，在国外混了一趟，始终不温不火，又辗转回国来讨生活。

关于她为何解约，这么久以来也众说纷纭。她进来前人们就议论纷纷，这会儿偶尔入耳一二她也不在意，大大方方地找了处地方，换了衣服补好妆，就去了摄影棚。

拍摄快开始了，不知哪儿来的造型师，不由分说地在怀兮脑袋上套了顶长假发，毫无审美可言。怀兮留惯了短发，这里没有自己信任的造型团队，突然被这么对待，差点儿翻脸。

时间不等人，本期风格主打张扬性感。一袭大胆的葡萄紫薄纱透视裙加身，快门一开，无人提醒，她的情绪就必须完全摆正，毫不避怯地带动轻纱，跟随镜头尽情地展示自己。

在场男性居多，纷纷驻足，方才议论她的那些声音也围拢了过来。

没有人能从她身上移开目光。

怀兮气质好，长相灵动明艳，发型如何，其实真不影响。

多年从业生涯，她保持着良好的健身习惯，人虽然瘦，却不干瘪，该长肉的地方也一点儿不少——除了花钱如流水和跟男人谈恋爱，她在其他方面算是个非常自律的人。

她也比任何人都清楚，什么姿态能让自己的身体更迷人，哪个角度最完美，能与摄影师配合得天衣无缝，甚至还撒野一般地摘了那顶画蛇添足的假发，一旁的造型师气得跳脚，摄影师却抓住这一刻快门如飞，全程下来几乎没有一张废片。

有人不禁感叹，果然是在国际秀场厮杀过一番的模特，表现力顶尖，不愧对知名模特经纪公司 ESSE 的栽培。

得益于 ESSE 的力捧，怀兮的简历与试镜堪称完美，但称赞的话总是到此为止，毕竟她这一刻沦落到需要与资历低她不少的同行竞争，也实在惹人唏嘘。

最后一张定格在她的背影。

昏暗的光线下，她如匿在密林深处的伶俐小兽，微微侧过脸来，面对那些捕风捉影的流言，神态傲慢，目光透出十足的挑衅。

短发缭绕，一张脸简直漂亮得尖锐。

她的腰窝以下还文了一株长刺玫瑰。

只有三分之二，像是未完成，又像是，与谁是一对。

晚上九点，试镜结束。

怀兮又回到休息厅，手机上有几通蒋燃的未接来电。

她还得留在这儿等结果，人已经困了，就没给他回电话，只将自己甩入沙发闭目养神。

过了一会儿，有人拍她的肩。

一睁眼，几张轻飘飘的纸落在她面前。

尹治还因为刚才那事儿记仇，皮笑肉不笑地说："签了吧，大小姐。回去休息两天，下周一来拍摄。这次所有的镜头都是外景，拍好了上封面，拍得烂了也别怪我没给你这次机会。"

"你给我的机会？"怀兮不以为然地笑了，拿起那份拍摄合约，借着光一页页地翻起来，"你给我开后门了？"

尹治牙痒痒地回敬道："不好意思，我不是很想给前女友行方便，免得谁误会了。"

"哦，这样最好。"

"这次项目的确是我姐让我负责，摄影师执意要你，当然，也算是给了我一个面子——不过你别说，大家对你真特别满意，你当初干吗从 ESSE 走了啊？"

尹治继续喋喋不休："你这次呢，要合作的可是个赛车手，跟蒋燃一样，还是前阵子拿了欧洲春季赛冠军的那个 Hunter 的副队长。Hunter 你听过吗——Neptune（海王星）最近不是在跟他们打练习赛吗？我估计蒋燃也认识，他叫程……"

"程宴北。"

白纸黑字，端正的三个宋体字。

怀兮接着尹治的话，一字一顿地念出来。

尹治一愣，眉开眼笑地问："你认识啊？"

"不认识。"怀兮将合约放回桌面，拿包起身，"我不拍了，回见。"

白色的保时捷在高架上开得飞快。

黎佳音透过后视镜，看了一眼后座刷手机的怀兮。从晚饭到这一刻，她异常安静。

"你来沪城也不提前跟我说一声。喏，"黎佳音拿起副驾驶座一个包装精致的盒子，晃了晃，"礼物都是我匆忙给你准备的，别嫌弃啊。本来给你送了个别的，寄你港城的地址了，结果你又跑来沪城——早知你要来这儿，我就不出差了，晚上去我家给你过生日得了。"

怀兮跟着几个搞笑视频笑了一会儿，眼泪都快笑出来，刚才靠着车窗抽了根烟，这会儿声音泛着哑："我要是这么晚去你家，你男朋友没意见？"

黎佳音一脚油门儿踩下去："哪有他的份儿啊！让他滚去睡酒店，你跟我挤一张床！"

"那怎么行？"

"怎么不行？"

怀兮又点开朋友圈。

南城七中的校庆快到了，有同学已从五湖四海回到了南城，聚在一起吃饭合影。发福的发福，变丑的变丑，谢顶的迹象也在生活的重压下显山露水，没一个能看的。

她撑着脑袋，跟着想象了一下——也不知道在想什么，又问黎佳音："那你要是带我跑了，我男朋友怎么办？"

"你哪个男朋友？又换了？"黎佳音一时居然想不起怀兮最近交往的这位是何许人，过了半天又恍然道，"哦，那个开赛车的啊？"

"你记性可真不错。"怀兮从鼻子里出气。

"能怪我吗？每次都是这个还没见到，下次又换一个。"黎佳音"哼"了一声，"这不马上要把你送他那儿去吗？他人在哪儿呢？给我见见？"

"不是说了吗？盛海酒店。"

"酒店？"黎佳音的反应总是慢半拍，"他家不是沪城的？"

"在港城啊，你记成谁了？"怀兮有点儿烦躁。这一天累得没精神，她只想回酒店好好地睡一觉，不由得催促道，"赶紧吧，你还赶得上飞机吗？这么晚了非要出来见我一面。"

"那不是要给你送生日礼物吗？怎么着你来沪城我也得请你吃个饭啊。"黎佳音加快了车速，神秘一笑，"哦，对了，我们公司出了款新品，我给你拿了一套，晚上你们试试？"

"什么啊？"怀兮有气无力地问。

"情趣内衣啊。"

"呃……"

"我很体贴的，还送了眼罩。"

自从去年黎佳音就职于某小奢内衣品牌公司，无论是逢年过节，还是只是简单地庆祝姐妹来个大姨妈，各种样式作为礼物的内衣，怀兮就没少收到过。

直到下车，黎佳音还跟她挤眉弄眼："小别胜新婚，姐妹！"

怀兮拉着行李箱去酒店前台拿了房卡上楼，一路循着房号找房间。

酒店走廊特意设计成波浪形，两侧挂满色泽鲜艳的西洋油画，不知是偷食禁果的夏娃、亚当，还是互相依偎的撒旦与美神，一路绕过去，看得人眼晕。

开了门，习惯性插卡取电。怀兮发现房间最里居然亮着灯。

取电槽中已经插了张房卡。

依稀能听到浴室里淅淅沥沥的水声。

蒋燃回来了吗？

怀兮从《JL》出来就很晚了，又跟黎佳音吃了晚饭，从外滩到这儿怎么也得一个多小时，不知不觉已经十一点半了。想想蒋燃那儿也该结束了。

疲倦与酒精的共同作用下，怀兮踢掉高跟鞋，把自个儿扔上床。绵软的床垫在身下起伏，如浪潮拍打着她，令她一时有些眩晕。

黎佳音晚饭逼着她喝了点儿烧酒，开始没什么感觉，在曲里拐弯的酒店回廊里穿梭了一趟，这会儿嗅着空气中丝丝缕缕的男士香水味儿，怀兮闭上了眼，不知不觉跌入梦境。

好像还做了个梦。

她梦见八九年前的那个冬天，下了场很大的雪。有人把她的手放到他羽绒服的口袋里，一只带血的手牵住她，走了很长的路。

她已经很久没有梦到这个场景了。

她也很久不喝酒了。

睡得不踏实，不知多久后又睁眼。

浴室中仍水汽蒸腾，床头柜上放了只男士机械手表。表盘一颗水蓝星球，镶着各样齿轮，嵌了圈金属质感很浓的黑边。

是很张扬的款式。

说起来，怀兮从不记得和自己交往的男人爱戴什么手表，不记得他们喜欢穿什么样的衬衫、T恤，平时系什么颜色的领带，喜欢的饭菜的口味都不会留心。

这是蒋燃的吗？

房内灯光昏黄暧昧，推着浓稠的夜色潜行。

这样暧昧的光，反而给夜晚添了丝别样的味道，伴着潮气和水声，如同催情。

机械手表的走针一分一秒地侵蚀耐性，她的目光最终锁定了黎佳音送她的生日礼物。

浴室门开了，水雾弥漫，仿佛世外桃源，能隐约看到男人高大健硕的轮廓。

酒劲儿彻底上头，眼前又有纹路细密的蕾丝遮挡，怀兮脚步虚软了一下，迎上去的一刻，自然地勾住了他的肩，双腿还热情地盘上了他精瘦的腰身。

怀兮吻住他柔软的耳垂，在他耳边呢喃着："喂，有没有想我？"

程宴北被逼着向后退了一大步，女人一身张扬热烈的暗红，纤细的双腿上绑着双蕾丝吊袜，如暗火将他熊熊包围。

他脚下一滑，下意识地扶住她的腰，两人齐齐地撞上了墙。

怀兮闷哼一声，痛感全然被酒精麻痹，几乎分不清这是人间抑或地狱。

只听一道低沉的嗓音在她耳边响起："喂，走错了。"

男人将她禁锢在冰凉的墙面与胸膛之间，如温柔的牢笼。他低沉地呼吸，丝丝冰凉掠过，令她耳根生痒。

听他说走错，怀兮扬起红唇，竟将信将疑地笑了起来。

怀兮看不清他的脸，依稀看到他好像留着寸头，就判定了面前这个男人的长相应该很不错。

一般对自己容貌信心不足的男人，可不会轻易留这种干净利落的圆寸。可偏偏是她最喜欢的那种类型。

晚饭时黎佳音还提醒她，这种烧酒一开始不上头，劲儿全在后面，正好喝了给她和蒋燃晚上助兴。

怀兮这会儿都分不清自己是醉还是醒，又触到他左心口附近的一道疤，那里好像藏了一个大难不死的故事。

她恰恰很喜欢这种有伤疤的男人——有伤疤的人，才是完整的。

酒精作用下，她的兴致更高昂。

"喂。"

男人太高了，声音从她上方落下来，像是想严肃地提醒她什么。

"嘘，"怀兮立即用手指按住了他的唇，将他所有的话全阻在他的嘴边，娇笑着，"别说话。"

程宴北轻轻地皱眉。

怀兮用手指细细地描摹他的唇。

是薄唇。

哦，原来还是那种薄情寡义又狼心狗肺的男人。

也是她的菜。

她的笑声中带着微醺的醉意，语气更暧昧："你居然用'我走错了'这么拙劣的理由——你是跟谁学的，嗯？"

程宴北不说话。

这个误闯入他房间的女人有一张精致小巧的脸，藏在黑色蕾丝眼罩下，几缕发丝儿掠过红唇，吊袜的边沿仿佛跟着她这般乖张的行迹生出根根小刺，飘拂在他的腰间。

他一尝试放开她，她就攀得更紧。

好像认定了他就是她今晚要见的人。

"不回答我？那，你想不想我？"怀兮娇嗔地嘟唇，"我们都这么久没见面了，想不想我？"

"想不想我，嗯？"

"你不好意思说啊？害羞？"见他沉默，她又撒起娇，"你不想说花言巧语是不是？那就直接带我去你床上啊。"

程宴北这才低笑一声，嘲讽地说："你还不知道我是谁，就要上我的床？"

"你怎么知道我不知道你是谁？"怀兮同他绕了起来，以为他偏要跟她玩这种扮演陌生人的游戏，了然一笑，"我才不管你是谁呢。"

怀兮的力气不小，将程宴北向床边推搡，双腿钳住他，拉扯间程宴北绊到了她踢在床边的高跟鞋，一个趔趄，同她一齐栽了下去。

床垫带着他们起伏，她撞入他的怀中，又是叫又是笑的，放开了撒欢儿。

程宴北手臂在她身体两侧撑住，勉强才没摔下去。

她难缠得要命，涂着猫眼绿的指甲顺着他胸口的疤痕游弋下滑，钩住他的浴巾边沿，跃跃欲试地在他耳边吐着气："你如果真不想我，何必这么早回来，还用'走错了'这种借口？你——"

"你再往下，"程宴北终于冷淡地出声，视线跟随她的手下沉，警告道，"我就要报警了。"

没等怀兮从迟钝的醉意中反应过来，程宴北甩开她起身。

怀兮猝不及防地被甩回床上，下意识地伸长腿，脚尖下意识地一勾，钩到了他围在腰间的浴巾。

程宴北腰间一凉："呃……"

整个沪城的冷空气仿佛都灌入了他身下。

怀兮得逞，脚一抬，钩开他一大半的浴巾，恶作剧一样，挑到另一头。

她人还安安稳稳地躺在床上，玩着脸侧的头发，隔了层眼罩，以一种审视的目光将他上上下下地打量起来。

半是挑衅，半是引诱，还略带欣赏。

程宴北拧起眉，用剩下的浴巾掩住自己，伸出另一条手臂去抢她钩走的大半浴巾。

怀兮以为他有意挑逗，手腿并用死死地压着，虽看不清，但想到他遮着一半，就更有劲头。

玩儿野了。

怀兮的力气终究敌不过程宴北，没有几下，整条浴巾便被他轻而易举地拽走。

她跟着那力量侧身，察觉到他沉默的愠怒，娇笑道："你干什么啊？不会温柔点吗？"

程宴北冷冷地觑了她几眼，系好浴巾，转身摸到桌子上的烟。

他敲了一根出来，咬在唇边，拿起手机。

半天没了下文，怀兮循着他的方向，好笑地问："怎么不玩了？"

程宴北坐到窗边的沙发椅上，垂眸说道："打个电话。"

"给谁？"

"报警。"

"你报什么警？"她又笑，"你身材这么好，公然勾引我，我还没报警呢。"

"正好附近扫黄，我打 110。"他平静了不少，语气冷淡。

滚石打火机的火星一闪，火苗蹿起，照亮男人的侧脸与淡漠的眉眼。

怀兮以为程宴北又在跟她开玩笑，像猫儿一样，双腿交绕夹住一侧的薄被，展示出曼妙的身形，与这般夜晚不谋而合。

"讨厌，我都困了。"

程宴北含了半口烟，等电话拨出，才徐徐地吐出，嗓音低哑："那你今晚可以在派出所睡个好觉。"

话音未落，她后腰一道文身，落入了他的眼中。

一株只文了三分之二的长刺玫瑰，野蛮生长，肆意妖娆。

烟雾跟随他的目光凝在半空。

"一个巴掌拍不响，扫黄怎么只扫我一个人？"她又转回来，朝着他的方向，"好不公平。"

光线洒在她脸上，她的下巴小巧尖俏，右颊有一个浅浅的梨涡。

后腰的文身也看得更清晰了。

110 接通，手机里传来一道温和的女声："您好，静安路派出所，请问有什么需要帮……"

没等对方说完，程宴北就将电话挂断。

通话界面闪烁两下跳回桌面，映出他唇上的一点猩红。

"你挂了干什么？"怀兮听到了，轻哼一声，道，"打电话啊，让警察把你一起抓走，好不好？"

他半天不说话，怀兮愈发觉得没劲。困倦侵扰，赶走酒意，她翻身要睡到床另一边，忽然察觉到他的靠近。

接着，一个力道将她的肩膀扳了过去。

眼罩被一只骨节分明的手从下挑开。

光线一瞬异常刺目。

一张棱角分明的脸，渐渐地浮现在她的眼前，越来越清晰。

已经很多年未见。

男人留着干净利落的圆寸。单眼皮轮廓狭长，瞳孔黢黑，鼻梁高挺，眉峰凌厉。左眉隐隐一道疤痕。不仔细看，会以为他是天生的断眉。

怀兮记得程宴北对她讲过这道疤的来历。

她还记得。

程宴北垂眸，静静地与那双熟悉又陌生的眼睛对视片刻。他的目光转而落在她剪短了不少的头发和她眼下的那颗痣上。

他动了动唇，终是无奈地笑了："你到底喝了多少？"

怀兮眯起眼睛。

不知是为了将眼前这张脸打量清楚，还是在思考自己应该怎么回答他的问题。

他们好像连寒暄都省了——他们之间本就不需要这种东西，甚至连见面都不需要。

怀兮甩开他的手，将眼罩又拉下去："关你屁事。"

怀兮起身的动作过猛，加之残余的酒精作用，眩晕感如浪头袭来，差点儿将她又打回床面。

程宴北还维持着单膝跪在床边的姿势，她已经长腿一迈，带起一阵轻柔的小风，迅速奔下了床。

他于是跟着站直。

怀兮拿起大衣直接套在身上，遮住通体没几块儿布料的身体，拎着歪倒在地上，刚将他和她一齐绊到床上的高跟鞋，光着脚，阔步往门边走。

头也没回。

程宴北抱着手臂倚着桌沿，看她一气呵成做完这些，在她即将开门出去前，淡淡地出声："酒醒了？"

行李箱轮子摩擦地面的声音戛然而止。

怀兮回头。

程宴北疏懒地抬眸，迎着她的视线："你就这么出去？"

"呃……"

怀兮将程宴北这口气当成嘲讽与挑衅，一股无名火不由得从心底烧起。

她把蕾丝眼罩推上去，一簇刘海支棱起来，与她的心情一样凌乱糟糕，俏丽的脸蛋上隐隐透着薄怒，泪痣如同深埋的火种。

"你想说什么？"

程宴北嘴角牵起弧度，示意她空荡荡的大衣："你不多穿点儿？"

怀兮深呼吸，不甘示弱，鄙薄的视线由上到下轻佻地打量着他，好笑地反问："你不多穿点儿？"

隔了段距离，怀兮才看清了他。

男人身形颀长，肩宽腰窄，胸口有一道面积不小的文身，周身只有一条蔽体的浴巾，双腿遒劲修长——她刚才占过便宜的的确是好身材。

那浴巾才被她肆意地玩弄了一通，此时皱褶压着皱褶，藏了个凌乱无措的秘密。

程宴北走到一边，慢条斯理地从烟盒敲出一支烟。

打火机一响，火光映在他单薄的眼皮上，他的神态透出几分漠然："这是我的房间。"

"哦，是吗？"怀兮冷笑，满腔的怒火快要喷涌而出。

程宴北似笑非笑："不然呢？"

气氛还没酝酿浓烈，就已是硝烟弥漫。怀兮最后冷冷地看他一眼，一把拉开房门，拽着行李箱大步离开。

门在身后关闭的同时，她心里跟着骂了句脏话。

从酒店二十七层下去，怀兮打了一万遍蒋燃的电话，来回就只有一个机械女音提醒她稍后再拨。

电梯四面镜墙光洁如新，里面那个和她长相一模一样，同样衣着凌乱的女人好像都在嘲讽她。

怀兮一时无措，放下手机，怔怔地与镜中的女人对视了片刻，然后抬手，用指腹把唇上的口红一点点地擦掉，算是为今晚的狼狈收尾。

一层大堂，怀兮直奔前台，询问一小时之前给她递房卡的前台小姐是否记得她。

娃娃脸的前台小姐点头微笑，问怀兮是否需要什么帮助。怀兮盯着房卡上鲜明的"2732"四个数字，咬咬唇，却不知怎么说。

抬头看了看墙上的挂钟，已经凌晨一点了。

前台小姐这时注意到怀兮大衣下极不正经的装束，公式化的笑容都僵了。怀兮趁她没开口，赶紧把房卡扔在前台，拉着箱子离开了。

出来得匆忙，大衣轻薄，领口太低了，里面穿着什么一目了然。

她怕自己再久留，连酒店的人也叫110来扫黄。

白天才下了冻雨，三月底的沪城，乍暖还寒。

怀兮向不远的地铁口走，打开手机搜索周边的酒店，可还没进去，膝盖就结结实实地撞上了一道铁栅栏，痛得她眼泪都要掉下来。

她真是喝多了，这条线十一点半就停了。

于是她把行李箱放在路边，坐上去，避着寒风点了根烟，继续用手机找酒店。

深夜街头人烟稀少，车辆寥寥。

繁华城市白日一贯的快节奏，在夜幕中渐渐平和，偶有私家车在她脚边停一停，不怀好意的男人降下车窗，吹一声口哨，问她要不要上车。

怀兮不理会，低头自顾自地刷手机，对方觉得她无趣，很快升起车窗，扬长而去。

她最终订了个离这里七八公里远的酒店。

程宴北换好衣服下楼，去马路对面的停车坪取车。

不远处，地铁口前有一道纤细的身影，怀兮穿着那件酒红色的大衣，坐在贝壳白的行李箱上来回张望，在夜幕下艳丽又扎眼。

夜里起了风，凌乱的发在她脸侧肆意飞扬。

比他印象里短了不少。

程宴北只望了一眼，坐入车中，手机响了。

"你到了吗？我怎么没看到你？"立夏语调轻柔，"飞机提前到了，本来我还以为要两点多才能落地。"

程宴北降下一半车窗，不紧不慢地抽着烟："我还没出发。"

隔了层烟雾，街边女人沿路走着，朝来往行车挥手臂。这会儿她突然又蹲在了地上，开始擦起了自己的行李箱。

"还没出发？"立夏听到他的话差点儿晕过去，"这么晚地铁都没了，静安区那么远，你现在还没出发还不如我直接打车过去好了。"

程宴北漫不经心地回应："也可以。"

"也可以？你真要我打车？"

程宴北的目光落在前方，窗外冷空气渗进来。

立夏意识到自己语气不好，缓声说道："算了，你现在过来吧，我等你。"

程宴北看了下时间："过去会很晚，一点半了。"

"嗯？"立夏没明白他的话。

"你考虑好，打车可能更快。"程宴北说。

立夏深呼吸，憋着火："行，我考虑好了，你快点过来。"

怀兮擦完了行李箱。

一道刮痕刻在漂亮的贝壳白上，像是伤疤嵌入肉里，难看又扎眼，是刚从酒店跌跌撞撞地拖行过来时留下的。

她用所有东西都没什么节制，也不注意呵护，都是用旧了就换，坏了、脏了就扔，绝不多留——包括男人，也是腻了就分。

这箱子是她去年在法国谈的一个医生男友托朋友辗转买到，作为生日礼物送给她的。这个限量款很难买到。

她对这箱子喜欢得很，处处爱惜，走到哪儿都带着，可连送箱子的人长什么样都忘了。

箱子都那么多选择，何况男人。

她开始认真地考虑，要不要换一个了。

怀兮坐在箱子上，抬头望着黑沉的天空，牙关一合，就把烟嘴中蓝莓薄荷味儿的爆珠咬破了，清冽的味道充盈在口腔中。

像跟谁接吻时，舌与舌的纠缠，融化掉一整块儿同样味道的硬质糖果。

她又等了一会儿，身后响起一声鸣笛。

怀兮回头，一个四十多岁的中年女司机从车窗里露出一张和善的面孔，操着沪城味儿颇浓的普通话和她打招呼，说看到怀兮一个人站在这儿好久了，送了一趟客人回来，居然还没打到车。

怀兮吸了下鼻子，不知是冻到了还是怎样，居然有些感动。但她一向不是个太容易动容的人，其实想想，不过就是对方想赚钱，她想坐车。

这世上的事就这么简单。

她把行李放入了后备厢，立刻上了车。

一支烟快燃到头，程宴北顺手捻灭。

他视力不错，载着怀兮的那辆出租车消失在街角，他瞟了一眼车牌，系好安全带出发。

越野底盘厚重，如一只兽类跃笼而出，街景迅速后移。

程宴北有条不紊地打了半圈方向，一上高架，任楠就打来了电话，声音火急火燎："喂？哥，你在哪儿呢？"

"路上。"

"去哪儿？"

"虹桥。"

"机场？你这么晚还不回酒店？"任楠说，"酒店的人给我打电话，说你那房现在都没人住。"

"什么？"程宴北没听明白。

"就酒店的人，他们让我问你今晚住不住了？人家客房爆满，你不住就给别人了。"

程宴北笑了笑："兄弟，我刚从酒店出来。"

"啊？你已经住进去了？"

"嗯。"

"盛海酒店？"

"嗯。"

"静安路那家？"

"对。"

"等等，那是怎么回事？人家给我打电话说你根本没住进来啊。"任楠也是满头雾水，"你等等，我看一下。"

欧洲春季赛刚过，Hunter 与 Neptune 两支车队陆续抵达沪城打练习赛。

任楠在俱乐部负责大多数后勤事务，今早替赛事组收了所有队员的身份证统一去酒店登记，下午把房卡一一发放给他们。

不会是……在他这里出问题了吧？

任楠立刻去翻找留存的记录，还不忘狐疑地问程宴北："哥，你确定，你真的住进去了？"

"不然呢？我还洗了澡。"程宴北淡声笑着说。

他将手臂搭在窗边上，车在高架上一路驰骋，夜风拂面，倍感清凉。

任楠听他语气这般轻松，更心急了，找到记录比对两支车队队员的姓名与房号："那你住哪间房？还记得吗？"

"2732。"

"2732吗？"任楠迟疑了一下，"确定吗？"

"不是你给我的房卡吗？"程宴北回忆了一下房卡上的数字，"你可别告诉我是我走错了门。"

任楠突然沉默了。

过了很久，当程宴北心中隐隐泛起不祥的预感时，任楠硬着头皮开口："哥，那个……你好像，还真的走错了。"

程宴北嘴角的笑容凝住。

"你……你住2723……不是2732。"任楠头皮发麻，"2732……不是你的房间，对不起，我……我给错房卡了。"

任楠明显听出电话那头呼吸都重了些，不住地道歉："怪我怪我……我说呢，你下午那么早就回去了，不去酒店能去哪儿啊……我……我现在给酒店打电话，看看能不能给你换回来。"

"呃……"

"哦对，2732原本应该住的是Neptune的蒋燃，他们今天一晚上都在嘉定那边训练，回不去……哥，你和燃哥关系不是不错吗，如果酒店那边不同意，实在不行……实在不行，我就替你跟他说一声，你今晚就先住他的房间好了。"

任楠又一拍脑门，差点儿昏过去："啊，完了！我才想起来，燃哥女朋友今晚要过去，这可怎么办啊……"

程宴北踩了一脚油门，没听完就把电话给挂了。

第二章

午夜飞行

怀兮起床冲了个澡，手机在桌面已振了好几次。

昨夜辗转又回了外滩，凌晨飘了一会儿雨，一早就停了。正午艳阳当头，江面的雾也散了。

"我会都开完了你才起来？怎么，你男朋友不让你起床啊？"

黎佳音一开口就意味深长。她昨夜飞了北城，没好叨扰良宵，这会儿时候不早，怀兮又隔了好久才接电话，难免惹人遐想。

怀兮仰躺在沙发上，潮湿的发垂下来，还滴着水："刚洗澡去了。"

"你俩一起？"

"我一个。"

"你一个？他昨晚折腾你够呛，今天居然让你一个人洗澡？好没风度。"黎佳音开着玩笑，"怎么样？我正好做个市场调研，我们公司新品你和你家那位还满意吗？"

哪壶不开提哪壶，怀兮没好气地吹了吹额前的刘海，咬牙搪塞："挺好的。"

"哦？"

“好到扫黄的警察差点儿把我当搞特殊服务的给抓走了，”怀兮气得牙痒痒，“这还不算好？”

黎佳音被一口咖啡呛到，笑出了声：“真的假的？你们玩儿制服play（游戏）啊？”

怀兮有点烦躁。

她从沙发上起来，去一旁倒水，侧头用肩膀夹着手机，问：“你什么时候回沪城？”

“下周末吧，你能待到我回来吗？”黎佳音说，“对了，你那杂志真不拍了？”

“不拍了。”怀兮答得干脆。

“为什么啊？”黎佳音不解，“《JL》呢，多好的机会。”

怀兮拿起杯子喝水，没说话。

“不是说有机会上封面吗？你说不定能借这次机会打个漂亮的翻身仗，再找个好经纪公司签了，让ESSE那群人睁大狗眼看看，失去你是多么可惜的一件事。”

“没必要，”冰凉的液体入喉，怀兮的嗓音都清澈了些，“我又不是为了他们。”

“那你到底是为什么不拍啊？”黎佳音简直恨铁不成钢，“你一天天花钱大手大脚的，存的钱早快没了吧？还不为自己的未来做打算？”

怀兮自我惯了，就不是个逆来顺受的个性，万事都凭她心情，太任性，决定好的事谁劝也没用。

怀兮去年和ESSE解约后，在模特圈和秀圈沉寂了一年多，好不容易《JL》这么大的机会落她脑袋上，昨晚黎佳音听她说过了试镜还挺高兴，谁知她不拍了。

合约不签，问理由也不说。

“尹治他们《JL》那边怎么说？”黎佳音问，“他们再另找人吗？来得及吗？”

怀兮抬起一条腿搭在一边，向下压了压，活动筋骨：“他说让我再回去考虑考虑。”

“那你考虑吗？”黎佳音抱着最后一丝希望。

"不考虑。"

行吧。

又聊了一会儿别的，怀兮说她昨晚没睡好，准备补觉了。黎佳音听她那劲头儿就跟霜打了似的，赶忙催她去休息了。

北城也开始飘雨。

黎佳音望了望窗，看时间差不多，准备上楼开会。

一同来出差的同事周曼耳朵尖，顺着她刚才电话里的话题提了一嘴："那个，你朋友是模特？去《JL》试镜了？"

黎佳音不喜欢别人偷听自己打电话，勉强微笑："是啊，怎么了？"

"她不拍了？"

"说是不想了，"黎佳音收拾桌面电脑，模棱两可地回答，"不清楚什么原因。"

"哦，那真的挺可惜的。"周曼随她起身，"我听我在《JL》工作的朋友说，这次他们封面的主咖是个冠军车手，世界级的那种，首登国内杂志，《JL》特别重视，这还没拍，预发刊量就加了两百多万册。"

黎佳音想到怀兮现男友也是个赛车手，突然来了兴趣："哪支车队的？"

"就前阵子拿了欧洲春赛冠军的 Hunter。他们现在很火的，你不知道？"

黎佳音大吃一惊。

近几年 Hunter 在各大国际赛场上频频刷新纪录，她平时不怎么关注这类比赛，都对这支车队的名字有所耳闻。

沿扶梯向上，黎佳音拿出手机搜索："他们整支车队都上？"

"那哪儿能啊。当然个人冠军更厉害啊。"周曼笑笑，"内页给车队，封面给冠军。这时候就不能有什么集体意识、团队精神了，一群人上赛场，冠军当然也只能有一个啊。"

"冠军是谁？"

"是他们副队长，挺厉害的。"

黎佳音正好滑到了 Hunter 全员在某项赛事的合影。中间一个身形高颀，穿红白相间赛车服，亚洲面孔的男人引起了她的注意。

周曼侧了下脑袋，正好看到："哦，这个就是。我老公挺喜欢看他比赛。别看人家是开赛车的，很有模特范儿吧？还长得挺帅。"

黎佳音不禁笑了一声："哪种帅？"

周曼答得一本正经："就是让人想跟他谈恋爱的那种帅。"

黎佳音总觉得男人眼熟。

他相貌英朗，留着干净利落的圆寸，剑眉浓黑而英气，是单眼皮，照片上瞥向镜头，嘴角扬着一点儿慵倦笑意，流里流气的，却不令人生厌。

黎佳音继续下滑，看到了这位副队长的大名。

她登时皱起眉。

"你朋友不拍绝对亏了。"周曼说，"再劝劝她呀，多好一个机会。这期《JL》加售那么多册，又是跟世界级的冠军车手一起拍。你朋友不是很火的模特吧，没准儿这次她……"

黎佳音收了手机，叹了口气："没戏。"

两支车队十几辆车竞相飞越弯道，在曲折的赛道中穿梭如电，胶着酣战。

一圈圈下来，程宴北那辆红黑法拉利SF100，与蒋燃银灰色的梅萨德斯W11远远地甩开了后面的人，遥遥领先，几乎不相上下。

程宴北与蒋燃同时受训于国内一流水平的MC赛车俱乐部，蒋燃还是他在港城大学读书时的学长。他们分别代表的两支车队Hunter与Neptune，这些年在赛场也如现在一般争得难分伯仲，是朋友，也是对手。

Neptune比Hunter实战资历多五六年，Hunter作为后起之秀，只用了三年时间就轻松将其超越，程宴北更是以过人资质在赛场一骑绝尘，带领车队几将国际上各项赛事的冠军拿了个大满贯。

MC组织这次练习赛的目的是从Neptune筛选出精兵良将，与Hunter再返国际赛场准备更大、含金量更高的比赛。Neptune近年势头式微，拿不了奖，经费就难投入，俱乐部就把重点放在对Hunter的培养上。

最后一圈，蒋燃的车在漂移时暗暗地提了速度，飞冲向前。全程他就铆足了十二分精神，一圈又一圈，始终死咬着前面的程宴北不放。

程宴北观察了一下他们的距离，轻慢地移回视线迂回一段，在快被追上之时油门轰隆一响，平地比弯道提速更稳更快，蓄足了力又把蒋燃远远地甩开。

蒋燃见前面那辆车又飞驰出去，一时有些惊慌，加大马力，那辆SF100的红黑车身却已在眨眼之间不费吹灰之力越过赛场最后一段"Z"形弯道，发热的引擎轰鸣着带起一阵风，第一个通过终点。

简直无比轻松。

车门开启，一双修长的腿落地。

程宴北下车，摘了头盔直接扔到候在终点的任楠怀中，将红白相间的赛车服拉链拉到喉结以下，往看台边的休息厅走去。

任楠还在介怀昨天给错程宴北房卡的事，接过那头盔就一哆嗦，看见主看台上一道等候他们的窈窕身影，殷勤地跟上前去："哥，原来你昨晚是去机场接你女朋友了啊。"

进了休息厅，程宴北脱了外套坐下，拿过任楠递来的矿泉水，仰起头喝，喉结有节律地起伏。

飙了这么多圈，嗓子如同冒火。

任楠抬头观察他脸色，小心翼翼地说："嗯，对了……房间那事儿我跟酒店联系过了，回去换一下就行。你东西多的话，我去帮你搬。"

程宴北瞥了一眼任楠，见他哆哆嗦嗦，战战兢兢的，不由得笑出声，收回视线："不用。"

"真的？"

"嗯。"

"哎……还好，燃哥他们昨晚一直在这边儿训练，没回去。"任楠不由得想起刚才赛场上的酣畅战况，情不自禁地夸了句，"师兄说得没错，你在赛场也太跩了吧！燃哥几次都追不上你……"

正说着，一身银灰赛车服的蒋燃过来了。

任楠便放低声音，难掩兴奋地说："哥，你可太厉害了。"

蒋燃与程宴北关系虽好，却服役于对手车队，在赛场上也是多年的竞争对手。何况蒋燃是 Neptune 的队长，对这次练习赛看得很重。

俱乐部挑他们的人加入 Hunter，意味着 Neptune 即将分崩离析。

昨晚蒋燃就改了主意，让全员留下彻夜训练，一圈圈地跑，听说几个队员都快开虚脱了。

可今天还是输了。

蒋燃过来，对程宴北笑道："行啊你，我现在真的跑不过你了。"

程宴北迎住他扣过来的手掌："是你大意了。"

"我可没有啊，我如果大意了不就是给你放水吗？"

蒋燃坐下来，又朝门边儿幽幽地望去。一袭白裙的立夏款款走进来。他刚才就注意到了她在看台上。面容姣好、优雅漂亮的女人总是很打眼。

蒋燃眉开眼笑，示意道："女朋友？"

程宴北淡淡地"嗯"了一声。

"行啊，"蒋燃拧开瓶盖儿，又瞧了立夏一眼，"眼光越来越好了。"

程宴北捏了一下矿泉水瓶，发出噪耳的一声响。他疏懒地向后靠，一只手搭着椅背，问蒋燃："你们今天来了几个？"

"算上我八个。"蒋燃思索了一下，"刚上了五个人，一会儿剩下的上。有两个昨晚差点儿把车开爆缸，今天去检修了，开不了。"

"你们呢？"蒋燃问。

程宴北看着他笑，反问："你猜呢？"

"应该也是八个吧？"蒋燃听程宴北这半遮半掩的语气，恐怕他有别的替补，心中不敢放松，"待会儿再跑三圈，我换人下来。"

"不回去休息啊？"任楠在一旁说，"燃哥，你们昨晚练了一晚上呢，今早没休息多久又过来了，身体重要啊。"

"三圈挺快的，就一会儿。"蒋燃说，"结束后今晚就不练了，我们一起出去吃个饭，调整调整。"

立夏过来时正巧听到蒋燃的话，抱起手臂靠在一边儿，问程宴北："哎，六点能结束吗？"

"还不知道。"程宴北淡淡地说道。

"我跟人家约了七点面试的。"立夏看了一下表，叹气，"我还以为你们跑两圈儿就结束了呢，你也不早说要到这会儿。"

"你可以先过去。"程宴北抬眼，"外滩离这边有点远。"

"你不送我了吗？"立夏撇了一下嘴，语气透着遗憾，"我对那片不是很熟。"

"送你过去可能会迟到。"程宴北说，"坐地铁或者打车都很方便。"

"是啊，"任楠接话，"结束可能要六点多了。"

气氛一时僵持。

蒋燃倒是惬意，好整以暇地看着他们，像是想给他们解围，提议道："我们会尽量快点。去外滩那边吃晚饭吧，正好送你女朋友。"

话是对立夏说的。

立夏迎上他满面笑意，微微眨眼。

蒋燃看她一眼又移开了视线，温和地笑着，继续道："今天Neptune输了，按理说得我请客。来沪城这么多天，大家也没好好吃个饭。"

于是他径自替程宴北安排："这样吧，一会儿把你女朋友送过去，我们直接在外滩吃饭，照顾照顾她。"

不知是否是被蒋燃的笑容感染，如此折中，立夏觉得提议还不错："我觉得可以。那等结束你再来接我吧？到时候你们吃完了，我们单独去外滩转转？我好久没来沪城了。"

程宴北看了看立夏，又看了眼笑容熠熠的蒋燃，点头应下。

任楠笑嘻嘻的，不忘问一句："燃哥，那你女朋友呢？我听说她不是也来沪城了吗？带出来啊。"

听说蒋燃的女朋友是个挺漂亮的模特，不过蒋燃吹了这么久，说到底也没让他们见过真人，金屋藏娇似的。

蒋燃以前谈女朋友也没这样过。

蒋燃早上打给怀兮那会儿，她没接，应该在睡觉。他一晚没回去，白天在这附近找了个地方休息了一会儿又去练习了，忘了再打给她。

程宴北这时起身，接过任楠手里的头盔，提步往场地走去。

立夏跟上了他，亲昵地挽住他的臂弯。

任楠见程宴北走远，这才主动跟蒋燃摊牌："燃哥，我说个事儿，你别骂我。"

蒋燃瞧了一眼他们离开的方向，笑着问："怎么了？"

"昨晚……昨晚我把房卡给错了，就是，"任楠紧张地解释着，"把你的跟我程哥的房卡弄混了，他去酒店就直接住你的房间了。"

"哦，就这么个事儿啊，"蒋燃倒不以为意，起身拿起头盔，也往场地那边走，"换过来就可以了——酒店房间有人收拾吧？"

"嗯，有的。"任楠跟着他向外走，"不过，你女朋友昨晚不是去酒店了吗？她应该……直接去前台报你的名字拿的房卡。"

蒋燃套头盔的动作一顿，看向任楠。

任楠以为他生气了，咽了咽口水："你、你昨晚没回去，那、那她……"

任楠又赶紧转移话题："应该……没啥事吧？我程哥也没说……哎，对，刚才还说呢，燃哥，你晚上把你女朋友带来啊。我们都没见过呢，这次又准备藏着了？"

不远处，程宴北已打开车门上了他那辆SF100。

蒋燃戴好头盔，收回视线："行，我晚上叫她过来。"

入夜，灯火璀璨。

怀兮打车到外滩18号。她脚踩黑色长靴，性感随性的短裙流苏飞扬，姣好的身材展露无遗，纤细高挑，在人来人往的街道上十分出众。

还没进去，手机振动了一下。

除了蒋燃的未接来电，怀礼的消息跟着弹出来，问她什么时候回港城，他下周会去港城出差。

父母在怀兮八岁那年就离了婚，她跟着在中学任教的妈妈留在南城。爸爸是个牙科医生，带哥哥怀礼北上港城，很快重组了家庭，有了同父异母的弟弟怀野。

在港城读大学那几年，虽在一个城市，但她与爸爸那边也并不亲近。一毕业她就签入ESSE，满世界走秀。那时怀礼在国外学医，他们也只偶有联系，甚少见面。

一家人分散各地，各有自己的生活。怀礼工作、居住都在北城，上月怀兮从巴黎回来，他们打过几次电话，还没来得及见面。

怀兮本以为会在沪城待到拍摄结束，现在她不拍了，也不确定要不要再逗留，就没回复。

昨夜失眠，辗转到天亮才睡着，中午醒了，下午一觉又补到晚上六七点。若非蒋燃打电话给她，估计她这会儿还没醒。

电梯直达七层。

迎面扑来妩媚的红，将怀兮一把拖入昏沉轻缓的爵士乐中。整个酒吧光线暧昧，如同藏在钢铁丛林中的旖旎幻夜，红是绝对的主色调。

怀兮踩着柚木地板，走向前方露台。夜风并不寒，露台上一众面容微醺的男女，灯红酒绿之外，东方明珠塔矗立在外滩江波边，腰身袅娜。

怀兮正要去看蒋燃在哪里，一个温和的力道及时拦住了肩头。蒋燃从一旁吧台拿了酒，自然地拥住她："来这么慢，以为你还在睡觉。"

"没有啊，你打电话那会儿我就醒了。"怀兮被他带着走，"路上有点堵车，你等久了吧？"

"还好。"蒋燃笑了笑，突然有点儿意味深长地问，"昨晚没去我那儿？"

怀兮眼角一扬，看着他笑："你不也没回来？"

蒋燃凝视她，眼底浮起一层酒后的朦胧，半开着玩笑："行啊，你倒是把我的话堵住了，还不让我问你？"

他们的位子在露台边，怀兮被蒋燃带过去，还没在夜风中站定，突然听谁破云一声雷似的喊了一嗓子："嫂子！"

怀兮本身有点夜盲，加之这处光线如赤潮，眼前一片昏沉的红色，看不太分明。她眨眨眼，才看清一张长桌周围几乎坐满了人。

来人不少。

"燃哥，你终于肯把女朋友带出来了！"

蒋燃那会儿在电话里就说过，今晚在场的大多是他的队友、同僚。怀兮下意识扬起笑容，再一抬眼，注意到了卡座中央的男人。

一件黑色衬衫被他穿得很随意，扣子没扣到顶，衣领松散，袖口半挽，小臂线条流畅，姿态慵懒又不羁。

程宴北胳膊半搭在身后的靠背上，手中握了个不规则形状的蓝色玻璃杯，摇晃冰块儿。

他长眸半眯，像是被任楠的那两声吸引了注意力，朝怀兮看去。

触到他漠然的视线，虽昨晚见过一面，怀兮还是微微吃惊。

在此之前，蒋燃从没提过他们彼此认识。

程宴北见到怀兮却没多意外。他神态一如往常，只抬了抬眸子，淡淡地打量着她与蒋燃，嘴角带着一点儿似有若无的笑意。

疏懒散漫，似真又非真。

任楠带热了气氛，一群人跟着起了哄："哎！蒋燃！介绍一下啊。"

"就是啊，蒋燃！这么久才见你女朋友长什么样啊，你也太能藏了吧？"

蒋燃方才喝了一轮儿，没怎么醉。

他的视线不动声色地掠过了卡座中央的男人，低头看怀中半拥的怀兮，她同时自然地牵住了他搭在她肩上的那只手。

她有一双清澈眼眸，笑起来时右颊有一个浅浅的梨涡，说不出的漂亮动人。

"不介绍一下吗？"她笑盈盈地说，"你这么多朋友。"

蒋燃目光顿住。

光影虚幻，她那笑容太过灿烂，竟半真半假似的。不像故作矜持，更像逢场作戏。

她平时有这么热情吗？蒋燃突然不确定了。

蒋燃没说什么，只对她淡淡一笑，而后对众人说道："给大家介绍一下，这是我女朋友怀兮，她是模特。"

"蒋燃，都这会儿了，你别藏着掖着了。你女朋友这么漂亮，肯定是当明星的吧！再不济，也是个网红啊！"

"看看这大长腿好不好！当明星的有几个有嫂子腿长？人家不都说了是模特？"

"你色不色啊！看别人女朋友的腿干什么？不怕燃哥生气了立刻给咱们换嫂子？"

哄笑声中，还有人用胳膊肘戳了戳异常沉默的程宴北："程宴北，你说是吗？哪儿有盯着别人女朋友腿看的啊？"

程宴北只笑了笑，轻垂着眼，从烟盒拿了支烟出来。

一簇火光揿准了青白色的烟头，烟气竞相腾起。他靠着沙发，神色却始终淡淡的，面容被烟雾遮掩，也不知目光到底落在了哪一处。

他也不说话。

"别理他们，过去坐。"

蒋燃安排怀兮就座，位子正挨着任楠。任楠的另一侧挨着程宴北。

怀兮目不斜视，抚了抚裙角就座。

任楠很快捕捉到一缕甜甜淡淡的焦糖香，味道略浓，却不惹人生厌，带了一丝仿佛少女乍然蜕变成熟的性感。

她留着乖巧的齐耳短发，发梢微微打着卷拂过柔美的侧脸，脖颈上一道黑色的Choker（项圈），看着又欲又有点儿野。与这香水的味道还挺搭。

任楠平日跟一群开赛车的混一块儿，没在场几位混账浪荡子玩得开，别人换女朋友跟换衣服似的，他却至今都还是个不谙世事的小男生，看到怀兮难免耳热心跳。

他下意识地往相邻的程宴北那边不安地靠了靠。

程宴北吐着烟圈，看到任楠那傻样，抿着唇笑。

三人呈弧形坐着，他根本不需要偏头，就能看到任楠另一侧的怀兮。

不若昨晚的剑拔弩张，她一眼都不朝他这边看，靠在蒋燃的怀中，一条腿搭起，脚尖轻晃，肩头还搁着蒋燃的一只手。

怀兮与他时不时地交谈，笑容温柔，挺亲密。

蒋燃开始向怀兮介绍起在座的各位朋友。

按顺序，他先指着一个戴眼镜，身材高大却有些微胖的男人："这个是我们Neptune的副队，也是我师弟，高谦宇。"

高谦宇跟怀兮打招呼："你好，你好。第一次见蒋队的女朋友。"

"你好。"怀兮点点头，微笑着回应。

其实怀兮只知道蒋燃是个开赛车的，现役于一支叫"Neptune"的车队，总在全世界各地跑着打比赛。今天才知道他居然还是队长。

他们交往不过三四个月，圈子没交集，在一起时也甚少谈及彼此的圈中朋友。大家都是酒色情场的玩咖，都知道想用爱情果腹，迟早朝不保夕，这样的推心置腹属实没什么必要。

"这是申创，我们Neptune的黄金替补，也是我师弟。"

"嫂子好，嫂子好。"

"这是邹鸣，也是我们Neptune的，算是前锋吧，偶尔也跑挺快的。"

"会不会夸人啊，蒋燃？嫂子好。"

言笑晏晏中，蒋燃介绍完 Neptune 的众人，很快介绍起 Hunter 的各位："这个是许廷亦，我们隔壁兄弟车队 Hunter 的。"

"这个是路一鸣。"

"这个也是 Hunter 的，赵行。"

一个个挨着介绍过去，很快就到了程宴北。

蒋燃介绍起别人都是自然而然地说个姓名，简单介绍一下在车队的主力担当。到了程宴北这里，却刻意地顿了顿："这位，你们应该认识。"

话一出口，四下皆惊："啊？什么意思？跟程宴北认识？"

"不会吧……这也太巧了吧？蒋燃怎么没说过？"

"哎，我记得，程宴北跟蒋燃都是之前从港城出来的，难道，燃哥的女朋友也是港城人？"

任楠也吃惊不小，瞧着突然沉默下去的三人，又在为自己昨晚递错房卡的事犯怵了："你们，真认识啊？"

还是，只是蒋燃开玩笑？

任楠心底抱着侥幸，为自己开脱。但如果……认识，进错房间好像不会太尴尬？

可是，大晚上孤男寡女……

任楠出了一层冷汗，谁知怀兮立刻冷冰冰地吐出三个字："不认识。"

四座更是百思不得其解："不认识吗？那、那刚燃哥怎么说……"

"怎么一个说认识，一个说不认识？到底认不认识啊？"

怀兮轻轻地抬起了下颌，靠住蒋燃的臂弯，冷冷地抬眸，今晚到现在，第一次直视程宴北。

程宴北也看着她。

与刚在这里初见她的表情一样，他始终平淡如常，波澜不惊，嘴角带着淡淡的笑意。

一群人跟看了一出乌龙似的，最终将话锋转向从始至终一直沉默着没表态的程宴北，催促道："到底认不认识啊？程宴北，说句话啊。"

一支烟抽完，男人轻敛眼皮，伸手按灭烟头："她不都说了？我们不认识。"

程宴北又懒懒地抬眼，再看向怀兮时，眼中这才多了那么一丝兴味。

"不过，我们现在可以认识一下。"他轻笑起来，嗓音低沉，"我叫程宴北。"

程宴北说完，散漫地从她身上收回视线。

他靠回身后的沙发，与仍揽着她肩膀的蒋燃对视，彼此的笑容竟都有些心照不宣。他问："这下你女朋友认识我了吗？"

蒋燃似笑非笑，没作答。

怀兮依然懒懒地靠着他的臂弯，与刚才说出"不认识"那三个字时一样面无异色。

她看向程宴北时，眼神透出几分冰冷的傲慢，像是面对一个陌生人时那般矜持疏离，一句礼貌客气的"你好"也不屑多说。

"哎，燃哥，不是说认识吗？"

"到底怎么回事儿啊？"

眼下两人口吻一致地表示不认识，程宴北甚至一板一眼地进行了自我介绍。倒真像两个素昧平生，只是偶然坐到一张酒桌上的陌生人。

于是这个问题，又兜兜转转地抛给了蒋燃。

蒋燃笑了笑，没多说什么。他拥着怀兮，拎过桌面上的一瓶酒，一一摆开酒杯，倒酒。

"算上我师弟高谦宇、任楠，我们几个都是港城出来的，走到今天不容易。"蒋燃轻松地跳过上个话题，摆好酒，"难得聚在一块儿，今晚大家就好好地喝一杯，坐下来叙叙旧。最近训练也都辛苦了。"

琥珀色的液体晃了晃，酒杯一一就位。

起先还有人嚷嚷"所以到底是认识还是不认识"这样的话，可没多久，好奇就在觥筹交错间被冲淡了。

程宴北全程一口酒没碰。蒋燃倒好了酒，也向他那边推去一杯："大家都在，喝点儿吗？"

他的注意力在远处的江滩上飘游，看也没看那酒一眼，回过神后不知是有意还是无意，伸手就将一截烟灰弹入了酒杯。

意识到了之后，他抬起头来，对上蒋燃略带探究与惊诧的表情，歉意地一笑，才慢悠悠地将不远的烟灰缸拉了过来。

"不好意思，喝不了了。"

蒋燃的表情冷了三分，只笑了笑，最终也没说什么。

任楠喝了不少，口无遮拦地说了一会儿废话，注意到身边的怀兮居然全程一口酒都没碰，面前的杯子还是满的，口齿不清地问了句："嫂子怎么不喝？"

怀兮来之前蒋燃就喝了不少，他今晚好像心情不大好，放开她，去一边儿跟另一伙人喝了。

她正在和黎佳音聊微信，听任楠问了这么一句，这才从屏幕上抬起头："不会喝。"

程宴北听到这三个字，向她投去了目光。

怀兮恰好对上他的视线，他的表情带着点儿难以置信，嘴角微微上扬，好像在提醒她，昨晚她因为醉酒同他发生了什么。

她不是不会喝。

怀兮面无表情地瞪了他一眼。

她调整了坐姿，胳膊肘支在膝上，一只手托着下巴，风情精致的猫眼绿指甲，抚过饱满红润的唇，屏幕微弱的光投到她的脸上，显出几分与气氛不相称的恬淡。

她低垂着眼帘看手机，长睫下长着一颗泪痣。

外滩那边好像在庆祝什么，开始放烟花，很吵。

程宴北看了一会儿怀兮，又循声望过去。没多久，露台上的人也陆陆续续地向那边张望，桌边只剩下他们零星几人。

任楠不在，她与他之间就全无遮挡。

怀兮头也不抬，手指在屏幕上敲得飞快。坐久了难免口渴，她下意识伸手在被酒水弄得一片狼藉的桌上去寻自己那杯气泡苏打水。

怀兮的注意力还在屏幕上，没抬头，依着记忆拿过一个形状不规则的玻璃杯。

她的唇贴在杯子边沿，浅饮几口，又放回去。

过了一会儿，她又拿起杯子。

忽然一抬头，程宴北正在看她，眼中笑意晦暗不明。

怀兮皱了皱眉，避开他的视线，还算矜持优雅地喝了一口，又放下。

程宴北目睹了她拿杯子、喝水、放下杯子的全过程，突然俯身，抬手将她面前的杯子挪开了。

然后他在桌上众多酒杯中，拿了另一个同样形状的杯子，放到她的面前。

怀兮皱眉问道："你干什么？"

他见她一脸警惕，半眯起眼睛说道："你刚才喝的那杯是我的。"

怀兮心底一惊。

"你拿错了。"

如同昨晚提醒她走错了房间一般的冷淡口吻。

所以，他刚才就那么看着她喝？

怀兮秀眉微蹙，看着他，眼底火苗蹿起。

男人却是一脸舒心的笑容，转头继续眺望不远处的外滩。

他对她的恼怒视而不见，仿佛自己好心地替她换回杯子，还提醒她，已经是一件顶了不起的大善事。

怀兮这才注意到，一堆人里只有程宴北和她喝气泡苏打水，滴酒未沾。

他与她面前是两个同样形状的杯子，边沿居然都印着一圈浅浅的唇印。

怀兮一时有点烦躁。

舞池又变了音乐。

妖媚摇曳的红色灯光让人眼晕，落在面前两杯薄荷蓝色的液体中，折射出数种模棱两可的层次。几乎分不清是谁占据主导，谁又落了下风。

他们谁都没再碰自己面前的杯子。

蒋燃沾了一身酒气回来，直接揽住怀兮的腰，温柔地吻她的耳垂，带着酒意哑声道："今晚去谁那儿？"

坐得近的听到了，不怀好意地吹口哨起哄。

怀兮自顾自地打字，淡声说道："我订了酒店。"

"不去我那儿吗？"

怀兮还没说话，任楠喝高了，扯着嗓子大声问："嫂子昨晚没去找我燃哥吗？"

"没去。"怀兮答得轻快。

蒋燃训练了一夜，怀兮也几乎睡了一整天。

他以为怀兮住盛海酒店他的房间，下午听任楠说起房卡给错的事，晚上给她打电话才知道，她昨晚没去盛海，住在外滩这边。

任楠如此问起，蒋燃也颇为在意地问她："昨晚怎么没去？"

"有点儿事。"怀兮模棱两可地说。

她眼睫半垂，睫毛长而卷翘，看不清眼底的神色。

"不是说要过来吗？"蒋燃说，"我昨天还跟前台打电话，让你去了直接用我的名字拿房卡。"

任楠听到"房卡"二字就犯怵，下意识瞅了瞅一边的程宴北。

程宴北倒没什么别的表情，一脸冷淡，长腿半伸，抽着烟。偶与旁人交谈一二，像是全然没听到他们这边的对话。

怀兮稍稍从蒋燃怀中脱身，伸手去拿桌面的烟盒。

她才碰到烟盒，蒋燃又把她的手腕拽回去："别抽烟。"

怀兮轻轻地皱眉，抬眼看他，一脸的好笑与莫名其妙："你怎么了？"

蒋燃耐着性子，有些生硬地问她："昨晚怎么没去？有什么事？不是说要去吗？"

怀兮避开他的手，从烟盒里慢条斯理地抽出一根烟："去送朋友了。晚了就没去。"

"去哪儿？"

"机场啊。"她回答道，"我朋友昨晚飞北城。"

蒋燃将信将疑地问："你还有朋友在沪城？"

"我朋友多了去了。"怀兮被蒋燃盘问得有些恼火。

"我就问问。"蒋燃捻了一下她耳坠上的流苏，用指背碰她的脸颊，口吻稍温柔些，却还是有些抱怨，"我以为你上哪儿跟谁野去了，还要另跑出去开酒店。"

"跟谁？"怀兮熟稔地点上烟，火光映得她的眼眸也仿佛燃起了火，"我前男友还在沪城，我们昨天才在试镜的时候才见过面，你要不要问问他？"

蒋燃的脸色微沉。

"这、这有点儿巧了……嫂子昨晚去机场送朋友，"任楠打着圆场，

"巧了，我程哥昨晚也去机场接他女朋友了，不就是去个机场嘛。"

"呃……"

此话一出，不知怎么回事，空气好像都跟着安静了。

任楠还拽了下一边的程宴北寻求确认："是不是啊，程哥？你昨晚不是去机场接你女朋友了吗？我还打电话问你来着。"

怀兮缓缓地吐了个烟圈儿，烟气飘忽，她的视线也飘向了对面的男人。

程宴北突然被拖入了话局，轻轻眨了下眼睛，偏了偏头，疑惑地问："怎么了？"

好像全然没注意到他们刚才的剑拔弩张。

置身事外，恍若局外人。

"你昨晚，是不是去机场了？"任楠大着舌头，语无伦次，"不是去接你女朋友了吗？就、就和燃哥女朋友一样，去机场了啊……"

程宴北敛了敛眸，还没说话，突然又有人大咧咧地嚷了一句："哎，还说呢！蒋燃女朋友都来了，程宴北，你女朋友怎么还不来？"

话题一转，立刻有人接话："就是今天看台上那个长得特漂亮，身材特好的漂亮姐姐吗？"

"啊？那是程哥新女朋友？上次不还不是这个吧？我还想找她要微信呢！"

"你别急好吧？等程宴北下次换一个了你再去要啊。"

一群人叽叽喳喳不嫌聒噪，任楠把桌子拍得震天响："我赌一顿饭好吧！我程哥这个绝对谈得比以前的都久，你们放什么屁呢！"

"任楠你说有多久啊？"

"怎么着也不能比蒋燃的短吧？"

"什么短？你说什么短？燃哥和他女朋友不也挺好吗？"

吊儿郎当的笑语中，身处话题中心的三人却异常沉默。

舞池中又变了音乐，震耳欲聋。

露台吵，程宴北去走廊接了个电话，准备回去时，迎面遇到了蒋燃。

蒋燃的酒量一向好，喝了好几轮此刻也全无醉意，此刻正踩着台阶下来，步伐沉稳。他看见程宴北，笑着问了句："干吗去了？"

"打了个电话。"程宴北停下脚步，唇间一支烟未点，"有火吗？"

蒋燃递给他打火机："立夏那边还没结束？"

"还没。"程宴北点上烟。

"这得几点了啊？"

蒋燃下午在车场见了立夏一面，对程宴北的这个新女友印象颇深。

傍晚他们离开嘉定区赛车场，程宴北就送她到外滩这边的《JL》杂志社面试去了。他们一行人晚上在附近吃了个饭，然后来了这家酒吧，顺便等立夏过来。

听说立夏以前是个专门给秀场模特做造型的造型师，之前的公司经营不善倒闭了，这回来沪城是为了《JL》的面试。

如果能通过，她说不定能负责一部分程宴北这次上《JL》的造型。

Hunter 后来居上之前，蒋燃也跟着 Neptune 的前队长打了几年国际比赛，成绩都很不错。他们整支车队都没上过什么杂志，更别说有这么好的机会，能像程宴北一样登上国内准一线的刊物。

说来唏嘘。

大学时代，程宴北刚加入 MC 赛车俱乐部时，还是个连赛车零件都不懂，一口一个师兄、学长称呼他的懵懂新人。

不过五年时间，Neptune 与他就被远远地甩开了一大截。

这一刻大家只知道，程宴北是 Hunter 那个几乎将国际各大比赛冠军奖项拿了个大满贯，赛场上一骑绝尘，无人可挡的天才车手程宴北。甚少有人知道程宴北与 Neptune 的队长蒋燃是曾经的同门师兄弟，就连俱乐部内部，也甚少有人提及他们的这层关系。

蒋燃看表，已经过了晚上九点："你一会儿去接她？"

"现在就去。"

"还过来？"

"应该。"

与平日的闲谈无差，可不知为什么，从今晚开始，总觉得有什么变得有些奇怪了。

两人没再多说什么，各自让开，准备各走一边。

蒋燃却突然出声："哎，程宴北。"

程宴北回头。他剑眉微扬，单眼皮弧度狭长，神情很淡。

他的嘴角带着一点儿刚才面对蒋燃时未消的笑意。

好像又没有。

"哦，对了。"蒋燃欲言又止。

程宴北挑了挑眉："怎么了？"

"昨晚，咱们订的那家盛海酒店，你住进去了吗？静安路那家。"蒋燃问他，"任楠说给错房卡了，把我的给你了。"

"住了。"程宴北话语中没什么情绪。

"你昨晚在我的房间？"

"嗯。"

蒋燃组织了一番语言，又笑着开口："那昨晚，没别的什么事儿吧？"

程宴北看着他，笑着反问："什么事？"

蒋燃一下不知怎么往下问了。

蒋燃最后笑起来，转而说道："算了，也没什么事，就怀兮和我的事。我之前没告诉你，嗯，是我不知道该怎么跟你说。"

蒋燃观察了一番程宴北的表情："毕竟你俩以前好过，是吧？虽然过去很久了，但她刚说不认识你，就只是小女孩儿的任性，你别在放心上。"

他也算知晓程宴北与怀兮过往的人中的一个，像是在宽慰一般继续说："我之前也没跟她说我和你认识——就是，我挺喜欢她的，还是希望，我们能相处久一些吧。"

程宴北眼底这才有了一丝别的情绪。

他认识蒋燃很多年，还是第一次从他口中听到，他想跟哪一任女朋友"相处久一些"。

"她现在是我的女朋友，以后打交道、见面什么的，可能难免，你知道的。"蒋燃虽在笑，看向程宴北的目光却带着些许审视，"都过去这么久了，你应该不会介意吧？"

程宴北的表情仍十分平静。

他看着蒋燃，两秒后，嘴角缓缓地漾起笑容："怎么会？"

第三章

初恋陷阱

程宴北打完电话回来，拿起夹克外套，一副要走的样子。任楠立刻问："干吗去？要走吗？"

"出去一趟。"

"哎？"任楠想起了什么似的，了然一笑，"去接你的女朋友？"

"嗯。"程宴北穿上外套，走之前还笑着嘱咐任楠，"少喝点儿。"

"我没醉，没醉没醉！"任楠嚷着，舌头都打结了。

怀兮正心不在焉地刷手机，从头顶覆下来一道阴影。

她下意识地抬头。

程宴北隔了张桌子，向她俯身。怀兮眼睁睁地见他伸出一只手，落在她面前的桌面上，长指按着个磨砂质地的滚石打火机，一路滑过桌面玻璃。

他眉眼低垂，灯光打在他半边脸上，衬得面部轮廓更分明，鼻梁高挺。

他穿上那件夹克外套，里面黑色衬衫的纽扣依然不羁又浪荡地松在喉结以下，脖颈线条修长，人又长得高，如此突然倾向她，一瞬间很有侵略感。

怀兮没躲，反而直勾勾地看着他。

不知是有意还是无意，程宴北的目光淡淡地掠过她。

他嘴角虚勾，神情仍是淡淡的，随后起了身，收回打火机的同时，也收回自己的视线，转身走了。

任楠看程宴北的背影消失在露台尽头，对怀兮说："这下热闹了，我哥的女朋友一会儿就来了。"

怀兮一只手托下巴，拿着根吸管漫不经心地搅了搅面前那杯她再没动过的气泡苏打。冰块儿沉在杯底，厚厚的一层，还没化，被她一搅，叮叮当当碰撞出声。

"刚燃哥说，你也是港城人？"任楠同她攀谈，"真巧，我家也是港城的。"

怀兮眉眼微垂："不是。"

"哎？"

"大学在港城读的，"怀兮解释道，"家在南城。"

"哦，港城和南城，一北一南的，挺远吧？"任楠想起了什么似的，又道，"我说呢，我程哥好像也不是港城人……他好像，也是南城的，大学也是在港城读的。"

任楠一思量，恍然大悟："怪不得！怪不得刚才燃哥说你俩可能认识呢！一个城市出来，又在一个城市读的大学。你们南城那地方也不大吧？哦，对了，你们年纪也差不多……"

怀兮听他大惊小怪，笑了笑，看着他："这样就必须认识了？"

"也不是吧，"任楠笑了笑，说，"就不论这层，你现在是燃哥的女朋友，他俩关系可好了，燃哥又是他学长，还是俱乐部时期的同门师兄，大家这么一来二去，四舍五入，可不就算认识了嘛！"

任楠丝毫没注意到，怀兮手下搅动冰块儿的动作随着她的若有所思停了片刻。他自顾自地拿来杯子，倒满了酒，大咧咧地碰了一下怀兮面前那杯气泡苏打水，发出"叮当——"一声脆响，将怀兮的思绪拉了回来。

任楠举杯："按理说，每次燃哥带女朋友来，我们都要敬酒的。你看你刚才也没喝，满桌人就你跟我程哥不喝酒。给点儿面子，今天也算大家交个朋友。"

怀兮被任楠的热情感染，轻轻地勾起嘴角笑了笑。

她一只手还撑着脑袋，另一只手随意拿起杯子，碰了一下他的。看任楠将那一杯酒仰头全喝了，她只唇挨了一下杯口，就放下了。

晚风寒凉，明明整个露台都通风，怀兮还是去走廊找了处地方透气。

前来消遣的人一拨连着一拨，身后电梯叮叮地响着开门、关门声。

持续了一晚上的烦躁，在怀兮看到屏幕上跳出的银行卡余额时，一瞬间达到了顶峰。

只剩两千多块。

她的呼吸顿时都不顺畅了。她将手机亮度调到最亮，仔仔细细地看着那个"2"后面的数字，看是不是少了一位数。

如果没记错，上月从巴黎回来，她身上还有小两万的存款。

昨晚吃饭，黎佳音看她点了一大堆时蔬和低卡食物，还愤慨地评价她，除了在花钱和换男朋友上毫无节制，她在其他方面的自制力强到少有对手。

怀兮从前在模特圈也算风头无两，如今一度被边缘化，没有商业活动，摸不到T台，身材却还能保持得这么好，消愁解闷的酒精都几乎不碰，还有定时去健身房的习惯，强大的自律是一大功臣。

但这一年，怀兮也失去了颇多。

以前正当红时来钱如流水，养成了铺张浪费的陋习，花钱大手大脚惯了，存款再多也经不起她挥霍，就这么不知不觉地见了底。

她从未像这一刻一样为一时的捉襟见肘心烦，尤其尹治还介绍她去《JL》试镜，更让她有恃无恐——只要能拍封面，就能发一笔横财。

可谁叫她给推了。

什么也没落到。

怀兮翻看近期的消费记录。眼见着那一个个看似不多，堆叠在一起就大得吓人的数字，她深感头痛。

她实在不忍多看，最后忍痛把前天订的一瓶八千多块的限量版香水退了。

心都在滴血。

此时，手机不停地振动。

怀兮看到来电人，犹豫了几秒，才不情不愿地接起。

"回来这么久怎么连个电话都不打给妈妈？怎么又去沪城了？"巩眉对这个二十七岁还好像处在叛逆期的女儿简直气不打一处来，"我看你是这几年在外面彻底混野了。"

每次接巩眉电话都是挨骂。怀兮没耐心听她讲话，将手机直接扔在窗台上，避着风点了支烟。

抽了大半根，巩眉才唠叨累了，听怀兮那边好久没音儿，提高嗓门道："你听着没有啊？怀兮，妈妈跟你说话呢。"

怀兮这才慢悠悠地拿回手机。

她倚着窗，长腿微伸，懒洋洋地说："什么事？"

"什么事？你这孩子要气死我！妈妈刚跟你说那么多，一句没听？"

"你说那么多，我哪知道重点在哪一句？"怀兮嘟哝着，低头看脚尖，"就知道骂我。"

"我看你真是跑野了！"巩眉气冲冲的，没一刻是心平气和地跟她说话，"这回又跑沪城干什么去了，啊？"

"试镜。"怀兮答。

"你怎么一点儿不听话？又当模特儿去啦？"

巩眉对她走职业模特儿这条路一直颇有微词，每每提起就是冷嘲热讽。

怀兮叛逆惯了，大学没有按照巩眉的愿望在南城本地读师范，选择北上港城，读了个对她的理财能力毫无帮助的金融专业。

按巩眉为怀兮规划的人生，她大学毕业应该回到南城，找个闲散轻松的工作，或者考个公务员，嫁人生子，平淡安稳地过一生。

不至于这么朝不保夕。

从前怀兮还在 ESSE 风光的那几年，巩眉没怎么念叨过她，一年多以前她跟 ESSE 解约瞒约瞒了很久瞒不住了，巩眉知道了可是一通谩骂。什么"你当初听妈妈的话也不至于这样""叫你当初考师范你不考"，诸如此类没少念叨。

怀兮想想就头痛。

怀兮也是个硬骨头，立志不拿巩眉一针一线一分钱，一气之下出了国，谁知没能闯出一番新天地，又灰溜溜地回来了。

别说打电话了，她连南城都没敢回去。

怀兮沉默了一会儿，心里已经预备迎接巩眉的下一轮责骂，当然也做好了随时挂电话的打算。

谁知巩眉没再唠叨了，语气稍放缓了些，问她："怎么样？过了吗？"

"当然过了啊，人家对我可满意了。"怀兮底气十足道。

"哦，那还好。"巩眉忍不住又说了几句，"你这次可别耍什么臭脾气，别闹得跟你之前公司解约那事似的，多不好看。妈妈总告诉你，脾气要收好，这个社会很残酷的。"

怀兮没说话。

"你别嫌我烦，"巩眉说，"你在妈妈这里永远是个小孩子，有的道理我就得跟教小孩儿，教我那群学生似的，得一遍遍地跟你说——身上还有钱吗？"

"有。"怀兮不假思索地说。

"还有多少？"

"够了，你别问。"怀兮烦躁起来。

"行，我不问。你那大手大脚的，节省一点儿，以前赚了多少都不够你造。没钱就说！你啊，从小到大就吃亏在嘴硬，爱赌气，脾气差，还不服软。"

"我身上就没一点儿好？"怀兮无奈。

"长得漂亮啊，但那还不是我生得好？"

怀兮无语。

巩眉嘴皮子说累了："对了，下下周校庆，你那群高中同学啊什么的，都陆陆续续地回来了，这几天还有学生来家里看妈妈呢，你要不回来见见你的同学们？"

"有什么可见的？"怀兮毫无兴趣。

巩眉自有一套道理："人家可各有各的事业了，也没见谁跟你现在一样不回家，你还老往你爸那儿跑，港城有什么好的？"

怀兮还没来得及辩解，巩眉又说："就前阵子我看新闻，你之前谈的那个小男朋友，哦，就是跟你大学恋爱，后来分了手的那个，人家开赛车去了，还拿了世界冠军，可厉害了。你听没听说？"

真是哪壶不开提哪壶。

怀兮没好气地说："没关注。"

"我对他印象可深了，话不多，家庭条件不是很好，学习还挺努力。"巩眉回忆着，"哎，对，你还没跟妈妈说，你俩当初怎么就分了？要不妈妈跟你这次来的同学打听打听，问问他现在交没交女朋友……"

"没兴趣，你别问了。我还有事儿，先挂了啊。"怀兮听到这里终于忍无可忍，真吵得人心烦。

肩上突然传来了个力道。

蒋燃见怀兮一人在这儿站很久了，这会儿电话打完了，才过来找她。

他下巴抵着她的发顶，嗅她周身丝丝缕缕的香气，嗓音闷闷的："你今晚是不是不高兴？"

怀兮收起手机，没出声。

"谁给你打的电话？"蒋燃半开玩笑，"你在沪城的那个前男友？你昨天见面的那个吗？"

存心记了她的仇似的。

怀兮火气未消，这时抬头看他，不怒反笑："蒋燃，你什么意思？"

"不是你说的？"蒋燃抚着她柔软的发，"你不是说，你有个前男友在沪？你之前怎么没告诉我？"

怀兮勾了勾嘴角，强压怒意，反问他："那你之前怎么没告诉我，你认识我前男友？"

蒋燃抚她头发的动作停下。

若说是先前是你来我往地打哑谜，互相反讥赌气，如今从怀兮口中说出来的这个"前男友"，却是意有所指了。

蒋燃静静地看着她。

她一双美目流火，娇俏面容上薄怒显现，像是终把从开始到现在，在酒桌上、他眼前、程宴北的面前，所有故作的矜持淡定，全部撕破了。

蒋燃却有些不屑，笑着问她："怎么，你生气了？"

"不可以吗？"怀兮不甘示弱。

"你因为你的'前男友'跟我生气？当然不可以。"蒋燃更觉得好笑，"你不是说，你不认识他吗？"

话一出口，把怀兮堵得更是满腔怒意。

她半推着挣脱他，转过身，与他面对着面站好。

蒋燃的眼形像极了桃花眼，上眼睑半弯，这晚他总是满面笑意，说着意味深长的话。

怀兮自以为自己见的男人多了，平时你瞒我瞒，大家玩玩儿也就罢了，谁知他故意欺瞒不说，现在还在揣度她。

她记得蒋燃今晚向她介绍程宴北时的那句"你们应该认识"。

什么叫"应该认识"？

他是程宴北的大学学长，赛车俱乐部时期的同门前辈——应该早知她与程宴北认识，对他们的过去再熟悉不过。为什么要欺瞒她到今天？

还非要选这么个"良辰吉日"，在众目睽睽之下给她个猝不及防的难堪？

而且为什么是程宴北？

为什么，偏偏是程宴北？

"真生气了？"蒋燃伸手，又要去抚她一侧的脸颊，像是安抚。

怀兮却躲开，眼神凛冽。

他无奈一笑："所以，你到现在还在乎他？"

"叮咚——"

对面的电梯门应声而开。一袭白裙，姿态优雅的女人挽住程宴北的臂弯，二人举止亲昵，说说笑笑地走出了电梯。

程宴北一抬眼，看到了怀兮与蒋燃。

通风口的风拂乱了她的发，撩着她左眼下的一颗泪痣。

那一双明亮的眼眸，微微睁大了，看着他。

满眼，满眼，都是他。

怀兮心底一惊，不知怎么回事，她突然害怕程宴北这样看着她。

他的目光薄凉至极，与身侧女伴交谈时的笑容未消，淡淡地看向她时，仿佛真像是在看一个陌生人。

"哎，这不是你那个 Neptune 的朋友吗？"

立夏注意到电梯外的蒋燃，对他眨眨眼。

下午第一面她就对他印象极佳，这会儿轻轻晃了晃程宴北的胳膊，提醒着他。

蒋燃对他们报以笑容，问了句："怎么这么晚？"

"面试结束太晚了，还碰见我的一个朋友，一起去南京路吃了饭。还好你们还没结束。"立夏解释道，又瞧见蒋燃身侧的怀兮，眉开眼笑地问，"这是你的女朋友啊？"

蒋燃自然地揽住了怀兮的肩："对。"

怀兮不留神往他身上倒了一下，穿着平底马丁靴，差点儿没站稳。

她下意识地要挣扎，视线落在对面二人身上，又作罢。

"真漂亮啊。"立夏打量着怀兮，真心赞叹。

怀兮对上她打量般的视线，目光清冷。

"那你们先聊，我们先进去了。"

"好，里面有酒，程宴北知道坐哪儿。"蒋燃说。

"你都替我们安排好了。"立夏还记得他下午的体贴，笑了笑，挽住程宴北，二人踩着柚木地板走过长廊，往露台方向去了。

女人时不时地踮脚，贴到程宴北耳旁低语着什么。

听不清。

只依稀听到女人轻笑声声，男人嗓音低沉，与酒吧内缓缓流泻的爵士乐交融在一起。

他没有回头。

蒋燃依然揽着怀兮，迈步朝那个方向走去："你没必要跟我生气，现在不是很好吗？"

怀兮没说话。

"你看，大家都有了新的生活，"蒋燃看着她，笑着说，"所以我觉得我告不告诉你都没有必要，你也不需要再跟我装不认识他。这会让我觉得你很在乎他。"

怀兮这才抬眼。迎着光，她眼底骤然一片冰冷。

"我不在乎他。"她冷淡地说。与那会儿说不认识那个男人一般漠然。

蒋燃停下脚步。

"我只是不喜欢别人瞒我事情。"怀兮定定地看着蒋燃，不知是否是因为夜风愈发寒凉了，她的唇机械地动了动，声音淡漠，"蒋燃，我不喜欢被瞒着的感觉，很不喜欢。"

她不存钱。

感情上不逗留。

她甚至很不喜欢强调自己的喜好——也几乎不关心朋友之外的人的喜好——更没有对任何一任男友有过硬性要求，大家彼此必须坦诚相待。

从来都是合适就相处，不合适就分手。

玩玩儿就玩玩儿，谁也不要死缠烂打，谁都不要给谁添麻烦。

谁也不要不甘心。

享乐至上。

"那你呢？"蒋燃反问她，直望入她的眼底，"你就没有瞒着我什么事吗？譬如昨晚，你到底去了哪儿？"

怀兮动了下唇，还没说话，他却揽了揽她的肩，仿佛已经不需要答案："你最好别让我发现。"

怀兮深感可笑。

今晚蒋燃就一直在用这种口吻频频试探她。

何必如此？

怀兮直到这一刻都弄不明白，为什么昨晚她报蒋燃的名字拿房卡，却进了程宴北的房间。

她不喜欢别人瞒她，却对昨夜的事闭口不提。

心烦意乱。

她甩开了蒋燃的胳膊。

不长不短的一段路，沸腾着暗沉暧昧的红。仿佛向一个隐秘的，晦涩的，不可告人的异域国度偷渡的暗河，载着她，推着她，无所目的地飘摇。

看不到真相。

回到露台，不远处，外滩仍人声鼎沸，这边衣着各异的男女相拥厮磨，暧昧闲谈。

这一处旖旎的氛围越发浓重了。

怀兮意兴阑珊。

她拿起外套和包，余光瞥到了程宴北与那个挽着他从电梯中出来的女人。他们换了座位，坐到另一头，好像刻意离她远些。

那姿态优雅的白裙女人与他靠得极近，男人慵懒地靠着沙发，手臂环在女人腰后。席间气氛已热了起来，旁人同他们开着无伤大雅的玩笑，觥筹交错，又你一杯我一杯地喝了起来。

立夏一来就直奔主题。她酒量好，人也玩得开，没一会儿就喝了一圈。

程宴北还是一杯也没碰。

怀兮想低调些，拿了自己的东西就走，却还是被眼尖的人看到了，嚷嚷了句："哟，蒋燃和他女朋友也回来了！"

蒋燃跟在怀兮身后过来，点头笑道："不好意思，刚出去了一下。"

怀兮正要转身走，蒋燃捏住了她的手腕，结结实实地挡住了她的去路。

他的力气格外大，死死地扣住她的手腕，肩膀也抵着她，怀兮想抬脚都走不开。

他直视她，声音很低，笑着问："你有多怕见到他？"

怀兮抬头，眼神恨恨的。

"你到底怎么了？"蒋燃始终在笑，"不是不在乎吗？"

"怎么了？要走吗？"旁人察觉到他们之间的异样，高声道，"这不来全了吗？蒋燃，带你女朋友再喝几杯啊，我看她一直没怎么喝！"

不久前怀兮与蒋燃剑拔弩张差点儿吵起来，在场有几人也都看在了眼里，又嚷道："蒋燃，哄哄你的女朋友啊，还生你气呢？"

"不就一张房卡的事吗？都怪任楠！任楠，赶紧跟燃哥道歉！"

众人七嘴八舌，搅得怀兮心绪更乱。她微微抬眼，向一个方向看去。

坐在暗处的男人，竟也在看着她。

他黢黑的瞳仁透出几分好整以暇的意味，眼神淡漠，仿佛只是不经意的一瞥。

又像是，蓄谋已久的窥视。

很像是在看她的笑话。

就像昨晚一样。

是了。

大家都知道，分手后，过得糟糕、过得狼狈的那个，总要被另一方在心底嘲笑。

谁都知道。

昨晚给错房卡的事已传开了，大家你一句我一句，中间还牵扯到程宴北，立夏听了难免疑惑，靠入他的怀中，问："他们说的什么房卡？"

程宴北收回目光，垂下眼睛，弹了弹烟灰，语气淡淡的："没什么。"

"真没有？"立夏狐疑地问。

"嗯，"他说，"已经解决了。"

立夏一时也不好再问。

这时，蒋燃也牵住了怀兮。

他手掌温热，握住她冰凉的指尖，语气和缓，像是在哄她："大家都不想难堪，你也不想吧？又没人知道你和他的事。"

怀兮不说话。

"你现在反应这么大，会让人看笑话的，是不是？"

一语中的。

怀兮不喜欢被人看笑话。

谁都不会喜欢。

气氛热闹，酒过三巡。

一群人喝着喝着，玩起了真心话游戏。

立夏酒量不错，也爱玩，白裙摇曳一圈，很快跟大家打成一片。当然也骗了不少不走心的"真心话"出来。

"我以为副队女朋友是荤腥不沾的清纯一挂，没想到这么能喝。"Hunter的许廷亦喝得面红耳赤，被立夏的酒量彻底折服，连连摆手，"真的喝不动了……喝不动了。"

立夏却脸不红心不跳，又喊侍应生来开酒。在场平时自诩酒量不错的男人们都开始大呼放过："程宴北，你拦着点儿啊——"

"这么喝下去，她受得了，我们受不了啊！"

一桌子人鬼哭狼嚎。

"你别拦我啊。"立夏对程宴北柔柔地一笑，面容娇憨，"你平时都不喝酒，你知道我有多憋吗？"

她说着就接过侍应生递过来的酒瓶，准备再展身手。

"怎么能这么喝？"蒋燃在一旁插了句话，笑着问立夏，"你都几瓶了？"

立夏看向他，眯了眯眼，笑得十分动人："你数了？"

蒋燃也笑了一声，看着她，摇了摇头。

"没数就别问我几瓶，还拦我。"立夏说着将一杯酒推到蒋燃面前，情绪高涨，"你不也挺能喝吗？来啊——"

然后立夏拿过自己杯子，要倒酒。

一只手阻止了她的动作。

那手十指干净，骨节分明。

程宴北直接将酒瓶夺走，抬眸看了她一眼："少喝点。"

立夏又一把抢回来。她有些醉了，跟痞了毛似的："我都说了你别拦我了，你不喝就算了，凭什么不让我喝？"

又喊大家跟她一起喝。

众人都把求救的目光投向程宴北。

"副队——"

"我们真的喝不动了啊。"

程宴北于是也不跟她抢了。

他淡淡地看了她一眼，重新靠回了沙发上。

在场只有他与怀兮两人不喝酒，话也少，一群爱热闹的人中，总有些格格不入。

"副队从来不喝酒吧？"

"嗯，不喝。"

"怎么不喝呢？"

"哎，我才发现，蒋队的女朋友也不喝酒啊……"

闻言，正百无聊赖地玩裙摆流苏的怀兮抬起了头。

方才在电梯门前，立夏就认出了怀兮。

立夏专门给模特儿做造型，还与 ESSE 有过合作，而怀兮曾经作为 ESSE 力捧的模特，在各大秀场都刷过脸。立夏对她印象很深。

立夏也注意到了她不喝酒。

那会儿她要走，与蒋燃剑拔弩张，吵架了似的，坐下后却又安安静静，与程宴北一样，在喝得酣畅的一群人中，像是另一个世界的人。

立夏于是主动同她攀谈起来："怀兮，你不认识我，但我认识你。"

话一出口，又震惊了众人。

怀兮也睁了睁有点儿无精打采的眼睛，颇感意外。

蒋燃也吃了一惊。

连神色一贯倦懒的程宴北，眉心都轻轻地皱了起来。

满桌目光全集中在两个女人身上。

"我认识你啊，"立夏笑道，"你以前在 ESSE 很红的，我之前跟你们工作有来往，也见过你。不过，你估计对我没什么印象。"

怀兮勾了勾嘴角，礼貌地笑了笑。

今晚之前，她的确对面前的女人没印象。

"怎么，你现在不在 ESSE 了吗？"立夏问她，"后来我看 ESSE 的秀，都没见过你了。"

怀兮坐直身，蒋燃披在她肩膀上的外套滑下来一半，露出一片白皙。

她看着立夏，似乎不愿说太多，只淡淡地说道："不在了。"

"那，喝一杯吗？"立夏举起杯子，向她邀酒，"我男朋友跟你男朋友关系那么好，我们以后也会经常打照面的，大家今天见一面就算朋友了。对了，你现在还当模特吧？那我们四舍五入也还是一个圈子的。"

怀兮看了她几秒："我不喝酒。"

"为什么？"

"不会。"

还是那会儿任楠问起她时的答案。

怀兮的确不怎么喝酒。说到底也不会喝，更没有立夏这么能喝。

昨晚的烧酒，要不是黎佳音勉力相劝，她一口都不打算碰。

"为什么不会？"立夏觉得有点儿好笑。

怀兮一看就是那种长得漂亮，身材好，又很会玩的女人。不然也不会进入蒋燃他们这个圈子。

"玩咖"居然还有不会喝酒的？

一个简单的习性，被立夏胡搅蛮缠地追问，怀兮有些心烦，不太客气地轻笑："我为什么要会？"

"呃……"

气氛有些尴尬。

虽是第一次正式打照面，彼此对视一眼，却有一股莫名其妙的硝烟味。

立夏先降了半旗，以示投降，依然笑意盈盈："算了，不会喝就不喝了。"

说着，她仰头将一整杯烈酒饮尽，向怀兮展示空了的杯子："我干了，你也别随意——既然你不喝酒，那我要提条件了啊。"

怀兮扬了扬眉，稍有了兴致。

她对上立夏的视线，嘴角勾起一个小巧的梨涡，眼下的泪痣透着几分清冷。

成年人不轻易喜怒于形，大家都面带笑意。

"条件是，你得告诉我一个秘密。"立夏语气轻缓，"说句真心话，怎么样？"

"啊，程宴北的女朋友这么会玩啊。"旁人感叹，"刚才喝得我连我八岁还在尿裤子的事儿都说了，这会儿又去诓燃哥的女朋友。"

不过，在座的人全然把这当成立夏为了活跃气氛，调和蒋燃与怀兮之间关系的方式，也借此开起了怀兮的玩笑。

"蒋燃，立夏把机会给你了，你赶紧趁机好好哄哄你女朋友！"

"立夏你快问，问蒋燃女朋友喜欢蒋燃吗？互相都哄哄啊。"

刚玩一圈游戏，就有人夸立夏长相清纯，是所谓的"初恋脸"。立夏便自然而然地引到这个话题，趁势问怀兮："你如果实在想不到，不如说说你的初恋？"

在场的人大多阅尽千帆，这话题仿佛禁忌，平日不可告人。如今来了兴趣，统统竖起耳朵。

怀兮被推到风口浪尖，明显是用她来助兴。听到这个提议，她有点儿轻蔑地笑了笑，懒懒地抬眼。

程宴北又一次向她投来了视线。

隔着青白色的烟气，都能感受到他略带审视的目光。

他好似也来了兴致，今晚头一次不那么一副高高在上，置身事外的姿态。

"初恋？"怀兮正了正身，漫不经心地说，"初恋有什么好说的？不是谁都有吗？"

"是谁都有，那你说点不一样的啊。"

"快点说，好想听！"

"蒋燃听了不会生气吧？哈哈哈——"

"怎么会？燃哥能那么小气？"

怀兮笑吟吟地转头，蒋燃也看着她。

她嘴角轻扬，盯着他的眼睛，一字一顿地说："我的初恋就是个浑蛋。"

"我跟我初恋第一次接吻就在他家二层阁楼，他家人就在底下看电视。"她顿了顿，补充一句，"他还捂着我的嘴不让我出声，够不够浑蛋？"

一语惊人，四下俱寂。

蒋燃的脸色差到极点。

怀兮轻慢地从他脸上移开目光，下巴抬了抬，又看向对面的立夏。

或是，在看立夏身边的谁。

或是，刻意忽视了他所有的表情。

"嗯，对了，我抽烟还是他教的。"

"他教会我很多。"

怀兮余光掠过对面的男人，都懒得琢磨他是什么表情。她懒懒地看了看自己的指甲，最后又笑着补充："我唯一记住的，就是不要吃回头草——因为包括他在内的男人，都不是什么好东西。"

程宴北听她说完，无意识地勾起嘴角，偏头一笑。

他这一晚异常沉默，他平时也不算个话多的人。立夏听到他漫不经心的笑声，疑惑地回头。

男人嘴角的笑容却久久未消。

他指尖的烟烧到了尽头，快要烫到手指，他都没有察觉。

那一截烟灰将落不落，仿佛听了个多么值得回味、意犹未尽、舍不得落幕的故事。

散场时，一群人已喝得七歪八倒。

蒋燃后半场又喝了不少。他平时酒量不错，也算是个酒场君子，但终究没喝过立夏，最后被几个还算清醒的人扛上了程宴北的车。

立夏也醉了，也上了程宴北的车，随后直接睡过去。

会开车的人里只有程宴北一口酒没碰，负责载蒋燃他们回去。

怀兮也没喝酒。

去年年底她在国外考的驾照，才更换成国内的。国外右舵的车她就开得马马虎虎，在国内没怎么上过路，也不熟悉沪城的道路，就没敢开。

三三两两的人在门前等代驾，程宴北出来时，能走的都走了。

怀兮住外滩附近，不是很远，她不打算与蒋燃一起回他住的那家酒店，准备打车回自己住的地方。

黎佳音和她发了一会儿微信，得知她要跟蒋燃分手，一头雾水。

"分什么手？昨晚不是还好好的吗？"

怀兮换男朋友的速度快得令人咂舌，理由各异，全凭她心情。这次黎佳音却不理解了。

听说蒋燃会哄女人，温柔体贴，还是个富二代，家里在港城开船厂，条件好，又是个挺有名的赛车手。怀兮与他在一起的时间不长，但一直还算合拍。

如果黎佳音记忆没出错，怀兮跟她打电话还说昨夜那个"生日礼物"的效果不错，床都没起来。

怀兮站在门廊一侧等车，避着风点了根烟，舒缓整晚的情绪。

有人经过，带起一阵小风。她一开始没在意，直到一道低沉的声音响起："这次准备玩儿多久？"

怀兮昨夜听过这声音，她微微站直，循声看去。

一抬头，就对上程宴北略带笑意的眼睛。

一夜漫长，照面打了不少。

但除了她说"不认识"，他装模作样介绍他是何许人，目睹她错拿他喝过的杯子之外，他们没有其他交谈。

男人轻垂着眼眸，唇上咬着烟，没点。

烟身通白笔直，很干净。是他和她以前都很爱抽的七星蓝莓爆。

怀兮眯了眯眼，朝他吐了个烟圈，透着徐徐烟雾，细细地打量他。

数秒后，她不禁笑道："玩儿？"

微风吹过，撩起她侧脸的短发，她笑容娇俏。

和他在一起的那些年，她留了很多年的长发。

分手后，她又留了很多年的短发。

程宴北也笑。

同她一样漫不经心，一样心照不宣。

各怀鬼胎。

他极有耐心，又低声地问了她一遍。

"这一次，准备在我面前玩多久？"

程宴北高大笔挺，一米八八的身高，站在她身旁，压迫感十足。

怀兮心底冷笑，表面却还算体面——对上他的眼睛，面不改色地回答："我没准备玩儿，我是认真的。"

"跟蒋燃？"

"是啊。"

简单的一句"你准备玩儿多久"，像是久别重逢的恋人在异地相遇随意寒暄一般——问询对方是否要在此地久留，下一段行程安排如何，要同谁一起。

其实没有人关心答案是什么。

因为你逗留，或者我先走，我们都已经结束。我们不会再携手同行。

但怀兮知道程宴北不是这个意思。

"昨晚和今晚，你也看到了，"怀兮淡淡地笑着，红唇夺目，显得稚气的短发下，那张俏丽的小脸上竟有几分恶作剧的意味，"我们很认真。"

程宴北嘴角微勾："是吗？"

"是啊，怎么，你没告诉他昨晚我们的事？"她的语气半是试探，半是讥讽，"他可盘问了我好久。"

他眉眼一挑，反问："你没告诉他？"

他唇上那支未点的烟仿佛跟他一样，在静候下文。

兴趣盎然。

"这种事不是你说才有意思吗？毕竟是我错进了你的房间。"她的表情很张扬，"你没告诉他我们昨晚是怎么玩儿的吗？款式你都替他先看过了，没跟他说你喜不喜欢？"

他太高了，她仰头同他说话，像是直直地望入他眼中。

程宴北却只是垂眸，看着她笑。

就这么对视了数秒，却仿佛酝酿着一个世纪的暗潮汹涌。

他突然朝她倾身。

那双深沉骏黑的眸子如幽深不见底的潭，攫住她，要拽她下地狱。

他唇上未点的那支烟，也随他挨过来，靠近她的烟前端的一点猩红，瞬间点燃，如星星之火。

如火光跳跃，映着彼此的面容。

"呃……"

"够野，"他嘴角扯出一抹轻笑，撤开，"但我不喜欢。"

一点红色在他唇上跳跃。

程宴北又恢复成那副旁观者的姿态，任凭怀兮在他面前换男友如换衣，任她与另一个男人在他面前如何亲密，他始终无动于衷。

没有正常的七情六欲的浑蛋。

程宴北点上烟后，似笑非笑地看了一眼满面惊怒的她，转身离开了。

好像只是跟路边遇到的女人随意地借了个火。

一缕未散尽的烟气，滤着凉薄的夜风。

程宴北凑过来点烟时，怀兮捕捉到一缕很清淡、很清淡的男士香水味道。

檀木香混着橘皮味，又像柚木香。

如同昨夜，萦绕着她。

却也和昨晚不同，明显多了一丝女人的味道——是与谁交颈厮磨后留下的罪证。

怀兮还没从他那个突如其来的点烟举动里回神，就见他径直往前方停车坪的方向走去。

她突然鬼使神差地出声道叫："喂，程宴北。"

她的声音不大不小，因抽过烟，带了些沙哑。

五年后，怀兮头一次喊了他的名字，却一点儿也不够淡然体面。

程宴北闻声顿了顿脚步，回头。

他一只手插在长裤口袋里，身形被灯光拉得顾长。

那张脸棱角分明，眉目轮廓是她熟悉的，看她的眼神却比之从前冷淡。好像她真的只是个路过给他借了火的陌生人。

他站在她前方五米开外，不远不近。

分手后的距离，在他回头的一瞬，头一次被丈量得如此清晰。

怀兮迅速地调整了自己的情绪，她望着他，迈开纤长的腿，悠然地走下台阶。

"你不会以为，我这次真的是在玩吧？"

"别自大了，"她站定在他面前，看着他轻笑，"难道你还觉得，我跟别的男人在一起，是为了让你不舒服吗？"

程宴北微微挑眉。

"就算我知道你们认识，我也会跟他在一起。"她依然在笑，"因为你在我这里，根本算不上什么。"

"而且，万一以后摆酒席，要弄个什么前男友桌，还不必特意花心思打探到你的联系方式请你过来。或者再有昨晚走错房间的这种事儿发生，"怀兮踮起脚，贴到他耳边，缓缓地吐气，"说不定，你可以直接留下来观摩一下，再回去教给你的女朋友——就像你之前一步一步，一点一点，教我的那样。"

少女蜕变成熟后乍然性感，一阵香气扑鼻而来，野性又浓郁，却不令人生厌。

怀兮对上他始终笑意淡淡的眼睛，扬了扬下巴，最后挑衅地看了他一眼，轻快转身。

她却突然感受到一个强硬的力道掐住她的后颈，将她又狠狠地按了回去。

如此猝不及防，怀兮受惊不小，一个不稳，差点儿摔倒在他怀中。

一抬头，对上他骤然冰冷的视线。

她比从前短了不少的发缕绕在他的指间，眼下那颗妩媚的泪痣多了几分与年纪相衬的风情。

真是长大了。

变得都有些不认识了。

程宴北箍住她的后脑勺，将她拉进，迫使她仰头，还向上踮了踮脚，直直地对上他的眼睛。

"你要跟谁在一起我没意见。"他低头睨她，虽在笑，嗓音却冷淡，"不用特意告诉我你们做过什么。"

怀兮机械地眨了眨眼，没来得及做出反应，他就放开了她。

很快，他的背影就消失在路口拐角。

手机突然振动了一下，是黎佳音："你真要跟你那开赛车的男朋友分手啊？人家哪儿不好了？你怎么想起一出是一出？"

怀兮望了一眼空荡荡的街角，懊恼地吹了一下眼前被他弄乱的刘海，回应她："再说吧。"

立夏晚上喝多了，在车上睡了一觉，程宴北好像还没回来。

车窗半开，夜风有点凉。她迷迷糊糊地去摸身侧的车门，想将车窗升上去，一只手臂突然从她的身前横过，按住了她的手。

男人的手臂。

立夏以为他要阻止她关窗，挣扎了一下，好不容易将车窗升上去。

接着，男人忽然靠了过来，挨在她身上，好像也醉得不轻，很难受似的。

他身上有一股很淡的古龙水味道，又有点不像，更像是 G 家那款"罪爱男士"，又或者是"爱家大地"，后调更醇厚。

他好像想要开窗，却没什么力气，指节发狠地捏着她手腕，立夏直皱眉。

她也喝了不少，头痛欲裂，没劲儿去拗他，也没空管那车窗户了，靠在车座椅上休息。

白裙的一角被他压到，或是卡在车里的哪个位置，她不知道。他又尝试开窗户，胸膛压着她，炽热的呼吸喷洒在她的肩窝，令那里隐隐作痒。

立夏去拽裙子，手顺着车座椅摸过去，突然发现这不是车前座。

是车后座。

而她一般坐在程宴北的副驾驶座。

是了，他今晚要开车送她和蒋燃回去。

他没喝酒。

是谁？

立夏还没弄明白自己怎么到了车后座，忽然察觉一只温热的手推开她被压住一半的裙角，灼热的呼吸也从她的颈部，直蔓延到她的耳郭。

痒得她颤抖起来。

他醉得不轻，靠过来亲吻她，发丝拂过她的皮肤。她清醒了一丝丝，忽然想起，程宴北是干净利落的圆寸。

男人的吻技很好，会取悦又会挑逗，知道女人的耳垂、耳郭与脖颈相连的那处敏感，边咬着她耳朵，边轻轻地唤一声："怀兮。"

嗓音温柔，不若程宴北，总是低沉又冷淡。

立夏一愣，清晰地听到他说："我以前就……喜欢你。"

他呢喃着，立夏还没反应过来，就被他推向了车门。

她浑身绵软，如何也招架不住。

程宴北是不会这么吻她的。

不会如此热烈。

男人呢喃着，说什么以前看到她的第一眼就很喜欢她，可惜那时候她是别人的女朋友，还有一些床笫之间不三不四的胡话。

他一把将她的腿捞上座椅，半条腿支在座位的边沿，整个人就覆了上来。

窗外凉风直窜到她的裙下。

立夏浑身发颤，不知该存续或是打断，接着，一侧车窗就被敲响了。

咚咚咚——

Neptune 的申创站在程宴北车旁，又敲了两下窗户。

还是没回应。

他以为自己找错车了，于是往里张望。黑夜成了最佳的防窥膜，他什么也看不清，便绕着车屁股走了半圈，去瞧这辆黑色越野的车牌号。

的确是程宴北的车，没错。

此时，后座车门传来动静。

申创小碎步上前，看到是立夏打开门，立马打了声招呼："嫂子。"

立夏头痛地扶额，一只手撑着车门："怎么了？"

申创这一晚跟大部分人一样，被程宴北这个长相清纯的女朋友大得吓人的酒量惊到了。立夏明显醉得不轻，申创观察了她一下："燃哥，在车上吗？"

如果他没记错，蒋燃那会儿被人扶着上了这辆车。

立夏揉着太阳穴，跌跌撞撞地下车去。高跟鞋落地，差点儿没站稳。申创下意识地伸手，不知该扶她还是不扶。

立夏已经打开前面的车门，坐到了副驾驶座，关门前还朝后座方向扬手示意。

申创立刻了然，往里一瞧，这才瞧见蒋燃睡在后座，还有点儿衣衫不整。

"呃……"

申创看了一眼副驾驶座。立夏坐那儿，呼吸沉重，似乎醉得很难受。

她刚从后面下来的。

申创来不及多想，拉起蒋燃一条胳膊，搭在自己的肩头，跟立夏知会了一声："嫂子，我带着燃哥先走了啊。我们得回赛车场那边，明天六点要训练，我怕他起不来，打车直接带他过去。"

立夏没说话，像睡着了。

申创三两下扛着蒋燃下了车。车门一关，她才缓缓地睁开了眼。

她的心跳得很快，有些回不过神。

程宴北回到车上时，立夏的酒差不多已经醒了。

车后座空荡荡的，蒋燃不见踪影。

"哦，"立夏主动解释道，"刚有人把他接走了，说是明天直接去赛车场训练，今晚住在那里，就不回酒店了。"

程宴北看了她一眼，"嗯"了一声，坐上车。

散场很久了，立夏刚才迟迟不见他，便问："你刚干什么去了？我一觉都睡醒了。"

程宴北手中的烟还没灭，他打开车窗，手上心不在焉地玩着个打火机，不停地弄出响声："借了个火。"

他好像都没意识到自己手里有打火机，还是从自己的口袋里拿出来的。立夏的视线从他骨节分明的手指，移到他的脸上。

她狐疑地皱眉，觉得有点好笑："你不是有打火机吗？"

程宴北停下动作，视线低垂。

窗外的光虚虚笼罩着他的侧脸，以致面部的线条都柔和了几分。

他才给车打着火，立夏忽然凑过去，握住他要拉制动的手，大着舌头笑吟吟地问了一句："哎，你也教我抽烟，好不好？"

程宴北倏然眯眸，看着她。

他的眼神警惕了几分。

立夏半伏在他的方向盘上，自顾自地说起来："怀兮说她的初恋教她抽烟的事挺有意思的，哎，你说，怎么有这么坏的男人？居然教自己女朋友抽烟。"

程宴北沉吟了一下，觑她一眼，笑道："那你还要学？"

"想学啊。"立夏坐了回去，她醉意未消，有点儿语无伦次道，"虽然，我不怎么喜欢抽烟的女人。哎，算了，算了。"

程宴北笑了笑，没说话，发动车子。

"学抽烟"这事也就没了下文。

立夏一喝酒，话就异常多，有的没的，絮絮叨叨了半天，还替怀兮控诉起她那个浑蛋的初恋。

程宴北平稳地开着车，一路话不多，偶尔回应几句。

譬如——

"你说这种男人是不是浑蛋？"

他就轻轻地"嗯"了一声。

"不过这种初恋，也挺刻骨铭心的吧？哎，我连我初恋长什么样都想不起来了。"

程宴北这次的"嗯"有些迟疑了——不仅是他，立夏也突然中止了话题。

前方路口，有一道单薄纤细的身影。

怀兮站在街角，她好像是沿着这条街一直走过来的。

看起来没打到车。

"这不是那个……"立夏降下一侧车窗，朝着那个方向扬声喊，"哎，怀兮。"

程宴北踩了一脚刹车，车子稳稳地停下。

一辆底盘颇厚重的黑色越野闯入怀兮的视线，嚣张跋扈。怀兮看过去。

喊她的人是立夏，怀兮愣了一愣。再一抬眼，就看到了驾驶座的程宴北。

男人半边身子隐匿于暗沉的车厢中，手臂搭着方向盘，看不到表情，但怀兮能清晰地感觉到，他朝自己看了过来。

立夏笑着问："你没打到车？

怀兮点点头，并不打算多言。

"这么晚了，这条路应该不太好打车了，喝醉的人太多了。"立夏看了一眼表，已过十二点，"你住得远吗？要不要送你一段？"

立夏一边问怀兮，又回头看了一眼程宴北："可以吗？"

程宴北还没回答，怀兮却是先一步回绝了："不用了。"

他在暗，她在明。

他能清晰地看到她的表情，一脸戒备。

好像他停在这里，邀她上车，是故意要给她难堪。

"真不上来吗？"立夏说，"可能你还要在这儿等很久。"

"不用了。"怀兮再次回绝，对立夏疏离地笑了笑。

立夏打量着她，轻轻一笑，便作罢了："那好吧。"

立夏还想说"那你打上车早点回去"，不过怀兮的态度冷淡，她也就没说出口。她缓缓地升起车窗。

车继续向前，那一抹身影离他们越来越远。

立夏刚才还替怀兮控诉她那个"浑蛋初恋"，这会儿有点儿没脾气了："哎，我还看她一个女孩子大晚上打车，觉得不安全呢……"

见程宴北沉默，立夏便换了个话题："不说这个了。我问你个问题。"

程宴北直视前方："怎么了？"

立夏直勾勾地看着他棱角分明的侧脸，欣赏了一番，然后笑着问："我像你的初恋吗？"

一束光落入车内，映出他疏冷的眉眼。

"不像。"

立夏听他这么说，便觉得问初恋这事儿在他这里倒不算什么大忌，于是有点儿自满了："一点儿都不像？"

"不像。"

"不会吧？都说男人每找一任女朋友，都是按照初恋的标准找的，你就没有？"

车子驶出这段路之前，程宴北微微抬眸，望了一眼后视镜。

一辆出租车泊在路边，怀兮已经打到车坐上去了。

他收回视线，有条不紊地打了半圈方向，离开这条街。

车窗半开，他的声音被风吹得很淡。

"也有例外。"

第四章

她的二十七岁

怀兮坐在星巴克的高脚凳上，晃着两条纤长的腿，一页一页地翻看尹治发来的《JL》的封面赏图。

这一天是尹治给她考虑期限的最后一天。

早上尹治给她发了微信也打了电话，怀兮都不知该怎么回。若放在前天和昨天，这样的态度明摆着就是拒绝了。

可从昨晚怀兮看到自己银行卡的余额起，她就动摇了。

按理说，《JL》可是一线刊物，不应该独独等她一人，本以为是尹治为她保留机会，给她面子，直到她下午接到了摄影师助理的电话，跟她沟通，才知道是摄影团队极力想邀她来拍。

摄影师与模特也是讲究眼缘的。

不过尹治也给了她面子。他对《JL》那边的说法是，她这边还有另一家杂志的邀约，需要两边权衡，并没直接说她不拍了。

于是《JL》那边给的薪酬水涨船高，开出的条件丰厚，诱惑很大，甚至都开始打探所谓另一家向她伸出橄榄枝的杂志社是哪家了，同行竞争跃跃欲试。

怀兮一页页地翻看，偏偏这个摄影师的风格和杂志整体的创意，都很符合她的审美。她心思又动摇了一些。

手机响起。

蒋燃上午打来几通电话，她都没接。

怀兮手下还点着笔记本翻看照片，这会儿接起了："喂？"

不冷不淡的一声。

"还在生我的气？"蒋燃知道她闹脾气，如此开门见山的一句却是笑声温润，好似把昨夜他们之间的不快都过渡了。

"没什么可生气的。"怀兮说。

通常，女人这么说，就是这件事的确"值得生气"。蒋燃了然一笑，主动道歉："是我的错，别生气了。"

怀兮没说话。手指点着点着，打开另一个文件夹。

是关于 Hunter 车队的。

"我应该提前告诉你的。"蒋燃笑了笑，"瞒你确实是我的不对，但如果一开始就告诉你，你可能也不会答应我追你了。"

屏幕上，Hunter 车队的组建历史、成员资料、赛季战况，等等，都呈现在眼前。连从 MC 赛车俱乐部出来的另一支车队 Neptune 的资料，还有蒋燃的名字，也略有提及。

怀兮几次想忽略处于最显眼位置，那位 Hunter 副队长的资料。可看不了几段话就会提到他的名字，她产生了逆反心理，见躲了几次躲不过，又翻了回去。

图片很多，大多是车队合影。

怀兮的职业令她不得不承认，他很有模特架子。

程宴北穿着一身红白相间的赛车服，他是英气的长相，因单眼皮的缘故，气质独特，透着点儿漫不经心的痞味儿。他身材高挑，在有欧洲人的大合影里也非常出众。

身高一米八八，年龄二十八岁，天蝎座，A 型血，等等，这些详细的信息，都明晃晃地摆在眼前，让她用另一种方式了解了他的这些年。

不过看到后面，他驾驶什么车型，参加过哪次世界级的比赛，她就看不太懂了。

蒋燃在电话那头说了好久，怀兮听得心不在焉，大致听他说了什么"大学时我和程宴北在一个赛车俱乐部，你来找他，我就对你一见钟情""我希望我们可以在一起更久一些""你和程宴北早就结束了，其实我们之间没有太大矛盾"这种话。

怀兮不是小女孩了，也并非情窦初开的少女，等他的话告一段落，她才出声："说完了？"

蒋燃察觉到她听得不用心，笑道："不想再多听几句？"

"你还想多说几句吗？"

蒋燃还有训练。

"不说了，见面说吧，该我上场了。"他好脾气地笑了笑，就挂了。

怀兮放下手机。

一个电话打得心照不宣。

怀兮的指尖在电脑上敲打，资料一页页地看过去，她的兴致也益发浓了。

她又思考了一会儿，终于决定打给尹治。

蒋燃的电话突然又打进来。

"我的车钥匙在你那儿吧？"他直截了当地问。

怀兮愣了一下，想起蒋燃昨晚好像的确把他的车钥匙放到她这里了。她翻了一下包，也的确翻到了。

"你在外滩附近吧？"他自顾自地安排，"我的车还停在那边，昨晚喝多了没开回来，你一会儿帮我开到赛车场这边，我们顺便见个面。"

"呃……"

"哦对，是分赛车场，不是嘉定区的那个。"他特意强调，"离这边就四五公里，很近的。"

怀兮顺了一口气："你不怕我给你撞成碎片？"

"只要不把你撞坏，别的随便撞。"蒋燃知道她才拿了驾照没多久，半是怂恿道，"我的车改装过，很安全，我前女友也开过。她车技还没你好呢，你拿了驾照总要上手吧？"

怀兮犹豫了一下。她的确缺少一些实践经验。

"车上有导航，放心，路上慢点儿就行。"蒋燃说着就要挂电话，

"先挂了，来了跟我说。"

地方的确不远。怀兮开着他那辆宝马X7辗转了两个高架就下来了。她开得谨慎，好在最后还是安安稳稳地到了目的地。

分场地是去年才修建的，大门气派，环境也优雅，绿树成荫，能听到里面飘出的赛车引擎的轰鸣声。

宽敞的停车坪被车塞得满满当当，怀兮往前开没什么问题，倒车却是头疼的难题。她将车在一边儿先停了停，等前面的几辆车先进去。

她抽空看了一眼手机，回复和尹治聊到一半的消息。

尹治说她再不考虑好，《JL》就准备联系ESSE那边的人了——好巧不巧，联系的模特儿还是怀兮以前在ESSE就不怎么对付的同行。

怀兮这下不犹豫了，当即答应下来。

明天是周一，正式开始拍摄。尹治给她发来一些资料，还有张电子合约。合约跟她那天看过的一模一样。

某一页三个黑色的宋体字。

端端正正。

怀兮迅速扫了一眼，像是怕自己后悔，赶紧翻到最后一页，签下自己的姓名。

后面排队的车鸣笛催促她，她手忙脚乱地找了处看起来比较好停车，位置大的车位，直直地开过去。

怀兮握着方向盘的手里还拿着没来得及放下的手机，倒车时焦虑这个车屁股怎么都停不正，只好又开出来一段，准备再试试。

这时，尹治突然打电话过来。

铃声大作，怀兮本来就紧张，旁边又开出一辆车，她登时吓得手足无措，一脚油门踩下去，"哐当——"一声巨响，车狠狠地撞到了一辆黑色越野车，碎裂声刺耳。

程宴北正在车里闭目养神，就被这么狠狠地撞醒了。

眼前一个妖娆的白色车屁股，撞了他的车一下不说，还扭来扭去地调整姿势，跃跃欲试的样子，好像还准备撞第二下。

程宴北眉心一皱，立即挂挡。

趁那辆车撤开一段，他向右迅速打了大半圈方向，漂移一般，成功地将车开出了停车位。

躲过一劫。

两辆车几乎擦身而过。有惊无险。

怀兮听到后方车轮摩擦地面的声音，冷汗都下来了。

半天倒不进车位，还撞了别人的车，她一时不知所措。紧接着，就听到那辆车传来关车门的声音。

有人下来了。

好死不死，她的车窗户还开着，听到脚步声，她握紧了方向盘，赶紧将头埋入臂弯。

害怕被看到一样。

程宴北见是蒋燃的车还觉得有些奇怪，过来正准备敲车窗，就看到一颗脑袋埋了下去。

他不禁有点儿想笑。

她倒是真不怕沪城这诡谲多变的天气，穿了件清凉的黑色露背绑带裙。短发下的后颈骨感纤细，往下是一整片毫无遮挡的白皙背部。

漂亮的肩胛骨如蝶翼一般，脊柱窝儿一道浅浅沟壑蔓延到腰际。

程宴北在门边顿了顿，程宴北还是抬手叩了叩窗户。

"下车。"嗓音冷淡，带着几分命令。

怀兮听到这声音先是愣了一愣，接着就头皮一麻。

不会这么倒霉吧？

过了几秒，她才僵硬地抬起头。

半降的车窗外，是棱角分明的半张脸。留着利落寸头的男人眼眸幽深，是狭长的单眼皮，鼻梁高挺，剑眉星目。

"呃……"

怀兮与他对视了几秒，不自觉地往方向盘倾身，有点儿不乐意下车似的，又像是只做了坏事被逮住的猫儿，存心跟他耍赖，埋头不出声。

直到他又说一声"下车"，她才很没底气地开口："我会赔钱给你，别那么多话。"

"呃……"

"我说真的。"她又信誓旦旦地补充，声音铿锵有力，"我会赔给你。"

她的眼睛定定地盯着他，眼神直直的。

程宴北淡淡地睨着她，认真地说："你的车后灯碎了。"

说完他扫了她一眼，挪步走向车后方。

怀兮一激灵坐直，想都没想就赶紧下车。

程宴北长腿半屈，半蹲在她车后。

他仔细观察那个碎了一半的后灯，眼眉低垂着，透着几分认真。

怀兮跟过来，稍稍跟他保持距离，顺着他视线一看，倒吸一口冷气。她又观察了一下他的那辆车，车左侧前灯也碎了。

两败俱伤。

程宴北微微抬起下颌，伸手拨开车灯碎片，查看了一下里面，淡声问："你什么时候拿的驾照？"

怀兮一怔，站直身，随口答："早拿了。"

"多早？"

上大学那会儿，周围的同学陆陆续续都考了驾照，怀兮一直磨磨蹭蹭不去考。总跟别人吹牛说她男朋友连赛车都会开，她不需要学车，他可以送她去任何她想去的地方。

这一刻回忆起这些，像极了一个个巴掌。

"就很早了。"怀兮怕自己没底气，还提高声调，迅速结束这个话题，问他，"那现在怎么办？"

"要去 4S 店修。"

程宴北站起来，高大的身形带来强大的压迫感。

怀兮拿出手机走到一边，准备给蒋燃打电话。

程宴北忽然说："他在训练。"

她还维持打电话的姿势，半侧着身子，回头看他。

她挑起眼角。

她后背那一片白皙无遮无挡，只有细长的绑带交错其上，打着漂亮的蝴蝶结；裙摆在臀线附近，两条腿纤长又笔直。

还穿高跟鞋开车。

程宴北视线掠过她脚面，向后半倚着车身，径自从烟盒敲了支烟，点燃。

低垂的眉眼与语气一般倦懒："你打过去也没人接，六点半才结束。"

怀兮只得放下手机。

看了眼时间，才刚五点。

程宴北说完，走到他自己的车那边，蹲下来，一边查看车损，一边抽着烟打了个电话。他声线沉缓，时而低笑，带着几分漫不经心的暗哑。

怀兮看了看他，在原地站了一会儿，又盯着蒋燃那辆车狼狈的车屁股，有些无措。

第一次开人家的车就给撞成这样，还一撞撞俩，不知道要赔多少钱。

她自己都快没钱了。

很快，程宴北打完了电话。

怀兮下来时没拔车钥匙，他直接拉开了那辆宝马的车门，坐上去，发动车子挂倒挡，稳稳地将车倒入了身后的停车位。

怀兮看他这么一通行云流水的操作，有点儿不解："你干什么？"

程宴北关了车门下来，又径直走向自己的车，淡淡地抛下一句："跟我去修车。"

"呃……"

怀兮愣了一下，接着很快转身，准备上蒋燃的那辆宝马。

"有人开。"

程宴北又在她身后出声。

见她回头，他倚住自己的车门，手里拿着蒋燃车钥匙，挂在指尖晃了晃，轻笑着问："你还敢一个人开车？"

怀兮觉得他在嘲讽她，咬了咬唇，表情很倔强。

可她也的确不敢了。

"上车。"

他扔下一句话，长腿一迈，上了自个儿的车。

他拿走了那辆宝马的车钥匙，根本不给她选择的余地。

算了，谁让她撞了他的车？

她确实得赔偿给他。

怀兮不情不愿地挪步过去，几步的路，她却走得异常艰难，甚至已经在心底盘算着，要不要先管黎佳音借点钱了。

怀兮准备上后座，一拉开车门，看见座椅上堆着几个块儿头不小的箱子。里面好像是新的赛车服还是什么，还没拆封，满满当当地摞成小山。

她只得无奈地关上后车门，坐上副驾驶座。

车内有一股淡淡的木质香气，夹着丝丝未滤尽的烟草味道。

座椅是皮质的，她穿短裙，光裸的腿一接触到，丝丝凉意就让她情不自禁地颤了颤。

她下意识地看了他一眼。

程宴北系好安全带，扣入右侧。他跟着抬了抬眼，见她有点儿局促，不禁问："你不系？"

像是真把她当成了一个对车方方面面一窍不通的新手司机。

系安全带怀兮还是知道的。她没好气地看他一眼，拉过安全带，扣好。

动作挺重，发出"啪嗒——"一声脆响，她还不服气地朝他扬了一下眉，一脸不需要他废话的表情。

程宴北瞥了她一眼，收回目光，嘴角弧度渐深，却没再说什么，发动车子，载着她离开了。

下午五点，日头仍烈。

经过赛车场门前，怀兮一打眼就看到了任楠。他好像是等在这里的。

车子快经过他时，程宴北左手伸出车窗，一个漂亮的抛物线，将蒋燃的车钥匙扔给了任楠，漫不经心地嘱咐："开到地方给我打电话。"

"好嘞，哥！"

任楠扬声答应，视线追着程宴北的车走了一段距离，注意到他的副驾驶座有个女人。

蒋燃常去的那家宝马4S店离赛车场不远，程宴北和怀兮才上了第二个高架，任楠就打来电话说他到了。

程宴北连着蓝牙耳机，应了几声就要挂电话。

任楠却颇八卦地问了句："哥，你车上刚才带着谁啊？新女朋友？我怎么看不像昨晚那个呢？"

倒是有点儿像蒋燃的女朋友。

不过刚才任楠也没看清，就没直说。反正程宴北这帮人换女朋友一向快，尽人皆知。

"不是。"程宴北道，"你修完先别打给蒋燃，先给我打个电话。"

"嗯，行——"任楠想起刚才他那车的车前灯好像也碎了，"你也修车去了啊？"

"嗯。"

"你跟燃哥的车撞了啊？"任楠这才反应过来，笑着揶揄，"哎，你俩开赛车的，开自己的车能撞一块儿？而且他不是在训练吗，谁开的他车？"

程宴北轻轻地哼笑，余光瞥向一边的怀兮。

她从刚才上了车就一直低头安静地玩手机，齐耳短发遮住她的侧脸，看不到表情。

刚才她接了个电话，对面好像是她的朋友，应该是问她在做什么，她说在星巴克喝咖啡。

任楠已经猜到是谁了，正要说话，程宴北却笑着打断："先不说了，我马上到了。"

"哦。"任楠也没再问，"哦，对了，哥，晚上你过来训练吗？今晚 Hunter 的人和 Neptune 的都在，开两圈儿呗。"

"来。"

"嫂子也来吗？"

"嗯。"

"是昨晚那个吗？"任楠笑得意味深长。

"废什么话。"程宴北笑道，声线沉下，"先挂了，我晚点儿过去。"

"啊，好啊。"任楠嘿嘿地笑着，正想调侃一句"记得把燃哥的女朋友作为'燃哥的女朋友'带回来"，程宴北已挂了电话。

不知怎么回事，任楠总觉得程宴北和怀兮之间有些奇怪。昨晚刚认识，今天怎么就上了一辆车？这"认识"的速度也未免太快了。

周围爱玩儿又会玩儿的男人其实不在少数，程宴北和蒋燃也算得上。要真想玩点儿什么越轨刺激的，还真有可能。

这一边，怀兮与尹治发微信，聊明天的工作。

尹治问她要不要晚上一起出来吃个饭具体聊聊。怀兮反问他带不带他女朋友，如果带，她就也带她男朋友，否则免谈。

尹治这次倒是长了个心眼："你想让我带我当然带了，或者你带个你的前男友，我带个我的前女友。大家都不吃亏。"

怀兮心底哼了一声，懒得再多说。

车行驶了二十多分钟，她跟开车的人一句话也没有。

就是尹治这样的前男友，这一刻也可以微信、电话往来，开一开无伤大雅的玩笑，可换了程宴北坐在她的身边，却半句话都组织不出来。

当然，好像也没什么可说的。

怀兮就在这样的沉默中，将朋友圈和微博刷了好几遍。实在觉得无聊，干脆拿着手机发起呆。

此时到了个红绿灯路口。

怀兮一个不留神，手机从手中滑到座椅下方。

她正低头去捡，一条胳膊突然横了过来，程宴北好像要拿东西，去拉她身前的车斗。

于是，她一脑袋就撞到了他的。

猝不及防的一撞，痛得她眼泪都要掉下来，放在腿上的包跟着倾倒，乱七八糟的东西掉了一地。

平板电脑还砸到了她的脚上。

她的眼眶一下就红了。

程宴北也吃痛，坐直身，发现她正捂着额头，红着眼睛看他。

一副又气又怨的样子。

他也被撞得有些头昏脑涨，动了动唇，却不知该说什么。

他便先伸手，微微地俯下身，帮她捡地上的东西。

她也去捡，稍稍避开他，还用胳膊挡他的手，很抗拒："你别动。"

应该是真的疼了，都带了哭腔。

程宴北手疾眼快，不消她多说，已顺手帮她捡起了个小本子。是她的驾照，恰好翻到贴着她照片的一页。

照片上她已经是短发了。

眉眼灵动，笑容清甜，化着淡妆就很漂亮，透着几分与年纪不符的清纯稚嫩。

仿佛很多年前，他熟悉的样子。

再一看短发，又觉得陌生。

怀兮看他视线凝在她的驾照上，立刻伸手要去抢，他却恶作剧一样，躲开了她的手。

刚才行车过程中，她偷偷地把安全带给解了，此时用力过猛，一个不稳就跌到他的怀里，整个人都趴上了他的胸膛。

依稀能感受到他沉稳的心跳。

程宴北的手举在半空，借着光，眯眸去打量她的驾照。

他清晰看到拿证日期在去年十二月份。

他垂下眼看她，嘴角噙着一抹笑意："'早'拿了？"

"很早了啊。"她嘴硬争辩，立刻从他身上撤开，坐回去，"去年年底不算早？实习期都过了。"

她说着又去抢驾照。这回动作倒是收敛了些。

程宴北倒像什么都没发生一样，将驾照合起了，递还给她。

前方恰好红灯跳绿，他发动车子时问了句："那你实习了几天？"

怀兮一下子被戳到软肋了，偏开头，看窗外渐渐后移的风景。

好半天，才抹不开面子似的答了句："第一天。"

短暂的沉默后，他终是轻笑一声，有些无奈道："蒋燃也真敢给你开。"

她觉得他小瞧自己，又争辩道："我都二十七岁了，有什么不敢开的？"

他眉眼一扬，觑了她一眼："你不是刚二十七岁吗？"

怀兮微微睁眼，张了张嘴，不知如何反应。他散漫一笑，回过了头，笑意却渐渐地淡了。

"安全带。"他提醒她。

怀兮只得系好。

将近傍晚，路灯次第亮起，天却还未黑，总感觉多此一举。

过了路口，程宴北将车稳稳地停到一个四面通透的玻璃建筑前。

应该是提前打过招呼，程宴北才到，就有一个年轻男人从门里出来，大大咧咧地打了招呼："程哥好！"

然后指挥他又向前开了一段，停到指定位置。

程宴北先下车，怀兮随后。

这个 4S 店四面都是三四层楼高的双层玻璃墙,备件丰富,各区域分工明确,员工不少,人来人往。

"我爸好久都没见程哥你了,今天刚念叨呢,你这好不容易来沪城一趟。"那个年轻男人注意到程宴北身后的怀兮,眼睛亮了亮,笑着问,"还带了女朋友啊?"

"不是。"怀兮有点尴尬,立刻纠正。

程宴北听她语调拉得老长,刻意强调,回眸瞥了她一眼,嘴角仍隐隐勾着。

他伸手,拍了一下比他矮很多的年轻男人的脑袋,往里走:"老吴呢?"

"就在里面,你先去打个招呼啊?"吴星宇边亦步亦趋地跟上,边回头打量着怀兮,又惊又喜,双眼放光似的。

怀兮见他俩一前一后走了,原地踱步了一会儿,找了处长椅坐下。

椅背很低,挡不住她裸露的雪白后背,很勾人。四周人不少,频频侧目。

吴星宇眼睛都看直了,跟了程宴北几步,还不甘心地问:"哎,哥,那真不是你女朋友?"

"不是。"

"那……那是……暧昧对象?"

"不是。"

"那是你的谁?"吴星宇非要问个清楚似的。

程宴北看他一脸吃惊又期盼的表情,眯着他笑:"怎么了?"

"她是怀兮吧……是怀兮吧?她以前很红的。"吴星宇在心里暗暗确认了一下自己有没有记错,"我看过她的秀!妈呀,就那个腿和身材,你懂吧……我的妈呀,我今天居然见到真人了!哇,这是人间芭比吧!还……还穿露背裙,这也太辣了……"

没说完,他就"哎哟"了一声,咋咋呼呼地说:"好疼啊——你打我干吗!"

程宴北将他又要往后张望的脑袋扭了回来:"带路,别瞎看。"

车行重新装修改造过,程宴北上次来已不知是什么时候的事了。

吴星宇在他身边跳着脚,还不死心地问:"哥!你那么会谈女朋友,怎么不和她谈啊！你要是跟她谈，我天天去撞你的车！让你天天带她来我们家修车！我背着我爸给你费用全免！"

"哎！哥你不知道，我高中谈到现在的那个女朋友，就是因为喜欢她的秀才去当了模特儿，一会儿你能帮我要个签……"

他聒噪个没完，临进门时被程宴北笑着打断："你高中谈恋爱你爸知道吗？"

吴星宇一噎，瞅了瞅他，不吱声了。

程宴北进去跟老吴打了招呼，拎起工具箱，带着吴星宇出来。

吴星宇巴不得跟他一起去，屁颠屁颠地鞍前马后，殷勤地帮他拿这个拿那个，眼睛也不闲着，直往怀兮的方向瞟。

车行往来的基本都是男性，稍有个容貌不错的异性坐在这里就足够打眼。

怀兮胳膊向后搭着靠背，后背白得耀眼，手搁在跷起的一条长腿上，指尖一圈儿扎眼又漂亮的猫眼绿。特立独行。

可她两道秀眉轻蹙，时不时心不在焉地看手机，时不时又不知望着哪儿发呆。

吴星宇差点儿把持不住，想要凑上前问问大美女在烦恼什么，程宴北却在他抬脚前出声了："帮我拿个支撑架过来。"

吴星宇悻悻地将步子收回，不情不愿地帮程宴北去拿。

一抬头，程宴北却出去了。

怀兮的注意力还在自己手机的屏幕上，没抬头。

蓦地，身后落下什么柔软的东西，后背接触到，略带凉意。她一抬头，高大的男人立于她身后，脱下他那件黑色的夹克外套，搭在了她身后的椅背上。

他身上就剩一件黑色打底背心，肌肉线条紧致结实，衬出肩宽腰窄的好身材，胸口半遮半掩着一块儿面积不小的文身。

地裂风格，连成一片梵文，看不完全，也看不懂。

很张扬。

怀兮警惕地眯了眯眼："你干什么？"

程宴北觑了她一眼，搭好了外套，什么也没说，又回到车边。

他的外套上还带着些许残余体温，若即若离地拥住她。

怀兮望着他的背影，不自在地调整了一下坐姿。

三五米开外，程宴北和那个一直跟着他来来回回的年轻男人在查看、讨论着车前灯的损坏情况。他偶尔与身边人低声交谈，敛目低眉，话不算多。

他半蹲下来，被车前盖挡住，只能看见他干净利落的头发和偶尔露出的眉眼，神情看上去很认真。

片刻后他又起身，一条结实有力的手臂撑住车前盖，黑色长裤的裤脚扎在皮靴里，双腿修长，散漫又不羁。

怀兮坐在一边，眼下也只能看一看他。有点儿无聊。

她盯着他胸口半遮半掩的文身。前天晚上在酒店走得匆忙，她都没好好观察。

依稀记得他左胸口还有一道疤。和胸口的文身一样，以前没有。

店里冷气开得足，后背凉凉的。

怀兮收了思绪，调整了一下坐姿，无意靠在他的外套上，还挺舒服。

刚才任谁都爱盯着她的后背看，这会儿正好看不到了，她索性这么靠着，滑起了手机，心底盘算自己得赔给他多少钱。

毕竟他这个牌子的越野车不怎么便宜，修一次估计挺贵。

怀兮不怎么懂车，百度了一圈也没看明白。

她终于决定发微信问黎佳音这种情况怎么办。黎佳音吓坏了，一直问她有没有事，有没有撞伤。她问，不是在星巴克喝咖啡吗？怎么跟人撞车了？

黎佳音打了两个电话过来，怀兮也不知该怎么说，就没接。

她的视线无意间瞟向不远处的男人，又陷入了思绪。

怀兮和黎佳音是大学同学兼室友，上大学时她与程宴北虽在港城一东一西相隔甚远的两个学校，黎佳音作为死党兼闺密，对她和他的事几乎了如指掌。

短短几天发生的事情实在多，任她电话、微信连番轰炸，怀兮实在不知该怎么解释。

她瞒了一肚子事儿，心里沉甸甸的。

此时来了个五十多岁的中年男人，面容和蔼，应该是车行老板。他跟程宴北很相熟似的，好像在讨论换什么配件，采取何种修理方案。

怀兮这一刻非常想跑。

身边传来轻微的动静，刚才一直跟在程宴北身边那个年轻男人坐在了她旁边。

"喝点儿吗？"吴星宇倒了杯热茶递给怀兮。人还有点儿紧张，额头都冒了汗。

"谢谢。"怀兮礼貌地笑了笑，接了过来。

温热的纸杯熨着手心，很舒服。

"再等半小时差不多就修好了，撞得不是太厉害。"吴星宇主动跟她攀谈，"有我爸在，修起来很快的。程哥之前赛车出问题了都来这里修。"

怀兮没说话，目光还在程宴北那边，只漫不经心地端起杯子喝了一小口。

茶香在舌尖逸开，很清甜。

吴星宇紧张得手心都出汗了，好半天才从嗓子眼儿里挤出一句话："那个，你以前是当模特儿的吧……"

怀兮这才收了收视线，转头看他，嘴角微翘："怎么了？"

她这么一笑，勾魂夺魄。

吴星宇呼吸一窒，憋了一口气才说完了下面的话："我认识你。你是怀兮，是吧？"

怀兮扬眉，为他能直接叫出自己大名而感到惊讶。

"我看过你的秀，我和我女朋友都很喜欢你——啊，是她很喜欢你，我跟着她一起看的。"吴星宇紧张极了，语无伦次地说，"今、今天看到你跟我程哥一起……我吓坏了。"

觉得这话好像不太妥帖，他又赶紧改口："就是很吃惊，想不到你会来，所以吓坏了。我程哥也好长时间没、没来沪城了。"

单纯的男人不会说话，和女人搭讪，说什么话从不过脑子考虑。

怀兮觉得有趣，来了兴致，向座椅上靠了靠，眼角一扬，示意程宴北的方向："他经常来沪城？"

"也不是很经常，他最近几年一直打比赛，就没怎么来过了。"

"以前常来？"

有个共同认识的人总是容易打开话题，吴星宇点点头，立刻滔滔不绝地说："四五年前吧，程哥在沪城 MC 分部训练过一段时间。哦对，那时候还没有他们 Hunter 呢！我爸以前在嘉定赛车场维修部待过，程哥和我爸认识了，后面车坏了经常来我们这里找配件。"

吴星宇说着凑近了一些，悄悄对怀兮说："因为比在车场维修的价格便宜很多。今天来这儿是因为熟了，他信得过我爸。"

怀兮听他说着话，嘴角的笑意渐淡。

她四五年前也在沪城，跟着 ESSE 在各大秀场奔波，到处走秀、出席活动。

可从没遇见过他。

她也从不知道，那时的他居然也在沪城。

"之前我爸还说呢，赛车都是富二代、有钱人烧钱玩的，他没钱玩儿什么啊，"吴星宇说着，双眼放光，"可谁知道呢，真玩儿出点儿名堂了。听说他奶奶的病也好很多了。"

怀兮一愣："他奶奶病了？"

"嗯，是啊。"吴星宇表情沉重了些，"之前脑出血，四五年前的事了，不过，听说现在好多了。哎，你不知道，他那段时间玩儿命地开赛车，就为了赚钱。可一边烧钱，一边赚钱，入不敷出，我爸要借给他钱他也不要，好在拿了个什么区的小组冠军，慢慢地也开始赚钱了。"

吴星宇见说到程宴北的奶奶时怀兮的反应这么大，试探着问："对了，你们之前就认识吗？"

"不认……"怀兮嘴唇动了动，还没说话，程宴北不知什么时候走了过来。

他伸手弹了一下吴星宇的脑门儿："过去帮忙。"

"知道了，知道了。"吴星宇捂着额头骂骂咧咧，很是不满。他跟怀兮道别，回到程宴北的车那边。

程宴北去一边拎了瓶矿泉水，过来坐到刚才吴星宇坐的位置，离怀兮很近。

他仰头喝水，喉结上下滑动，胸口一道文身若隐若现。

怀兮的后背自觉地离开他的外套，调整坐姿坐直身子，像是那会儿坐在他的副驾驶座一样，有点局促。

程宴北喝了大半瓶水，看也没看她，却轻笑着问："怎么不靠了？"

"没有。"怀兮立刻否认，避开视线，"你拿走吧。"

他又低笑了一声，没动。他手肘支在膝盖上，半握住瓶子，向前微微躬身，时不时地看车子那边的情况。

休息片刻，他又回去了。

程宴北最终也没拿他的外套。

他身材高颀，黑色的背心将身形完美地勾勒出来，脊背一道沟壑绵延往下，宽松版型的长裤掩不住修长双腿，是那种看一眼就让人心跳加速的好身材。

怀兮眯了眯眼。

他回去扔了瓶矿泉水给吴星宇。吴星宇要自己喝，被他喝止。吴星宇只得悻悻地先给一边的老吴，三人说说笑笑，聊的都是她听不懂的东西。

不知怎么回事，这一刻，怀兮突然觉得自己对他一无所知。

半个多小时后，黑色越野车的左前灯再次亮起。

好在车漆和保险杠没被剐到，里面灯芯也完好，只需更换一个车灯盖，调整一下线路就好。

程宴北这才拿回他的外套，与老吴和吴星宇告别。

离开之前，吴星宇还管怀兮要微信。怀兮听说他女朋友也在 ESSE 当模特儿。

怀兮如今已经不在 ESSE 了，别人要加她微信，她也没什么架子，当然她也不觉得自己曾在 ESSE 待过有多么了不起。

都是过去式了。

程宴北先开车出去。

怀兮与吴星宇往外走，交换了联系方式，她还问了一下刚才维修的价格。吴星宇说了个不小的数字，还说程宴北已经付过了。

怀兮通过微信好友请求后的第一件事就是将这笔钱一分不少地转给了吴星宇，然后才挥挥手说了拜拜。

留下吴星宇在原地一头雾水。

已过了晚上七点，天刚黑透，夜风也凉了。

怀兮穿得单薄，赶紧上了车。程宴北正调试车载空调，昏黄的车顶灯照在他的眼额，显得眉目深沉。

怀兮上来后，他也调好了。

车门一关，又酝酿着沉默。

程宴北径直开往自己的目的地，也没问她去哪儿。

上了高架，她手机铃声大作。

是来自蒋燃的电话。

他训练结束了。

"你还没过来吗？"蒋燃问，"都七点了，没什么事吧？"

怀兮想起那会儿程宴北嘱咐任楠，去宝马4S店先别打给蒋燃——蒋燃现在应该还不知道自己的车被撞了。

她这下更不知怎么解释了。

她正踟蹰着，面前出现一只骨节分明的手。

程宴北左手握方向盘单手开着车，右手朝她扬了扬，目不斜视："我跟他说。"

怀兮正犹豫该不该给他，那边的蒋燃听到了程宴北的声音，顿时一愣。

此时，立夏推开休息厅的门，款款地进来了。她一眼就看到了不远处沙发卡座里的蒋燃。

她顿了顿，下意识地转身要出去，蒋燃同时也看到了她。

于是她声线上扬，扯出个笑容："就你一个吗？"

蒋燃听到了，嘴角轻扯，冲她轻轻地点了点头，算是和她礼貌地打了个招呼。

他正在打电话，脸却黑了大半，皱着眉，情绪似乎不太好。赛车服褪下一半晾着汗，显然才从赛车道下来。

立夏没打扰他，去前台点了杯咖啡，找了处地方坐下，打开电脑，手指在键盘上飞快地敲打，处理今天剩下的工作。

怀兮还犹豫着，程宴北已将她手机劫到自己手中："哎，你——"

她要抢回去，他已开了口："怀兮开你的车撞了我的车。"

他的嗓音淡淡的，如同夜风。

程宴北平静地说出她的名字，陈述事实。

不过这话过于干脆利落，倒像是在秋后算账，存心在跟蒋燃告她状似的。

怀兮悻悻地收手，不大高兴地坐回去，吹了一下额前单薄的刘海。

昨夜蒋燃的一句"你们应该认识"，已将现在的，过往的，心照不宣地揭开。

程宴北此时平静地道出她的名字，的确证实了那句话——他们"应该认识"。

不必在谁面前伪装。

蒋燃有点儿紧张地问："她没事儿吧？"

程宴北懒懒地一瞥，怀兮在座椅窝着，抱起手臂，气得跟只河豚似的，见他看过来，恨恨地横了他一眼。

程宴北散漫地移开视线，回答蒋燃："没事。"

"那就好。"蒋燃松了一口气。

"你的车我让任楠开到你常去的那家 4S 店了，剐了漆，车后灯里外都要换，估计得三五天才能换好。"

程宴北说着，又看怀兮，一脸"你干的好事"的表情。

怀兮装没看见，瞧自己的指甲，没搭理他。

"没事儿，换吧。"蒋燃心生烦躁，随处找地方坐，拿了支烟，准备点。

他无意地一抬眼，立夏坐在前方。

不得不说，立夏穿一条简单的连衣裙都很有气质。她背对着他，十指在键盘上敲得飞快，长发拢在一侧肩膀，一截儿脖颈纤细白皙。

蒋燃眯了眯眼，终究没点烟，又放下："一会儿我给那边打个电话问问，老板和我熟，维修不是大问题。"

"好。"

程宴北应完，将手机还给怀兮。

他直视前方道路，没再看她。

怀兮一把夺回手机，动作彰显着怒气。

她不安地整理了一下裙边，主动向蒋燃道歉："对不起啊……刚开始我还开得可以，都到门口，准备进去找你了，就最后倒车没倒好……啊，你放心，我会赔钱给你——"

说完她还暗暗地盘算还剩多少钱。

"没事儿，我会处理好。也怪我，没考虑周全就让你开车上路了。我以为路途短，不会有什么事，你没事就好。"蒋燃温和地笑笑，端起面前的咖啡杯去前台续杯，"你现在在路上吧？"

怀兮也不知程宴北要去哪儿，随口问："哎，你去哪儿？"

"赛车场。"他淡淡地答。

怀兮便回复蒋燃："赛车场。"

前台服务员寥寥，柜台上放了杯咖啡，许久无人问津。

整个休息厅就蒋燃和立夏二人。立夏戴着耳机，叫她的号她全然没听到。

蒋燃听到程宴北与怀兮对话，总觉得不舒服。他平复了一下呼吸，说："那你也过来吧，我们一起吃个饭，等晚上训练结束了我送你回去。"

他顺手将立夏点好的那杯咖啡从前台端起来，经过她时，微微一躬身，放在她桌上。

桌面一声轻响，立夏从屏幕前抬头，似乎很讶异。

蒋燃继续朝自己的座位走去，稍稍回头看立夏一眼，嘴角的笑意淡淡的，对着手机里的怀兮说："晚上我们有个友谊赛，要来看看吗？"

怀兮晚上也没什么事，于是答应下来："好。"

"那我在这边等你。"

"嗯。"

挂了电话，怀兮立刻查银行卡的余额。盯着屏幕上的数字，她动了动唇，问："那个……换个车灯、喷漆什么的，要多少钱？"

程宴北左手搭在窗边儿，右手单手开着车，听她的声音都僵了，觉得有些好笑："怎么了？"

"我得知道要赔给蒋燃多少钱——嗯，对，"怀兮说，"你修车灯的钱，我也给刚才那个人了。"

程宴北没说话。

她顿了顿，又补充："我不想欠你。"

"你没欠我。"他立刻接了话，又放缓了语气，"下次开车注意点儿。"

第五章

猩红伏特加

陆陆续续地结束了训练，一群人下了赛场倒是敌我不分，其乐融融。

时隔这么久，怀兮又要拍杂志。在身材管理方面她向来自律，晚饭她一口没碰，只喝了小半杯柠檬水，坐在蒋燃对面，一页一页地滑尹治发来的资料。

"明天拍吗？"蒋燃问她，"准备得怎么样了？"

怀兮托着下巴，垂眸浏览样图："还可以。"

平时他们甚少过问彼此的工作，蒋燃也是刚刚才得知，她前天是去《JL》试镜了——如果他没记错，这次程宴北携夺冠凯旋的 Hunter 登的杂志也叫《JL》。

不过怀兮告诉他时，他们都心照不宣地避开了这一层。

好像"程宴北"三个字，是什么不能提的禁忌。

蒋燃放下筷子，对她笑："'还可以'是怎么回事？你不如说是胸有成竹。"

怀兮闻言，眉眼轻抬，笑着承认："我确实胸有成竹。"

蒋燃的目光停留在她脸颊那个小小的梨涡上。

初见怀兮，还是五年前她跟程宴北轰轰烈烈，如胶似漆之时。

那时她还是长发，一到夏天，经常是吊带热裤小皮裙，向来毫不避讳地展示自己的高挑身材，不躲不闪不赧然，涂着五颜六色的指甲，打扮和现在一样又野又张扬。

他们俱乐部那群没尝过荤腥的学员一到周末就会嚷，程宴北那个身材很辣，长得很漂亮的女朋友又来了。

一到周末，怀兮会从港城的西面，坐很久的车到港城东头来找程宴北。他们相隔甚远。她在港西的财经大学，程宴北在港东的港城大学。

有时程宴北也会去港西，不过他加入了MC后经常忙到没时间，后面就总是她过来。

程宴北训练时，怀兮总在看台上。训练结束后程宴北会牵着她，去逛一逛大学城。

他们开赛车的，前赴后继追求他们的女孩子很多，不过知道程宴北有个感情很好，还很漂亮的女朋友后，就望而却步了。

蒋燃与俱乐部那群人一样，对怀兮颇为留意。

她的确是那种张扬又惹眼的漂亮姑娘，宛如一朵迎风热烈绽放的罂粟，让人看一眼就很难挪开目光。

五年前蒋燃离她最近的一次照面，就是像现在这样隔着一张餐桌，他路过俱乐部的餐厅，跟与她同桌的程宴北打了声招呼。

那时坐在她对面的还不是他。

是程宴北。

那时她的眼里也只有程宴北。

以至于去年年底，一次朋友聚会，他们再遇到时，怀兮都不记得他是谁。

饭后，Neptune与Hunter两个车队的人三三两两勾肩搭背地回车场，路过蒋燃与怀兮这桌时，朝他们挤眉弄眼。

怀兮穿着一条露背绑带裙，姣好的身材展露无遗，仅仅只是坐在这里就很惹眼。

昨夜经立夏提醒，有人认出了她是原来ESSE十分红爆的那位叫怀兮的模特，明面儿上就对蒋燃表现出十万分的艳羡。

蒋燃自然很受用，又问怀兮："要拍几天？"

"三天？"怀兮见时间差不多了，开始收拾手边的东西，"慢点儿的话得四天吧。"

"每天结束给我打电话，"蒋燃从座位起来，拥着她向外走，"我去接你。"

"每天？你训练这么忙，有空吗？"怀兮挑了挑眉，有点怀疑。

蒋燃低低地笑了一声，看着她，意味深长地说："没空也得有空。"

蒋燃很会哄女人。

今天费尽心思地让怀兮亲自来赛车场找他，是为了补她一个生日礼物，同时作为昨晚的赔礼。

是一双限量版高跟鞋，猩红色的绒面，鞋跟细长，仿佛浸了血的伏特加。

妖娆又高调。

蒋燃知道她买鞋比买衣服都勤快，堪比换男朋友的速度。她的鞋柜永远满满当当，不同牌子的限量版几乎放不下。

可怀兮如今彻底穷了，宁愿把自己那些鞋子全卖了换钱。

她弄坏了他的车，当然不能白白受用这双鞋，问了黎佳音宝马换车灯和补漆大概需要多少钱，借了小一万元，趁他去训练不能看手机，转到他微信上。

车场引擎轰鸣。

怀兮五年前跟程宴北分手后，就不会去看赛车比赛了。

其实之前她还交往过一个在赛车场当赛事经理的男朋友，大周末约会邀请她去看比赛，没几天她就提出分手。

没情趣。

夜幕下，整片场地灯火通明，亮同白昼。

迎着夜风，怀兮与立夏登上四十多米高的看台。赛场中十几辆颜色各异的赛车一圈圈地飞驰，如光电交织。

任楠与她们两人一起，成为两个车队这场友谊赛仅有的三名观众。

任楠为人热情，喋喋不休地为她们解说，什么颜色的车是哪支车队的，是谁在开，驾驶特点是什么，车技如何如何。可车速快如闪电，场地太大，赛道一圈太长，很久才能掠过眼前一瞬。

赛了好几圈，怀兮才勉强能记住，银灰色的车是蒋燃的，那辆始终领先的红黑相间的车是程宴北的。

到最后，满赛场仿佛只有那两辆车在酣战不休，难分彼此。

立夏时不时地与任楠交谈几句。她应该是常来看程宴北开赛车的，与任楠这个专业人员聊起来头头是道。

反观一旁的怀兮，趴着栏杆，却十分安静。

她换上了蒋燃送她的那双鞋子。

夜风带动她的发，拂过她柔美的侧脸。她的鼻尖儿小巧玲珑，眼睫低垂，瞧着下方战况，有些心不在焉。

立夏过来主动搭话："怀兮，你常来看比赛吗？"

怀兮直了直身，老实说："不怎么来。"

"其实也没什么好看的。"立夏看出了她的无聊，"你看，十几辆车，到头来好像就两辆在跑，赛场也是挺残酷的。"

怀兮"嗯"了一声："的确。"

立夏又问："对了，我听说，你都离开 ESSE 一年多了？"

怀兮这才缓缓地直起了身，后背倚住了栏杆，看着立夏："是啊，很久了。"

昨晚怀兮就注意到，立夏很漂亮。

她的漂亮，是那种内敛中暗藏锋芒的美。看似大方标致，同她说话时，眼尾却不露声色地上扬，文静的眉目中敛着些许逼人媚色。

她的穿着打扮又是优雅的，美得很有层次。

"其实，离开 ESSE 也挺好的。"立夏根据自己的职业经验由衷地说，"我见过很多模特，一旦打开知名度就跟经纪公司解约了——这些公司的条款大部分都是对自己有利的，对你却是一种束缚和捆绑，还是自由点儿好。这次《JL》倒是个很好的机会。"

怀兮挑了挑眼角。

"实不相瞒，我昨晚是经朋友介绍去《JL》面试造型师了。"立夏温和地笑笑，"明天拍摄，你跟我男朋友的造型有我负责的一份。"

她的男朋友。

怀兮微笑着缓缓点头，侧头看赛场方向，没说话。

立夏又打量怀兮脚上那双猩红的高跟鞋。

女人总是对女人的打扮过分关注，先前看到怀兮穿的还是另一双鞋，没一会儿就换了新的。何况鞋型如此漂亮，很扎眼。

听说是蒋燃送她的。

立夏好似找话题一般，称赞了一句："鞋子很漂亮。"

怀兮正看着远处布满星辰的夜空，闻言收回视线，扬起笑容："谢谢啊。"

"不如，明天你穿来拍摄吧，真的很漂亮。"立夏有了主意，又打量着那双鞋，"你男朋友眼光真好，这鞋子可不便宜，快绝版了，也很难买到。"

杂志拍摄造型是可以自备衣物的，怀兮却还是有些讶异，毕竟她与立夏才第二次见面，立夏就如此通融她。

"放心，我这点儿话语权还是有的，我可是造型师。"立夏看出她的疑惑，对她微微一笑，大大方方地伸出手，"明天合作愉快。"

最后一圈。

蒋燃那辆银灰色梅赛德斯 W11 进入最后一个弯道前，冒着爆缸的风险狠狠地提速，想追上前面始终领先的程宴北。

一个加速过猛，车身险些倾翻。

程宴北注意到后方情况，眉心轻轻地一皱，见蒋燃的车稳稳地落回地面，他才像往常一样开始平地提速，比平时晚了零点几秒。

蒋燃立即抓住机会，如一道灰色闪电，嚣张地咬死他，直冲上来！

近十圈下来，一直憋了火似的。

红色法拉利SF100平地飞速一向又稳又快，程宴北有条不紊地加速，利用好最后一个弯道，又一次将梅赛德斯狠狠地甩开，一个冲刺，毫不费力地冲过了终点。

程宴北始终一骑绝尘。

就如这么多年，这么多日来的无数场比赛一样。

蒋燃始终无法超越他。

前方光线明亮。

轮胎、引擎尚在发热的银灰色赛车与红黑色的赛车，此时像是交织着的熊熊暗焰，在终点线燃烧着。还没从赛场上胶着的气氛中平息下来。

车门依次开启，程宴北与蒋燃一前一后下车，照例迎面上前，扣住对方的手掌："辛苦了。"

"辛苦了，辛苦了。"

友谊第一。

夜风飒爽，程宴北心情畅快。他准备收手，蒋燃扣住他掌心的力道却没松。

程宴北停在原地。

两人这才心照不宣地收手，却谁也没有动。

程宴北摘下头盔，抬眸看他，有点儿讶异地笑了一下："怎么了？"

对面的蒋燃也是一脸笑意，淡淡地问他："你还喜欢怀兮吗？"

一束光落在男人侧脸，程宴北薄唇轻扬。

蒋燃虽也在笑，看向对面男人的目光，却明显多了些许审视的意味，更像窥探。

今晚一场再平常不过的友谊赛，却像是在正式赛场血腥厮杀。蒋燃的车全程咬死了他，没有一刻放松。

数年来大大小小的赛场，蒋燃都将 Hunter 与他视为最想超越的死敌，这也没错。

可今天明显憋了火。

程宴北只笑了一下。有些热了，他将赛车服拉链拉下，那片嚣张的文身如火一般在前胸顺着衣襟燃烧。

一片不明所以的梵文。

他神情淡淡的，漫不经心地反问："你很怕我喜欢她？"

蒋燃一怔，噎住了，像是觉得这个问题很可笑似的，立即否认："没有。"

程宴北把头盔扔给从看台下来的任楠，整理了一下赛车服外套的领口，看着蒋燃，依然笑意慵倦，语气平淡："你就是怕了。"

仿佛在说"跟你在赛场上一样怕输"。

蒋燃胜负欲强，谁都知道。

程宴北走之前，又觑了一眼他："你想多了。"

蒋燃的笑意陡然消失。

立夏从看台下来，迎上程宴北与任楠，三人向休息厅的方向去。

三三两两的车陆续抵达了终点。时候不早，准备收车了。

怀兮还在看台上没下来。

她趴着栏杆，心不在焉看着下面，像只置身事外的猫儿，在夜晚的屋檐上注视着人间的一举一动。

蒋燃抬头看了她一眼，心头火气未消。

他也没上去喊她，摘下头盔，往程宴北和立夏他们那边去了。

申创跟了蒋燃很多年，是 Neptune 的黄金替补。他瞧出蒋燃这一晚心情都不好，亦步亦趋地跟上，安慰了一句："哥，你就是昨晚喝太多了，训练肯定受影响。"

蒋燃没说话，径自走向休息厅。

"今天咱们都没发挥好，改日再战，还会赢回来的。"申创也输得很不甘心。

改日再战。

这么说了五六年，每次都是屡战屡败。

Hunter 与程宴北的实力有目共睹，不然也不至于将作为前辈的 Neptune 与蒋燃屡屡打败，让其他人难以望其项背。俱乐部的后辈们现在都以加入 Hunter 为目标，Neptune 逐渐失去声望。

蒋燃知道，Neptune 这阵子加班加点，甚至练一整晚，开到爆缸，铆足了劲儿，并不是为了打败 Hunter，雪洗多年之耻，是为了在 Hunter 拥有一席之地。

四月份，正式的练习赛一过，Neptune 的精兵良将会被吸收入 Hunter，他付出多年心血的 Neptune 也将不复存在。

总有人调侃蒋燃，他带出来的师弟，居然一骑绝尘，将他这个师兄远远地甩在身后。师弟几乎拿了国际赛场的大满贯，师兄却还在苦苦地打练习赛，企盼有朝一日能加入师弟的车队为其打下手、做替补。

蒋燃也知道，他们差的不仅仅是赛场厮杀时的那小几百米的距离，哪怕程宴北晚了零点几秒提速，给了他超越的机会，他也难以追赶上他。

哪怕他先来后到。

"不如我叫上几个兄弟，一会儿再开一会儿。"申创提议。

"回去休息吧。"蒋燃笑着说，"大家也累一天了。"

"也、也行吧！总之，燃哥你别不开心了。"

进了休息厅，申创忽然又用手肘戳了戳蒋燃，问了句："哎，哥，昨晚你喝醉，谁送你回去的，你还记得吗？"

蒋燃将头盔扔到一边，将自己甩进沙发。刘海汗湿了，他拿来面巾纸拭了拭额头的汗，回道："记得。"

"谁啊？"申创嘿嘿笑了一声，追问。

"不是你吗？"

蒋燃酒场走多了，醉酒后的这点儿意识还是有的。

昨夜临时改回赛车场休息，第二天一早就训练的主意，还是他们Neptune 的副队高谦宇提出来的。他记得一清二楚。

"那你记性还挺好啊，没断片。当时我们商量，一开始不是程宴北送你吗？"申创暧昧地笑着，"你不知道，我那会儿去他车上找你一开始没找到，我还以为你去哪儿了。"

蒋燃的心情轻松了些，跟着笑了笑，渐渐地回忆起昨晚的事。

他依稀记得自己先被扛上了程宴北的车，小睡了一觉，好像还梦见怀兮在酒局上谈起她与程宴北之间的旧事。

梦见她说他们接吻，说他们牵手，说他们那些亲密事。

与五六年前，她和程宴北在他眼前晃荡时一样，历历在目。

同样惹人心生妒意。

他还记起自己好像吻了谁。

"结果呢，程宴北他女朋友推开车门下来了，我才知道车上有人的——我以为你跟你女朋友在人家车上搞什么情趣呢——你女朋友昨晚没喝酒，也没上程宴北的车吧？"

申创想起蒋燃栽在后座那模样，颇有点儿酒后乱性的匆忙与狼狈样，于是笑得更是暧昧了，还向他示意不远处的程宴北与他身边一袭长裙的立夏。

女人妩媚柔美，很动人。

申创昨夜也折服于她与外表相反的爽朗大胆，她与性情偏冷淡却冷不丁语出惊人的怀兮一样，都是那种让男人很想与之产生交集的女人。

她昨夜也醉得不轻。

"你们在后座干吗呢？你还记得吗？"申创凑过去，神神秘秘地笑，"你别说你忘了啊，你连我送你回去都记得的。"

蒋燃下意识地摸了摸自己的嘴角，顺着申创视线望过去，不自觉地眯起眼睛。

"我记得。"他说。

临散场，怀兮去洗手间补妆。

这一天一晃就这么晚了，不若昨夜黏黏糊糊，半天结束不了的酒局，人陆陆续续地散光了。

明早九点就要拍摄，尹治刚才还打了电话来，警告她不要头脑一热又临时改主意，警告她不要喝酒，会水肿。

还说这次《JL》用了大手笔，她再翻脸，以后整个模特儿圈、杂志圈可能就要跟她翻脸了。

怀兮今天一次撞坏两辆车，赔得底裤都没了，还借了黎佳音的一万块。

巩眉跟她真是母女，她什么德行，巩眉闭着眼用脚指头想都能想到。那会儿她说有钱，巩眉还让怀礼打电话试探她，最近是不是手头紧张。

怀兮只能否认。

她一肯定，她爹怀兴炜就要幺毛，这种幺毛还不是生气，是要大把大把地给她塞钱了。

怀兴炜也只会给她塞钱，用这种简单粗暴的方式对她表达所谓的"爱意"与歉疚。每到这时，巩眉就得幺毛。

巩眉的幺毛是真的幺毛，离婚这么久，巩眉都跟怀兴炜那边不对付，老死不相往来，彼此憎恨，孩子也成了自己的私有物。

当年怀兮执意考去港城，巩眉以为她是要去贴那个爹，气得跟她冷战了大半年。

怀兮再穷也不能要怀兴炜的钱。因为在巩眉心目中，怀兴炜离婚后没一年就另觅新欢重组家庭，这绝对是早早就精神出轨的证明。

至少证明，怀兴炜早就不爱她了。

怀兮想说，根据她的经验，男人都是无情的三条腿生物，跟你在一起时对你万般殷勤，甜言蜜语，分手后忘得可比女人快多了。

只有不会放过自己的人才成天纠结过往的情感经历，最好是大家都潇洒，一拍两散，各觅新欢，另辟人生。谁也不是非谁不可。

能分开，说到底还是不适合。

怀兮补好口红，用无名指指腹一点点地推开，薄涂一层气色就好得不得了。

她除了遗传巩眉的坏脾气，还遗传了巩眉几乎不会起痘的好皮肤。她对镜中的自己笑了笑，整理好身上的裙子，离开洗手间。

门外响起沉稳的高跟鞋声，怀兮才走出拐角，就跟立夏打了个照面。

立夏正低头看手机，眼下一双猩红色的高跟鞋骤然撞入视线，二人同时顿下脚步，她抬头打招呼："准备走了？"

怀兮接下来还要和她打好几天的交道，微笑回复："嗯。"

"好，再见啊。"

"再见。"

就此没别的话了，对视一眼，便一进一出擦肩而过。

包里的手机振动。

怀兴炜前几天就三番五次地诱哄怀兮下周回港城给他过生日。每年这个日子就非常敏感，她若是在港城，不在南城，巩眉定是要生疑，要发火。

怀礼就算人在港城，也不可能给他过生日。怀兴炜就把希望寄托在她的身上。

怀兮从包里拿出手机，没顾上看路，迎面撞上一道身影，她一侧肩膀撞上他的胸膛，高跟鞋一个不稳，惯性向前跌了一下，接着，又被身后一个牵引力拉了回去。

程宴北被她这纤薄身板儿撞到并没有觉得疼，她跌入他的胸膛，于是他下意识伸手扶住她。

她后背那繁复的绑带挂到了他夹克的纽扣，勾缠了好几圈，剪不断，理还乱。

分也分不开。

怀兮感受到后力，以为是他故意拽她，有点儿恼，美目一瞪："你干什么？"

程宴北见她一脸的脾气，有些好笑，鼻翼抽了抽。他无辜地摊开双手，下颌轻扬，示意自己的外套被她裙子的绑带勾住了。

两人就这么停在一个不尴不尬的位置。

"呃……"

真倒霉。

怀兮简直气不打一处来，她不想看他的脸，强忍着暴躁，一字一顿地说："你放开我。"

程宴北无动于衷，只看着她笑。

怀兮见他这副态度，几乎要跳脚："你不解开吗？不放我走？"

程宴北忍不住笑，修长的手指拈住那绑带与他的扣子，这才慢条斯理地解起来，笑声低沉："好，放你走。"

头顶的光线白得刺眼，黑色的绑带错综复杂，她后背一片雪白，如新覆一层雪且尚未有人染指过的雪地。

蝴蝶骨很漂亮，腰身纤细，脊背一道浅壑绵延至腰窝，美得恰到好处。

那个雪夜，她就这么背对他，脱掉了身上的衣服，转头红着眼睛问他："这样……我就可以是你的女朋友了吧？"

程宴北嘴角的笑容渐淡，若有所思起来，手下的动作也停顿一瞬。

不知怎么回事，怀兮也随之有那么一瞬的出神。

他们谁也没再催促谁。

不知是在回忆过去，还是审视着现在。

他们都不知道，却好像，又心照不宣地知道。

笃，笃，笃，高跟鞋的声音，从女洗手间的方向传来。

怀兮收回思绪，顾不上出声再催促，着急离开，腿脚抢先迈了出去，随即她后背传来一串异常清晰的抽线声——程宴北还没帮她解开绑带。

全部滑开了。

短小的包臀裙，挂在身上摇摇欲坠，几乎只剩前胸一片单薄的布料。

她头皮发麻。

笃，笃，笃，高跟鞋声越来越近。怀兮慌忙捂着衣服掩住胸前，急得眼睛都红了。

这时，后背上贴过来一只温热的手，按着她，将她带入了隔壁的男洗手间。

怀兮猝不及防，高跟鞋在地面发出一连串凌乱的声响。紧接着，不知哪个隔间传来了冲水声。

有人要出来了。

怀兮的手遮挡胸前，她现在几近衣不蔽体，裙子上的绑带仍勾着他的扣子，脑子一片混乱，几乎不能思考，只能任他搂着腰挤进了一个狭小的隔间。

隔间门落了锁，门外的脚步声渐远，水声渐息。

渐渐的，只剩细不可闻的滴水声，还有彼此错乱的呼吸。

程宴北靠着门，半抱手臂。他的外套勾着她的裙子，她的裙子牵住他的外套。纠缠如麻，不成模样。不知谁才是始作俑者。

怀兮背对他，一进来就窜到另一端。即便空间狭小，她也尽可能和他保持距离。

她后背整片光滑裸露，十分狼狈。

黑裙滑开，裙下半遮半掩，腰线下方隐隐约约露出一处张扬的文身，是那株长刺玫瑰。

野蛮生长，分外妖娆。

很熟悉。

沉默尴尬的气氛。

隔了好半天，程宴北先开了口，低声唤她："过来。"

那晚进错房间的羞耻感与尴尬，在这样狭小的空间里，再次涌上来。怀兮又气又羞，朝他回了下头，咬住唇，满脸的倔强。

她尽量远离他，但空间就这么大，两人相隔不过他一条手臂的距离。

于是她恨恨地看了他一眼，下巴一扬，别开视线，又不看他了。

"喂。"程宴北又唤她。

怀兮没理会，一只手压在前胸，一只手绕到身后，执拗地去拽后面的绑带，想自己解开。

她拽了几次拽不动，不由得加重力道，却越拽越恼了，另一头扯着他的衣服，发出扑扑的轻响。

她气急了，也羞极了。

不知是气他，还是气这该死的衣服这么不合时宜。

真倒霉。

程宴北这时伸手，按住她的手腕，低声说："别拽了。"

怀兮哪管他，劲儿也挺大，存心跟他较劲似的。她都快把她自己的衣服拽坏了，本来就没几块布料，他外套也差点儿被她扯掉。

程宴北好像在跟个闹脾气的孩子周旋，拉着她，把她强行拽到自己这边来。

"你别动我！"她仍是一通乱拽，整条胳膊，甚至整个人，都绷得僵直去抗拒他。

浑身上下的每一寸肌肤，都在抗拒。

二人如此周旋，怀兮穿着高跟鞋，在这促狭的空间跌跌撞撞，别扭又倔强。他的力气也大得要命，她怎么也拗不过，几番下来被他按住，抵在一侧的隔板上。

怀兮还维持刚才背对着他的姿势，似乎知道她不想面对他，程宴北捏住她的两只手腕，高高地按在她的头顶，像把她整个人钉在上面。

这下她也无论如何都挣脱不了了。

"我不是说了，让你过来吗？"程宴北似乎也有些恼了，压低了嗓音，语气中透着不快。

他又稍放缓了些语气："你这样能拽开吗？"

怀兮胸前被压在隔板上压得生疼，后背与他相贴，十分不自在，忍不住扭了扭身子。

"别乱动。"他又沉声命令她。

怀兮还想动，但双手都被他钳住，再动身前衣服可能全部走光。

于是她终于老实了。

程宴北察觉她安分了不少，才试探着缓缓地松开了她手腕，仿佛她再乱来，他又能手疾眼快地把她死死按回去。

他站在她的身后，开始解将他们勾缠在一起的绑带，动作轻缓。

怀兮用手掩住自己胸口的衣服，手腕儿隐隐酸痛，上面有一道清晰的红痕。

她心里骂骂咧咧。要死了，非要用这么大劲儿。

他真的很高，以前好像还没这么高。

丝丝缕缕的清冽气息在她身后飘浮，他手指的皮肤偶尔会触碰到她光洁的后背，她觉得痒，下意识地向前躲。

可面前是一道褐色的隔板，躲不开。

她换了新鞋子，不是特别合脚，半天就有点站不住了，只好前后左右调整站姿，舒缓腿脚的不适，不自觉又靠近他一些。

如此几次，程宴北开口提醒她时，声音都有些哑了："喂，别蹭了。"

怀兮闻言像被按了暂停键，登时老实下来。

她明白了他什么意思，脸有点儿烫。

"怎么这么不老实。"

怀兮身后又传来一道不易察觉的低笑。

两人就这么在狭小的空间里，又尴尬地沉默了。

良久，程宴北忽然漫不经心地问："文身没洗？"

"嗯？"怀兮思绪一滞。

这个角度，程宴北能看到她后腰的文身——就是看不到，上次在酒店那晚，她穿成那样，他估计也看到了。想起来她就有点儿没好气。

"你知道洗文身多疼吗？"怀兮反唇相讥，"怎么，你洗了？"

程宴北没回答，继续为她解绑带。

又是沉默。

没多久，怀兮就察觉到钩住彼此的那个牵引力，慢慢地松开了。

程宴北侧头过来，还好心问了她一句："要帮忙吗？"

怀兮正出神，闻声回头，就撞上他轻扬的嘴角。

呼吸都近在咫尺。

她抬起眼睛，直直地对上他深沉的眼睛。

好近。

男人的单眼皮散漫地半垂着，眼眸带笑。

他看着她，又耐心地问了她一遍："要不要帮你？"

怀兮别开头不看他了，也不回答。

姿态抗拒。

"真不要？那好吧。"程宴北觉得有点儿好笑，"那你不穿好，这么走出去，蒋燃知道你现在这样半裸着跟另一个男人待在厕所隔间，会怎么想？"

"他应该会很介意吧。"他缓缓地补充道。

怀兮知道蒋燃介意，当然也不可能直接这么出去。

程宴北就是明知故问。

这衣服穿出来就费了很大劲儿，这里又没镜子，她双手要绕到身后去给自己系，吃力不讨好——她有强迫症，系得不好看宁愿脱掉。

但现在，怎么可能脱掉？

"要吗？"

程宴北目不转睛地看着她，又问了她一遍，嗓音很温柔。挑衅和试探着她的耐性。

他极有耐心地等待着，好半天，怀兮咬了咬唇，从嗓子眼儿里别扭地挤出一个字："要。"

"早说不就完了？"他鼻息微动，似是轻笑，"趴好别动。"

程宴北又帮她把绑带系回去。

他也不问她要系成什么样，她只感觉到他的手指灵巧地动着，微凉的指背偶尔不经意地掠过她皮肤，激得她浑身一颤。

触电了一样。

"那个，系好看点。"怀兮调整一下姿势，嘱咐他，"别太丑了……"

"什么叫丑？"程宴北自顾自地系着，反问她。

她不说话了。

确实，这种要求对于一个一米八几的男人来说，或许过于苛刻了。

"算了……随便什么吧。"

时间异常漫长。

程宴北忽然问："你跟蒋燃什么时候认识的？"

他这样问，让怀兮很是意外，她想了一下，回答："去年年底，好像。"

"他追的你？"

"嗯。"怀兮总觉得他问得别有深意，回头瞥了他一眼，眼角扬起，有点儿恼火，"不行吗？"

"谁说不行？"程宴北敛眸一笑，漫不经心，又答非所问："他好像很喜欢你。"

语气淡淡，如此陈述道。

与此同时，怀兮感受到后背收紧了，这裙子本就是收腰的设计，衣服重新裹回身上。一件挺漂亮的衣服，此时却像是一块儿遮羞布。

她觉得，自己此时像什么也没穿。

无论是他现在说这个，还是那会儿在电话里对蒋燃说"怀夕撞了你的车"，说她的名字时语气都十分平静、自然，仿佛他只是一个路过她人生的看客，对她的生活和恋情只做陈述，不加点评。

或许，若干年后他来参加她的婚礼，也可以用如此平静、自然的语气说一声："祝你和他幸福。"

怀夕动了动唇，一时不知该回应他什么了。

过了一会儿，好像在转移话题，她突然出声解释道："嗯，对了，刚才，我在隔壁碰见了你女朋友，那会儿好像是她要出来，所以我就……"

她好像有点语无伦次。

"我知道。"程宴北淡淡地接话。

怀夕一愣："嗯？你去那边，等她？"

她刚问出口，就觉得自己多嘴了。

人家去等他女朋友，理所应当，是她自己不看路撞到了他。那天晚上好像也是她走错了房间。

程宴北又"嗯"了一声，听不出情绪。

像是有来有往似的，她又问他："你们在一起很久了吗？"

"不久。"

"多久？"

她转头看过来，程宴北对上她带着几分窥探的视线，眉宇间透出倦意，似笑非笑道："比你跟蒋燃久。"

"喊。"怀夕哼了一声，转回头。

也不知道他帮她弄成了什么样，怀夕最后整理好裙摆，浑身自在了不少——但在这样狭小的空间里，又不够自在。

相反，程宴北抱起手臂惬意地靠在一边儿。他从烟盒里拿烟，好整以暇地看着她拽裙子，强迫症一样调整到她满意的样子。

怀夕准备离开了，气却还没消似的，朝他扬了扬下巴："我走了，今天的事不许说出去。"

上次的事，他们也心照不宣地没跟任何人说。

程宴北淡淡地笑了笑，咬着没点的烟，让开位置，还算绅士地替她拉开门，也准备出去了。

此时，外面又响起一阵脚步声，空旷地回响在走廊里，由远及近。

怀兮才准备出去，刚一抬头，下一瞬转身又把门死死地按了回去。

"砰——"的一声，仿佛在谁心上开了一枪。

程宴北正欲往外走，怀兮慌慌张张一回头，便结结实实地撞上他的胸膛。

程宴北微微迟疑，唇上洁白的烟杆儿晃了晃，刚准备开口问她又怎么了，就听到了蒋燃的声音。

"我今晚不回去了，明早还要训练。一会儿找人送我女朋友回去吧，很晚了，我不放心她一个人打车。"蒋燃打着电话，笑声温和。

他站在隔间对面的洗手台前，打开水龙头，湍急的水流冲刷着水池内部的瓷砖，他的嗓音不急不缓："对，我们今天又跟 Hunter 打了比赛。"

电话对面的左烨笑着问他："怎么样啊？"

蒋燃用肩膀夹着手机洗着手，无奈一笑："又输了啊。"

"我看这次练习赛结束后你干脆退队得了。"左烨哼道，"之前就跟你说了，Neptune 拿得出手的人迟早要被 Hunter 给吸收了，MC 最后权衡之后肯定只留 Hunter 一支车队。

"你以为什么'练习赛'？说得那么好听，不就是找个机会把你们贬了吗？还把你们的人给抽走充实人家 Hunter，你何必呢？你又不是没钱，自己组个车队玩儿啊！"

"我知道，"蒋燃关了水龙头，抽了张纸擦手，淡淡地说道，"自己组车队也可以，就是比赛又要重新打，组人训练也要花很多时间，有点儿麻烦。"

"那你来我这边，来我们 Firer。"左烨大大咧咧地提议，"Neptune 都快散了，你还坚持什么'团队精神'？兄弟，你清醒一点，你队里那些人都眼巴巴地等着去 Hunter 呢，人家都不在意什么团魂、团队精神的，你个当队长的何必呢？"

六七年前 Neptune 还是 MC 的主推车队，在国际各大赛事上一骑绝尘。蒋燃进入 MC 受训的第一天，就以能加入 Neptune 为目标。后面终于得偿所愿，从一个普通队员做到了黄金替补，又成了副队长。队长退役后，他又接手车队一直到现在。

可 Hunter 后来居上，作为前辈的 Neptune 逐渐式微。左烨说得没错，甚至他也很清楚，四月份正式比赛一结束，Neptune 的精兵良将被抽调给 Hunter，Neptune 那时正式退居二线，MC 也正式放弃他们了。

以后各大国际比赛，哪怕一个小小的邀请赛，参赛队伍名单上都不会再出现 Neptune 的名字，一争输赢的机会都失去了。

"你去了 Hunter 也只是从普通队员做起，你真的甘心？你在 Neptune 做到队长花了多长时间？没几年都要退役了。"左烨与蒋燃多年好友，说话也不怎么客气，"程宴北这次比赛结束了是要当队长吧？他们队长退役大半年了，位置一直空着，MC 说要选人，要么空降，要么直接提拔他，不可能让你过去当。"

毕竟 Neptune 在他手里几年都毫无起色。

左烨顿了顿，终究没说这话，只说道："就算是给你个面子，你过去当个副队长，给你曾经的同门师弟打下手，你能甘心？再说了，赛场上个人冠军只有一个，这几年都被程宴北包揽，其他奖都算集体荣誉，你不还是没姓名？"

蒋燃沉默着转身靠住洗手台，终是无奈一笑："那我也不能扔下 Neptune 剩下的人吧？我毕竟是队长，我走了，Neptune 就彻底没了。"

左烨能理解他的犹豫，蒋燃在 Neptune 五六年，怎么说都是有感情的。

他家境不差，父亲在港城开船厂，想让他大学毕业直接继承家业，可他一意孤行要玩赛车，最开始几年跟家里关系都很紧张。

后来打比赛慢慢有了知名度，家中虽不反对，但也从没承认过这是一条坦途。

赛车手职业生涯到三十五岁左右基本结束，蒋燃虽不愁以后吃喝，可左烨知道，他胜负心那么强，又是真的热爱，退役之前不做出点成绩绝不会罢休。

"我也不多说了，你自己考虑吧。其实我这几年也累了，你如果来我们 Firer，队长可以给你当。"

"真的假的？"蒋燃听他玩笑话，打趣道，"你可不要骗我。"

"当然了，骗你干什么，"左烨也不多说了，跳过了这个话题，笑嘻嘻地问，"对了，你什么时候给哥们儿见见你女朋友？我听说是个挺漂亮，身材巨好的模特儿，艳福不浅啊。"

"等回港城吧。"蒋燃笑笑，"她最近有工作。"

"也在沪城？"

"嗯。"

"你可真行，我怎么就泡不到又漂亮，身材又好的姑娘？"左烨吊儿郎当地问，"她来沪城，是走秀还是干吗？"

"拍杂志，"蒋燃深深吸了一口气，视线下落，"《JL》。"

"哇，厉害了！"左烨惊呼一声，"就程宴北要上的那个吧？蛮厉害的嘛！哎，蒋燃，你说你，也不争点儿气，如果是Neptune拿的春季赛冠军，你们上《JL》，你跟你女朋友再一起拍个封面，以后说不定能裱起来当结婚照呢！"

左烨的笑声很刺耳，蒋燃再也没说话。

前方隔间下方，一双猩红色的高跟鞋，落入他的眼底。

漂亮的绒面鞋尖儿对着一双黑色皮靴的鞋尖儿。

很刺眼。

第六章

似这处夜色旖旎

之前统一订给他们的房间，蒋燃两天都没回去住。他给酒店前台打了个电话，问房间能保留到什么时候。

前台小姐回应他，说是团体订的房间，可以保留到下月中旬他们比赛结束。但最近房间紧张，他如果不住也可以随时退掉。

已快晚上十一点，酒店记录显示他昨晚没回去住，前台小姐以为他打电话过来是要退房，于是问："蒋先生，您今晚是否入住呢？"

蒋燃礼貌地问："是这样的，前天晚上我让我女朋友用我的名字和身份证号来前台取了我房间的房卡，你们酒店有记录吗？"

酒店一般都会留存记录，接电话的前台小姐偏偏也是前天晚上值班的那位，对 2732 住客的女伴印象很深。

那晚蒋燃提前和酒店打了招呼，说他女朋友会过来。快零点时，一个女人拉着行李箱在前台报了他的名字和身份证号，拿到了房卡。

但她上去了不到一个小时就下来了。

一身酒红大衣，里面蕾丝情趣内衣张扬暴露，如暗火缭绕般的红。口红都擦了个干净，妆面也不若刚上去时那般的精致无暇，足够惹人遐想。

她没过夜，放下房卡就离开了。

前台小姐那晚还注意到，她的行李箱是奢侈品牌的限量高端货，身上大衣也价值不菲，高跟鞋还是当季限量款的红底高跟鞋，穿那么好不至于堕落至此，要不是蒋燃提前说了是他女朋友，她差点儿打电话让警察来扫黄。

前台小姐这会儿心底奇怪，那女人那天晚上是从他房间出去的，怎么他现在又要问有没有这回事儿。

电脑也显示，他那晚是住入了 2732 的。

前台小姐一五一十地说了。

她说怀夕拿了房卡没一小时就下来了，对她那晚的奇怪装束也提及一二，还说酒店最近对这块儿抓得很严，暗示蒋燃下次不要让他女朋友穿成那样下来了，以免引起误会。

蒋燃听完，顺便退了房。

他挂掉电话，到外侧走廊踱了一会儿步，想找个通风处抽根烟，突然注意到一身墨绿长裙的立夏立在长廊一端，如这处夜色旖旎。

已经很晚了，车场这会儿还有人训练，他这一处灯火通明，她却是站在暗处，墨绿色长裙衬得脖颈白皙纤细。

她的长发打着卷儿披在肩上，侧脸安静柔美，比之昨晚在酒桌上大杀四方，四处邀酒的爽朗样子，仿佛是另一个人。

立夏唇上咬着支女士细烟，手里拿着程宴北那个滚石打火机，不怎么会用，大拇指很笨拙地按着。

火星四溅，就是不蹿火苗儿。

她从来不抽烟，不过出于好奇随便买了包烟，顺便也在这里等他。

她从卫生间出来就见不到他人了，不知不觉就徘徊到这里。

窗敞开，夜风凉。

立夏的指腹都按疼了仍没打着火，准备放弃。一只手突然伸过来，虚拢住她的手。

比程宴北的手掌稍厚一些，是温柔的男人的手。

"你这样迎风是点不着的。"

他的嗓音也很温润。

立夏抬起头，看着他。

果然，温柔的男人，眉眼都是温柔的。

蒋燃稍稍把握了距离，双手拢住她拿打火机的手，为她遮住在窗口不安肆虐的夜风："你再试试。"

立夏眼帘匆匆地垂下，不再看他，大拇指颤抖一下，向下压。

这一次火苗成功蹿起，干脆利落得简直出乎意料。

她微微吃惊。

"很简单吧？"

蒋燃笑了笑，拿出自己的打火机，也避着风点上烟。

夜风过滤烟气。

立夏看了看他，然后学着他的样子，轻轻地抽了口气。一口烟登时窜进鼻腔和气管，直冲天灵盖。

呛得她眼睛都红了。

"第一次？"蒋燃看她那样子觉得有点儿好笑，"你以前不抽烟吧？"

立夏摇摇头，摘了烟，躬下身去，掩着嘴，轻轻地咳嗽起来："好难抽。"

她的手半抬着，烟头忽明忽灭，映在蒋燃眼底。

蒋燃轻轻地拍她后背，一阵阵的震颤传到他的手心。

他伸手，将她那支抽了一口的烟给摘了，扔进垃圾桶："程宴北没教你抽？"

立夏只顾着咳嗽，自然没听出他的话别有深意。她稍舒服了一些，直起身来，眼眶红红的："没有。"

蒋燃对上她眸子，笑了笑："女人最好不要抽烟。"

立夏拍了拍胸口，舒服了些，有点儿好笑地反问："你女朋友不是抽烟吗？"

"我哪儿管得了她。"蒋燃淡淡地笑着，移开视线看窗外。

立夏也不想尝试第二次，把剩下的烟扔到垃圾桶。

蒋燃看到了，瞥她一眼："不抽了？"

"不好抽。"立夏老实地说，挪步准备离开时随意问了他一句，"你在这里等她吗？"

蒋燃弹了弹烟灰，淡淡地笑："不等了。"

"嗯？"立夏没懂他的意思。

他的视线从她脸上移开："我今晚不回去了。"

"训练吗？"

"对。"

"还挺辛苦啊。"也没什么可说的了，立夏笑了笑，"那我先走了。"

蒋燃点点头："嗯，好。"

蒋燃安排任楠送怀兮。

怀兮听说他明天很早就要训练，也没好叨扰，发了个微信说自己先走了。

蒋燃回复她："好，路上小心。到了给我打电话。"

他那会儿还说晚上要送她回去的，临时就这么改了主意。她转给他修车的钱他也没收。

怀兮从小到大不爱欠人东西，准备等二十四小时退款回来了托人再转给他。最好是能直接打到他的银行卡，免得他又不收。

怀兮找了个地方等任楠过来。

另一边，任楠却火急火燎地打给了程宴北，问他有没有离开赛车场。

程宴北刚跟立夏取了车，准备离开。

"哎，哥，刚燃哥打电话给我，让我送他女朋友回去，我现在临时有点儿事儿走不开，你能帮忙送她一趟吗？她应该还在赛车场。"

程宴北笑着问："这么晚了你有什么事？"

"你问那么细干什么啊？"任楠支支吾吾，怕被他轻看了似的，扬声说道，"大晚上我还能有什么事儿啊？"

程宴北感叹着调侃："嗯，不错，我们任楠长大了。"

"我都二十四岁了好吗！二十四岁了！早就长大了！你别一副我还穿开裆裤的口气。"任楠据理力争，"就昨晚碰见一个漂亮姐姐，我们挺投缘，今晚约出来聊了聊。"

"聊到现在？"

"不行吗？"

"行，"程宴北笑道，"怎么不行？"

"那你现在还没走是吧？"任楠抓紧问道，"我把蒋燃他女朋友电话给你吧？你在门口等等她，打个电话让她出来就行。她住外滩那边也不远，你举手之劳嘛。"

何况下午修车那会儿，程宴北已经载过怀兮一趟了，任楠觉得他们应该熟悉了。

"好，"程宴北淡声应道，"发我吧。"

手机很快振动了一下，任楠把怀兮的手机号发到了他的微信。

一串很陌生的数字。

程宴北泊车到门边，直接打过去。

立夏大概听出了那边的情况，问他："你要在这边等人？"

"嗯。"

"谁啊？"

"怀兮。"

"呃……"

他直接说出了她的名字，并不是"蒋燃的女朋友"。

好像，他们很熟了似的。

立夏心里疑惑了一下，想起那会儿碰见蒋燃，蒋燃说了他晚上要留在这边训练。

程宴北那边已经接通了。

怀兮看到是个陌生的号码，以为是任楠，才一接起，却听到一道低沉又熟悉的声音："喂。"

她愣了愣："喂？"

"出来，我在门口。"他直截了当地说。

"啊？"怀兮没反应过来。

程宴北听她那别扭的声音就觉得好笑。他将手臂搭在车门边，轻叩窗沿，朝车场里面望："任楠晚上有事。"

"哦。"

没等她"哦"完，他就给挂了。

全程她就应了三个字，连一句"不用了，我可以自己打车回去"也没来得及说出口。

她再打过去，他却直接摁了不接了。

怀兮也有些疲倦了。她将手机放回包里，从休息厅出来，向车场大门走去。

道旁一溜儿高大的梧桐树，枝叶繁茂，月光下，树影一路蔓延出去。想起来，南城七中门口，好像也长着这么两排遮天蔽日的梧桐。

时间很晚了，很像他们那会儿下晚自习的时候，树影也这么蔚然一路。那时是回家的路，现在这条路，却不知通向哪里。

她下午撞过的那辆黑色越野车此时完好无缺地停在树荫下，色泽暗沉。

怀兮组织好语言，准备亲自回绝他，却见立夏先放下车窗，如昨夜邀她上车那样，善意地对她笑了笑："上车吧。"

"那个，我能打车的。"怀兮也如昨夜一样，自然而然地拒绝。

她都没往立夏另一侧看。

"这边很偏，不像外滩，不太好打车。"立夏说，"而且你一个女孩子，大晚上打车不安全。"

怀兮张望了一下马路。这个点了，车的确少，都看不到出租车经过。

她一向惜命，想起频频发生的社会新闻就害怕，更不可能叫个网约车过来。

"上来吧，我们顺路。"立夏又说。

怀兮踟蹰了片刻，最终还是上了车。

她下午坐副驾驶座，现在他的副驾驶座已经有了别的女人。她上了后座，车座上的东西已全被清理了，十分宽敞。

怀兮挑了右后侧的位置，下意识地朝左前方驾驶座的方向看了一眼。

男人侧脸棱角分明，神情淡淡的，全程目不斜视。

很快，程宴北发动车子。

车在夜色中穿行，一路飞驰了许久，他却一直没问她住哪儿，只与立夏时不时地交谈，聊着他们所知，怀兮不知的话题，言笑晏晏。

半途，立夏回头和后座一直沉默的怀兮搭话："对了，你住的地方，离《JL》远吗？"

"不是很远，"怀兮答，"就在外滩。"

"那还好，明天拍摄也不用起太早。"

"嗯。"

又没话了。

立夏不禁想起，先前程宴北自然而然地称呼怀兮为"怀兮"，于是问了他一句："对了，我听说，下午你的车被撞了。"

听说还是怀兮开着蒋燃的车撞了他的。

"嗯。"程宴北应着，"修好了。"

立夏一下也不知怎么继续问了。

如果是怀兮撞的，他带着怀兮去修车，顺便索赔，好像也没什么问题。

可不知怎么回事，她总觉得他和怀兮之间的气氛有些微妙。哪怕他们从上车到现在，一句交谈都没有，昨晚在酒桌上，也没有进行过任何对话。

立夏心底隐隐烦闷，看了看窗外。

过了一会儿，她换了话题："我今天听你给家里打电话，你奶奶最近还好吧？"

"好多了。"

"她记性还是很差吗？"

程宴北苦笑："是啊，有时候都记不住我妹妹的名字。"

立夏无奈一笑："对呀，我就记得之前在港城碰见那次，她一直喊我什么'小兮''小兮'，要么就把我当成你妹妹，喊我'醒醒''醒醒'。"

程宴北不怎么跟立夏提他家人的事。

立夏上次碰见他奶奶，还是她出差去南城，滞留了几天，偶然在外面遇到他和他妹妹程醒醒带奶奶出来散心购物。

要不是那次，她对他的原生家庭真的一无所知。

甚至连他还有个在上高中的妹妹，他也从未对她提起。

有些家境很好又爱玩儿的男人，故意不对女伴提这些好保持神秘感，再跟放诱饵似的，一点点展露马脚来吸引对方。

但程宴北不提，或许是因为真的没什么可提，也没什么可炫耀的。

或许，纯粹就是不想让人将他了解透彻罢了。

这不是神秘感，这是一种将人拒之千里的疏离。

立夏想到那次，既同情又难过："上次我跟你奶奶说我叫立夏，说了好几次，她才开始叫我'小夏'，然后呢，好像又把我当成了别人了，说我是你的女朋友，她才后知后觉。"

程宴北没说话。

谈及家人，他总会如此沉默。

他谈恋爱好像只是谈恋爱，跟女人交往，也只是跟女人交往。除此之外的一概不论，冷血得合情合理。

没多久，就到了静安路那家盛海酒店门前，立夏先下车："你先去送人吧，我先上去睡觉了。昨晚回来太晚，我都没睡好。"

怀兮下意识地也要下车。

昨夜她来过这里，应该能打到车的。

才要开门，车门锁突然一落。

好像怕她跑了似的。

"呃……"

程宴北没看她，只回应立夏："你回去早点儿休息。"

立夏点了点头，又对怀兮轻笑："不好意思啊，我是累了才让他先送的我，可能离你那儿有点远了，你别介意。他再送你一趟，你一个人晚上不安全。"

怀兮不知如何接话。

立夏困倦地打了个哈欠，跟怀兮告别："我先上去了，明天见。"

怀兮也只得笑了笑："好，明天见。"

立夏朝她和程宴北摆摆手，推开酒店的门进去了。

车上只剩他们二人。又是一阵烦人的沉默。

怀兮试着打开车门锁下车，前方蓦地传来打火机的声响，在狭小沉默的空间里异常突兀。

程宴北打开车窗，徐徐地吐着烟圈儿，问她："去哪儿？"

男人指尖夹着一点明灭不定的红，在这夜色益发浓稠，车来车往，不安躁动的钢铁丛林之中，摇摇欲坠。

怀兮坐在后座，视线看着外面。

她还望着立夏的背影，直到那背影完全消失在酒店的旋转门后，程宴北指尖儿的烟都燃了好一会儿了，才出声报出自己住的那家酒店的地址。

程宴北随手拿过手机，视线垂下，拇指在屏幕滑动，在导航上搜索。

彼此又沉默了一会儿，他回头扫她一眼："没有。"

"什么？"怀兮拧皱了一下眉，狐疑地望了他一眼，顿了顿，还是凑上前，半趴在驾驶座与副驾驶座之间，去望他手机屏幕，"不可能。"

程宴北挑挑眉，手机往她那边扬了扬。

拿着手机的五指干净修长，掌心平整，腕骨处隐隐可见一道青色血管。

怀兮有点儿夜盲，晚上车里黑，她眯了眯眼，本能又靠近了些，这才勉强看清他屏幕上搜索出来的那一串儿酒店的地址。

好像……真的没有。

想要确认似的，她伸出食指，一下下地滑着他的屏幕，一家家浏览过去。

的确没有沪城外滩的那家店。

程宴北半垂眼眸，看她一下下地滑屏幕的笨拙动作，嘴角不禁泛起笑："有吗？"

怀兮咬了一下唇，抬眸看他，摇了摇头。

四周光线昏黄暧昧，唯有旁边盛海酒店灯火通明，离他们不远有几盏路灯，光影斑驳地洒落在她巴掌大的小脸上，三分娇媚，七分动人。

那一双猫瞳似的眼清澈明亮，眼下一颗泪痣很是勾人。

怀兮半咬唇，眉心轻蹙，很苦恼地说："我没记错啊。"

然后她匆匆地低头，去包里翻找自己的手机。

程宴北目光在她脸上停顿了片刻，转回头去，对着窗口自顾自地抽烟。

昨晚她自己从外滩打车回去的，出租车司机也将她放到了目的地。怎么会没有酒店的地址呢？

怀兮翻到了酒店的订单，将手机朝他伸过去："你看。"

她报的地址是"四季酒店"，程宴北照她说的，并没搜到位于沪城外滩的那家，都是别的区的连锁店。

他弹了一下烟灰，侧头去看她的屏幕。

她怕他看不清，又向前凑了凑，将手机直直地怼到他眼前："你看啊。"

程宴北视力蛮好，不用她将手机拿这么近他就能看清。但他没让她拿远，视线掠过，又散漫地抬眸，看着她，抿唇笑起来："你确定？"

怀兮气不打一处来，眼睛瞪得圆圆的："我怎么不确定了？我昨晚就回的这儿。"

程宴北最后觑了她一眼，仍在笑，却是移开视线，发动车子。

不愿跟她多说似的。

"喂！"怀兮气得上了头。

他怎么就不承认是他的手机有问题？

车子缓缓地开动，程宴北才好像忍不住了，轻笑着抛下一句："人家那叫'SeasonHouse'，不是四季酒店。"

怀兮呼吸一窒，忍不住再次看向手机。

手机屏幕上显示的的确是"SeasonHouse"两个单词。她往下滑了一段，酒店简介中，店名翻译成"季·旅"主题酒店。

怎么会这样？

她不信邪，又去搜所谓她理解的"四季酒店"的百科。

四季酒店是一家国际性奢华酒店管理集团的度假酒店，被Travel+Leisure（《漫旅》杂志）及Zagat（《萨加特指南》）评为世界最佳酒店集团之一。

外文名称，"FourSeasons"。

或许昨晚出租车司机见惯了怀兮这种想当然，译错中文报错酒店的人，听她说是外滩那家，什么也没说就把她拉到了目的地。

怀兮扔下手机，栽回座椅里。

车子向前行驶，沉默又开始蔓延。

他车后座的皮质座椅很舒服，怀兮靠了一会儿，脑袋抵在窗户上，不知不觉都困了。

怀兮不禁想起以前。

程宴北本应是大她一届的学长，高考前两天，他跟人打了一架，把人揍进了医院，受到了教育局的处分，那年没能参加高考，只得延缓一年毕业。

从程宴北空降到他们班起，班上同学们乃至全年级，都对他十分敬畏。

大家都说这个长得很帅，话很少的学长，其实是个浑蛋，恶劣至极，手段残暴凶狠，将人打成三级残废，脑袋还开了瓢，差点儿成了植物人。

至于原因，说什么的都有。

有人说，他是为了上一届那个漂亮的校花学姐，跟人家的男朋友打架。

有人说，是他跟几个狐朋狗友狼狈为奸去教务处偷月考试卷的答案，事后被人给出卖了，他记仇，伺机报复。

还有人说，不过就是两拨人狭路相逢不对付，起了冲突而已。他下手太狠了点。

还有一个流传不广的版本。

据说是那几个本来就跟他不怎么对付的人，平时游手好闲，砸了他奶奶的针线摊，还去小学门口骚扰他妹妹，掀了他才上二年级的妹妹的花裙子。

怀兮那段时间总是跟着他，缠着他又是问英语题，又是问物理题，体育课送水，放学后和他一块儿回家。

手段用尽。

也不是因为程宴北英语和物理学得多好，篮球打得多么出类拔萃，纯粹就是听说了这些事，觉得他打架比较厉害罢了。

那会儿她上个厕所都怕学校里那群总针对她的女孩子会把卫生间门反锁——之前并不是没有过。她跟着他，装他女朋友，是因为她们怕他。

怕他，就不敢对她做什么。

怀兮摇下一半车窗，吹着夜风，眺望外滩的迷离夜景。

从前过往，比之现在，像是虚幻水面的倒影，很不真切。

怀兮想起立夏之前提到他奶奶，犹豫了许久，还是问了一句："对了，你奶奶还好吗？"

下午去修车行，那个叫吴星宇的男人还对她提起，四五年前他奶奶好像得了脑出血，立夏还说奶奶现在记性很不好。

"阿尔兹海默。"

夜风过滤着他沉缓的嗓音，他的语气很淡很淡。

怀兮大吃一惊。

记起从前去他家，程奶奶总是满面笑容地出来迎接她："小兮又来啦？"

因为她名字音节简单，父母省事没给她起小名，从小到大，都是一口一个"怀兮"地叫她。

朋友们，交往的每一任男朋友，也没给她起过什么象征性的绰号和爱称。

只有他奶奶才会叫她"小兮"。

还叫他"小北"。

怀兮又想到，立夏说他奶奶现在记性很差，记忆好像停留在了他上高中的时候，还总是一口一个"小兮"地叫。

怀兮鼻腔不由得泛起酸意。

她下意识地去望驾驶座的程宴北，张了张嘴，想多问几句老人家这些年的情况，却不知如何开口。

他明显也不愿多提太多，也没话了。

他们的人生从五年前，就失去了交集。

分手是很残忍的事。一段关系一旦宣告结束，过往的你侬我侬，浓情蜜意，耳鬓厮磨，统统都不算数。

彼此重新变成陌生人，人生再也没有交集。谁也没有再去关心谁的资格和必要。

这五年里，他们都在努力地过好自己的生活，各自过好自己的人生。

她争分夺秒地恋爱，和各种各样的男人交往，不断地筛选适合自己的恋爱对象，也或多或少，对不同的人动过一些真心。

或许他也是。

他和她都明白，年少时那段无疾而终的感情，只能算作遗憾。

遗憾就是遗憾，人总不能带着遗憾过一辈子。

谁也不是一定要等谁。

现实不是从故事一开头就能望到 Happy Ending（完美结局）的言情小说。这是撞过南墙吃过亏，才学会取舍和及时止损的成年人都懂的道理。

路过江滩，夜风寒了些。怀兮升起车窗，接着，手机铃声大作。

是蒋燃。

"喂？"

"到酒店了吗？"

怀兮迟疑了一下，心想他这会儿不是应该在训练吗？说让她到了跟他说，怎么打电话过来问了？

"快了，"怀兮观察了一下窗外，景象渐渐熟悉起来，"不远了。"

"程宴北送你回去的？"蒋燃直截了当地问。

刚才他给任楠打了电话，问有没有送怀兮回去，任楠老实承认他今晚临时有事，推给程宴北代劳了。

"对。"怀兮揣摩着他的语气，这回倒是没躲闪，直接承认了。

撒谎会让人疲惫，又要用无数个谎去无休无止地圆。

她不太想。

蒋燃沉默了一会儿，还是温声嘱咐道："你明天不是还要工作吗，回去早点儿休息吧，到了再给我说一下。"

"嗯，好。"

"外滩那边很冷吧？"蒋燃笑了笑，"怪我，应该给你拿件外套，下午也应该提醒你晚上可能降温的。你自己注意点，别感冒了。"

怀兮轻声应道："好。"

于是挂了电话。

程宴北不知什么时候也将前面的车窗给关了，好像也怕冷似的。

可他还穿着外套。

又过了一会儿，程宴北突然出声道："蒋燃对你好吗？"

怀兮一怔，以为自己听错了，一抬头，对上他从后视镜投过来的视线。

他的神情有几分认真。

怀兮突然轻笑了一声，不知是讥讽还是嘲笑，还是惊诧他居然会问她这样的话。

"挺好的。"

她不是说气话。

蒋燃的确对她不错，他脾性温柔，也会哄人，会顺着她的脾气。

虽一开始大家都抱着相处看看，玩玩儿的态度，但这些她都看在眼里，不会有假。

又想起昨晚在外滩18号门前，他戏谑地问她的问题，她不禁又是一笑。

这么多年，他居然关心起她这些了。

怀兮抬眼望向后视镜。

他没再看她了，断眉上一道疤痕若隐若现，连眼形都彰显着薄情寡义。

怀兮的眼睛一直看着后视镜，仿佛他与她还在对视，她一字一顿地说："其实，我这几年也有点儿玩儿不动了。"

程宴北闻言，抬眸去看后视镜，正对上她似笑非笑的眼眸。

彼此心中暗藏汹涌，若说审视多年后谁过得比较糟糕，胜负好像已经悄然定下。

"你以为我还跟当年一样，跟别的男人在一起，只是为了让你不舒服吗？"怀兮手指绕了绕耳侧的发，红唇轻勾，"程宴北，我又不是非你不可。而且你也看到了，我是真的准备跟蒋燃好好相处的。"

程宴北静静地看了看她，嘴角勾了一下，淡淡一笑，又移开视线。

四周的景象很熟悉了，怀兮调整坐姿，左右腿交叠，垂眸看自己脚上那双猩红如血的限量版高跟鞋。她一向喜欢搜集漂亮的鞋子，这鞋子她真的很喜欢。

她低下头，语气漫不经心："我都二十七了，也该收心……了。"

话音未落，车身忽然猝不及防地一顿。

惯性作用下，她脑袋撞到了前座的后背。

头顶生疼。

怀兮话没说完差点儿把自己舌头咬掉，她扬声问："你刹车怎么都不说一声？你故意的是不是？"

她一抬头，撞入那双带笑的眼里。

男人依然透过后视镜，用一种漫不经心的目光审视着她，好笑地接她的上一句话说道："你二十七了，那我是不是还要祝你生日快乐？"

怀兮觉得他简直莫名其妙，她的态度也颇为倨傲，横声说道："那既然你记起来了，我也不介意你对我说一句'生日快乐'——你根本没忘吧？"

程宴北不置可否地挑挑眉，看她一副挑衅模样，笑道："好啊，生日快乐。"

怀兮气笑了，阴阳怪气地咬牙回应："谢、谢、你！"

她拿起包，气冲冲地打开车门就下了车。

程宴北降下车窗。

她长腿迈开，踩着脚上那双猩红色的高跟鞋，径直往酒店门前走。走了两步，她又折了回来。

"怎么了？"程宴北淡声笑道，"忘东西了？"

怀兮垂下视线，敛去方才的嚣张模样，看着他，好半天才动了一下唇，说："我回港城，有空的话去看看你奶奶。"

程宴北眉眼一扬，显出几分讶异。

"她以前对我很好，我都记着呢。"她说着，眼圈有些红，"不管怎么样，老人生病了是很难受的……事。"

他却淡淡地拒绝了她："不用。"

怀兮说不出话来。

"走了。"程宴北轻轻地笑着，扭头发动车子，扬长而去。

立夏还没睡，一边打着电话，手指一边在键盘上灵动跳跃着做记录。

见他回来，她眼睛亮了亮，笑意都浓了。

程宴北没打扰她，换了衣服冲了澡出来，她已经睡了。电脑、纸、笔，还有几本《JL》的样刊散乱地扔在桌面上。

他毫无睡意，过去随意收拾了一下，又在窗边站了一会儿，隔着玻璃眺望外滩方向。

距离很远，只能看到东方明珠塔的塔尖，隐没在鳞次栉比的高楼大厦中，都快看不清。

程宴北准备抽根烟再睡，后背突然攀上两只纤细的胳膊。立夏刚才在装睡，这会儿从后面拥住他，执拗地拉着他，二人一齐跌坐到床上去。

她抱着他，撒娇似的趴在他的肩上，温存片刻。

男人肩背宽阔，周身散发着清冽好闻的沐浴露味道，很迷人。

沉默了好一阵，立夏看到他唇上烟没点，揉他的耳垂，说："哎，你什么时候教我抽烟吧？我今晚在车场等你那会儿，买了包烟想试试——就怀兮抽的那种，很细一支的女士烟。结果很呛，我就扔了。"

　　"很呛？那你还要学？"程宴北回头看她，笑着问。

　　"不学怎么知道自己学不会啊？哎，你不知道，我工作压力也挺大的，有时候需要排解。"立夏埋怨地捏了捏他的胳膊，牵住他的手，"你老忙自己的事，也不关心我工作怎么样，累不累啊什么的，我只能学着抽烟了啊。"

　　程宴北嘴角虚扬，没说话。

　　"行不行？"她问，"教我？"

　　"那么想学？"

　　"想。"她点点头，神情认真。

　　程宴北偏开头，又一次沉默了。

　　很多年前，怀兮也是这样纠缠着他。那一个个夜晚，即使他们对彼此的身体无比熟悉，她还总撒着娇，要他教她，给她更多。

　　立夏见他又不说话了，心底有些失望，放开他，稍稍坐回去："算了，不愿意算了。"

　　"睡觉吧。"程宴北起身，从桌上摸了烟和打火机。

　　"你不睡？"

　　"等会儿。"

　　立夏望着他的背影，瞧见一点红光在他唇上燃起。她又不知该找什么话题跟他说话了，过好一会儿，她才半是试探地说："我托我朋友买了点补品，让他回港城的时候带给你奶奶吧。"

　　轻缓腾起的烟雾遮掩住男人的眉眼，她看不清他的表情。

　　立夏与他这么对视，突然惊觉，他们在一起的这几个月，他与她之间的距离，好像不仅仅只是这么一层清透浅薄的烟雾，她总是不懂他在想什么。

　　果然，很快他就回绝了。

　　"不用麻烦了。"

　　如她意料之中的那样。

　　"我前阵子买了很多。"他语气轻缓，很温和地说，"去睡吧。"

然后不再看她了。

怀兮洗完澡，头发还没擦净，又接到蒋燃的电话。

已过零点，听动静他好像没在赛车场。能听见前台小姐清甜的嗓音，行人的步履声纷至沓来，电梯门一直在响。

"睡了吗？"

"还没。"怀兮迟疑了一下，问，"你不是，在训练吗？"

"我来找你。"蒋燃说着，将手机从耳边拿开，与前台小姐对话几句，说他来找人。

怀兮一愣，他又问："你住哪个房间？"

"嗯？"怀兮思考了一下，"2107？"

"2107。"他温柔地回复前台小姐，"住客是我的女朋友。"

"好的，先生您稍等。"

"你不是今晚要训练吗？"怀兮擦着头发，去桌边倒水喝，"怎么突然过来了？"

"有点累了，想休息。"蒋燃停顿了一下，"还有就是，想你了。"

怀兮听了他这般宠溺的口气，倒是没上当，她一边倒着水一边说："你不会是来查我岗的吧？"

蒋燃可是盘问了她好久那天晚上去上哪儿了。

"算是吧，防止你跟谁旧情复燃。"蒋燃大方地承认，玩笑中带着几分警告，对前台小姐说了谢谢，往电梯方向去，"不过我今天真的很累，想在你这儿借个地方休息休息。"

"在我这儿借地方？"怀兮还是觉得他是来查岗的，有点不太客气道，"你订的房间呢？"

"退了。"

"为什么？"

"不太想住了。"蒋燃低低地笑着，语气有点儿强硬，"找你借个地方休息，行不行？"

怀兮咯咯直笑："不过我先跟你说好，我明天要工作，很早就要去，你别折腾我。"

蒋燃一向容忍她的脾气，连连应着："我开了车过来，明早我送你去。”

“你开的谁的车？你的车不是去修了吗？”

他颇为得意地说：“我又不止一辆车。”

“那行吧。”怀兮轻快地说着，窝到床上去，“你拿了房卡吧？我先去睡了，你自己进来。”

“好。”

怀兮累得没劲儿，将手机一扔，关了床灯就躺进被窝去了。

一早，蒋燃送怀兮到《JL》大厦，顺路去赛车场训练。

这一天 Hunter 与程宴北来《JL》拍杂志，偌大的赛车场只有 Neptune 在练习，他可以去晚一些。

蒋燃送她到门前，怀兮正要往里走，蒋燃忽然停住了，将她上上下下打量了一遍，从她的妆容到衣着，最终落到脚面。

一抹极灼目的猩红色。她穿了他送她的那双鞋。

“怎么了？”怀兮笑起来，“在欣赏自己买的鞋子？你想让我夸你眼光很好吗？”

“我眼光不好？”蒋燃抬头一笑，“你这不是挺喜欢的？”

怀兮很满意，看了看表：“喜欢啊。”

“合脚吗？”

新鞋最开始穿都不太合脚，怀兮昨晚已经感受过了，此时又动了动脚尖儿，极力适应这双鞋，还低头看了看说：“嗯，还可以，穿一阵子就好了。”

她话音才落，就落入一个温柔的怀抱。蒋燃拥住她，低头在她耳畔厮磨，吻她的发：“你进去吧，我就不送你到里面了。”

“好。”怀兮应了一声，准备抽身走。

他却还是紧紧地拥着她，手死死地扣住她的肩膀。

怀兮忽然听见身后传来一阵引擎声。

立夏穿着一身白色职业装，先从车上下来，见站在门边儿的人是怀兮和蒋燃，眨了眨眼，才准备打招呼，蒋燃便先笑着打了招呼：“来了啊。”

怀兮浑身一怔。

回头，程宴北此时也从车里出来，一抬眸，便对上了她望过来的视线。

他的目光扫过蒋燃搭在她肩上的那只手，轻轻地点了点头，眼眸深沉。

"嗯，来了。"

蒋燃是温润的长相，一身西装，挺拔儒雅，不像是要去赛车场的样子，站在从头到脚明艳照人的怀兮身边，她一身的锋芒好像都被衬托得更夺目了。

居然有种说不出的登对。

怀兮半倚着蒋燃，对上他视线，眼神也有点儿尖锐。

挺记仇。

她没忘她昨晚下车前一脑袋撞在车前座的事，也没忘记他回绝她去看望奶奶的好意时那副不识好歹的模样。

她没好气白了他一眼，不再看他。

"今天不去训练？"程宴北问蒋燃。

"先送怀兮过来，她今天有工作。"蒋燃笑了笑，拥了拥怀兮，温声问她，"今天几点能拍完？我来接你。"

训练到了关键时期，蒋燃还一再强调要接送她，跟昨晚一样，倒真像是在查她的岗。

怀兮扬起脸来，笑容娇俏："还不知道，你大概几点？"

"我应该不会太晚。"蒋燃说。

怀兮于是点头："那我结束了给你打电话，我这边应该也不会太晚。"

"好。"蒋燃应道，又想起什么似的，问程宴北，"对了，你们今天是要一起拍摄吧？"

怀兮昨天和他谈及此事时，两人都故意没提到程宴北这层，但他们一个车队，他肯定心知肚明，这样当面问起，更像是试探。

说起来，程宴北也挺惊讶怀兮和蒋燃早上出现在这里。不过想起《JL》是时尚杂志，怀兮又是圈内人，又不怎么觉得奇怪了。

他从未留意过谁和他一起拍摄——车队成日训练，他没空管这些，拍摄合约是俱乐部签订的，流程也都是俱乐部同杂志商量的。

立夏原以为他是知情的。

但显然，他才知道。

他看向怀兮时，也仅仅是"我朋友的女朋友，是我今天的拍摄搭档"的反应，如此而已。

但不知怎么回事，从昨夜程宴北打给怀兮电话，自然而然地叫出她的名字，立夏就隐隐觉得，他们似乎已经熟悉到了某种程度。

是什么程度呢？

程宴北只略感讶异地挑挑眉，看着怀兮，低声地笑："哦，是吗？那很巧。"

怀兮轻轻地拧起了眉。

男人笑意淡淡，略带玩味。

仿佛在说——看，就是这么巧，你还错进我的房间。

也不知现在是真的不知道，还是假的毫不知情。

"是挺巧啊。"蒋燃的笑容却淡了些，又问立夏，"你今天也一起吧？"

立夏挽着程宴北的臂弯，微笑着点了点头："嗯，是，我负责今天的造型。"

蒋燃记起她前天好像才刚面试，有点儿讶异："这么快？我听说《JL》的面试还挺难的，你很厉害啊。"

"也没有，"立夏拿出手机看了一眼时间，抬头笑道，"我正好有个朋友在这儿，算是给我走了关系。"

出门已有些晚了，今天第一天拍摄，任务多，路上过来就有人打电话催促了。

立夏晃了晃程宴北胳膊："他们催了，我们进去吧。"

程宴北颔首，转身便和立夏离开了。

像这样比较正式的场合，程宴北也未着正装，他衣着随意，身材高大，在这样人来人往的时尚场合也不逊色。

一袭白色职业装的立夏依偎着他，两人徐徐向电梯的方向走。

很般配。

怀兮看时间不早了，收起思绪，也要进去了，肩上的力道却没松开。

蒋燃先前说要她自己进去，这会儿却是带着她，跟上了程宴北和立夏。怀兮配合地靠进了他的臂弯，狡黠地眯起了眼眸："你是怕我跑了不成，看这么紧？"

蒋燃看着她，温和地笑了笑，朝正等电梯的程宴北与立夏扬了扬下巴："你觉得他们感情好吗？"

怀兮却不接招："你就这么喜欢试探我？"

"当然喜欢啊。"蒋燃大方承认，"其实在大部分男人的思维中，每一任'前女友'都还是自己的女人。"

怀兮秀眉微扬，反问道："那你呢？"

蒋燃弯了弯唇，半是开玩笑道："我不一样，我比较喜新厌旧。"

怀兮的笑意淡了。

立夏和程宴北走入电梯，自顾自地分析着："我听说，怀兮试镜时表现力特别好，摄影师对她评价很高，之前她不知什么原因不愿来拍摄——据说是有别的杂志挖，但她现在没经纪公司，没团队，按理说不会有什么好资源。"

电梯门在眼前缓慢地关闭，立夏的话还未收尾："就昨天也不知怎么了，她又改了主意，答应来了，好在来了。"

程宴北下意识地抬眸。

一簇火焰，席卷入视线。

那身红裙衬得她白肤胜雪，纤长的腿从裙摆之下露出来，脚上踩着那双蒋燃昨天送她的鞋子，她正踮着脚，攀住男人的肩，靠近他耳旁，亲昵地与他交谈着什么。

她红唇熠熠，嘴角勾着妩媚动人的笑。

很熟悉，又很陌生。

立夏的话一顿，视线也顿住了。

她还想说些说什么，程宴北却伸手重重地按住电梯的关门按钮。

"那你知不知道，大部分的女人，可比男人要喜新厌旧多了。"怀兮贴在蒋燃耳边，笑着说。

《JL》与 ESSE 常年有合作，尹治说，这次是他当主编的姐姐给 ESSE 卖了个面子，前几天几个连试镜都没通过的小模特儿也来拍摄了。

封面定了怀兮，板上钉了钉。尹治一提再提，摄影师也坚持只用怀兮一人。

外滩起了风，江面荡起层层涟漪。

第一处外景就在外滩拍摄，上午十一点，一群人就声势浩大地占领了这里，在江滩上搭起了摄影棚，五六辆豪华保姆车作为简易试衣间与化妆间，设备齐全。

拍了一轮下来，怀兮坐在遮阳棚下休息。

来的基本是她原先在ESSE就熟的面孔，像是不屑坐在她身边似的，摄影师一说休息，她们就三三两两地上了各自的保姆车，并不靠近她一分。

试镜那天，在《JL》的化妆间，怀兮与她们中的几人打过照面，那些或猜忌或鄙夷的目光，窃窃私语的议论，变了味道，也有所收敛，自然也还憋着气。

尹治昨天最后游说她时就说，她再不做决定，《JL》就要考虑让ESSE输送过来的几个模特上封面了。

好巧不巧，尹治说的几个名字里，恰好有这么几个她原先在ESSE就不怎么对付的人。

激将法最有用，她一口就答应下来。

怀兮一人坐在这儿反而清净，足尖儿微微晃动，惬意地欣赏江滩景色，等待下一轮的拍摄。

她换了套衣服，黑色铆钉短裤，脚上钩着双系带黑高跟鞋，上身一件撕扯状镶亮片儿露脐背心，裂口一直蔓延到腰线以上，欲盖弥彰。

江面起了风，她随意披了件尹治拿给她的外套。她生得骨感，肩膀的衣服有意无意滑下来一点儿，露出白皙如雪的一半，很是引人侧目。

尹治也休息了，吊儿郎当地走过来坐到她旁边，意味深长地问："晚上有事儿吗？"

怀兮没好气地笑道："我今天可不过生日。"

"我找你就是过生日吗？你也不能天天过生日吧。"尹治横了她一眼，"请你吃饭不行？就上次那个'前任局'，你带个前男友，我带个前女友，我们一起吃个饭？"

怀兮嗤笑了一声，转回头去，懒得搭理他。

江岸边，工作人员开始协助摄影师布景了。

《JL》这次的确是大手笔,找法拉利借了个一比一的赛车模型过来,正是程宴北开的那辆SF100。

一模一样的红黑相间,在江边这样宽阔的地界,放眼看去,居然也有点儿在赛车场间嚣张跋扈的感觉。

"行了,不跟你开玩笑了。"尹治扯到正事儿上,"晚上我姐想请你跟那位冠军,吃个饭。"

尹治扬了扬下巴,向她示意不远处正跟着摄影师在赛车模型边徘徊的程宴北。

他换了件白色衬衫,配黑长裤,衣料薄透,阳光下能隐隐看到他两道狭窄腰线,甚是勾人。

怀兮记忆里,程宴北很少穿这样干净的颜色。

居然也不违和。

他偶尔背对她,身姿颀长,肩背宽阔,时不时又侧身过来,查看车子,领口随倾身动作敞开,纽扣慵懒地扣在前胸,胸口一片文身遮遮掩掩。

干净利落的圆寸,侧脸棱角分明,左眉是断眉,让他整个人看起来极具侵略性。

望着眼前与他那辆SF100比例一模一样的模型时,却是眉眼专注,又有几分温柔。

"行不行?"尹治见她一直看那个方向,心不在焉的样子,不由得加重语气,企图拉回她的思绪。

怀兮收回目光,看着他。

小片刻后,她才笑出声:"想请他就请他,拉我做什么?凑数吗?"

"拜托,大小姐,如果不是我姐和几个主编那边要求,我要跟你吃饭,我就真找个前女友来了好吧!"

那边准备就绪,有人扬手喊她的名字了。

怀兮从座椅上起身,迈开长腿向那边走去。

尹治这下急了,玩笑都不开了,拍桌子说道:"喂,怀兮!我不开玩笑了!又没让你真带个前男友来啊!"

怀兮闻言脚步一顿,又折回来。

尹治眼睛一亮,她却当着他面儿把身上的外套脱了,扔在座椅里,眉眼带着笑，也不答应他。

尹治气得脸红脖子粗，又强调道："说好了啊，晚上！"

怀兮瞧着他，淡淡地说道："什么说好了？"

"吃饭啊。"

"哦，"她一沉吟，"那你带前女友来吗？"

"我带前女友干什么？我不是说了，我和我姐吗？"

怀兮什么也没说，拨了拨短发，再次走向那个方向。

程宴北也就位了，他半倚车身，长腿慵懒地交叠，等待拍摄开始。立夏将他松散的领口整了整，稍稍又敞开一些，胸口的文身更暴露了。

怀兮看不懂梵文，也不懂那是什么。

她不知是看他，还是看那片文身，恍恍惚惚地走了过去，像只游魂。

一上午都在拍其他项目，她与他虽未一起拍摄，照面却打了无数次。不若昨夜在车上还能聊两句，两人一上午都没有话。

怀兮离他远了些，另一个造型师给她补妆。

接着摄影师一声令下，时间与空间都交给了他和她。

摄影师端详他们半天，对负责这一天主要造型的立夏和另一个造型师笑了笑，随口说了一句："也没必要补妆嘛。"

一群人还没反应过来，不知谁拿了根水管，随着一声高亢的"准备好——"，一股猛烈的水流朝怀兮和程宴北喷射而去！

怀兮惊叫了一声，反应过来后已是从里到外透心凉。

程宴北似乎提前知道有这一出，比她淡定许多，他上半身白衬衫湿透，水滴汇聚成细细的水流，顺着他流畅的下颌线与凸起的喉结，向胸口的那片文身流淌。

摄影师又下了命令，指着怀兮："你双手撑着自己，趴在车上。"

又指程宴北："你站在她身后，扶着她的腰。"

第七章

潮湿心事

江风有些凉，怀兮下意识地抱住手臂，缩了缩肩，仍频频打冷战。水顺着她苍白的面颊和打湿了的头发不断地滴落。

此时此刻，她的情绪有些崩溃。

她并不知道还有泼水湿身这一出，毫无心理准备。

在场人人各司其职，几乎都面带着笑意，没人对突然泼了她一身水感到抱歉，也从未将浑身几乎湿透的她放在心上，更别提顾及她的情绪了。

他们的笑声随风传来，时大时小，非常刺耳，分不清是无心调侃，还是存心讥讽。

怀兮知道，自己应该习惯的。

她大学毕业就签入行业顶尖的经纪公司 ESSE，在模特圈摸爬滚打了四五年，后来还独自出国闯荡，她知道有时为了拍摄效果，摄影师可能会临时做一些让人预料不到的决定。

这其实非常正常，被泼水这样的事，甚至比这更严重的，她也没少经历过。

做模特，哪有表面看到的那么风光。

但她就是觉得，突然被这么被猝不及防地泼了一身水，特别狼狈、尴尬，浑身不适。

尤其，还是在程宴北面前。

在谁面前丢脸都可以，在前任面前不行。这是怀兮的人生原则。

可就这么短短的三四天，这原则就被打破了很多次。

程宴北的白衬衫也湿透了，水蜿蜒流入领口，被浸得几近透明的衬衫紧裹着结实的胸肌和紧致的腰腹，最后停在一个欲语还休的位置。

胸前的文身也像被浸湿了，张牙舞爪，蠢蠢欲动。

他抬手整理领口，无意间一瞥，怀兮恰好转开了视线，回头看江岸。

她头发也湿了大半，发丝凌乱地遮住妩媚的一半侧脸，红唇饱满，像是那会儿与蒋燃贴面耳语时的样子。

此时，摄影师喊："怀兮，就位了！"

怀兮冻得直哆嗦。她烦躁地拨了一下湿发，整理好情绪，踩着还算沉稳的步伐，来到车前。

她迅速进入状态，双手支撑自己，半趴在那辆SF100的赛车模型上，脚勉强站直。

接着，摄影师又喊："冠军去后面扶着她。"

语气比刚才嚷怀兮时客气了不少。

怀兮听出了这层区别对待的意味，冷哼着笑了笑，转头，半耸着肩，漫不经心地去瞧身后的男人。

她小脸青白，如此挑着眼角看她，眼神却是恨恨的。

像是刚刚那水是他泼的一样。

怀兮这两天可真没少记他的仇，见他半天不动，扬了扬眉："我看你好像很紧张？你们赛车队下次出人，不如考虑一下我男朋友？"

程宴北这才幽幽地抬眸，好笑地睨了她一眼，走了过来。

这一天外滩的风不小，怀兮只穿了一件露脐背心和一条比比基尼长不了多少的短裤，禁不住冻，不停地打哆嗦。

和前女友拍照这种事，程宴北倒是真的一点儿不紧张，靠近她的同时，她腰上就传过来一个力道，第一下都带了些狠意，掐得她腰身一软。

怀兮下意识地咬了一下唇，忍住了没出声，不敢有太大的情绪。

不过只那么一下，程宴北就改为轻轻地托住了她的腰，像是惩罚过后的安抚。他嗓音低低的："那也要你男朋友自己争取吧？"

他的掌心很凉，五指掐住她的腰，居然开始紧张了。

没第一下那么浑蛋，他掌握着分寸与力道，并不逾越，距离也拿捏得恰到好处，准确来说，不尴尬。

她和他一起照着摄影师的安排变换角度，缓慢地调整姿势。她向后靠，后背刚好能贴住他的胸膛。

两个人始终不远不近，彼此都拿捏着分寸。

察觉到她好像有些紧绷，程宴北在她身后淡淡地笑："怎么，紧张了？要我打电话叫蒋燃过来吗？"

"我紧张什么？"怀兮被他这口气惹恼了，抬起头，侧视身后的他。

程宴北眉眼低垂，嘴角挂着笑意，像在怀疑他。

她可是专业的，还轮不到他来评论。

怀兮心底冷哼一声，借着这个角度，上上下下地打量起他来。她的目光带着审视意味，从他倦怠冷漠的眉眼往下，到他的高挺鼻梁、虚勾的嘴角。

再往下，他领口敞开，胸前一片看不懂的文身。

她熟悉的那处文身，不在这个位置。

"好——就保持这样别动！"

摄影师突然叫了一嗓子，捕捉到怀兮抬头去看程宴北的这个角度。

第一次见面的两个人如此对视，居然意外和谐，氛围绝佳。摄影师立马按下了快门。

怀兮停在这个角度，将他浑身上下能看到的地方都打量了一遍。

程宴北也垂眸看她。

彼此都在细细地打量。

像是要将对方这些年的变化都尽收眼底。

像是想探个明白，谁过得最糟糕，谁还对谁不甘心，谁还放不下谁。

摄影师见他们异常来电，又绕到另一个角度来了好几张，"冠军，你，你，你再靠她近一些。她这么漂亮，你大胆主动一点儿啊！"

又一阵邪风吹来。

怀兮冷得直发抖，没忍住，不争气地打了个喷嚏，向后一撞，撞入了他的怀里。

与此同时，程宴北的右手蓦地加大了些力道，像是要从后面半拥住她，待她站直又收回手。

两个人都是一愣。

"呃……"

随摄影师继续调整角度，一道低沉声音落在她耳边："冷吗？"

怀兮哆哆嗦嗦，半缩在他的怀中发抖。

她没想硬抗，于是点了点头。

不知怎么回事，他们都被泼了水，他的怀抱反而有些温热。

摄影师还在怂恿他主动，程宴北换了个背对江面的角度，不知是有意还是无意——像是昨天在修车行，用外套替她遮挡裸露的后背那样，为她挡住了大部分的风。

他的左手就势绕过她的身前，右手还扣着她的腰，如此一来，几乎是用胸膛将她按在了车身上。

像是从后面抱住了她。

怀抱很温柔，却带着些许疏离与克制。

他的左手覆上她的左手，扣住。

他的手掌很大，手背青色血管隐现，她五指那圈扎眼的猫眼绿，交缠在他干净修长的手指间。

这五年来，他们之间好像在这一刻才算有了交集。

以前，每天早晨要起很早去学校上晨读。天一冷，程宴北就会把她的手放入他羽绒服的口袋，和她一起穿过南城的大街小巷，走过冒着腾腾热气的早餐摊，走过公园旁的林荫路。

他在外人眼中，就是个打架凶狠的刺头。

别说是那几个每天蠢蠢欲动，要堵她上下学的女孩儿，他连门口抓迟到、抓校风校纪的教导主任都不放在眼里。

一开始，她也只是想装他女朋友的。

"怀兮，你再加点儿别的动作！"

摄影师又喊一声，拉回了她思绪。

"看他时再带一些感情——感情不够！就是要那种火花迸射的感觉。好像你们认识很多年了，再初次见面的那种！"

怀兮其实并不知道，此时此地，此情此景，应用一种什么样的感情。

任何一个描述感情的词语，都没办法将他与她的从前，过往，现在，当下，剖析清楚。

都说人跟人相遇，不是恩赐就是教训。

如果实在要说，她和他之间，彼此都有过恩赐，可最终还是深刻的教训占了上风。

而她对他的感情，不是不甘心，不是意难平，不是恨，也不是爱。

其实更像是，一种说不清的嫉妒。

这种嫉妒，从她高三那年开始，就在她的胸腔中一点点地膨胀。

她嫉妒他在他们那个乱糟糟的学校里，可以从所有的校园欺凌、纷争漩涡，甚至从高考的重压下脱身。

嫉妒他的天性傲慢，几乎任何时候都是他主导别人，别人丝毫不能主导他。就连曾经他爱她，始终也没有她爱他那么浓烈，那么多。

她更嫉妒他任何时候，都比她拿得起，放得下。

哪怕时隔多年，时过境迁，面对她，甚至在这一刻，与她这个前女友如此亲密地拍照，也比她这个自诩专业的模特儿要淡定、自然得多。

仿佛她与他之前交往过的许多女人一样，只是一个普通的，曾经在一起过，彼此爱过也恨过的前女友罢了。

他只是她人生的过客，幸会一时，有幸旁观过对方的人生。

如此而已。

她对他而言，好像也没什么特殊的。

怀兮在他身上吃过亏，从那之后，她就决心做一个跟他一样，拿得起，放得下，毫不拖泥带水的人。

在又遇见他之前，这一点，她一直都做得很好。

摄影师快门如飞。

怀兮照要求调整姿势，她站直了，后背贴住他的胸腔，边抬起左手抚过他凉凉的耳垂，边回眸去看上方的他，似笑非笑地说了一句："你不适合穿白衬衫。"

程宴北低头睨她，笑意浓了几分："为什么？"

接着她用挑剔的眼光，又上上下下地打量他，最后望进了他的眼底。

她红唇微启，一字一顿地说："人模狗样。"

午间休息，下午继续拍摄。

上午拍了两组，一组是 Hunter 的队员和几个 ESSE 的小模特儿，怀兮也有出镜，还有一组是怀兮和程宴北在江岸边单独一对儿拍的。

摄影师却不很满意。

不是他俩配合得不够好，其实对于两个第一次合作的"陌生人"来说，尤其程宴北还是第一回拍杂志，表现力已经很不错了，他们之间也很有火花了。

精益求精，拍了将近一百张，最后只用了一张。

就是怀兮一只手搭在车身，另一只手抬起，抚身后男人的耳垂，红唇微张，好像在与他说着什么。

而他微微低垂了眉目，嘴角笑容淡淡。

看似听得认真，眼神却是耐人寻味。

摄影师说这张照片里，他们的表情、动作都很有层次和故事，但做封面还不太够。

所以下午还要拍一次。

下午先拍别的，怀兮可以多休息一会儿。

她没吃多少东西，换了身衣服，又裹了件外套，去药店买感冒药。

ESSE 的几个模特儿准备拍摄，立夏和几个造型师忙忙碌碌。

模特儿们在不大的地方议论纷纷。

"怀兮以前在咱们 ESSE，男人就没少往她身上贴。"徐黛如掰着指头，如数家珍，"什么董事长家的小公子，有老婆的投资商，之前不是有个造型师也追过她吗？"

"真的假的？"

"真的啊。哦，之前也是呢，也是跟她一起拍杂志的一个卖珠宝的，对她一见钟情，后面追她追得可紧了。"

大家都被勾起了兴趣。

"对了，不是还有个高管吗？之前也是咱们 ESSE 的吧？"

"啊，我听说过这个……真是这事儿吗？她因为人家追她就解约啊？"

"她不是自己解约的吗？怎么说得像人家把她逼走了似的？"

一群人哄笑起来。

立夏翻看着这一天的样片。

同事曾米在她旁边找了位置坐下："我就喜欢跟一群模特儿一起工作，她们那圈子里乌七八糟的八卦，听都听不完。哎，立夏，咱们起码要拍个两三天吧？"

"嗯，"立夏低头应道，"慢点儿估计要四天吧。"

"那有得听了。"曾米跟着立夏一起看样片，啧啧感叹，"你别说，就今天这几个 ESSE 的小模特儿，拍的那是什么玩意儿啊？ ESSE 现在就这水平了吗？还没她们那个满身八卦的前同事拍得好。"

前同事当然指的是怀兮。

怀兮在镜头前一向放得开，立夏原先跑秀场就对她印象很深。

可今天摄影师说，她有点紧绷。

这种紧绷感，除了摄影师，其他人或许看不出。立夏这种常年跟模特儿圈子、秀场 T 台打交道的，不用摄影师开口，也能看出一二。

怀兮的确比平时紧张。

她的试镜照立夏也看了，不比今天的湿身照惊艳张扬。但总觉得差了些什么。

曾米情不自禁地感叹着："那天她试镜时我就在旁边，当时我就想说了，她长得真漂亮，镜头前的表现力也真好。今天一看，果然如此，你说是吗？"

立夏滑到程宴北与怀兮的那一组，视线顿了顿，没回答。

曾米说："ESSE 现在也大不如前了，她走了是好事儿，待在那么个乌烟瘴气的地方，指不定现在就跟其他人一样给别人作配——别人上封面，她一个内页的拍摄名额可能都是找《JL》的主编给开的后门。"

曾米自然知道立夏是照片上这位赛车冠军的女朋友。今天他跟怀兮也过于来电了，中午拍摄那会儿，所有人都看在眼里。

于是曾米半是试探地开起了玩笑："立夏姐，你男朋友跟别的女人拍这么诱惑惹火的照片，你不吃醋吗？"

立夏滑照片的手顿了顿，抬眸一笑，大方承认："当然吃醋啊。"

也难怪，人之常情。不吃醋才不正常。

曾米那会儿跟着立夏，可是目睹了怀兮和程宴北在江边那一通几乎要擦枪走火的拍摄全过程。当时她小心翼翼地瞧立夏，立夏神色如常。

她在圈中摸爬滚打这么多年，什么场面没见过，但放在自己男朋友身上，是个女人都该介意。

"那有什么办法？工作嘛。"立夏关闭平板电脑，起身准备给模特儿们做造型，"《JL》的风格一直这样，倒是拍得挺性感的。要是上个普通杂志什么的，他一个人就行。"

曾米赶紧跟上，半开玩笑道："你来调教？"

立夏侧眸笑了笑，算是承认。

"可别了，你男朋友那么帅，那么高，不说他是开赛车的，我还以为他是职业模特。我看不需要怎么调教，和怀兮在一块儿拍照表现力也挺不错啊。"

立夏没说话，曾米又用胳膊肘戳她："哎，问一句，你男朋友对你好吗？"

"还行吧。"

"平时他话多吗？"

"还行。"

"人温柔吗？"

"也还行。"

"还行还行，女人说还行，就是遮遮掩掩地说'不行'。"曾米一副为她打抱不平的语气，"你们圈子不一样，到底怎么认识的？"

"怎么认识的？"立夏沉吟了一下，"就去年秋天那会儿，我在伦敦，和朋友看他们车队比赛，你知道的，国外的华人圈子都很小，一来二去，你认识我的朋友，我和你朋友打过照面，就那么认识了。"

"谁追的谁？"曾米乘胜追击。

"一定要有谁追谁吗？"立夏淡淡地笑道，"见面次数多了，都有好感，不就在一起了？"

也是，当今快节奏的生活方式下，交朋友和谈恋爱都变成了非常奢侈的事。工作忙起来，更没空谈风花雪月。他们成日和时尚圈、娱乐圈打交道，见几面，看对眼了，心生好感，很快就开始一段恋情，也不是奇怪的事情。

白天第一次见面，晚上就确定关系，不合适就换，大家都是七分热情、三分真心，话不敢说太深，事不敢做太满，心也不敢全捧出去，好及时止损，避免受伤和精神内耗。

曾米想起ESSE那群小模特儿谈起的八卦，说："那你可要小心点，时间长了，男人都喜新厌旧。"

立夏那会儿也听了一些，知道她是暗指怀兮，却笑着说："女人也差不多，都半斤八两。"

"难不成你先喜新厌旧了？"

正聊着天，怀兮款款地进入了化妆间。她换了轻便的衣服，套了个加厚的棒球服外套。

这天外滩风不小，艳阳高照，气温却不高，她那会儿还被泼了一身水，脸当时就黑了。其实这事儿不少见，都说台上一分钟，台下十年功，模特儿们都是在T台和杂志封面上光芒万丈，私下里吃的苦、受的委屈不比别人十倍、百倍少。

立夏随口问曾米："泼水那事儿，谁的主意？"

"没谁吧？"曾米也注意到怀兮进来了，"就早上车队的人拍完了，我听摄影师还是场记，找了个人过去知会了一声。"

"怀兮提前知道？"

"她就拍了一轮，应该不知道吧？也挺惨的。"

怀兮算着热量喝了杯无糖酸奶，垫了垫肚子。

她怕下午摄影师那边再搞点儿什么骚操作，今天江风这么大，她可扛不住。接下来还有两三天的拍摄，病倒了就得不偿失。

现在好几个人虎视眈眈，尤其以前在ESSE就跟她不怎么对付的徐黛如。她如果病倒不能拍了，被笑话都是其次，到手的好机会八成会拱手让人。

怀兮是真感冒了，鼻子有些塞，人也不如早上有精神。

她倒了热水，吃了药坐下休息。从进门起，没完没了的闲言碎语，偏偏都要带上她，很聒噪。

立夏与曾米为这群小模特儿做造型，那些真真假假的八卦，曾米听得直乐。

快下午三点了，拍摄即将开始。

徐黛如这时突然抬头问给自己整理发型的立夏："对了，中午拍封面的那个赛车手，是立夏姐你男朋友吧？"

立夏点头："是啊。"

"挺帅的嘛！"徐黛如由衷地说，"湿身照呢！我都看得心潮澎湃了。你哪儿找的这么帅的男朋友？"

立夏只是笑，不说话。

"不过我要是知道，我搭档的女朋友在现场看着，我就不拍了，"徐黛如笑道，似乎意有所指，"多尴尬啊。"

"是啊，是啊，"旁边一个人接话，"真的也太尴尬了，还贴得那么近……万一立夏姐吃醋了，给我弄个很丑的造型报复我怎么办？"

"真那样的话，才是真的尴尬。"

怀兮靠在一边的座椅上，身上盖了件外套，闭目养神，也不知听见了没有。

立夏给徐黛如固定好造型，漫不经心地笑了笑，颇有点儿前辈教训不懂事后辈的口吻："知道为什么别人能拍杂志封面，你们只能拍内页了吗？"

"呃……"

徐黛如站起来正准备打量自己的整体造型，听了这话对立夏挑了挑眉。

"因为职业素养不够。"立夏看了看表，催促道，"去拍摄吧，下次记得把摄影师的要求跟每个人都落实到。"

徐黛如登时变了脸色。

气氛尴尬。立夏心直口快，爽朗惯了，但刚才明显是在给怀兮出头。

等人三三两两地走空了，曾米避开在一边小憩的怀兮，问立夏："哎，立夏，醋都吃了，听听八卦，找点甜头不开心吗？"

这个圈子的人都恨不得一个搞死另一个，争奇斗艳，不择手段。人在大染缸，立夏也是一路摸爬滚打过来的，流言八卦看了太多，也听了太多。这些怀兮估计也经历了不少。

以前她还听人说怀兮脾气不好，在 ESSE 那会儿就很得罪人，不招人喜欢。现下无论被泼水还是被议论，她都忍着气儿一声没吭，似乎已练就了一颗金刚心。但立夏知道，即使这样，听到这些阴阳怪气的话还是不会舒服。

立夏不算是个爱管闲事的人，但此时，她好像不仅仅是感同身受，心底好像生出有一种叫作"愧疚"的东西。

前晚在外滩邀怀兮上车，也不仅仅是担心怀兮一个女孩子不安全，坚持要程宴北送回去，也不仅仅是"同为女人"这样的将心比心。

那时在她心底作祟的东西，与现在一模一样。

"每个人都有难处吧。"

立夏看到怀兮手边的感冒药，最后说道。

快六点拍摄还没结束，Hunter 的队员们跟 ESSE 的那几个小模特儿在江边照着摄影师的安排来来回回地走动，摆着造型。

圈子和圈子，职业和职业之间果然有壁，程宴北那几个同僚根本不懂得要如何配合，气得摄影师直跳脚。

怀兮坐在遮阳棚下玩手机，隔了老远都能听见摄影师暴跳如雷的声音："你看看你们冠军！中午跟另一个模特儿配合得多好！你们这么拖进度要拍到什么时候！"

怀兮听了只觉得好笑。

手机快没电了，她还要留着电给蒋燃打电话，恰好有人喊做准备，她便去试衣间换衣服。

这是一辆大型保姆车，麻雀虽小，五脏俱全，里面衣柜、鞋架、首饰柜什么的都有，出个外景，能带来的都带来了。

怀兮吃了感冒药，一下午都有点困倦。

她才上去，一抬头就看到车上的人，想也没想便转身要退下来。

一道声音牵绊住她的脚步："你不换？"

程宴北发现她了。

"呃……"

怀兮又回头。

程宴北脱了一半衣服，好身材展露无遗。

他见她进来也没停下动作，双手交绕到身前，拉起 T 恤下摆，将身体毫不遮掩地暴露在她眼前。两道人鱼线夹着窄腰，没入宽松的黑色休闲裤头，下腹一道荆棘文身姿态张扬。

他脱了衣服扔到一边，淡淡地瞥了她一眼："关门。"

第八章

荆棘文身

面积不大的带刺荆棘野蛮向上，肆意生长。

藏了一部分，看不完全。

但怀兮知道，只纹了三分之一就戛然而止了。

"看什么？"

他疏懒的嗓音拉回她的思绪。

怀兮抬眸，撞入一双笑意深沉的眼睛。

他上半身赤裸，没了衣物遮挡，更显修长。

她瞥到他左胸口下方的那道疤，收了视线，把身后的门拉上往里走，丢下漫不经心的一句："又不是没看过。"

程宴北闻言，只是淡淡一笑。

他也转身，去挂着一溜儿服装的地方挑衣服。他宽阔的脊背上也有一道疤，好像与前胸的那道疤贯通了。

他语气冷淡："看过，所以才这么理直气壮？"

怀兮找了处地方坐下，回嘴道："是啊，不行吗？"

"我什么时候说不行了？"程宴北轻笑着，心情看似极好，"你不一直这样吗？"

怀兮听他这么一说，顿了顿，反问："我一直什么样？"

程宴北没回头，拿了件黑色衬衫，若有所思地回答："一身歪理。"

怀兮"喊"了一声。

车厢说大不大，男装和女装分别在两边，只有一个拉着帘子的换衣间。程宴北径自进去，声音飘了出来："说理我又说不过你。"

声音带了笑意，又有一丝叹息。

怀兮突然沉默了。

也不知怎么设计的，那帘子只能遮住一大半试衣间，他拽了几次都拉不严实。

她看着他那窘迫样，不禁笑了起来，带着嘲意。

弄了好半天，他放弃了，站到另一头她看不到的地方："看过就看过了，现在别偷看。"

"怎么，你觉得你很吃亏吗？"怀兮忍不住扬声说，"程宴北，我以前怎么没发现你这么自大，我在这儿好好坐着，偷看你干什么？不是你那帘子拉不上吗？怪我坐在这里？"

帘子后面，他的笑声更清朗了。

很快，两人又同时沉默下来。

可不知怎么回事，这么隔着一道半遮半掩的屏障，彼此之间绵延了好些天的尴尬与不适，好像都慢慢地舒缓了。

怀兮等得无聊，滑了滑手机。电量见了底，只有一道红色的小竖线。

还剩百分之一。

六点多了。蒋燃下午发消息说他大概六点就能结束训练，他离这边也就五六公里。怀兮这边却还不知道什么时候能结束。

他要她拍完打电话给他。他来接她。

怀兮刷了一会儿手机不敢刷了，在一排排衣架边徘徊，挑一会儿要穿的服装。她是专业的模特，造型师信得过她，让她自由挑选，若是有什么不妥再给她把关。

保姆车上只有一个通风窗。

外面天色暗了，晚霞从江面爬上来，晕染了大半的天空。人工搭造的摄影棚那边人声鼎沸，终于结束了上一轮的拍摄。

怀兮今天中午被泼了水，感冒了，迎着风鼻子一痒，没忍住打了个喷嚏，动静不小。

程宴北听到了，扣纽扣的动作顿了顿："感冒了？"

过了半天，怀兮才从头脑轰鸣中回神，顺手关上窗："嗯，有点儿。"她的声音都哑了。

程宴北动了一下唇，还想说什么，她手机铃声响了。

她好像又坐回沙发那边，打了个喷嚏，人一下就恹恹的，刚才提高了音调跟他吵架的架势一下没了，语气变得软绵绵的："喂？"

蒋燃结束训练去交车，温声地问她："怎么样？结束了吗？"

他听出她声音不对劲儿："感冒了？"

"嗯，挺难受的。"怀兮疲惫地窝进沙发，语气温软，带着娇嗔，"你听，我鼻子都不通了。"

"我听到了。"蒋燃有点儿担心，"吃药了吗？"

"中午买了点，吃了。"

"你别又不吃饭。"蒋燃知道怀兮的习惯，又是拍杂志，估计又没吃几口饭，"不吃饭吃药的话会吐的。"

"我知道啦，你好啰唆啊。"怀兮笑了笑，嗓音沙哑，"我吃了点东西才吃的药，你放心。"

正此时，有人敲开保姆车的门，朝里面大喊："程宴北！怀兮！快点换衣服了！准备拍摄——"

破云一声雷似的。

蒋燃隔着电话都听到了这声音，还想说几句安慰的话，到了嘴边的话又咽了下去。

门又"砰——"的一声被关上。

前一声，后一声的，怀兮脑袋有点儿昏沉。她敏感地察觉到电话那边蒋燃的气息都沉了，半天不说话了。

她正想说什么，听筒里像是被掐了声，登时没音了。

以为是他生气挂了电话，从耳边拿开一看，才发现是没电了。

紧接着，换衣间里，程宴北的手机铃声大作，是来自蒋燃的电话。

程宴北看到屏幕，视线一顿，接起："喂。"

冷淡的一声，比刚才跟她开玩笑时的语气疏离不少。他向门帘外看一眼，正好对上怀兮望过来的视线。

怀兮一下就意识到了是蒋燃，从沙发上坐起来。

程宴北换好那件黑色衬衫，一只手拿手机，另一只单手扣衬衫纽扣，然后拨开门帘，走了出来。

她的目光一直盯着他，或许是盯着他手里的手机，表情有几分殷切。

"怀兮跟你在一起吗？"蒋燃一改平日的温柔，语气都不大好了。

"嗯，在。"

程宴北淡声回应，歪着头，用肩夹着手机，一边整理袖口，一边垂眸看着怀兮。

她半靠着沙发，看着他欲言又止。

像是想找他要手机过来跟蒋燃说话。

"你们还在一起拍摄吧？"蒋燃在心中说服自己，直截了当地问，"大概几点能结束？"

程宴北的目光仍落在怀兮身上，薄唇微启，冷冷淡淡地吐出三个字："不知道。"

蒋燃有些恼了："就没个准点吗？"

"没有。"他又答。

"那我给立夏打电话，"蒋燃有些生气了，"我问问别人，问别人总行了吧？"

"你什么时候有她电话的？"程宴北笑着问他，"是那天晚上吗？"

蒋燃倏然沉默了。

程宴北没再多说什么，只是将手机递给了怀兮："他问你什么时候结束。"

怀兮听到"结束"二字，不知为何愣了一愣。她接过手机，看着他眨了眨眼。

也不知蒋燃与他说了些什么，两个人打哑谜似的。

程宴北没再看她，去另一边整理衣服。

怀兮顿了一会儿，拨了拨脸侧的头发，才有点儿尴尬地切入了正题："那个，我这边结束可能要八点多了，或许更晚。还不知那边怎么安排。我住的地方不远，你知道的，你可以不来接我，你训练一天，先去休息……"

蒋燃沉默片刻，坚持道："我来接你。"

"嗯，好。"怀兮知道他介意她和程宴北，意外地没使性子，也不好拒绝了，"那我等你。"

"手机没电了是吧？"

"对。"

"我想别的办法联系你。"

"行，"怀兮想起什么似的，又轻声问，"那你今晚还住我那儿吗？"

蒋燃听她这么一问，气也消了大半，语气和缓下来："你如果住腻了，我们找个主题酒店也可以。"

"主题酒店？"怀兮勾起三分兴致，不自觉地将腿交叠起来，半开着玩笑，"是带透明浴缸的那种吗？"

蒋燃情绪舒缓了，笑了笑，刚要说话，那边电话就被人给摁了。

怀兮的手心突然一空，有些怅然若失。

男人站在她背后，直接劫走了她的手机并顺手挂断。

怀兮皱眉："喂，你干吗？"

"我的也快没电了。"

程宴北冷淡地看她一眼，晃了一下手机，提起步伐往外走。

正在此时，保姆车的门打开了。

摄影组万事俱备，两位模特却久不出现，立夏亲自过来催促。

她才要上车，就见程宴北正往外走，神情冷冷的。

"小气。"怀兮腹诽道，拿着衣服，瞪了一眼他的背影，折身进了换衣间。

立夏清晰地听到了怀兮这句，疑惑地看了看程宴北，又看了一眼怀兮，刚好看见怀兮拿了套衣服进了换衣间。

立夏不知他们之间发生了什么，心中有些在意。她跟上程宴北的步子，说道："那边等很久了，你跟怀兮得抓紧。"

遮阳棚下有不少用于休息的桌椅。程宴北经过时顺手从桌面上拿了瓶水，拧开瓶盖，半仰起头喝了两口。

虽然他没表现出来，立夏却隐隐察觉到他似乎情绪不大好。

她总觉得怀兮和他之间不大对劲。

从那夜的酒局开始，他们不过才认识三天，却总给人一种已经很熟悉了的感觉。

发生了什么吗？

立夏轻声嘱咐一句："你别动。"然后她站到他身前，替他整理衣领。

她涂着樱桃红色的指甲油，与他的黑衬衫对比强烈，她语气淡淡地问："你刚才跟怀兮吵架了吗？"

"没有。"程宴北的目光越过立夏，落在江面上。

立夏慢条斯理地替他整理，一只白皙的柔荑下滑，最后在他左胸口的位置停下。她垂着眼，平静地下了结论："你今天很不对劲。"

程宴北抬了抬眼皮，笑道："有吗？"

"没有吗？"立夏笑着反问，目光清冷。

"去拍摄吧。"立夏没再多说什么，抚了抚他的耳垂——怀兮中午抚过的位置。她放开他，往那辆载满服装的保姆车走，"我去看看怀兮。"

程宴北没拦她，从口袋摸了支烟点上，咬在嘴里，转身往摄影棚去了。

立夏上了车，怀兮已经换好了衣服。

一身胸衣束腰的裹身皮衣，漂亮的胸型被完美地勾勒出来。

她人虽瘦，却一点儿也不干瘪，胸口沟壑深深，呼之欲出。张扬的黑色皮裤极具质感，将腿型勾勒得近乎完美，纤长又紧致。

脚上踩着蒋燃送她的那双高跟鞋。

猩红色绒面，很漂亮。

立夏蛮喜欢这双鞋，视线在上面停留了几秒，想起她今天有点感冒，体贴地将保姆车的门关了。

怀兮听到一声轻响，回过头见到立夏，有些惊讶。

乱发掩不住她一双清澈的眸子，眉眼弯弯。眼下一颗泪痣，很勾人。

立夏落落大方地过来，问道："准备好了吗？"

怀兮对她微笑道："快了。"

"身材好就是好，穿什么都好看。"立夏绕着圈打量她，抚着她被绑带和束腰裹着的纤细的腰身，"这件衣服你自己选的？"

"嗯。"

"好看，"立夏由衷地说，"很有自己的想法。"

又聊了两句，说了些无关紧要的事，好像两人还是没什么话题似的。

明明两人这些天相处得还算不错，她们男朋友的关系，也足够让两个人亲近一些，却让人感觉到一种各自心怀鬼胎的尴尬，和说不出来的疏离与防备。

立夏也不知该怎么问出口，问怀兮和程宴北刚在车上的事，就是在反问自己"那你跟蒋燃那天在车上是怎么回事"。

于是她心中作罢，平静了一下情绪，最终又挑了件透薄的镭射灰外套，递给怀兮。

"我看你吃了感冒药，上午被冻到了吧？"立夏说，"估计要拍到天黑，晚上气温低，穿一件挡挡风。别感冒了。"

她负责怀兮的造型，这些都是她说了算。

怀兮知道自己已经感冒了，加不加衣服区别不大。她这些年什么苦都吃过，为了拍摄效果穿再少的衣服杵在寒风里、雪地里，都经历过。

一下午到现在，怀兮头昏脑涨，她有点儿没精打采地笑了笑："不用了。"

她就这么拒绝了。

曾米正好进来，恰好也听到了这话，瞧了瞧怀兮，又瞧了瞧立夏。

立夏仍笑容优雅，脸色却不大好了。

不仅仅是一个模特儿拒绝接受造型师的建议这么简单，怀兮倒有点不识好歹似的。

怀兮在镜子前打理了一下头发，一截脖颈细长白皙，衣服下摆吊起，后腰一片文身显山露水。

立夏的目光落在那一处，还没看清，怀兮便回头对她盈盈一笑："我先去了。"

然后下了车。

曾米目送她的背影离去，这才跟立夏吐槽了一句："挺不识好歹的，是吧？就跟 ESSE 那群人说的一样，难伺候啊。"

立夏收回了视线，没说话。

"你们熟吗？"曾米问。

"算认识吧。"立夏和曾米一前一后地下去，关上了保姆车的门，

"她是我男朋友好朋友的女朋友。"

曾米绕了半天才理清人物关系，有点儿兴奋："她男朋友也开赛车的？"

"对。"

"人怎么样？帅吗？"

立夏想了想，半抿着唇笑了笑："还行。"

"那她知道程宴北是你男朋友咯？"

"知道啊。"

"啧，那她挺会啊。"

曾米刚才瞧见了怀兮那件热辣张扬的衣服，恨不得将一对胸全拱出去似的。

模特儿工作性质就是如此，没办法，曾米知道，不应该听了几句传闻她很会勾搭男人的流言蜚语，就妄加猜测。

但她又为立夏感到不快。

立夏心里应该比她更不舒服吧。

摄影组就位，人工布景和打光都布置好了，怀兮还没从座位起来。尹治走过来，从后俯身凑到她耳边："晚上吃饭的事，考虑得怎么样了？"

突然这么一声，有点儿正经，又有点儿暧昧。

怀兮听得耳根子痒痒，头也没回地说："别想了，没戏。"

"真没戏？"

ESSE听闻这次《JL》的封面人物是之前闹解约的怀兮，很有意见。

尹治还在纳闷，怀兮前几天拒绝得斩钉截铁，昨个儿怎么突然又一口就答应了，原来是这次来拍摄的ESSE的模特儿里，有几个跟她有过一些过节。

激将法就是好用。

尹治指着不远处刚拍摄完的徐黛如几个："那你不去，我就带她们几个去了。"

怀兮对上男人似笑非笑的眼神，气不打一处来："你什么意思？"

尹治挑衅道："怎么样？我看在你是我前女友的情面上，给你开的这个后门，你进还是不进？"

怀兮眼神冷冷的："你故意的？"

"那哪儿能？"尹治笑了笑，"主要是我姐和几个主编想请那位冠军吃饭，但是吧，我说也把你捎上——你以后也要在这个圈子里混吧？该见的人也得见见，打通人脉嘛。我都是为了你好，大小姐。"

一辆黑色的奔驰开到江岸附近。

蒋燃从车上下来，一眼就看到了遮阳棚下的怀兮。

十几分钟前，他给同时来拍摄的许廷亦打电话，让许廷亦转告怀兮，他从赛车场出发来接她了。

蒋燃没有再通过程宴北联系她。

江岸边，摄影师还在与程宴北交流。

两个男人离得挺近，看一个，就不可避免会看到另一个。

晚风猎猎，程宴北一身鸦黑，如渐渐落下的夜幕。他个子很高，稍稍俯下身，偶尔对摄影师的提议点点头。

很快，摄影师就开始喊怀兮的名字："怀兮，过来拍摄！"

程宴北也跟着抬头，望着她所在的方向。

晚霞涂抹大片天空，他逆着光，很像从前校园时代，周五晚上没有晚自习的时候，站在夕阳下等她放学一起回家的样子。

怀兮看着他，目光微动。

"去不去？"尹治又催促，"给个准话啊，不去我就找徐黛如去了？你这人平时也挺潇洒，跟我分手的时候跩得二五八万似的，想给你过个生日都不来，怎么最近这么黏糊？真不像你。"

怀兮目光避开不远处的蒋燃，起身说道："去。"

尹治原本还想说两句，被怀兮这一声打断了。他噎住了，不敢置信似的问了一声："真去？"

"我还得在圈子里混饭吧？"

"你每次都这么痛快不就行了？"尹治越想越来气，"你上次明明试镜都过了，二话不说就推了，理由也不给。你跟我说到底怎么了？程宴北是你前男友还是你前夫啊？这么避讳？今天又磨磨唧唧了这么久！"

怀兮看了他一眼，无奈地笑了一声，一字一顿地说："还真是我前男友。"

"真的假的？"

尹治受的惊吓不小。他下意识地停下脚步，怀兮已朝那个方向去了。

晚霞渐散，天空如燃尽的篝火堆。

脚下一片柔软绿茵，钢铁丛林拔地而起，她背靠夕阳，处于明暗边缘，仿佛在天平的两端。她不知是前进一步，还是后退一步。

摄影师很快下达指令。

紧接着，她的手腕上就落了一个力道。

有个力量将她向前拽，只是一步，就踏入脚下的黑暗之中，如一脚踏空堕入深渊。

一个温热的怀抱从后面拥住她。不若中午那般潮湿相贴，他的怀抱很温暖，很熟悉。

就是这个怀抱，曾经陪她走过好几年的春夏秋冬。

程宴北背靠着车身，从后面揽住了她的腰身。

她腰后一株长刺玫瑰，与他下腹那道荆棘文身，隔着轻薄的衣料，在暗处合二为一。

摄像机的方向，就是蒋燃的方向。

程宴北一只手绕到她的身前，从下而上，沿着她的脖颈，扳过她的下巴，将她投在另一个男人身上的视线，一瞬拉回。

怀兮对上他深沉的眼睛。

"看着我。"

怀兮被迫抬头，仰眸看着他，也只能看着他。

远处，高楼簇拥着东方明珠塔，星光如锆石，渡着晚霞，一层层地爬上了天空，成片成片地挥洒，揉碎在两人眼中。

两人就这样对视着。

怀兮张了张唇，忽然很想同他说点什么。

她还没想明白，摄影师看他们进入状态了，立刻喊道："好，很好！非常好！你们就这样保持好！不要动！千万不要动——"

快门如飞。

怀兮有时会想，这个故事的结局，到底是从哪里开始的。

是从她赌气跟他提分手的那一刻起，还是从某一日，某个时间段，彻底地忘记他，不会再频繁地梦见他开始？

她想过，如果她的生活足够充实、忙碌，形形色色的男人不断填满她的生活，他们生活在不同的城市，做着不同的事情，遇见不一样的人，人生全然失去了交集，那么忘记他，会不会更快一点？

事实是，已经很快了。

就快要忘记了。

只要他不出现在她的眼前，她相当于已经把他忘记了。

摄影师又让他们换了姿势。

他拦腰打横抱起她，将她放到赛车模型的车前盖上——她几乎毫无准备，心跳加剧——当然这也是摄影师的意思。

她想起走错酒店房间的那个夜晚，醉得迷糊时，不知将他当成了谁。好像是蒋燃，好像又不是。其实在那之前，她躺在他的床上，做了一个很短的梦。

好像梦见了他。

梦见那个冬天，他为了她跟人打架，如困兽撕扯猎物，打得浑身是血，满手鲜血。他捡起书包，拽着她走——就用他染着血的那只温热的手，握住她的手，放入他羽绒服的口袋，在雪地里走了很久很久。

她后来总在接吻时咬他，他也咬她。

他们睚眦必报。

他们势必纠缠到底。

怀夕紧张地躺在了车前盖上，双腿屈起。

他系着一条墨蓝色的领带，领口松散。她照摄影师的要求，拉住他的领带，引他俯下身来。

他低沉凛冽的气息靠近她，手臂撑在她身侧，将她困在两臂之间，单膝支在车边，背对着身后高楼大厦的霓虹灯光，眉眼沉沉，神色晦暗不明。

她想起今天自己说，他不适合穿衬衫配领带这种颇正式的服装，人模狗样。

记起上回他穿白衬衫，还是高中毕业拍毕业照。

已经很久了。

太久了。

怀兮不自觉地咬住了下唇，双眼清透明亮，眼下的一颗泪痣多了几分与年纪相称的风情。

程宴北对上她这样的视线，忽然觉得有些好笑："你这样看着我做什么？"

怀兮却不避开，也不说话。

摄影师按着快门，打光师左右游走，怀兮的手还牵引着他的领带，尚未反应过来，摄影师忽然又下达指令，"你去咬她衣服上的绑带。"

他看了她一眼，然后低头，精准地咬住了她胸前的绑带。

他略带凉意的鼻尖儿，若有似无地擦过她的胸前，灼热的气息喷洒在她的皮肤上。

她轻皱着眉，两颊一点点地热起来，体温也越攀越高。

一条黑色的绑带衔在他的嘴中，他还倨傲地向她扬起下巴。他本就是偏冷的白皮，两相对比强烈，偏生有种别样的性感。

程宴北看她脸上透出几分羞赧，人也僵硬了，好像很得意似的，嘴角泛起了笑意。

流里流气的。

怀兮看见他这表情，就特别来气。

"我问你，看着我做什么？"

程宴北又不急不缓地重复上个问题。

怀兮眯起眼，很不服气地回嘴："看你就是看你，你在想什么？"

摄影师让调整姿势的间隙，他捏住了她的脚踝，将她的脚置于车前盖上，接着将她脚上的两只鞋摘了，扔到一边。

她又惊又气，睁圆了眼睛："干什么……"

"蒋燃送你的？"程宴北的表情和语气，就跟那天晚上他说不喜欢那件情趣内衣的款式时，一模一样。

"是啊，怎么了？"

"穿来拍摄，你很喜欢？"他又问她。

她立刻回答："为什么不喜欢？我特别喜欢，就是因为喜欢才穿的。"

怀兮觉得程宴北简直莫名其妙，咬着牙正要命令一句"给我捡起来"，摄影师那边又不让他们动了，让他们就维持这样的姿势。

又是一通快门声。

两人这么一个拽着一个，谁好像也不想抓住谁，却谁也不松手。

终于收尾，怀兮整个人瘫在了车前盖上，有些虚脱。

摄影师一喊收工，他立刻恢复了先前的神色，看也没看她就离开了。也没说帮她捡鞋，更没管她，转身就走了。

男人都是狗，一抬腿就走。

怀兮在心里翻白眼。

怀兮本就有点儿感冒，头昏脑涨地下了车前盖，去草坪上找自己的鞋子，跌跌撞撞地穿上，也准备收工了。

一抬头，江岸边，蒋燃却不见了踪影。

车也不见了。

怀兮找人借了充电器，在保姆车上充好电，换好自己的衣服，打电话给蒋燃。

今天这事儿，的确尴尬，她都不知该如何开口。

那边很快就通了。

蒋燃听怀兮说晚上突然有应酬，并没有特别意外，反而笑意温和："那你早点回酒店吧，结束后要不要我去接你？"

算了吧，刚才来接人就这么尴尬。

怀兮也不敢说晚上还有程宴北了，只告诉他："就是跟《JL》的主编……还有我朋友。嗯，他也在《JL》工作，我们一起吃个饭，谈谈工作。"

"嗯，可以。"

"对了，你去哪儿了？"怀兮问他。拍摄前还看到他在这里。

蒋燃漫不经心地说："我临时有点事，去处理一下。"

"这么晚了？去哪儿？"

"你先去吧。"蒋燃没直接回答，"晚上给我打电话，我来接你。少喝酒。"

"嗯，行，我不喝，"他的体谅让怀兮有些感动，挂电话之前小声道歉，"今天实在不好意思，早知道，你直接去忙你的了，不用来接我。"

"是我自己要来的，别放在心上。"他语气淡淡的，听不出愠意，还嘱咐她，"晚上吃药前吃点东西，知道吗？别直接吃。"

"知道了。"怀兮心生暖意，"那你忙完也去吃饭吧。"

"好。"

电话还没挂，尹治的电话就打进来了。

"我这边来电话了，先不说了。"怀兮说，"晚点打给你。"

蒋燃也没问她别的，更没问晚上一起吃饭有没有程宴北，大度地说："好，你去吧。"

怀兮接起尹治的电话。

尹治快言快语，说他先过去了，给她报了个酒店地址，定位也发给了她。

挂了电话，怀兮切到微信，照着尹治发来的定位，对着蓝色的小箭头，来来回回调整了一下方向，就拿起包，准备去路边打车。

刚在电话里，蒋燃的语气简直好得不像话。她以为他会大发雷霆。

下午那会儿好像已经有点生气了。

如此一想，她心底更愧疚了。

蒋燃待她的确不错，人温柔，又很绅士，是个很好的男朋友。男人为自己女人吃前男友的醋正常，何况程宴北与他还是不同车队的竞争对手。

怀兮走到路边准备拦车，没多久，一辆熟悉的黑色越野车疾驰而来，稳稳地停在了她的面前。

车窗降下，男人看向她，眉眼疏冷："上车。"

蒋燃没有直接离开。

他在江岸附近徘徊了一会儿，场地这边人陆陆续续地走空了，他已数不清自己抽了几支烟。

江面微风阵阵，过滤掉他周身的烟气。末了，他往一辆还未离开的车走去。

立夏在保姆车上收拾服装，同事们几乎都走光了，她好不容易收拾完下来，刚关上门，便看见一点猩红在薄暮中闪着，像是谁的耐心，即将陨灭无踪。

蒋燃站在不远处，跟她打了个招呼："这么晚？"

立夏愣了一下，微笑着点了点头。

"程宴北不在？"蒋燃又问。

"他晚上有点事，先走了。"立夏觉得他应该是来接怀兮的，向四周张望了一下，"怀兮她应该刚走没多久……"

蒋燃抬眸，笑意温和道："她今晚也有事。"

立夏眨了眨眼："这么巧？"

猜忌显而易见，蒋燃以轻缓的语气，昭示了答案。

"难道你不知道，他们是初恋吗？"蒋燃笑起来，看着立夏，"程宴北没告诉你？"

立夏狠狠地皱眉。

她的表情表明，她对此一无所知。

男人掐灭了烟："要不要一起去吃个饭？"

立夏还没说话，蒋燃看出了她的犹疑，又道："不是只有我，还有今天跟你们一起拍摄的，当然还有我们 Neptune 的队员。前天晚上你基本都见过。"

将"不是只有我"摆在前头，耐人寻味。

立夏在心底无声地笑了。

前晚在外滩 18 号，她的酒量镇住一桌子平日自诩酒量不错的男人。

后面的话给了开头的心照不宣一个台阶下，立夏收了这个台阶，对蒋燃说："怎么，他们还敢跟我喝吗？"

蒋燃与她并肩走着，笑道："不会了，他们喝不过你。"

"所以你约我，是为了把他们喝趴下？"立夏抬头笑了笑，恰好对上他投过来的视线，"要我给你挡酒？"

温柔的男人，目光也温柔，如天边星月。

"当然不是。"蒋燃说，"我没接到怀兮，正好你也一个人，大家就一起吧。"

蒋燃说着，直往自己的车走去，声音飘了过来："程宴北不在，你一个人吃饭应该很孤独吧？"

立夏不自觉地顿住脚步。

江面，涟漪一层推着一层，晕开不远处身披夜色霓虹的楼宇倒影，很近，又很远。

聪明的女人，都知道在男人面前给自己留三分余地。

第一点就是男人不主动开车过来邀请你，不要自己殷切地走过去上他的车；男人未对你表现出强烈的好感，不要自降身价去讨好。

不远处，男人一身西装，腰杆笔挺。他回眸看了她一眼，在示意。

立夏什么都明白。

她也什么都记得。

一个人吃饭的确很孤独。

谁不是呢？

谁愿意被冷落呢？

立夏知道，从他说出程宴北与怀兮是初恋开始，今晚这顿饭的意义，就不仅仅是两个被冷落的人简单地一起吃个饭，互相慰藉。

至少有的东西，或许已经开始变质。

第
九
章

⊃
◐

前
任
局

怀兮站在原地。

她不动，他那辆霸道的黑色越野车也纹丝不动，都不知是谁在跟谁较劲。

彼此狭路相逢互不相让，无声的剑拔弩张。

僵持好一会儿，程宴北又漫不经心地问她："不上吗？"

结束拍摄后，那个叫尹治的执行副主编打电话给他，告知他今晚的饭局地址，还说怀兮也去——特意提到怀兮，好像在试探他，一副若是他介意，可以随时让怀兮不来的口气。

怀兮很固执："我自己能打车。"

程宴北低下头，嘴角勾起，耐心地从烟盒里敲了支烟出来："蒋燃呢？他不是来接你了吗？"

"程宴北，"怀兮一口咬过他话尾，"你想说什么？"

男人却不恼，薄唇轻咬着一支烟，抬起眼眸来，似笑非笑。

蒋燃是来接她了。

一个小时前在江岸边，他与她一起拍摄时，蒋燃就在不远处。

他看得一清二楚，却明知故问。

怀兮往他车窗边儿俯身，对上他带笑的眼睛，也轻轻一笑："我们感情很好，你别老来旁敲侧击问我这些。"

怀兮懒得再理他，疏懒地扔下一句"打车去了"，包一甩，扭头往前方一个丁字路口走去。

烟气下，夜色徐徐铺开。

程宴北望着那一道纤细背影出神。她的头发短了很多，从前长发如瀑，快到腰间了——就因为他说过一句，她留长发很好看。

她一直向前走，没有回头。

一切都是动态的。

夜色在弥漫，时间在流淌，车水马龙川流不息，人来人往，摩肩接踵。

时过境迁，一晃就是很多年。

指尖烟雾缭绕，他望着她快消失的背影，目光陡然沉了沉，发动车子，拐入奔涌的车流。和她一起，重新被时间的长河推着向前走。

此时是晚上七点半，怀兮走得很慢。

每辆出租车都载了客，她几乎要放弃打车的想法，见地铁口不远，便打算改坐地铁，却忽然发现程宴北的车子也是往那个方向去的，他们离得不远。

怀兮回了下头，朝他竖中指。

程宴北淡淡地勾唇，降下右侧车窗，散漫地瞥她一眼，表明他发现了。

发现就发现。

怀兮瞪了他一眼，在去地铁口的途中，给蒋燃打电话。

她爱玩归爱玩，分手也潇洒，谈恋爱却还算是个认真的人。最怕辜负别人的一片真心好意，那会让她愧疚。何况在程宴北出现前，她与蒋燃相处和谐，并没有什么矛盾。他待人温柔，总纵容她的脾气，是个好男友。

现在她都不知该怎么开口了。

蒋燃说他今晚有事儿，虽不知什么事。怀兮一开口，便直接问："你到了吗？"

蒋燃刚载着立夏到地方。

两支车队离开赛场，私下就都是朋友。众人找了个类似大排档，挺热闹的地儿，只听得酒瓶子撞得叮当作响。

蒋燃将车倒入停车位，回应怀兮："嗯，我刚到。"

"去干吗了？"怀兮问他。

"跟朋友吃个饭。"蒋燃看了眼一边的立夏，开始解安全带。

"哦，这样啊。"怀兮心里舒服了点儿。

她以为什么事儿呢，他那会儿在电话里都不说明白，让人觉得他好像在怄气似的。

"怎么了？你到了吗？"蒋燃温和地笑了笑。

一边的立夏也解开了安全带，正要下车，他却一把按住了她的手腕。

立夏一怔，僵在原处。

蒋燃笑着瞥了她一眼，松开她的手腕，用眼神示意她不要下车，继续问电话里的怀兮："你跟程宴北在一起吗？"

怀兮也是一愣。先前没问，怎么偏偏这会儿问？

她也没跟他说自己晚上的饭局还有程宴北。

她心底思忖，不知他是否又是要查她的岗，偏不上当："你总这么试探我干什么？你晚上话不说清楚，我还没问你是不是跟别的女人去吃饭了呢。"

蒋燃淡淡地笑着："没有。"

"什么没有？"

"没有查你岗。"

"哦。"怀兮的脾气来得快，去得也快，她缓和了语气，"那跟别的女人在一起吗？"

蒋燃反诘："你会吃醋？"

"我当然——啊！"

怀兮只顾着说话，没注意路面有个小坑，不留神右脚一扭，疼得她眼泪登时就要掉下来。

这么一声尖叫，程宴北在车里都听见了。

他也正连着蓝牙耳麦打电话。

许廷亦打电话说大家晚上去聚餐了，问他来不来。他们还不知道他今晚有别的局。

《JL》坚持要给他做局，他本不想去，俱乐部劝说了好久——毕竟 MC 后续的工作重点都转移到国内，赛车手打开知名度是好事，以后拉赞助、接广告，对整个 MC，整个 Hunter 都有好处。

许廷亦说蒋燃也在，顺便还提了一嘴，说晚上走之前，立夏留到了最后，蒋燃好像找她有点儿事。

昨天训练之前，申创也有意无意地和程宴北提起前天晚上酒局散后的事。

那晚蒋燃和立夏先上了他的车。他知道。

申创没具体说什么事，只半开着玩笑让他有空去看看行车记录仪。

程宴北放慢车速，怀兮已在路边找了处长椅坐下。

她扭了脚，疼得路都走不动了，俯下身一下下地揉自己的脚踝。脚上是蒋燃送她的那双猩红色高跟鞋，她常年走秀场 T 台，能轻松驾驭鞋跟高度。

谁知偏偏一脚踩到坑里。

真是倒霉。

蒋燃在电话里问她怎么了，她余光瞥见那辆黑色越野车还不依不饶地跟着她，又是一肚子火。

怀兮平复了一下心情，让语气维持平稳，说等会再打过去，然后把电话挂了。

许廷亦那边还在问："哥，你不喝酒，过来跟大家一起热闹一下吗？"

程宴北沉吟道："蒋燃到了吗？"

许廷亦在门边抽烟，抬头一瞧，见蒋燃刚下车，正要开口，副驾驶座紧接着下来了立夏。

许廷亦抖了抖烟灰，还没说话，蒋燃已走上前来，拍了拍他的肩膀，温和一笑，指里面："都在呢？"

许廷亦"啊"了一声，僵硬地点点头。

他看了看立夏，又看了看蒋燃。

电话没挂，里面不知谁高喊了一句："哎！程哥今晚不在，嫂子怎么来了？"

程宴北清晰地听到了。

许廷亦听申创说了那晚的事，这下也有点儿尴尬，刚要说点什么，程宴北已经挂了。

怀兮右脚脚踝已肉眼可见地肿了，包里铃声大作，嗡嗡振动。

尹治开始催促她了。

怀兮也不知怎么办了。她现在动都动不了，噙着泪，朝地铁口茫然地张望。

她不是个爱哭的人。

可这几天实在倒霉，从走错房间到偶遇王八蛋前任，再到撞坏了两辆车，赔了个倾家荡产，大中午还猝不及防地被泼了一身水，把自己搞感冒了，现在又崴了脚，简直跟犯了太岁一样，倒霉透顶。

她委屈极了。

这时一道黑影突然在她面前蹲了下来。

一只骨节分明的手落入怀兮眼底。程宴北两指轻轻地捏起了她的脚踝，替她查看着伤势。

怀兮下意识地躲避，想去踢他。他又稍稍用了些力气，捏住她没受伤的地方，将她的脚踝固定在他的手掌中："敢踢我我就不管你了。"

怀兮还想挣扎，却不知怎么安定了下来，也许是心力交瘁了。

男人眉目敛低，神情认真。

他嘴角还咬着半支没燃尽的烟，他稍稍拿开一些，怕烫到她似的，打量她的脚踝，问："还能动吗？"

怀兮抬眼，对上他投来的视线。

干净利落的圆寸，他瞳眸黢黑，目光很深沉。

很多年前，他也是如此凝视她，有点好笑地问她："你要当我的女朋友？"

她看着他，咬了咬唇，红着眼眶不说话，和那时一样。

眼眶红着。

程宴北习惯了她这样的反应，松开她的脚踝，缓缓地站直："不能动是吧？"

他睨着她，语气又平又冷。

怀兮还没反应过来，双腿突然一悬空，一阵天旋地转。他直接将她扛在了肩上，大阔步地朝他的车走去。

怀兮单薄的裙摆如浪花，拍打在他肩头。程宴北还颇为体贴地将她的裙摆给拉了下去。

"你干吗？放……开！"

怀兮双腿悬空，半个人都倒挂在他身上，小腹被他的肩硌得生疼。失重感让她的心都跟着悬了起来。

她踹他，推他，踢他，想骂他，却只能对上他冷漠的后脑勺。

她看不到他的脸，前后左右都是行人、车辆，他力气大得要死，就这么扛着她走。

"放开！"怀兮着急了，蹬着腿，却被他钳得更死，她气得头晕目眩，"程宴北……你是不是有病！"

她拼尽了力气去推他的肩，推不开，大叫着："放开！放我下来！"

"你，你，你放开……呜。"

随着"啪——"的一声响，她最后一声反抗登时噎回口中，只剩呜咽。

臀上传来痛感。她清晰地意识到，他一巴掌打在了她的……屁股上。

她咬紧了唇，眼泪在眼眶中打转。

"乖一点，行不行？"程宴北耐着性子，低声地告诫。

紧接着连续两声脆响，她脚上的鞋子被她蹬落在地上。

他看也没看那双鞋子，就这么扛抱着她，往不远处自己的车走去。

怀兮深感无力，也没了挣扎的力气。

不知是因为脚踝痛，还是内心被什么牵绊住，她又难过地啜泣起来："我不是说了，让你别抱我……别抱我，放开我吗？"

程宴北缓和音调，似是安抚："不是动不了了吗？我让你上车你也不上。"

"胡说！"她又来了劲儿，对着他后脑勺咬牙切齿道，"我能动！"

"真的？"他侧了侧头，眉眼轻扬着，表示怀疑。

"不然呢？"

"真的能动？"他又质疑。

"废话！不就崴个脚吗？！你能不能别多管闲——啊！"她最后一个字没说完，他猝不及防将她从肩头放了下来。

她光着脚，勉强踩在他的鞋面上，脚趾一圈漂亮的车厘子红。两只鞋掉在不远处，她想去捡回来，不料两脚一软，根本站都站不稳。

怀夕双手下意识勾住他脖子,还是贴着他的胸膛,向下栽了大半截。

他立刻托稳了她的腰。

她惊魂未定,下巴抵住他的胸膛,又气又委屈地抬头,愠怒的水眸对上一双含笑的眼睛。

他低垂视线,又好笑地问她:"真能动?"

她闭了闭眼。

太坏了。

像在安抚她,他伸手,状似无意地揉了揉她的发,低声地说:"抱你去我车上。"

好像在征询她的意见。

鞋都没了,她哪有什么意见?她靠在他胸前,不说话。这回他倒是没那么不讲理了,打横抱起她,走向自己的车。

怀夕埋着头,眼帘低垂,不去看他。

蒋燃送她的那双鞋,如两滴血,孤零零地落在不远处的人行道。

程宴北打开副驾驶座的车门,将她放上座椅。

怀夕靠在车座椅上,他正要关车门,她伸腿抵住,朝他抬了抬眼,有点委屈,又有点恼,向不远处示意:"给我捡回来。"

程宴北没理会她的话,又要关车门。

怀夕死死地用腿抵着,存心跟他作对,又一字一顿地命令道:"给我,捡回来。"

她脸上薄怒隐隐,好像在说:我什么都不要,只要那双鞋。

只要那双蒋燃送我的鞋。

程宴北最后看了她一眼,沉着脸,转身走了回去。

怀夕松了一口气,收回腿,视线追随过去。

那道高大笔挺的背影,微微一俯身,长臂一捞,捡起地上的两只鞋子,转身走了回来。

回来时,他的视线一直盯着她,目光倨傲而冷硬,到了近前,手一抬,将鞋子扔到了她的脚下。

怀夕察觉程宴北心情似乎不大好,但她也懒得管,捡起鞋子准备穿时,他又俯身靠近她。

她还记得昨天在他车里,跟他去修车的路上,自己的东西掉了一地,她去捡的时候一脑袋撞到他的事儿，于是停下了动作。

程宴北探身进副驾驶座，清冽的沐浴露味道混合着似有若无的木质男香，钻入她鼻腔。

不知是又被他突如其来的动作惊吓到，还是什么原因，她的心狠狠地跳了一下。

他拔了车钥匙，深深地看了她一眼，眼神却依然冷冷的。

"砰——"的一声，他关上车门离去，还不忘锁上车门。世界仿佛都安静了。

怀兮穿好了自己的鞋，摸出包里的手机，给蒋燃回复微信。

刚才她崴了脚，心烦就把电话挂了。

蒋燃发来微信——

"刚才怎么了？"

"你没事吧？"

"到地方了吗？方便的话打电话给我。"

连续三条。

怀兮揉了揉太阳穴，思考了一下，打字回复："我没事。"

"真没有？那刚才怎么挂电话了？"他很快回复。

"要上地铁了，就挂了。"

她迅速打完字，收起手机，有些心虚。

冰凉的金属物体在手心嗡嗡振动着。他的信息一条接一条——

"到了跟我说。"

"今晚和朋友们喝酒，晚上可能不能去接你。我可以找人开我的车去接你。"

"或者你自己打车？"

……

怀兮却没再看过手机。

不一会儿，程宴北回来了。

他敲了敲她这侧的车门，隔着车窗，提醒她拿开支着窗户的胳膊，然后拉开了门。

他将一个印着药房 logo（图标设计）的白色塑料袋，随意地扔到了她腿上。

"哗啦——"不安分的轻响。

很躁动。

怀兮诧异地抬头，还没来得及看他，他又将车门关上了，绕过车头，上了驾驶座。

她低头翻塑料袋。

她看到了治跌打损伤的气雾剂、外敷止痛的药膏，还有一小袋冰块儿——应该是他找药店隔壁的便利店要的。

还有一盒避孕套，牌子很普通。

她拿出那个长方形的盒子端详，轻轻地皱了皱眉，扭头对上他投来的目光。

程宴北冷淡地瞥了她手里的东西一眼："药店柜员送的。"

他又低头，伸出手，拽着她在光滑皮质的副驾驶座上转了小半圈，然后拔下她脚上那只鞋，慢条斯理地去拿塑料袋的喷剂。

他抬起眸子，似笑非笑地说："我不用这么小的。"

怀兮白了他一眼，视线扫了一下盒子上印的尺寸，又望了一眼药店。门口好像的确贴着满多少送什么的字样。

她算信了他，又将盒子扔回了塑料袋里。脚面蓦地传来一阵冰凉的触感，随后一股浓烈的药味在车厢内弥散开。

怀兮虽感冒了，鼻子倒是没堵，反而很敏感，加之最近还有点季节性鼻炎，如此一刺激，只好强忍着鼻腔剧烈的痒意和想打喷嚏的冲动，打开了车窗。

程宴北低垂眉目，手指缓慢均匀地在她脚踝处推着药，气雾剂冰凉的药液被他指尖温度一点点地熨热。

他又喷了一下，两次味道叠加，在狭窄的车厢里逸散不尽。

气味儿直冲天灵盖，怀兮鼻腔作痒。她捂住了鼻子，疯狂地示意他去开他那侧的窗户。

"别动。"

程宴北低着头，察觉她在挣扎，却显然没弄明白她的用意，低声喝止着。

怀兮不管他，她向他那一侧挣扎，一手捂口鼻，屏住呼吸，伸出胳膊，越过汽车制动，要去开驾驶座的窗户。

见她如此闹腾一通，他揽了一下她的腿，想要按住她，她却由于丝质裙子太滑，从皮质座椅上，直接滑入了他怀里。

她顾不上那么多，左手捂口鼻，右手狠狠地摁下左侧车窗的按钮。

空气对流起来，终于将刺鼻的药味儿冲淡了。她松了手，大口大口呼吸着新鲜空气，仿佛迟一秒就要窒息。

程宴北替她敷药的手顿在半空——怀兮正坐在他的怀里，下意识地攀着他的肩，连连轻喘。

她半睁着一双潋滟的眸子，睨着下方缓缓勾起笑意的男人，目光相撞，擦出暧昧的火花。

怀兮收起视线，有点尴尬地嗫嚅了一句："让你开窗你不开，车座这么滑……"然后起身，要从他身上离开。

她的腰被一个力量狠狠地箍住。

她又被按回了他腿上，又一次撞入他笑意深沉的眼底。

她目光颤了颤，心也跟着打战。大腿内侧与他裤子的布料似有若无地摩擦着，又燥又软。

怀兮以前很喜欢程宴北的单眼皮。

那样狭长，淡漠，生人勿近，每每看着她时，又是温柔的，深情的，情欲满满的。

他淡淡地看了她一眼，按着她的腰，让她坐稳了，然后伸手去翻那个白色的塑料袋。

怀兮听见盒子的轻响，接着是塑料的轻响，她低了下头，手跟着捏紧他衣领，腰背绷得僵硬："不行。"

"什么不行？"程宴北笑着问，气息在她耳畔浮动，"你不想？"

他问得轻佻。

"不想。"她立刻说，嗓音冷硬。

她浑身绷得僵直，仿佛有一根线悬在头顶，就差一剪刀，就要狠狠地摔到他身上。

她不想再次栽在他身上。

"你想什么呢？"程宴北不禁失笑，从塑料袋里拿出药膏来，让她又坐回了副驾驶座。他再次给她上药，"坐好，别再乱动了。"

两人到楼下时，尹治打电话催了，等得不耐了。他知道从外滩过来要堵多久的车，又听说怀兮崴了脚，没多抱怨，只说等他们上来。

饭店在四楼。

好巧不巧，电梯在检修。

怀兮被程宴北扶着站在人来人往的大厅里，看着几个忙忙碌碌的维修人员，有点苦恼。

程宴北拍了拍她的肩，然后转过身去，微微躬身："我背你。"

怀兮眨了眨眼，总觉得他刚才扛也扛了，抱也抱了，此时选择背，不免疏离。

她动了一下唇，有点尴尬地说："我穿的裙子。"

程宴北沉默了一会儿，轻笑道："那怎么办？"

"不知道。"她也很苦恼。

程宴北顿了顿，望向楼梯方向。

上上下下很多人，背她的确不方便。见她的脚踝已经肿起，他说："要不然，回去休息吧。"

怀兮看着他。

"我再送你一趟。"他又说。

她其实很想回去。

可尹治今天劝说她很久，自己一会儿一个主意也太驳人脸面了。应该没人能一直纵容别人这样吧？她也不是什么大小姐脾气，而且她以后还要在圈子里混饭吃的。

"算了吧，"她说，"我都答应人家了……都到楼下了。"

程宴北眉梢微扬，看着她，似乎在等她的下一句。

怀兮没好气地避开他视线，有点不好意思地说："只能麻烦你再送我上去一下。"

"你穿裙子，怎么送？"他笑意更浓了。

"抱……抱一下我吧。"

怀兮涂着扎眼的猫眼绿的指尖在他肩头轻叩。

说完那句她就视线游离，旁顾左右，一副故作淡定的表情，仿佛那句"抱一下我"并不是出自她口。

程宴北无声一笑，再次拦腰抱起她。

这次她有了准备，没尖叫，只是浑身还紧绷着，手死死地攀住了他的肩，紧张地看了他一眼，生怕他又恶作剧地把她扔下去似的。

程宴北忍不住扬起嘴角，抱着她上楼。

上高中那会儿，怀兮有次跟着他翻学校的围墙崴了脚，他背着她爬了一整周的教学楼。

教学楼足有五层，他们班在最顶层。那些天他背着她上上下下，走一层就要停下来喘口气，身体素质大不如现在。

现在他这么抱着她稳稳地上了两层，气息丝毫不紊乱，面不改色。

也对，他们赛车手身体素质都不错。

那时她还不是他的女朋友。他背她，不过是教导主任的命令——他俩一起翻墙被抓，她是个女孩子，教导主任说，他必须对她"负责"。

值得一提的是，教导主任是她的舅舅，肯定偏心她，不让她受罚，反而每天赶鸭子一样，监督他背她爬五层高的楼。

那时每天都有一群人在后面起哄看他们的笑话。

那天明明是她自己要跟着他翻墙的，他却没跟教导主任说出事实。怀兮作为同犯校规的人，反而享受这样的"恩惠"，她是占了便宜的一方。

当时，她不过就是个成天跟在他屁股后面，赶都赶不走的跟屁虫罢了。她是为了免受校园暴力才跟屁虫一样跟着他。

那天他没有揭发她。

他从不揭穿她这些不安分的小心思。

他一步一步走得沉稳，臂弯有力，胸膛宽厚，笑起来时，还有种莫名的孩子气。或许是因为她见过他少年的模样。

如今他和她都褪去了曾经那身皱皱巴巴，千篇一律的校服。他长高了，成熟了，也强壮了。

她也长大了。

他们却回不去了。

程宴北抱着她，怀兮双腿不安地晃了晃，顺着他流畅的下颌线，望着他的眉眼，问："我重吗？"

程宴北没看她，薄唇微启，不假思索道："重。"

怀兮很不服气地说："我今天吃的东西还没有两百卡路里，昨天也是！我每天都是算着热量吃东西，饿到死都不会多吃！你居然，说我重？！"

最后三个字，几乎是从牙缝儿里硬生生挤出来的——她一个职业模特，被人说重，简直是莫大的侮辱。

似乎是火气太大，她说完后，肚子不争气地跟着叫了两声。

他听见了。

程宴北慢悠悠地瞥了她一眼，放缓了脚步："吃那么少，你不饿吗？"

怀兮咬牙道："不！"

"这些年，都这么过来的？"他缓和了语气。

怀兮反诘的话溜到嘴角，听了这话火气登时被浇灭了一大半。

她没说话，他又低眸看向她，再次问出口的问题，与她对刚才那句话的解读不谋而合："这些年，过得怎么样？"

怀兮微微睁大眼睛。

程宴北在楼梯拐角停下脚步，凝视着她，静候答案。

怀兮既吃惊他会问这样的问题，又觉得非常悲哀。

人们相遇，分别，多年后再见面，总会寒暄一句"你这些年过得怎么样"，将过往所有的真正变为过去。

这不是刻意拉近，而是残忍地推开。无论两人曾经是一面之缘，普通朋友，知心好友，不走心的床笫情人，还是曾经耳鬓厮磨，你侬我侬，轰轰烈烈爱过一回的深情恋人，统统都变成故事里的故人，归到了同一个类别。

这样问，不过是在试探你过得好不好——如果你过得不好，我就放心了。

谁都知道，分手后过得糟糕的那一方，是要被另一方在心底嘲笑的。

还不如一句敷衍的"好久不见"，不要过问太多。

怀兮对上他的眼睛，扬起一个笑容："很好啊。"

程宴北的目光停留在她脸上，像是想把她这些年的变化尽收眼底，确定她有没有撒谎。

怀兮别开脸，不再看他。

就算知道当模特儿节食是生活常态，但一天下来只吃两百卡路里不到，他还是深感吃惊。

程宴北没再说什么，抱着她，继续向四层走。

"你不是一毕业就签了模特儿公司吗？"他听说她签的是国内一家很有名的模特儿经纪公司，今早拍摄前随意翻了一下她资料，所属公司一项却是"无"。

"你打听我？"怀兮扬声，有些不悦。

"听别人说的。"他平视前方。

"谁说的？"她不依不饶。

他沉默了一下，才淡淡地看她一眼："很重要吗？"

她动了一下唇。

他看着她，继续说："我知道你这些年在做什么，不就行了吗？"

"所以，你现在也是在问我，这些年在做什么吗？这对你重要吗？"怀兮似笑非笑，有点儿挑衅地说道，"程宴北，对前女友这么上心可不好，大家都不是小孩儿了，要向前看的。"

他轻笑着移开视线，嘴角的笑意渐淡。

灯火通明的餐厅近在眼前，临进去前，他小心地将她放下来。她站立不稳，摇摇欲坠，他及时扶住了她的臂弯。

"我开玩笑的。"怀兮刚站稳，他的声线就落了下来。

"你不重。"她还没看清楚他脸上的表情，他就把握住分寸，扶住她的臂弯与腰身向里走，"今晚多吃点儿饭。"

他在跟她道歉？

尹治等很久了，见他们进来，立即扬手示意。

偌大的餐厅，环境高雅静谧，食客不多，也不吵闹，三三两两地聚在一起，各色的液体在酒杯中摇晃。

程宴北扶着怀兮，走得很慢。怀兮跌跌撞撞，不自觉将力气都依傍在他身上。

尹治有些意外他们如此亲近——如果他没记错，程宴北是怀兮的某一任前男友，至少远在他之前。

他注意到怀兮微微肿起的右脚，皱了皱眉，也过来帮忙扶她："怎么就把脚崴了？"

怀兮下意识地避开他，往右侧的程宴北那边挪了挪："走路上不小心。来晚了吧？不好意思。"

尹治看了一眼程宴北，心里有点不是滋味。怀兮平时也不像是个容易跌撞的冒失鬼。

他叹气，便作罢了："算了，今晚大家都认识，晚就晚了吧。没事。"

尹治引他们到了桌前。

一个三十岁上下，穿女士西装，留着齐肩卷发的优雅女人已入座，微微笑着，与他们打招呼。

或者说，她的目光始终是看着怀兮身边的程宴北的，只草草与怀兮握了握手，然后对程宴北笑道："好久不见。"

程宴北刚才看到尹治招手，就注意到了尹伽。

他点点头："好久不见。"

今晚这个局说是带上怀兮，只是为了让这个局显得不那么私人，如此而已。

《JL》样刊的扉页总会出现这位叫尹伽的杂志主编的名字和照片，尹治今天明明说，会有很多人来，但显然，其实只有尹伽一个，见不到他所谓的圈子里的某些大腕儿。

这餐厅也不是什么晚宴的宴会厅，没有一群人把酒言欢的热闹气氛。

尹伽笑意盈盈，视线也一直在程宴北身上打转。

怀兮意识到了，这其实是个私人局。

他们可能有什么关系。

她心底警惕起来。

正要落座，尹治拽了一下她的胳膊，低声道："我们去那边坐。"

他指了指另一侧的座位，要把这边的空间留给程宴北和尹伽。

怀兮本就有点儿站不稳，被尹治这么一拽，差点儿跌倒，幸好程宴北及时扶稳了她，于是她坐入了他身旁的座位。

吃饭时，怀兮听明白了，程宴北和尹伽以前在一起过，后面分手了，尹伽跟别的男人结婚了。那时尹伽在另一家杂志工作，还不是《JL》的主编。

她没听明白这段姐弟恋怎么开的头，也没听明白怎么结束的。有家室的女人费尽心思地利用自己的弟弟，再找了她这么个幌子，特意安排和前男友吃顿饭，心思欲盖弥彰。

怀兮和尹治在微信上已经吵过一架了，怀兮说要拉黑他，他还厚脸皮地问她："前任局，怎么样？"

不怎么样。这关系也太复杂了点。

尹治是她前的男友，程宴北也是她的前男友。

程宴北还是他姐姐的前男友。

那晚酒局，怀兮听赛车队的那群人不正经地开他的玩笑，他这么多年的确交了不少女朋友。

好像谁也没惦记谁，大家都在好好地过自己的日子，谈自己的恋爱。

怀兮回复尹治："带你姐算什么本事？有本事你带个前女友啊！"

尹治笑了笑："怎么样，见到你前男友的前女友，什么滋味？"

"没什么滋味。"

"别装，我不信。"

尹治见她不答，继续说："你别说，看到我前女友的前男友，我心里倒是不太爽。"

怀兮冷笑，想到蒋燃的话，回复道："在大部分男人的思维中，每一任'前女友'都还是自己的女人？"

她和尹治在微信舌战，餐桌上的气氛却很尴尬。

她与程宴北并排，他和她一晚都没怎么吃东西。怀兮习惯了节食，不知他又是怎么回事。

尹伽在对面四处拉扯话题与他搭话，他却只回应一二，大多数时候是沉默。

这样持续了四十多分钟，尹治终于坐不住了，借去洗手间的机会离席，这时端饭后甜点过来的侍应生拦住了他的去路。

餐都是怀兮与程宴北来之前点好了的。尹伽对他的喜好、口味很熟悉，知道他不喝酒，却给怀兮点了鸡尾酒。

酒液色泽鲜艳，灯光下很诱人。

怀兮眼馋了。

侍应生把酒放在桌上，报了酒类品名。

程宴北突然淡淡地出声："换一下。"

一群人面面相觑。

这大概是他从今晚开局到这一刻，在餐桌上主动说的第一句话。

尹伽不解地眨眼，轻笑道："怎么，不合口味？"

"她喝不了。"程宴北伸手拿走她面前的鸡尾酒，推给侍应生，"枇杷过敏。"

怀兮心底吃了一惊。

尹治终于坐不住，出去透气了。没多久，尹伽也接了个电话，顺势离开了。

桌边只剩他们二人。

没多久，侍应生又换了杯气泡水过来，与他的一样。他半支着脑袋，伸手接过，干净修长的五指在淡蓝色的玻璃杯壁上一晃，就将杯子推给了她。

怀兮不知自己是否该说谢谢，他突然俯身过来，贴到她耳边吹气："走吗？"

第十章

❷❹

心跳沸点

清冽的气息喷在怀兮后耳郭，令她耳根子不由得发烫，她眨了眨眼："去哪儿？"

程宴北笑了笑，没说话。

他站起的同时，顺势牵住了她的手腕，把她也从座位上带起来。她右脚崴了，不由自主，软绵绵摇地晃一下，稳稳地落入他的怀中。

程宴北半拥住她，带着她离开了餐桌。他去前台结完账，两人往外走。

怀兮走得跌跌撞撞，高跟鞋在地面上发出凌乱的声响。

前方，电梯还在检修。

怀兮正准备又问他一句"去哪儿"，他猝不及防地将她打横抱起。她双脚骤然悬空，心提到了嗓子眼儿，魂都吓没了。

"哎，你……"怀兮扬声，"下楼就下楼，你能不能让我提前有个心理准备？"

"嘘。"程宴北低声打断她的话。

他单眼皮旋开弧度，朝楼梯上方抬眼示意。

尹伽打电话的声音徐徐飘下来，语气轻快，偶尔发出一阵笑声。

怀兮不说话了。

尹伽正要趴在楼梯栏杆上，一眼就看到程宴北抱着怀兮准备下楼。她动了动唇，想问他要去哪儿，他们是什么关系。

程宴北却只淡淡地看了她一眼，道别的话也没有，抱着怀兮，径直沿楼梯下去。

楼梯向下，他步伐沉稳。

怀兮在他怀中，节节下坠。心脏开始不受控制地跳动。

半途中，她抬头看他。他从刚才出来到这一刻，始终嘴角上扬，有点儿恶作剧似的。

他们像是要一起躲开谁似的，她不敢高声语——很像从前他带她逃学，四处躲教导主任还有巡逻老师。可这不是从前，被他这么一弄，偏偏像是在偷情，非要躲开哪个熟人。

有必要吗？害她莫名其妙地紧张。

程宴北察觉到了她的愠怒，低头看了她一眼，笑意更浓了。

他加快了步伐向下走。

尹伽半倚着楼梯扶手，眯了眯眼睛。

趁他们二人快消失在拐角前，她切到相机，拍了照，又转身回餐厅，随意回答电话对面的立夏："具体的我都通知给执行主编和策划了，你明天去找他们核对。你刚来《JL》，要熟悉的东西还有很多。不过我相信凭你的从业经验，应该没什么问题。"

立夏和尹伽也算老熟人了，在上一家杂志社就共事过。这次她来《JL》，也有尹伽相助。她一边认真听着，一边用 iPad 记录，灵巧地打着字。

这次 Hunter 初登国内刊物，主编团队极其重视，前后几番委派任务，立夏的领导要她今晚必须打个电话给尹伽确认相关事宜。

她怕叨扰，特意选了这个时间段，没想到正巧赶上尹伽吃饭。都这么晚了。

尹伽听立夏那边吵吵闹闹，不禁笑着问："你边吃饭还要边处理工作吗？"

立夏恐扰了尹伽，起身往门外走："您也不一样辛苦？我还怕突然打过来打扰您用餐。今天结束太晚了，我还没吃。"

"不打扰，倒是你别饿坏了肚子。"尹伽坐回座位。

尹治还没回来，对面两个座位已经空了。

尹伽不耐烦地叩了叩桌面，试探着问："你跟谁一起吃饭？男朋友？"

"不是。"

今日前来拍摄的那位冠军车手是新来的造型师立夏的男友一事，已上上下下地传遍了。尹伽更是格外留意。

立夏遥遥望了一眼人群簇拥的蒋燃。

他明显心情不大好，今晚一直在喝，喝了很多。不过，如他来时在车上与她随意聊天所说，他酒量很好，在酒桌上几乎从没落败过。只有她那晚喝过了他。

他的意识还清明，抽着烟，视线一直追随着她出来。他的头发偏长，额前一缕发落在眼前，衣扣解开三颗，领口半敞，胸前一片雪白，没文身。

平日温润有条理的男人，如此偏生有种离经叛道的风流。

立夏收了目光，背对他："我男朋友今晚有事儿，我和几个朋友一起。"

"男性朋友？在喝酒吧？"尹伽听那动静也听出了七八分，与她闲聊道，"你跟男性朋友出去，会跟男朋友报备吗？"

立夏笑道："偶尔会。"

"偶尔？"尹伽失笑，"你这样久了，男朋友跟别的'女性朋友''红颜知己''难以忘怀的前女友'什么的出去，也不会跟你报备的。"

不知怎么回事，立夏总觉得尹伽的话透着言外之意。

蒋燃那会儿说，程宴北今晚与怀兮在一起，具体去了哪里，赴的什么局，立夏不知道。

尹伽话说到这里，也不想同她多说了，只说："有空我们见面再聊吧，你去吃饭吧，我会跟你领导说，让她别在你吃饭的时候给你委派工作。"

"干我们这行，忙起来就没个时间了。"立夏笑了笑，"是我打扰了主编您，您去吃饭吧。添麻烦了。"

尹治回来，见两个座位空了，惊讶地问："人呢？"

"走了。"尹伽拢了拢头发。

"去哪儿了？一声招呼不打？"

尹伽手臂交叉在胸前，不悦地瞥尹治："我还要问你，他俩什么关系？"

尹治尚未向尹伽挑明程宴北与怀兮的关系。他也意识到了今晚这个局过于尴尬，错综复杂的前任关系比一桌子的菜都精彩纷呈。

他那会儿就惹了怀兮不高兴，两人还在微信上舌战了半天，即使如此，他还是替怀兮遮掩了一句："就一起拍杂志的关系呗。"

他正要坐下，面前"哐当——"一声，尹伽的手机伸了过来，手机磕到了面前的盘子，上面赫然是一张照片。

照片上，程宴北正抱着怀兮下楼。怀兮一只手揽着他的肩，脑袋埋在他的胸前，姿态很亲密。

而那会儿来时，也是程宴北扶怀兮进来的。他还记得怀兮杧果过敏，让侍应生换掉了掺了杧果汁的鸡尾酒。

尹治见尹伽似怒非怒的样子，终于招了："就跟你跟程宴北的关系一样。"

尹伽深感意外："真的？"

没想到刚在电话与立夏半开玩笑的话，所谓的"难以忘怀的前女友"，居然被她给说中了。

"我也是才知道好吗！我要知道怀兮是他的前女友，我也不叫他俩一起来了。"尹治没好气地说，"而且，不是你说把今天拍摄的两人一起叫来吗？不想显得你只想单独请人家冠军一人吃饭似的，落人口舌，再被我姐夫知道了误会……"

没等尹伽瞪过来，尹治先发制人："怀兮今天才告诉我程宴北是她前男友的，都拍完了，我总不能再说，那你别来了吧是不？咱们还拍不拍了？ESSE那几个跟她比可差远了。"

"你这前男友还挺为她考虑。"尹伽觉得很好笑。

"别说了，比起程宴北，我们哪儿算啊！她看程宴北的眼神跟看我简直天差地别，前两天我说要给她过生日，她死活都不来。"

尹伽笑意更明显了。

"行行行，就算是我有点放不下她，给她介绍咱们杂志的试镜机会，但她死活不来拍，我还劝人多等她两天，嘴皮子都快磨破了。"

"你做这些事，你女朋友知道吗？"

"不知道。哎，"尹治立刻打起十二分精神，警告道，"你千万别跟我女朋友说。"

尹治口气挺重，好像在说，你如果敢把这些事告诉我女朋友，我就把你今晚请你难以忘怀的前男友吃饭的事告诉我姐夫。

尹伽笑了一声："哦对，我听说过怀兮之前离开 ESSE 那事，当时好像闹得挺大。你知道怎么回事吗？"

这一天拍摄尹治就听了不少八卦。

下午他还跑了趟 ESSE，那些八卦几乎都得到了印证。但他向来不喜欢轻易评判别人，分手后更不会落井下石，何况他还算了解怀兮。

"不清楚。"他摇了摇头，遮掩过去，"没听说过。"

程宴北又将怀兮扔进了副驾驶座。

好在座椅软，她正要骂他一点儿都不温柔，程宴北好像知道她要说什么，眯眸笑着看了她一眼，然后就把车门关了。

程宴北莫名其妙地见了个前女友，这会儿的情绪比在餐桌上好了不少。刚拉开驾驶座车门，车底钻出一只流浪猫，"喵——"了一声，扭着屁股跑了。

程宴北半蹲下去，朝那猫吹了一声悠扬的口哨。那小家伙很怕他似的，绿色的眼睛瞧了瞧他，又钻到另一辆车下面去了。

他于是上了车。

怀兮不禁笑道："程宴北，你还长不大是不是？人家说猫语，听得懂你吹口哨的意思吗？"

程宴北关上车门。

"哎，你幼不幼……稚啊。"

她的话音还没落下，下巴突然被一个强硬的力道钳住了。

"呃……"

程宴北的手很凉，捏住她尖俏小巧的下巴，迫使她半仰着头，对上他深沉又戏谑的目光。

他微微扬起下颌，神色晦暗不明，利落的寸头与眉峰那道隐隐的疤痕，配上刀刻一般锐利的五官，让他周身充满侵略性。

仿佛携黑暗而来，要吞噬她。

男人低沉地笑着，问她："那我朝你吹口哨，你就知道我是什么意思了吗？"

怀兮对上他深沉的视线。

他们在黑暗的车厢里，她看不到他脸上的表情。

他轻轻地捏她的下巴，把她往自己这边带，同时俯身靠近了她一些。

他的唇停在她的唇上方不到一寸的距离。

两人呼吸交缠。

不知是否是因为他用了些力气，她的呼吸明显乱了一些。

他凛冽的气息扑面而来，夹着一丝淡淡的烟草味道与木质香气，笑意也深沉。他一字一顿地说："男人对你吹口哨，是对你有好感的意思。"

"懂了吗？"

没等怀兮回答，程宴北倏然放开了她。

她脱力一般又摔到了副驾驶座的座椅里，头脑昏沉。

车子缓缓开动。

面前扔着的那个白色塑料袋，随车身晃动着，里面装着他买给她用来治扭伤的喷剂和药膏，还有一袋儿已经化干净的冰水。

还有一个长方形的小盒子。

怀兮的目光无意地落在那里，心怦怦直跳。

程宴北与怀兮都是南城人。南城离沪城不算太远。

路上，他征询她的意见，问她想吃什么。她坚持说不吃，刚才她在那个西式餐厅随便吃了点沙拉，喝了些水，一天的热量足够。

她怕胖，又怕水肿，明天还要拍摄。

怀兮一边说，肚子一边叫，他也听到了，抿着唇笑。

最终，怀兮说想吃南城菜了。于是他方向盘一打，带着她找了个专门做南城菜的特色饭店，在外滩附近的一条小巷里。

怀兮临下车就有点后悔了，但一闻到熟悉的味道，肚子便不争气地叫嚷起来。她怀着罪恶感，被勾着下了车。

高中那会儿，巩眉有时开教师会议，或者给别的班带自习、出卷子阅卷时，她就只能自己解决午餐或者晚餐，偶尔去程宴北家混饭。

她喜欢吃他奶奶做的饭，很正宗的南城菜。

有次他奶奶做了道生炒杞果。她光顾着大快朵颐，吃完竟浑身上下起满了红疹子，脸也肿了，以至于一个多星期没去学校上课。

那还是高考的前一个月。

他来给她送卷子或者笔记，巩眉这个当班主任的却没拦，反而事后跟她说："我看他真的挺在意你。你变丑了我这个当妈的都不想多看你一眼，人家都不嫌弃，天天往咱们家跑。"

后来高考填志愿，巩眉得知她私自报了港城的学校，又跟她翻了脸："是不是他报了港城你才报的？你真以为你能跟他好一辈子啊？"

怀兮当年因为报港城没少挨骂。

她却从没对巩眉说过，程宴北是因为她才选择去港城，报了港城的学校。最开始他并没有报港城的志愿，是因为她想去，他才陪她一起。

怀兮那时还跟巩眉据理力争："我就觉得我们能好一辈子。"

那些年大家都太幼稚了，信口就是我要和谁一辈子，我们要长长久久，一生一世。

却不知一生一世，需要经历多少沧海桑田的变迁，会发生什么样无法预测的变故。

那时的她，考虑不到。

说得太容易，爱得太热烈，结束得也过于潦草。

上桌的菜基本都是怀兮喜欢的。

她和他的口味以前就相似，点个菜都心照不宣，有种莫名的默契感，她点一下菜单，他就点点头，没什么意见。

怀兮花钱一向大手大脚，以前最风光那会儿，世界各地跑秀场，什么山珍海味都吃过，却都觉得没有南城菜好吃。

她也很久没回去了。

一顿饭吃得十分拘谨。怀兮吃一口，就要拿出手机计算一下热量。

程宴北坐在对面，看她吃一口饭，就点一下手机，菜夹两筷子就作罢，一点儿都不敢多吃，不小心吃多了就愁眉苦脸，吃饭都成上刑。

怀兮偶然一抬头，发现程宴北不知何时已经放下了筷子，好像这么看着她吃很久了。

她顿了顿，也放下筷子。最后综合计算了一下热量，看到超标的红色数字，她心里有点儿后悔。

一顿饭至此算是吃完了。

"对了，"怀兮看尹治的微信弹出来，随口问，"《JL》的主编，真的是你的前女友？第几任啊？"

程宴北的指尖儿穿过车钥匙环，在桌面晃了两圈，笑着抬眸："你吃醋？"

"怎么会？"怀兮的反应很大，简直莫名其妙，"只准你打听我的事，不准我问你两句吗？"

程宴北淡声反问："所以，你是在打听我的事了？"

"你不也打听我了？"

程宴北想起怀兮那会儿问他是不是找人打听过她，淡淡地说道："我没打听过你，我说了，我只是听别人说起你。"

怀兮冷笑道："是吗？你还没说是听谁说的，我哪知道是不是你编出来的？"

程宴北鼻息轻动，笑了笑，突然向前倾身。

桌子窄，他用手肘撑着自己，探身过来，一瞬就靠近了她。

他看着她，呼吸与语气一样倦懒："可以啊，那我现在很想打听打听你。"程宴北的语气不疾不徐，半垂着眼睛，目光深沉，"你先告诉我，你谈了几任？"

突然离这么近，呼吸好像都拂在了对方的面颊上。

怀兮也不躲，撑起下巴，与他四目相对，直接对抗。

她直直地对上他审视又玩味的视线，猫瞳般清澈的眼睛微微眯起，轻笑起来，一字一顿地说："不好意思，你问我我也数不清。"

程宴北的眼神蓦地沉了几分，似笑非笑又问了一遍："几任？"

这回轮到她反唇相讥，眼下一颗泪痣盈盈："你吃醋了？"

他凝视她，薄唇一张一合，隐忍地笑道："是啊。"

"是吗？"怀兮弯唇笑了笑。

她长而卷翘的睫毛不自在地垂下，似是有意避开他的灼灼视线，等撤到一个安全的距离，才又抬眼："你们男人是不是都这样？"

程宴北眉眼稍扬。

怀兮环视了一圈饭店里简单却温馨的陈设，慵懒地抻了抻胳膊，舒缓一整天的疲惫，然后扶住凳子边，微耸着肩，认真地看着他说："你一定想知道，那我告诉你——今晚那个叫尹治的，也是我的前男友。"

程宴北轻轻地皱眉，显然没想到。

怀兮不想把她跟尹治那些不经心的往事说给他听。他们之间没有聊起这些的必要。她只是笑道："你们是不是还觉得，前女友，还是你们的女人？"

程宴北的目光陡然沉下，静候她的下文。

怀兮的目光清冷，姿态娇憨，红唇张合："可是在我这里，前男友就是个稍微有点熟悉的陌生人，分了手偶尔也可以坐在一起吃顿饭。"

"我这些年是谈了不少恋爱，各种各样的男人都见过，比你好的，没你好的，都有，可是，不都成了'前男友'吗？你也跟我差不多吧？交往了不少女人，比我好的，没我好的，最后，不都分手了吗？"

怀兮说着，顿了顿。

她似乎不愿被往事牵绊，回避着从今晚开始，就在心底肆意滋生出的那种奇异的，心都差点管不住的感觉。

她这一晚也的确丧失了些许自制力，被他一番诱哄，吃了两顿饭，热量还这么高。

怀兮再开口时，语气中带了点儿历尽千帆的语重心长："程宴北，人是要向前看的。"

程宴北抬眼，与她无声地对视了片刻，谁也再没多说什么了。

不多时，怀兮接到巩眉电话。

出去前，她打着电话，伸手找他要了一支烟。

程宴北看她接电话，从口袋为她掏烟。他骨节分明的手指夹过一支细白的烟，递给了她。

巩眉唠唠叨叨地说："你爸又给你打电话了是不是？我跟你说了几次？少往你爸那边跑，你别胳膊肘老向外拐，知道吗？"

怀兮接烟时，无意间碰到了他的手指。

她被巩眉念叨得心烦，迎上他的目光，思绪停滞了小半秒，反应过来后立刻收回手，继续回应巩眉："他就问我回不回港城，他快过生日了嘛，说我就算回港城也不去他那儿，给他打个电话说一声'生日快乐'也好。"

她今天出门烟和打火机都没带，又伸手找他要打火机。

巩眉说："你别跟我说这些。对了，哥哥给你打电话了吗？"

"打了，但我没接到。"怀兮站在程宴北面前，手半伸着，等他递打火机过来。

她只顾着应付巩眉，都没跟程宴北说自己要什么。她要烟的时候，就做了一个食指和中指微微开合的动作；要打火机，就站在原地不动，向他伸出一只手。

程宴北了然，从兜里拿出那个黑色磨砂质地的打火机。

怀兮伸手，要劫过来，程宴北却手疾眼快地故意避开她，她便抓了个空。

怀兮恼火了。

程宴北对她淡淡一笑，拿打火机的那只手突然反捏住了她的手腕。怀兮心里一惊，还没反应过来，他就牵着她离开了这家饭店。

他温热的手心和她的手腕之间，隔了一个冰凉坚硬的打火机，硌得她骨头生疼。

她右脚崴了，走路不利索，又挣脱不了，就这么跌跌撞撞，亦步亦趋地跟在他身后，被他带了出去。

他没有再抱她。

马路上车来车往，鸣笛声此起彼伏。夜渐深。

他的车停在对面，十字路口红灯亮起，二人在路边驻足等待。

巩眉听到了她这边的动静，问她："你在外面？"

"就出来吃个饭。"怀兮说。

程宴北避着风，给自己点上一支烟，一点猩红亮起。

"这么晚了，你跟谁在外面野呢？"巩眉有点儿不悦，"是不是又谈新男朋友了？"

怀兮抬头看了程宴北一眼。

他很高，怀兮也不矮，如此望去，却只能看到他的眉眼轮廓，还挺耐看。

怀兮不知如何解释，只说："没有，没跟谁。"

"真没有？"巩眉在那边又问了一句。

程宴北却突然俯下身，一下就凑近了怀兮。

打火机发出一声脆响，火苗蹿起，映照出他的眉眼。他很体贴地替她点上烟，就如那晚在外滩18号一般。

借着彼此之间一簇荧荧火光，他笑着看她，一把捏住她拿手机的手腕，将手机向他那边贴了贴，嗓音低沉地问候一声："老师好。"

怀兮气息一窒，心跟着一抖。

他说完，扬眉一笑，慢悠悠地撤回身子，朝空中吐烟圈儿。

巩眉听那声音，觉得熟悉，又是一头雾水："怀兮，你跟谁在一起呢？"

怀兮恨恨地看了一眼身边的男人，转移话题道："没谁，就碰见了一个同学。我明天给我哥回电话，估计他这会儿已经睡了……"

巩眉却紧咬不放："同学？是以前我教过的学生？"

怀兮这下完全不知说什么了。

车流如织，喧嚣四起，唯有他与她之间静默如谜。

怀兮正要说话，程宴北又拉住了她的手腕。这次他的手稍稍下移，牵住了她半个手掌，拉着她朝马路对面走去。

马路宽阔，他走得很慢，很慢。

慢到好像一晃眼，就能让他们回到从前。

不知为什么，这一刻，怀兮突然很想哭。

"怀兮，妈妈问你话呢，"巩眉是教数学的，说话喜欢反复强调，打破砂锅问到底，"谁啊？你和谁在一起呢？"

"没谁，"汽车鸣着笛呼啸而过，怀兮压低声音，"就跟，程宴北。"

三个字咬得极轻，如同用朱砂在心口研墨。

不知巩眉听没听见，程宴北却听得一清二楚。

她被他牵到车前，又打横一抱，放上副驾驶座。

怀兮看着他，一时失语。

巩眉的确听到了"程宴北"三个字，但没再多说什么了，也不追问了。

她拉拉扯扯地又回到之前的话题，强调了几次不让怀兮去港城给怀兴炜过生日的事，嘱咐她这么晚别在外面，忙完沪城的事早日回南城，然后就挂了。

四下恢复一片静谧。

程宴北正要开车，右边袖子却被她拽了一下。

怀兮眼圈半红，神情愤懑。

"怎么了？"程宴北看了一眼她拉着自己袖子的手，停下给车打火的动作，觉得有点好笑，仿佛刚才的一切都与他无关。

怀兮却不知该怎么发脾气，也知道，就算发脾气，他也没义务再顺从她。他们之间好像做什么都很多余。

于是她收回手，坐回去。

车子向前行进，他突然用低沉轻缓的嗓音，状似无意地问："就那么不想跟人提起我？"

怀兮背靠着车座，闭目养神，过了很久很久，于沉沉黑暗中，才回复了他一声"嗯"。

"如果是蒋燃——"

"他是我的男朋友，"怀兮立刻打断程宴北的话，顿了顿，又轻声地重复一遍，"他是我的男朋友。"

不知是说给他听，还是说给自己听。

车厢内再次陷入了沉默。

最后车子徘徊回了外滩。

程宴北上次送过她一回，轻车熟路地就送她到了酒店。

怀兮有些走不动路。她什么都没说，他也什么都没说，如那会儿一样，揽过她的双腿，将她打横抱下车，径直走进酒店大厅。

中途怀兮鞋子掉在了地上，这次不用她多说，他一只手稳稳抱住她，微微一躬身，替她捡回了鞋子。

不知蒋燃有没有回来。才到电梯前，怀兮就喊停了："到这里就可以了，我自己坐电梯上去。我可以的。"

程宴北放她下来，将她的两只鞋也放到地面。

怀兮站不稳，扶着他的肩，晃晃悠悠地穿鞋子，脚尖刚勾住鞋，腿就发软。

程宴北及时托住她下滑的腰身，没离开，在这里陪她一起等电梯。

红色的数字在头顶跳动，消磨彼此的耐心。

怀兮有些倦了，不自觉地往他臂弯里坠了坠，抬头看着他："对了，麻烦你有空跟昨天那个男孩子说一声吧，我现在不在ESSE了，应该照顾不到他女朋友了。他女朋友今天也加了我微信，我还不知道怎么回复。"

"谁？"程宴北眉眼一沉。

"嗯，昨天你带我去修车时4S店的那个……"怀兮一时想不起来对方的姓名。

"吴星宇。"程宴北淡淡地接话。

"对。"

他沉吟了一下，答应了她："我知道了。"

两人又继续沉默。

几秒后，怀兮开着玩笑说："这一行挺难混的，我都很后悔。你劝劝他，让她的女朋友能不入行就别入。"

"当模特儿？"

"嗯。"

程宴北垂眸看她，眼底多了些许情绪。他问道："为什么后悔？"

他们自然地扯到这个话题。

既然是怀兮提起的，她便不好再以"你别来打听我"这样的话来搪塞他，于是回答道："也没什么，就是遇到了点不开心的事。"

"什么事？"他又问。

她张了张嘴，不知如何说起。

像是打开了话匣子，彼此之间"你这些年过得如何""过得怎么样"，好像也没了试探的意思。

人与人之间，总是一边防备，又一边不自觉地展露弱点。

怀兮便也问他："你一毕业就去开赛车了吗？"

昨天听吴星宇说，程宴北四五年前好像在沪城待了一阵子，差不多就是他们分手后。他大四下学期几乎将注意力全部放在开赛车这件事上了。

后来她也听别人提起，他毕业后就跟着俱乐部准备职业比赛了。

程宴北淡淡地"嗯"了一声，看着她笑，似乎在说"你是不是在打听我"。

怀兮便偏头不再看他："你之前在沪城吗？"

"什么时候？"

"就毕业那会儿，那段时间。"她有些语无伦次，极力克制不去过问他太多，显得自己很放不下他。

"对。"程宴北忽然想起，ESSE 的总部也在沪城，问她，"你也在？"

怀兮有点儿不愿承认："嗯。"

电梯下来得很慢，这家酒店足有四五十层，每下个三两层就要停一停。

已快晚上十一点了，蒋燃说他要过来，怀兮正准备发个微信问他有没有回来，手机就响了。

正是蒋燃打来的。

"喂？"怀兮看了一眼头顶跳动的数字，开门见山地问，"你回来了吗？"

"你回去了？"蒋燃立刻反问她，意识到自己像是在生硬地质问，便缓和了口气，"那个，我可能还要一会儿。我们这边刚散场。"

蒋燃酒量好，但怀兮还是听出了他的声音里夹着一丝含糊的醉意。

她说："那我先回去，我也刚到酒店。"

"好。"蒋燃顿了顿，问道，"今晚怎么样？"

"嗯？"

"就是，"他也不知如何问起，笑了笑，说道，"字面上的意思。"

一整天下来，怀兮疲倦不已，她盯着自己肿胀的脚踝，难免带了几分抱怨："啊，还行吧……就是崴脚了。"

"崴脚了？"蒋燃清醒了三分，关切地问，"怎么崴脚了？没事儿吧？"

"就那会儿去地铁站的路上崴的。"怀兮嘟哝着，手里还拎着那个装药的白色塑料袋，她娇嗔道，"用药喷了喷，应该没什么事。"

"那就好。"

怀兮说完，腰上扶着她的那个力道缓缓地消失了。

此时，电梯"叮咚——"一声停在了眼前，门徐徐地打开。

程宴北没再扶她，她也没回头，两手扶着门边，跌跌撞撞地进了电梯。她问蒋燃："你现在在哪儿？还要多久才能回来？"

"还得半个小时吧。"他也不是特别确定。

"半个小时啊……"她沉吟道，站在电梯里，低头看了一眼手里的塑料袋，看到那盒药店赠送的避孕套。

她笑声轻快道："那我上去洗个澡等你吧。"

"嗯，好。你等不到就先休息。"

怀兮扶着栏杆，看电梯门在眼前缓缓地关闭。

程宴北站在门外，转身要走，又走了回来。

他凝视着电梯里的她，眼神阴鸷。怀兮愣了愣，没弄明白他要做什么，嘴上不自觉地回复蒋燃："没事儿，多久我都等……你。"

"叮——"的一声，门再次开启。

他挟着凛冽的风扑面而来，这气势逼着怀兮跟跄着后退了一步，没等她反应过来，她的唇上蓦地覆上一片凉薄的柔软。

怀兮回应蒋燃的最后一个字，被一个气势汹汹的吻吞噬殆尽。

程宴北凶狠地将她顶在电梯厢壁上，她光洁的腿触及冰凉的电梯厢壁，冷得她浑身一阵颤抖。他捧起她的脸，唇一遍一遍，用力地、深深地、反复碾着她。

寸寸进攻，极尽占有，充满侵略性。

手机啪地落在脚下绵软的地毯上，如同她一样，根本无力挣扎。

电梯门在他身后再次关闭。

狭小的空间，只剩蒋燃在手机中茫然地质问："喂，怀兮？怎么不说话了？怀兮？"

唇齿间隐隐透出血腥气，男人抵住她的嘴角，哑声问道："几楼？"

第
十
一
章

❸
❹

海
水
与
火
焰

电梯门关闭，狭小的空间一片寂静。伴随男人低缓沙哑的嗓音，一波波亲吻如浪潮，光可鉴人的电梯门上投映出他与她纠缠的身影，和她脚尖儿上一抹暗沉如血的红。

怀夼起初还死死地咬着牙关，如此一松劲儿，他趁机撬开了她唇齿，她更无法招架了。

"几楼？"

程宴北又问了一遍。

怀夼死活不答，后背撞到一排按钮，一串儿数字亮起。

她拽住他的衣领，浑身颤抖，仿佛拼尽最后一丝力气，将自己从破防的边缘拉了回来，将理智紧紧地抓在手里，誓死不妥协："有本事……你跟我坐到顶楼啊。"

程宴北闻言，半睁开黑沉沉的眼眸，轻轻地笑了："可以啊。"

他偏头靠近了她，停在她耳边，暧昧地补充："那我们就去顶楼。"

怀夼这才慌了，赶紧去挡他，几番挡不住，手臂上的包反而滑落下来，跌在地上。乱七八糟的东西掉了一地，最外侧口袋里的口红和一张房卡也顺势滑出来。

她挣扎着要去捡，程宴北眼疾手快地先她一步，从她手旁劫走了她的房卡，看清了上面的数字——3702。

他们现在在三十五层。

怀兮羞恼不已，伸手要抢："给我。"

程宴北灵巧地躲开，淡笑着看了她一眼，低下头。呼吸落在她耳畔，他按下三十七层的按钮。

"急什么？"他用房卡挑起她的下巴，"就快到了。"

电梯向上攀爬，一眨眼就到了三十七层。

门开了，程宴北反手扣住她小巧的脸颊，哑着嗓音说："你给我等着。"

他一边吻她，一边找到3702的门牌，根本不给她机会逃跑或是推开他。他手里拿着她的房卡，刷卡进门，取电。

门廊一盏昏暗的光，为彼此眉目都覆上一层暧昧。

过往尖锐，岁月棱角，统统被柔化。他将她抵上门的一刻，房门在她身后应声关闭。昏黄的光线洒在他的肩头，眉目的轮廓又深了几分。

他每一步，无声地推着浓稠夜色潜行，地毯一层又一层，仿佛在脚下泛起涟漪。暗渡成一个与夜晚有关，不可言说的秘密。

最后她坠落的一瞬，一个几乎要深入她灵魂的吻覆了过来。

立夏这一晚大半时间都在处理工作，来的路上还跟蒋燃提起拼酒的事儿，到头来她却没喝。众人散了个干净，蒋燃喝了酒，她给他代驾，送他回外滩的酒店。

蒋燃才跟怀兮打过电话，却又被她莫名其妙地挂掉了。

他头脑昏沉，食指抵着太阳穴按揉。虽不想生疑，却控制不住地乱想。

"是外滩那家'季·旅'酒店吗？SeasonHouse？"经过一个路口时，立夏确认手机屏幕上的导航。

她上回在沪城开车还是一年多以前。她也是港城人，甚少在此活动，已有一年多没来过了。

蒋燃的视线从已熄灭良久的手机屏幕上离开，分别看了她和她的手机一眼，笑着说："对。你熟悉路线吗？"

"我……"立夏顿了顿，有点儿不好意思，摇头笑，"不怎么熟悉。"

"这样吗？"蒋燃也觉得有些抱歉，"我以为你对沪城很熟悉，不然我那会儿就叫个代驾了，非要麻烦你一趟。"

立夏的视线看着前方，有条不紊地打了半圈方向："这个点了，代驾应该挺难叫的。刚才许廷亦他们不是还在等吗？你回去晚了，怀兮该等急了。"

蒋燃降下车窗，慢条斯理地从烟盒里拿烟。

他思绪滞了一瞬，想起怀兮常抽一款带蓝莓爆珠的七星。程宴北也最爱抽七星。

蒋燃随口问："程宴北今晚跟你说他去哪儿了吗？"

这一晚他们私下的话题，聊起程宴北必有怀兮，谈及怀兮，必有程宴北。

立夏听蒋燃说了才知道，程宴北和怀兮居然是分手多年的初恋旧情人。他们从南城出来，大学一起考到了港城。一个在港东的港城大学，一个在港西的财经大学。两人在大学毕业前一个月左右分手，一分手程宴北就去了沪城参加赛车集训，怀兮好像也是那之后没多久签了 ESSE。

他们爱时轰轰烈烈，在整个港东大学圈都很出名。

分手那会儿也几乎尽人皆知，她还几乎把程宴北身边的朋友挨个交往了一遍。

蒋燃说，除了他。

他当时对怀兮一见钟情。不过那时碍于她是程宴北的女朋友，并没有追求。怀兮那时满眼只有程宴北一个人，以至于很多年后再遇到他，她都不记得他姓甚名谁。

立夏思及此，甩了甩头竭力不让自己多想。她笑着回答："没有，我们一般不会说那么详细。"

蒋燃手搭在车门上，指尖烟雾缭绕，偏头看了她一眼："你去哪儿了，也没告诉他？"

立夏摇头说："没有。"

他笑了一声，彼此心照不宣。

"我记得你之前不是这辆车吧？是辆白色的宝马？"立夏问。

"昨天被撞了。"

立夏想起这回事儿，问道："是怀兮开着，然后撞了程宴北的吧？"

"对，"蒋燃无奈一笑，"她刚拿了驾照没多久，我想让她试试。也怪我，心想着四五公里没什么事，没想到在停车场撞车了。"

"对了，你驾照拿了几年了？"他与她攀谈。

"四五年了，我大学毕业就考出来了。"

"你是港城人吧？大学也是在港城上的吗？"蒋燃问。

"嗯，对，我在港城海事大学。"

"在海事大学学服装专业？"蒋燃半是猜测道。

"是啊，你不也在港城大学学理工，最后当赛车手了吗？"立夏开着玩笑。

"说得是。"蒋燃沉默了一会儿，吐了一口烟圈儿，"海事大学也在大学城那片，以前我居然没碰见过你。"

蒋燃的语气透着点惋惜。

立夏顿了顿，跳过这个话题："你从小就在港城生活吗？"

"嗯，"蒋燃说，"爸妈在港城做船厂生意。"

"港城靠海，船厂倒是很好的生计。"立夏笑了笑，问他，"没回去继承家业？"

"没有啊。"蒋燃侧头朝她笑，语气无奈，"一毕业就让我回去，我没服从，跑到沪城去参加集训——就跟程宴北一批。开始家里一分钱不给我，我爸还把我的卡冻结了。"

他说着，轻轻抽了一口烟："最初那会儿，跟家里关系也不好。"

"我懂你，"立夏淡淡地笑着，"我也是。"

"你也是？"

"我爸妈是律师，当时也是他们强迫我报的志愿，还动用了关系录取我。我大一结束就转了服装专业，那时候对服装设计很感兴趣。气得我爸大学后三年都没怎么跟我讲过话。"

从立夏的谈吐举止能看出，她应该出生在那种环境严苛的家庭。斯文优雅，一丝不苟的端庄外表之下，她的灵魂却毫不古板无趣。

立夏是个很有趣的女人。

怀兮也出生在教育严苛的家庭。她妈妈是高中数学老师，爸爸是牙医，哥哥是个外科医生。

父母早早离婚或许对她造成了冲击，那晚立夏在酒桌上也听到了，她的野性与叛逆在高三繁重学业的高压之下都未曾收敛。

那时她妈妈还是她和程宴北的班主任。

蒋燃想到此，眉心皱了起来。

"后来的经历跟你差不多吧，家里不支持，我自己跑到沪城，一家家公司面试过去。其实我对服装设计只是一时兴起，设计的服装稿没人要，后面机缘巧合下转行做了造型师，给秀场做造型。"立夏苦笑道，"也算是跟自己的专业沾了点边吧。赚钱了，能养活自己了，我爸妈那边渐渐就不说什么了。"

蒋燃认真听完，竟颇有点惺惺相惜的感觉。

不仅是因为两人有相似的家庭环境，相似的经历，或许更多还因为一些说不出的因素。

两人又随意聊了几句，从原生家庭到喜好，再到从前大学城的见闻，聊得十分融洽、开心，很合拍。

然后不知怎么回事，聊回到怀兮与程宴北，又不自觉地沉默了。

蒋燃抽了好几支烟，眼见要到酒店了，他问立夏："你会跟程宴北聊这些吗？你家里这些？他虽然不是港城人，但也在港城待了一段时间吧？"

立夏摇头："不会。"

"为什么？"

正在此时，红灯亮了起来，立夏及时刹车等待。她稍稍往座椅靠了靠，要去包里摸薄荷糖。这是她常有的习惯。

立夏的包在后座扔着，蒋燃先她一步帮她拿过来。

立夏轻声说谢谢，在手心磕了磕那个小巧的铁皮盒子，反问他："那你呢？你会跟怀兮聊这些吗？她不是也在港城待了很久吗？"

薄荷糖只剩一粒，在小巧的铁皮盒子里乱窜，几次摇摇欲坠，就是不掉出那个小孔。

蒋燃看她费劲儿，主动拿过来，自然地用自己的一只手托着她，另一只手握住她拿盒子的手，将盒子换了个角度，在她的掌心又轻轻地磕了磕。

冰凉的盒子，一下一下地磕着她柔软的手掌。

"我们不怎么聊这些。"他敛去眼底的神色，低头笑了笑，"有时候她会跟我说她在南城的事，其他的不怎么聊。她这次来沪城，我还是看她发了朋友圈才知道，去《JL》拍摄也是后面才知道的。这也难免，大家圈子不一样。"

他托着她的手，不急不缓地磕着那个盒子，淡淡地问："那你呢？"

立夏看着他。

他手上的动作顿了顿，抬起头，目光温柔地看着她："你跟程宴北，平时话题多吗？"

"他啊，"立夏叹了口气，"他，就有点冷淡吧，话也少。你们训练又辛苦，我也不好说一些工作上的事儿给他听。大家圈子不一样，难免说起烦恼什么给他，不太好。"

一粒小巧的薄荷糖落在她的手心。

她拿起那颗糖，放到口中，舌根上一片清凉，自己好像也清醒了些，从他的手心抽回手。

她看了看前方即将跳绿的信号灯，自顾自地说着："两个人相处到没话说了，是不是很可悲？"

薄荷糖的甜味压不住她的情绪，她正弯唇苦笑，一道低沉温和的气息，突然靠近她。

蒋燃一只手握住方向盘，借势靠过去，轻柔地吻了一下她的唇。

不若那晚在一片昏沉醉意中不分彼此，这次他清醒极了，半是试探，浅尝辄止，在她嘴角停了停，淡淡地笑："感情的事，从来不公平，是不是？"

立夏微微睁大了眼睛。

在立夏闭眼的一瞬，他吮着她的唇，勾着她的舌，尝到她舌尖儿的一点清凉甜意。蒋燃把她压在座椅上，温柔地，一遍遍地吻她。

与上次一样，蒋燃的吻技很好。

他们身后，汽车喇叭震天响。

红灯跳绿许久，他才坐了回去。

灯罩如金铜色的镜子，投映出她与他狼狈的样子。

灯很像程宴北家老屋阁楼的那一盏，很熟悉，也很陌生。她从前好像也躺在他床上的这个位置，也如这一刻一般。

怀兮去推他，腿却被固定在他的肩头动弹不得。她浑身燥热，大口大口地呼吸着从窗户透入的冷空气，如一只濒死的鱼，又疼又痒。

那些年，这些年，过往种种，走马灯一般地在脑海中呼啸而过。

他们好像从未分过手。

怀兮闭上眼，如同在云端行走。情与欲穿成线，铺成潮，她的腰身软成水。

手边就是那个白色塑料袋，她抓床单的力道一紧，塑料袋就窸窸窣窣响起来。

她的世界如同下了一场大雨，把分手五年的所有隔阂冲得一干二净，把他们带回到过去。

怀兮的头顶仿佛悬着一根紧绷的线，维系着她的理智。

程宴北抚过她抓着床单的手，吻也由下到上，摸到了那个塑料袋，里面包装完好的长方形小盒子露出一个尖锐的角，犹如看到了她内心的冰山一角。

程宴北从口袋拿出她的手机，看了一眼时间，23：24。

数字下方是一条蒋燃发来的微信，未读状态。

"怎么挂了电话？"来自二十五分钟之前。

怀兮瘫软在床上，没有力气。一身灼目的红裙差不多完好，人却如此颓废，如被抽干了水分。她一只手还拽着他的衣衫下摆。

程宴北朝她扬了扬手机："半小时到了，要不要我替你回复他？"

她伸手夺过手机，不知是因为愠怒，还是因为刚才尚未平息的快慰，声音有些发颤："你该走了。"

程宴北也没打算久待。

他在屋内走了几圈，沙发上扔着蒋燃的外套。他摸出自己的烟，想点，发现桌面也有蒋燃常抽的那个牌子的烟盒。

哪里都有别的男人的气息。

怀兮还那么躺着，侧了身，眼神充满怨怼，有几分情潮未退。程宴北回到床边，指腹抚过她温热的脸颊与微微发肿的唇。

她抬起双眸，眼底一颗泪痣如火种："还不走吗？"

程宴北没说什么，只是笑笑。

他在她床畔点起烟，从塑料袋里拿走那盒避孕套，最后吻了一下她的唇，低低地说道："你和他今晚没用的了。"

"晚安。我先走了。"

关门一瞬，有什么东西砸了过来。

好像是她的高跟鞋，"咚——"的一声砸在门后，像在赶他走一样。

程宴北站在门外，听里面没动静了，将手里的盒子扔到垃圾桶里，乘电梯下了楼。

蒋燃与立夏也到了酒店门前。

从刚才那个路口过来时，两人一路沉默，要下车时，谁也没跟谁道别，蒋燃只让她开他的车回去，不要打车，很不安全，这个点儿去她那边的地铁也停了。

他说明天自己去取车。

可立夏开他的车回去，程宴北认出来了怎么办？

两人又一次心照不宣地沉默了。蒋燃想了想，开口说道："如果他问，就说是我把车借给你……"

酒店门前晃出一道颀长的身影。

程宴北偏头的一瞬间，就注意到车内的他们。

是他先看到了他们。

烟气与冷空气一撞。

程宴北咬着烟，眯起眼，透过青白色的雾气，望向那辆黑色奔驰。

距离不远，大概七八米，很容易看清车里的人。

方才暧昧的气氛无影无踪，蒋燃的隐隐醉意也跟着消弭殆尽。他低头看了一眼手机，发给怀兮的那条微信还没收到回复。

他的指尖不耐地在窗沿叩了叩，也看向程宴北。

突然，驾驶座传来动静——立夏转身去后车座拿自己的包，匆匆地打开车门要下去。蒋燃下意识地伸手拉住她的手腕，却没拉住。

立夏连奔带走，高跟鞋在地面击出一串响声，仿佛万分急切。

她穿着一身白色的职业套装，披肩长发飘飘，像浮动的月光。蒋燃拉她的那只手在半空停滞了一下，随视线慢慢地收回。

程宴北仍站在原地没动，一只手插在口袋里，另一只手弹了弹烟灰。

短短七八米的距离，立夏连走带跑，气喘吁吁，两颊泛起一抹酡红——或许是因为某种原因，先前就有，尚未消退。

立夏的心不安地跳动，她整理了一下情绪，半仰起头，主动问他："你怎么在这里？"

程宴北淡淡地看她一眼，又去看蒋燃。

"啊，那个，我……"立夏主动解释道，"晚上我也不知道吃什么，就跟你们车队的人去了个吃饭，蒋燃喝酒了，他没找到代驾，我今晚没喝，就送他……"

她还没说完，程宴北就抬脚朝蒋燃的车走去。

先前被他挡住的酒店门廊的灯光在她眼前晃了一刹。

她猛然抬头，怅然若失。心里犹豫了几番，终究也没跟上去，只在原地不安地踱了两步。

程宴北径直走到副驾驶座那侧，抬手叩了叩车窗。

一下一下，气定神闲，极有耐心。

蒋燃瞄了一眼不远处的立夏，平复了一下情绪，随后将车窗降下一半。

车外的男人微微俯身，眉眼略带着笑意，问他："喝酒了？"

蒋燃没想到程宴北一开口就这么问，愣了一下才点头："嗯，喝得不多。我没找到代驾，就让立夏帮我开到了这边。"

倒是口径一致。

程宴北又起身，烟雾从手上升起，在他周身缓缓逸散。

他打量四周，不远处是塞得满满当当的停车坪，像是好心帮车里的人查看哪里停车比较好似的。

蒋燃降下全部车窗："哦，对了——"

程宴北收回视线，垂眸看他。

"你刚才跟怀兮在一块儿？"蒋燃抿了一下唇，问道。

程宴北看了一眼快燃到尽头的烟："嗯。"

"今晚吃饭也在一块儿？"

"对。"

"你送她回来？"

"嗯。"

"你们干什么了？"话语至此，蒋燃终于直奔正题。

"干什么了？"程宴北有些好笑，对视着蒋燃满含质询的眼睛。

蒋燃接触到他的目光，神色一瞬紧绷。

程宴北却只是看着他笑，说："没干什么。"

蒋燃狐疑地皱眉。

程宴北继续用不咸不淡的语调说道："她今晚把脚崴了。"

蒋燃眼神警惕起来。

"她没告诉你？"程宴北又笑着问。

"她说了。她告诉我了。"蒋燃立刻回答，语气生硬地强调两遍，仿佛在强调自己的主权。

"哦，"程宴北沉吟道，"那就好。"

蒋燃动了动唇还想说什么，程宴北又望了一圈四周，突然问他："要我帮你把车停过去吗？"

程宴北念在他喝了酒，好心做善举。

"不用了，"蒋燃并不接受他的好意，拒绝了，"我自己可以开过去。"

停车坪停得满满当当，程宴北来时将他的车停在不远的马路边，现在晚了点，才有几辆车陆续从停车坪出来，腾出了位置。

蒋燃一脸警惕，程宴北也没再说什么了，只回了句："那好。"

他转身朝自己的车走去。

立夏一直望着他们这边。见程宴北迈步离开，她收回了探询的视线。

程宴北走了两步，突然又想起什么似的，走了回去。

蒋燃正准备下车去驾驶座，见他突然折回来，顿住了。

"怎么了？"他勉强微笑道。

程宴北稍稍躬身看向车中的他："你下次可以稍微晚点回来。"

"呃……"

蒋燃一愣。程宴北又指了指停车坪的方向，笑起来，好心提醒道："这边晚点比较好停车。"

蒋燃突然明白了程宴北什么意思，好像又有些不明白，刚要开口说话，程宴北笑着觑他一眼，再次走开了。

蒋燃望着他的背影，眉心紧锁，久久都没动。

立夏迎上程宴北，他们一齐向他泊在路边的车走去。

"他喝酒了，一个人可以吗？"立夏回头看蒋燃那边，有些不放心，"晚上他喝了很多，很多人都醉了。"

"没事，他可以的。"

多年来他们亦敌亦友，对彼此还算了解。蒋燃虽喝了酒，人却还清醒。当职业赛车手的，挪个车而已，并不费力。

立夏坐上副驾驶座，捕捉到他车内不同于平常的气味，丝丝缕缕，似有若无。

昨天他和怀兮修车回来，也有这么一股陌生的气息，令人不适。

立夏边系安全带，一边看窗外，蒋燃已从停车坪出来了，步伐稳健，没被醉意影响。

"你晚上都和怀兮在一起吗？"她问。

程宴北平视着前方，发动车子："嗯。"

很冷淡的一声。

"蒋燃说，你们是初恋。"立夏说。

这一晚从蒋燃揭示出他们的这层关系后，立夏脑海里，就一直盘旋着短短几天来的种种。一切回想起来，好像都变了味道。

那晚酒局，怀兮在酒桌上的一席话，先前她以为是无心倾吐，没想到是指桑骂槐。

那晚她在程宴北的车里问他，她和他的初恋像不像。

程宴北说不像。

她还说，男人交往的每一任女朋友，基本是照着初恋的标准找的。

他说，也有例外。

立夏以为她不像程宴北的初恋，因为她是特殊的，他没有按照初恋的标准去交她这个女友。

她以为，她是那个例外。

她开玩笑还要程宴北教她抽烟。

他始终不正面回答。

这么看来，或许在他心里，怀兮才是最特殊的。教过怀兮的，与怀兮一起经历过的，不能再对第二人重复。

两人心照不宣地沉默着。

程宴北下意识地望向酒店的高楼，有车顶遮挡，一时望不到高处。

他正要发动车子，右手的手腕，蓦地挨上一个柔软冰凉的力道——立夏及时按住了他的手，阻止了他。

他垂眸。

她五指收拢，摩挲着他的手腕，抬眸直直地看着他，又问了一遍："怀兮，是你的初恋吗？"

初恋谁都有，也不一定最特殊，也没必要打破砂锅问到底。明明他刚才的沉默就是默认，她却还要问一遍。

摆明了就是不甘心。

成年人应该及时止损，不应该不甘心。

她知道，可是她不甘心。

女人对男朋友的前任总有一种天生的敌意，或许是由于这几天来他对他和怀兮过往的闭口不提，假装陌生，或许出于嫉恨白天他们拍摄时那种莫名其妙的默契。而她的疑心终于印证了。

她目光灼灼，急切地想要个答案。

这种迫切被程宴北一贯的沉默催化得变了味道，程宴北还未说话，立夏突然倾身过来，冰凉的唇吻住了他的嘴角。

她握住他手腕的手缓缓地松开，低喃着又问他："程宴北，你是不是还忘不了她？"

她浅尝辄止地吻着他的嘴角，气息灼热。

车内光线昏暗，她视线却带着质询。

可她最终都没得到答案。

蒋燃一进门，差点儿被一只鞋子绊倒。她的高跟鞋扔在门边，是他买给她的那双。歪倒的两只勾着一条绑带点缀的红色蕾丝小裤。猩红与暗红纠缠，仿佛在暗示激烈战况的收尾。

蒋燃往里走，也没在床上看到人。暗蓝色的床单倒是有些凌乱。

蒋燃心中如同万蚁啮咬，烦躁极了，他试探着唤了一声："怀兮？"

"怀兮？"

"怀兮！"

腰后突然贴过来一个柔软的力道，蒋燃还没回头看清她的人，她就如水妖一般辗转着到了他身前，踮起脚，捧住他的脸，深深地吻上他的唇。

蒋燃向后踉跄，她却非常急切，呢喃着："吻我。"

她明显站不稳着，手臂勾着他，带着他东倒西歪，在房间内转着圈，最后一齐栽到床上。

蒋燃不得不抱稳她。她坐入他怀中，吻得他几乎无从招架，还不断地暧昧低语，像是想把她的灵魂嵌入他身体中。

怀兮始终闭着眼，仿佛在吻一个陌生的男人，就像那晚她走错房间时一样。

她还轻轻地拽住他的头发，确认不是令人又疼又痒的圆寸，却又不知为何会隐隐希望如此。她害怕极了，害怕那莫名其妙的渴望，会吞噬自己所有的理智。

"怀兮——"

蒋燃被她吻得招架不住，也衣不蔽体，领带歪斜，衬衫领口被扯得乱糟糟的。

他低声唤了几次都无法让她停下。

快到最后一步时，她终于停了下来，去摸床上一个白色的塑料袋，发出窸窸窣窣的声响。

蒋燃看到里面装着瓶瓶罐罐的药。再看她的脚踝，的确肿了一大片。

她没有撒谎。

不知是看到了她的脚踝，还是因为她主动呈上的这么一通热烈的吻，他心底的疑虑突然缓解了。

怀兮找了一通，没找到那个长方形的小盒子，突然想起，程宴北走前在屋内转了一圈，然后拿走了它。

这个酒店的客房并不提供避孕套，要下楼自己去贩卖机买。

所以，他那会儿是在检查房间内有没有提供吗？

她正想着，蒋燃又唤了她："怀兮。"

怀兮哆嗦了一下，才慢慢地收回思绪。她缓缓地睁开眼睛，看清了眼前的人。不是程宴北。

她眼中已是一片潋滟。

像是同他玩儿了一个捉迷藏的游戏，她刮了一下他的鼻子："继续吗？"

第十二章

◗
◗

吻
痕

　　蒋燃见她娇嗔的模样，心底又复杂，又柔软。她今晚实在热情，热情得让他有些害怕，害怕她是用这种方式来遮掩什么。

　　好半天他才缓缓地扯出一个笑容："你脚不疼吗？"

　　"你小心点别碰到不就行了？"怀兮依然笑意盈盈，"温柔点，别那么粗暴。"

　　"我还没问你呢，脚怎么崴的？疼不疼？"蒋燃伸手，轻轻碰了一下她微微肿起的脚踝，她立刻痛得收起脚："疼，鞋跟太高了。"

　　"地铁站门口？"蒋燃想起似乎有这么回事。

　　"嗯。"她点头。

　　"在地铁站门口崴了脚？你可别骗我。"蒋燃半开玩笑，轻柔地拨开她嘴角的头发，"我刚在楼下碰见了程宴北，他说他送你回来的。你们也是一起去的吧？"

　　怀兮的笑容凝结在嘴角，她眨眼问道："你碰见他了。"

　　她重复着他的话，不知是疑问，还是陈述。

　　"今晚是去同一个饭局，"她解释道，"我脚崴了，他就送了我一趟，顺路。"

蒋燃微笑着看着她，彼此对视着，心中却是暗潮汹涌。

"那你告诉我，"他扶着她的腰，唇温柔地去摩挲她的唇，轻声问，"他送你到哪里？楼下还是楼上？不许骗人。"

怀兮扶着他的肩回吻他，缓缓地闭上眼睛，好像是怕自己会露出破绽。可一闭上眼睛，脑海里就不由得出现了另一人。

她软声说道："楼下啦。"

"真的？"

"嗯，"她点头，"我自己坐电梯上来的。"

沉默了片刻。

令她觉得意外的是，蒋燃没再去追问她话中的真假了，不知是早已看破，还是给她留了余地。

怀兮知道他在意，多说多错，于是不再多说。她闭着眼，感受他的亲吻，不失为一种享受。

她想起程宴北，他从前吻她时总是粗暴得像个浑蛋。

现在她二十七岁了，他吻她时还是像个浑蛋。从一层辗转到三十七层，他和她还是互相撕咬，每次都要把彼此折磨到鲜血淋漓才畅快。

曾经，她和他这样亲吻，或许是想给予对方最热烈的情感，最刻骨铭心的爱。

这一晚，也是要让彼此刻骨铭心吗？

她不知道。

心好乱。

蒋燃抱着她换了个位置，让她横陈在床上，他继续亲吻她。

她知道自己不若刚才热情了，也知道，自己是用对蒋燃的热情，来抚平心口的躁动。或者说，这是一种补偿？

她不知道。

心很乱。

蒋燃也察觉到了她的变化。

每每提到程宴北，她的情绪或多或少都有变化。即使是这样亲密无间的时刻，也明显能感觉到。

蒋燃刚才一进门，她鞋子乱扔着，一切都乱七八糟，他一边吻她一边想，程宴北是不是直接大刀阔斧地抱她进来，他们先迫不及待地在门边吻了一番，然后才辗转到身下这张床。

蒋燃也渐渐没了耐心，频频在她身上试探，有没有程宴北留下的痕迹。

这种试探，也被怀兮感知到了，她后面的反应便越来越僵硬——也不知是不是他多心。直到最后一刻，她也急不可耐了，轻喘着命令他："去戴套。"

一般床头的抽屉会有。蒋燃拉开床两侧的床头柜抽屉，没找到。他克制着周身的燥热，又在套房内外转了一圈，也没有找到。

"酒店没有吗？"他问。

怀兮躺在床上，平息浑身的燥热，稍稍坐起身，摇了摇头："好像没有。"

"没有？"

蒋燃心底生疑，里里外外地找着。

有些酒店照顾到客人的需求，只会在一楼的贩卖机售卖各式各样的。但他又忍不住想，是不是她和程宴北已经将酒店提供的用完了？这样的疑虑，无法克制地在心底盘旋。

一圈儿找下来，他兴趣全然消散，情欲和冲动慢慢地被疑心代替，火灭了大半。

到后面，就变成找程宴北和她用过的痕迹。

蒋燃将卫生间内外的垃圾桶都看过一遍，都没发现踪迹。哪怕是用过的，都没有。

"要下去买吗？"怀兮问。

她身上那条红裙子两侧的肩带垂下来，白皙的脖颈一侧有他留下的吻痕，锁骨附近也有，触目惊心。

他们只差临门一脚。

只差一点点。

不若当年那般，只是遗憾，她当时是别人的女朋友。

看似差之毫厘，其实差了很多很多。

感情从来不公平，总分先来后到。

很不公平。

蒋燃看着她，沉默了。

怀兮当年留长发，比现在更好看——至少在他心目中，他还是喜欢当年她长发如瀑的模样——但她和程宴北分手后，好像就是短发了。

每次他与她亲热，如何都抓不住她的头发，就如同掌控不住她的心，让他觉得不安。

怀兮还在等他。

蒋燃走过来，俯身吻了吻她："算了，休息吧。"

"嗯？"怀兮眨了眨眼。

"我今天训练很累了，"蒋燃抚她的头发，似乎有些遗憾，但好像又不仅仅是遗憾他们没进行到最后一步，"你忙了一天，还受伤了，也很辛苦。明天还有拍摄吧？早点睡。"

说完，他转身就去浴室冲澡了。

不知怎么回事，怀兮总觉得蒋燃不仅仅是不高兴程宴北送她回来那么简单。还有她的两只鞋，她恼他，在他背后砸他，结果他眼疾手快地关了门，只砸到了门上。

都被蒋燃看到了。

不仅如此，他还看到程宴北送她回来后出了酒店，现在整个房间内还没有避孕套，足够令人遐想了。

怀兮平躺在床上，看着头顶那盏金铜色的顶灯。

如果蒋燃再晚点回来……

她闭了闭眼，不敢再多想。

一整天下来，她一颗心跌宕不安。淅淅沥沥的水声，还有那种似有若无，似乎还在的又疼又痒的触感扰乱她的神经，直到她渐渐有了困意，才慢慢地被压了下去。

凌晨两点，不远处的高楼明亮的灯光从窗户照进房间，男人面朝窗户，背对她睡熟了。

立夏起床喝水，打开手机，随便滑了滑微信的未读消息。

她准备回去继续睡，手机倏然振动了一下。

一个陌生的号码发过来一张照片——精致的长楼梯上，男人打横抱着一个女人，顺着台阶下楼。

女人埋在男人胸前，看不清脸，两条纤长小腿从他的臂弯坠下来，脚尖一抹猩红。

是那双高跟鞋，蒋燃送给怀兮的限量款。

照片定格在那男人抱着怀兮经过拐角的那一时刻。他侧脸棱角分明，眉目深沉，鼻梁高挺，嘴角似有若无地掠过一抹笑意——几乎从不曾对她展露的笑意。

立夏正凝神，屏幕上弹出了一条微信好友请求，备注是"任楠"。

立夏立刻通过了。任楠很惊讶，问候了一声她怎么没睡，然后把蒋燃的微信名片推给她："燃哥说你的东西落在他车上了，他没你的联系方式。"

立夏看着推过来的名片上一个钢铁侠的头像，沉默了许久。

她没点通过，也没点拒绝，将手机放到一边，躺下了。

立夏闭上眼睛，脑海中浮现的居然不是刚才那个陌生号码发过来的照片，而是这一晚在车上，蒋燃说的话。蒋燃说他很喜欢漫威的电影，之前上映了想去看，怀兮不喜欢就不肯陪他。

其实他先前留过她的电话号码。那晚酒局，一群人拼酒，四处拉扯真心话时，程宴北暂时离席，蒋燃正好赢了，便问她要了手机号。

他何不直接用手机号加她的微信，偏偏找第三个人试探她？

女人一旦主动，总会被男人小看。

立夏又盯着程宴北背影发了一会儿呆，伸手，抚他的脊背。他的脊背非常宽厚，让人觉得安稳。

她从背后抱住他，额头贴住他的后背，听着他呼吸的节律，慢慢地有了困意。

立夏和程宴北从酒店出发时，已经早上九点半了。

这一天只拍半天，下午程宴北有训练。他们 Hunter 和 Neptune 照例隔一天打一次友谊赛。四天后就是正式比赛了。

沪城下雨，这一天仍是外景。他们要先去《JL》，然后和摄影师团队一起出发。

立夏那边，公司电话催得急，车上接了好几个电话，她必须先上去开个小会。程宴北可以不用上去那么早。

立夏滑到昨晚任楠发给她的微信，那个微信名片她迟迟没点。

"我有东西落在了蒋燃那里。"她说着，回头观察程宴北。

程宴北听立夏说起蒋燃的名字，神情淡淡的。

他稍微偏了一下头，从车子左边的后视镜看到了蒋燃那辆车。车上还有怀兮。

他们很快从车上下来，怀兮脚还疼着，蒋燃绅士地搀扶着她。她这天换了平底鞋，穿着随意，细肩带背心配牛仔裤，锁骨漂亮，皮肤很白，脖颈一道 choker（颈圈），遮掩不住尚未消去的吻痕。

程宴北眸色渐深。

立夏也下了车，靠在他车窗边整理妆容。她抚了一下耳垂，又嘱咐道："好像是我的耳坠昨天不小心掉在他车上了。你方便的话，帮我拿一下吧？我今天挺忙，就不跑一趟赛车场了。"

程宴北抬眸看她，笑道："你不是有他的电话号码吗？"

立夏眨眨眼。

"我今晚住在赛车场，任楠会帮我收拾东西，你可以拜托他。"程宴北说着，低头解安全带，"房间你可以不退，一直住到我们比赛结束。如果下午任楠也没空的话，你就自己过去取吧。"

"等等，"立夏越听越不对劲，打断他的话，"你要搬走？"

蒋燃扶着怀兮正要进去，倏然也看到了她。他的目光在她身上停了一瞬。

立夏皱眉，迅速收回目光，抬了抬下巴，问程宴北："你的意思是，要跟我分手吗？"

"嗯。分手吧。"他说。

"分手？"立夏深深呼吸了一下，平复自己的情绪。她注视他的炽热目光，渐渐地恢复平静，夹杂着不解。

怀兮的脚受了伤，蒋燃托稳她的腰身，他们走得十分缓慢，时不时低声交谈，举止亲密。

立夏怔怔地望了望他们所在的方向，拨了拨长发，故作淡定地对程宴北笑道："所以，你是为了怀兮，要跟我分手？"

程宴北眉心微皱，眼底一片冷意。

不知是因为她的这句话，还是因为刚走远的两个人。

立夏只是想笑。

昨晚在车上触碰他，他在那样的挑逗下都兴致缺缺，但是只要看怀兮一眼，他眼中就会多一些别样的情绪。

她心底生出利刺。

她知道自己是在明知故问，但是若不问，又如鲠在喉。

她也是突然发现，程宴北每次看她的眼神，总是如此，平静，冷淡，毫无冲动与波澜。

哪怕他们相谈甚欢，相处甚好，却不曾真正炙热过。哪怕对她提分手，语气也像说"今天天气不错"一样平淡。

他们相识于半年前的伦敦。

她被朋友拖去看了人生第一场赛车赛，原以为只是看看热闹，却一眼就被赛场上的他吸引。

比赛结束，他一身红白相间的赛车服，抱着头盔，英姿飒爽地经过看台前，他的车迷都兴奋地欢呼起来，立夏更是移不开目光。

女人总是对强大的男人心驰神往。

得知程宴北始终遥遥领先，将对手甩在身后，一骑绝尘，大大小小的世界级冠军拿了不少，立夏对他更感兴趣。

何况他是那种看一眼，就让人想跟他产生交集的男人。

可感情从不公平。

后到的以为自己才是先来的那一个，有恃无恐，却不想他会对一个后来闯入者怦然心动——但其实对方早早就在男人的心底扎了根。

女人喜欢被男人征服，男人更喜欢征服女人，尤其是得不到的女人。

得不到的才最心痒，是心口不褪色的朱砂痣。容易得到的，总不放在心上。他忘了，他和她，最初也是互有好感才走到一起，也曾有情浓时刻。

手机嗡嗡作响，领导在催。

程宴北始终没答话，立夏挂断电话也纹丝不动。她抬起头，笑盈盈地说："你为了她跟谁分手都没用，你也看到了，她现在是别人的女朋友。"

她说着，又俯身问他："程宴北，你昨晚跟她睡了吧？她要是还

204

喜欢你，早跟你甩我一样，今天就甩了蒋燃跟你在一起了，你难道以为她真的还——"

"你还知道蒋燃有女朋友？"程宴北淡淡地打断她的话。

立夏顿了顿，脸色稍变。

程宴北薄唇扬起，笑容却丝毫不达眼底："记性不错。"

说罢，他轻踩一脚油门，擦着她扬长而去。

外滩飘雨。

黎佳音说她回沪城了，问她下午要不要出来逛逛街。怀兮说自己脚崴了不方便，找个地方坐一坐，聊聊天还是可以的。

两人约了个水疗。黎佳音说等她拍完了来接她。

怀兮和程宴北那组最后拍，她跟 ESSE 几个模特儿，与 Hunter 的队员们先合作拍内页。

下雨了，大家都打起十二分精神，想早点拍完，早点结束，下午回去好好休息。

Hunter 和 Neptune 的比赛就在四天后，这次比赛对他们 Neptune 至关重要。蒋燃说他这几天都待在赛车场那边。

怀兮昨天被泼了一身水就感冒了，这一天又穿得单薄，还下雨了，可想有多糟糕。中场休息，ESSE 的几个小模扛不住冻，没等摄影师喊"卡"，赶紧回保姆车休息去了。

怀兮还在雨中坚持，倒真像在跟她几个前同事较劲儿。怀兮向来反骨，别人越觉得她糊了，越议论她，她越要打对方的脸，跟对方对着干。

一上午都没怎么见程宴北。

遮雨棚下，车队的人三三两两聚在一起聊了一会儿，才见他出现。应是临时去了趟赛车场，看时间差不多了，马上轮到他拍了才回来。

小雨细密，程宴北没打伞，身披雨芒过来，找了处地方坐着。

一抬眸，不远处，怀兮还在和摄影师沟通。她浑身湿了大半，衣服也单薄。这一天她还算乖巧，没一直穿高跟鞋，不拍摄时高跟鞋就踢到一边去了。

她摇摇晃晃，几次站不稳，倚着赛车模型，一边和摄影师商量，一边艰难地做动作示范。

没人给她打伞。

她好像也对此习以为常。

昨天毫无心理准备就被泼那么一身水，她也没什么怨言，冻得发抖都在咬牙坚持。

许廷亦瞧着拍摄场地那边只剩怀兮和摄影师了，有些不忍地开起玩笑："燃哥女朋友淋了这么久雨，晚上回去他得心疼死吧。"

"你没女朋友，替人家有女朋友的操什么心？"

"就是，用得着你多说？你担心，那给蒋燃打个电话啊。"

低笑声传来，此起彼伏。

程宴北敛眸调整了一下坐姿。不知为什么，总不够舒服。

怀兮跛着脚回保姆车，准备下一场和程宴北的拍摄，注意到他坐在不远处，视线也好像一直追随着她。

她的头发打湿了大半，小脸有些苍白，跛着脚跟趔地走着，走得十分缓慢，目光却冷冷的，扫他一眼就收回视线，将他视若无物。

她白皙的脖颈上现出一片隐隐的红痕，先前用遮瑕膏遮了看不明显，这会儿淋了雨，难免显色。

大家一早就注意到了，这会儿暧昧地开起了玩笑："蒋燃可以啊！昨晚喝了那么多，我还以为他不行了，这么猛！"

"别说，燃哥女朋友不愧是当模特儿的，真是漂亮，淋了雨也好看得不行。"

"我上次就想说了，燃哥有福了。啧，那个腿真漂亮，又直又长……哎哟！"许廷亦没说完，后脑勺就挨了一巴掌，话也噎在了嗓子眼儿，"哥——"

"看哪儿呢？"男人漫不经心道。

程宴北一只手插在口袋，臂弯搭着外套，黑色半袖衬衫勾勒出肩宽腰窄的好身材。他神情淡漠，睨向许廷亦，目光带着警告。

许廷亦眼泪汪汪："看燃哥女朋友啊……"

那一巴掌劲儿没消，又一巴掌拍在了他的后脑勺。

程宴北还连拍了好几下，力道一下比一下重，虽像是在开玩笑，语气却加重了："不许看，没自己的事儿了？"

许廷亦很不服，又伸长脖子："凭……凭什么啊？ 燃 ……燃 哥 又不在……"

程宴北觑着他，单眼皮弧度狭长，眼神冷了几分。

许廷亦这下不敢再看了："好，好，好，不看了不看了！"

程宴北这才收回视线，径直朝怀兮走去。

怀兮没从遮雨棚底下走，刻意绕开他，宁愿多淋雨也要绕远路。

她穿着平底帆布鞋，走得慢，又急着避雨，鞋带开了都没来及得系，跟跄了一下，差点儿把自己绊倒。

她摇摇晃晃地落入一个温热的怀抱。

有人用外套从后面裹住她，及时将她扶稳。

怀兮没有回头，但很快意识到是谁。存着他气息的外套上，<u>丝丝缕缕</u>的男士体香，经由昨日，更熟悉。

她浑身一震，下意识地推开他，想躲，一不留神踩到了鞋带，又跟跄着跌回他的怀中。

程宴北半拥住她，趁她摔过来，直接像昨晚一样抱起她，大阔步地向前走。

旁观半天的许廷亦差点儿咬到舌头："我哥这是怎么了？"

立刻有人哄笑着接上他的话："你哥估计看上人家燃哥女朋友了。"

"不会吧？"路一鸣嘴边的烟一抖，"程宴北不是有女朋友吗？就那个挺漂亮的造型师，立夏？"

路一鸣脑袋转了一圈，很奇怪，这天没见到立夏的人。

"哎？昨天还在的，今天怎么一直没见到？"

"对啊，我还说呢，没见程宴北今天跟她一起。"

"不会是分了吧？"

"分了？昨天不是好好的吗？"

"谁知道？程宴北女朋友换得那么快，分个手而已。"有人又问许廷亦，"哎，对了，昨晚你们跟 Neptune 他们吃的饭，蒋燃是不是带立夏去的？我昨天不在。"

"是啊，"许廷亦一头雾水，弄不清他们几个人之间到底发生了什么，"都那样了，得分手了吧？"

"什么样？"

"是那个事儿吧？"有人知道一些，"我听申创说了。"

Neptune 的申创一向大大咧咧兜不住话，这些天的八卦早在人堆儿传了一圈。据说是那晚酒局散后，蒋燃和立夏在程宴北车上发生了点什么，申创撞见了，不好意思开口，后面还托人提醒程宴北查看行车记录仪。

也不知他看了没有。

昨晚饭局，蒋燃没带怀兮，是带立夏来的，就跟程宴北这会儿直接抱走怀兮一样明目张胆。

一群人面面相觑，瞧着他们上的那辆保姆车门都关上了，最终暧昧一笑。

"行啊，程宴北，只要分得够快，被绿的速度就追不上他。他现在这是上赶着往蒋燃脑袋上刷漆呢。"

"不拍个照片发给燃哥？"

"损不损哪！"

怀兮的脸冻得发白，瘦弱单薄的身子缩在他温热的外套里。感冒加重了，她一点儿力气都没有，刚才推他的那只手下意识地抓住了他的衣襟。

程宴北大步一迈，上了车。怀兮正要开口让他放她下去，她的后背就重重地抵在了金属门上，隔着他的衣服，发出闷沉沉的一声响。

门关了，隔开淅淅沥沥的雨声。

低沉灼热的气息落下来。紧接着，他的手捧住她的脸，将它抬起，她被迫对上一双幽深的眼睛。

程宴北眉心轻皱，与她对视小半秒，指腹移到她脖颈一侧，那道红痕十分明显。

他目光渐深，薄唇紧抿。

她的湿发贴在苍白的脸颊上，衬得红唇色泽更艳，如诱人的禁果。

怀兮身上披着他的外套，内里一件绛色的低胸薄纱连衣裙被淋湿大半，湿漉漉地黏在身上，胸前露出一片雪峰，姣好的身形更显出三分妖娆。

"你在看这个吗？"

怀夕早上遮这吻痕就很费劲，自然知道他刚在看什么。她挑起眼角，挑衅地看着他，轻笑起来："昨晚多亏了你。"

程宴北掐住她脖颈的力道渐收，他冷冷地抬眸，有意避开那吻痕，像是在平复情绪，好半天才咬牙道："怎么，昨晚很爽吗？"

"是啊，"怀夕笑，"我今天路都走不动了，你看不到？"

她亦看着他，一脸挑衅。

彼此心里好像都憋着火。

什么火，不知道。

"那你记住了，"程宴北靠近怀夕，她下意识地向后躲，躲不开。他炽热的呼吸落在她的耳边，"下次让他晚点回来。半小时不够我跟你发挥，忘了吗？"

程宴北话音一落，怀夕的锁骨处立刻传来被啃咬的痛感。

他那一下极重，她疼得轻轻地抽气。他吻她时总像个浑蛋。

她深深呼吸了一下，稍稍挣扎出来。接着，对他粲然一笑："程宴北，你在这里跟我这样……"她有些喘不过气，撞到他灼热的视线，心也跟着狂跳。她又平复呼吸，才一字一顿地说，"你女朋友知道吗？"

"我没有女朋友。"他说。

怀夕有些诧异，顿了顿，又笑了："可是我有男朋友。"

她对上他的视线。因为感冒，她的声音微微沙哑，好像在极力地压抑着什么。她又说了一遍："程宴北，我有男朋友。"

"跟他分手。"他的语气带着几分克制，注视她强调道，"怀夕，跟他分手。"

"分手？"

她抬眸看他时，神情疏离又倨傲。

明明她在下，却好像占据了制高点。怀夕缓缓地勾起嘴角，轻笑道："所以，你是因为我跟立夏分手了吗？程宴北，这可真不像你。"

程宴北微微皱眉，目光沉下来。

如果说程宴北这几天对她的在意怀夕感受不到，那是假的。最起码从昨晚他改变主意，迈入电梯门的那一瞬间，那样强烈的情绪，她无法忽视。

他和立夏分手，不过就是想跟她重新开始。她知道。

甚至他自己也欣然承认，因为她这些年交往男友甚多，因为与蒋燃在一起吃醋了。

　　可是，他们之间，不是都过去了吗？

　　"你可能忘了，不是你教会我向前看的吗？不是你告诉我，回头草一点都不好吃的吗？"怀兮笑着说，"不是吗？"

　　一连三句质问，听得程宴北眉心又皱得深了些。

　　"我不会因为你跟谁分手。"怀兮伸出指尖碰了碰他冰凉的耳垂。

　　她对上他神情复杂的眼睛，笑着说道："过去的就是过去了，程宴北，人要向前看，我不想玩儿你，你也不该来玩儿我，你应该去找新的女朋友，而我现在有男朋友……"

　　"有男朋友，"他终于不耐烦，打断她的话，凝视着她，嘴角淡淡地勾起，"所以昨晚就被别的男人玩得开心了吗？"

　　怀兮咬着牙笑："难道你还要我夸一句是你技术太好了吗？"

　　"我不介意，"程宴北也笑着，眼神却倏然凛冽，"但是我比较介意你跟蒋燃在一起，跟他分手。"

　　怀兮扬起下巴："凭什么？"

　　他又将她的腰按低几分，犹如把她从高处拖下，谁都不高高在上。

　　"凭你对我有反应。"他将语气也放轻缓，"怀兮，跟他分手。"

　　几次三番，语气十分恳切。

　　"可是，我对每一任男朋友都这样啊。"怀兮却满不在乎，"我要跟谁在一起是我的事，跟谁分手也是我的事，你凭什么干涉我？"

　　他眉眼一挑："你在跟我赌气？"

　　"怎么会？"怀兮不禁觉得好笑，"哎，程宴北，大家都不小了，都不是爱赌气的小孩子了，我也不是以前那个，非你不可的我了。"

　　程宴北看着她，最终，沉默了。

　　他放开她，从被他们折腾得一片狼藉的沙发上站起来，背对一扇小巧玲珑的窗，逆着光站着，身形高大。

　　怀兮半跪在沙发上，下意识地想整理自己的裙子。

　　她还未完全直起身，程宴北忽然拉住她的胳膊，将她下巴抵在他的腰腹位置。他目光渐深，仿佛陷入了沉思。

　　怀兮的唇抵住他冰凉的皮带扣，他的衣摆边沿，那道野蛮热烈的荆棘文身，很刺眼。

她的视线一移开，他便稍稍用力，将她再次按在他的身前，迫使她抬头。

"怎么了？"她双眸清冷，从下而上，直勾勾看着他，"现在想让我偿还你？"

程宴北抬手，拇指蹭过她嘴角，极有耐心地替她擦拭晕开的口红，一下又一下，指腹从冰凉到温热，像是想熨热她的心。

"下次别涂这个颜色。"他垂眼睨着她的唇。

"不好看？"

他又看着她，似笑非笑地说："忍不住。"

怀兮撒开他，慵懒一笑："你管得太多了。"

"哪怕蒋燃在也一样。"他松开她，挑眉说道，"知道了吗？"

怀兮不以为意，靠回沙发，笑而不语。

两人沉默下来。怀兮以为程宴北这么折腾了一遭也该走了，谁料他又半蹲在沙发前，将她鞋带松了的那只脚揽过去，为她系起了鞋带。

怀兮心底一惊，想缩回，又被他拉了回去。

"我不知道你这些年怎么过来的，你们这一行是不是永远没有自己的选择，"他的手指灵巧，很快系好了，又深深地看了她一眼，"下次尽量不要淋雨拍摄了。"

他抿了一下唇，又垂眸，似乎觉得自己的确有些多管闲事。

这是她的工作。

"至少多穿点。"他又说。

从前她乐意他管着她，惯着她。

两个人恋爱最好的状态，就是女人被男人宠成一个孩子。他的心为她牵绊，不要她吃一点苦，罪也不要她受。

以前她喜欢这种被他关心，被他在意的感觉。

可这一刻这不尴不尬的境况下，他的关心犹如鸡肋，受之无味，弃之又可惜。

他们已经分手了，分手很多年了，早没了关心对方的资格。

"你一会儿还要跟我一起拍摄，难道你能不让我拍了？"怀兮接过他的话，无奈地笑，"这是我的工作，你说了又不算——"

怀兮与他争执了半天，嗓音又哑了一些，说话用力过猛了，掩着嘴，偏开头，轻轻地咳嗽。

程宴北起身："谁说我说了不算？"

怀兮一愣。

"感冒了好好休息吧。"

程宴北拿起外套，慢条斯理地穿回身上。怀兮抬头去看他，这一瞬间，突然发现他真的长高了很多。

他最后淡淡地看了她一眼："雨停了再走，别一个人。"

车门一开，冷空气卷着雨拍打在他身上。怀兮还没弄明白他要做什么，他就扎入雨幕，径直朝拍摄场地那边走去。

十分钟后，怀兮已经费劲儿地换好拍摄要穿的衣服了，有工作人员来通知她，说是程宴北跟摄影师说他不拍了，临时要去赛车场训练。

他还托人送来了热水和感冒药，让她好好休息。

第
十
三
章

他
们
的
那
四
年

黎佳音比跟怀兮约定的时间提前了四十多分钟到达，正好听说怀兮在外滩这边拍外景。她想偷偷观察一下，怀兮这两天是否真的在跟程宴北拍杂志。

黎佳音这几天问了好几个业内的朋友，的确如同事周曼那天所说，这期《JL》封面的主咖是国际一流赛车队 Hunter 的副队长，前阵子拿了欧洲春季赛冠军的程宴北。她那天也查了 Hunter 的百科，看图片了，所谓副队长其人，的确是她记忆中的那个程宴北。

怀兮这几天口风很紧，无论黎佳音怎么旁敲侧击，怎么套话，一个字都没透露，好像只是来沪城简单地拍一趟杂志，只是做一份再普通不过的工作。

不过这样也好，说明过去的真的过去了。

怀兮最大的优点就是拿得起，放得下。这么多年来，谈过的恋爱，好过的男人，想跟她再续前缘的不少，她一口回头草都没吃。

在她心里，过去的就是过去了。

但黎佳音还是有些担心。她开车到这边，找了处停车坪，撑着伞下了车。

前方应该就是《JL》临时搭的摄影棚，布景与设施都是一流，三三两两的工作人员在暗蓝色的遮雨棚下忙碌，好像要收工了。

拍摄场地空无一人，别说是程宴北了，怀兮她都没见到。

黎佳音有些困惑，以为怀兮已经结束拍摄了，正准备打电话询问，遥遥地看到三五个男人往停车坪这边走过来，清一色的高挑飒爽。

走在最前的男人一身黑衣黑裤，夹克敞开，长裤裤脚束在皮靴里，衬得双腿修长，身姿颀高。他留着干净利落的圆寸，相貌硬朗，许是因为天空还飘着小雨，他没打伞，此刻稍稍敛低了眉眼回避着迎面而来的雨丝。

纵然眉目低垂，仍给人一种浓烈的侵略感。

比从前成熟了不少，真人也比照片上要帅多了。

程宴北正与身边的人交谈，低沉的嗓音穿透雨幕，由远及近。

他一过来，就注意到了她。

时隔五年，大家的容貌气质虽有些许变化，但黎佳音心想，自己也没整容，他这么抬眸与她对视，显然认出了她。

许廷亦他们几个见一个这么漂亮女人站在这儿，跟程宴北对视一眼，两个人就走不动路了，自然地让开了，嘻嘻哈哈的，没个正经。

有人还嗓门儿挺大地跟程宴北开起了玩笑："怎么又有女人来找你了？魅力大啊！你不是看上蒋燃他女朋友了吗？"

又是哄堂大笑。

黎佳音显然是来找怀兮的，程宴北听队友这样议论也不解释，他淡淡扬起唇，朝黎佳音笑了笑，主动说："怀兮在车上。"

黎佳音深感意外地一挑眉，对上他这般笑容，想到从前港城大学那边认识他的人都说追他的女生一茬接一茬，周曼也形容他是那种看一眼就让人心跳加速的男人，看来的确如此。

程宴北从前与黎佳音交集不多，大概知道他们一个是好朋友的男朋友，一个是女朋友的室友兼死党闺蜜。

他偶尔来港西找怀兮，同她打过招呼，如此而已。

黎佳音不知该说什么了，点点头，就往那边的几辆保姆车走去。

程宴北却没走，叫了她一声："那个……"

他好像只记得她的长相，并不记得名字了，就这么叫出了声。

黎佳音回头。

"怀兮感冒了，有点严重。"

他的嗓音清淡，混杂在淅淅沥沥地击打在黎佳音伞面的雨声中，有几分失真。

黎佳音愣了一下，程宴北的确说到了怀兮的状况。

他语气轻缓，透出切实的关怀。黎佳音还恍惚以为他在说：我重新喜欢上了怀兮，有点严重。

程宴北看见黎佳音的表情明显多了几分讶异，他笑了笑，直截了当地说："我给她买了点药，刚托人给她送过去。"

黎佳音对他们目前的关系更是不解了，眉心轻蹙，动了动唇："你……"

"买了掺糖浆的，"他看着黎佳音，嘱咐道，"麻烦监督她吃。吃完了让她打电话给我。"

说罢，他便抬脚离开了。

一句话信息量很足，炸得黎佳音头皮发麻。她愣在这里近一分钟，没说出半个字。

他的身影没入雨幕，渐行渐远。

上大学那会儿，有次怀兮大冬天参加学校社团活动，得了重感冒。

怀兮病了不爱吃药，原因不为别的，就是怕苦，像个小孩儿，非得就着润嗓子的急支糖浆、枇杷露什么的，才能吃下去。每次感冒能扛一阵就扛一阵，总说什么感冒吃药七天好，不吃药一周就能痊愈。

程宴北要参加一个校级辩论赛，趁着中午紧促的两个小时，从港东坐了一个多小时的车过来看怀兮。那天正好是港西财经有大型考试，他赶不上了，碰见了黎佳音，就托黎佳音将他买的药带给怀兮，像刚才一样嘱咐她，请她转告怀兮，吃了药给他打电话。

黎佳音那时又奇怪又好笑，吃药哪有着着糖浆吃的，又不是小孩子。

后面一想，那些年，程宴北的确将她宠成个孩子，什么都惯着。

怀兮性子烈，容易得罪人，以前上高中时就受了一阵子欺负，大学混社团也不例外。但有时也并非她的错，她就是这样爱憎分明的性格，在大学这个人人都带起了面具的小社会，不好混而已。

她的心情稍微一不好，程宴北就从港东那边大老远过来陪她，怀兮见到他才会收敛一些脾气。

　　不是因为怕他，是因为他惯着她。怀兮不是那种有人惯着就无法无天的女孩子，她只是最着他的道，最听他的话。

　　他们的学校分别在城市两头，连接彼此的纽带就是一条长达一个半小时，需要倒三次的地铁线。

　　怀兮也经常沿着这条线过去找他。

　　就是这么一条线，贯穿了他们的四年恋情。

　　朋友们都开她的玩笑，说明明在一个城市，却像谈成了异地恋，但这话的背后，也不无羡慕。有时怀兮留宿在港东那边，或是程宴北过来，他们晚上出去过夜，黎佳音还得哄着其他几个酸溜溜的室友，帮怀兮跟宿管老师或者辅导员撒谎。

　　大家的生活都很忙，交通那么不方便。那天怀兮重感冒，他那么远过来特意送药，要黎佳音监督着怀兮吃掉，黎佳音以为这是最极致的关心了。

　　没想到，那晚他那边辩论赛结束后，他又坐了那么久的车过来了，带怀兮去医院打针，陪了她一晚上。怀兮那晚还有药物反应，一直呕吐，他半夜都没合眼。

　　听说他第二天一早还有比赛，次日天没亮就又坐车回去了。

　　所有人都以为他们能从校服到婚纱，可是没有。

　　年少时太过轰轰烈烈的感情，几乎注定要以无疾而终结尾。

　　他们也不例外。

　　怀兮这些年谈了不少男朋友，但好像从没把谁当成第二个程宴北。她迅速地成熟起来，凡是能亲力亲为的事绝不依赖别人。她知道自己不是谁的小孩子了。她也学会了爱惜自己，昨天感冒了还马上买药吃了。不让任何人为她操心。

　　怀兮也没再像依赖程宴北一样依赖过谁，跟谁分手，也不再像当初跟程宴北分手时那样不甘心与意难平，不再轰轰烈烈地将自己燃烧殆尽，把彼此之间最后的一丝体面都耗尽，互相伤害到片甲不留。

　　再也没有。

黎佳音正要问工作人员怀兮在哪儿，一辆车的门就开了。

怀兮一抬眼，先看到了她，虽脸色苍白，却报以十二分的笑容："哎，你怎么这么早就过来了？"

她手里拎着个塑料袋，里面是瓶瓶罐罐的药，还有一瓶治嗓子的糖浆。

跟那年冬天，程宴北让黎佳音交给她的药一模一样。

见怀兮扶着车门走得小心翼翼，黎佳音立刻跑过去搀了她一把，将伞面朝她倾斜："你们这么早就拍完了？"

"没有。"怀兮似乎不愿说太多，低头检查脚面。

她穿的是帆布鞋，鞋带被程宴北重新系过。他系得很紧，没有再散开。

"摄影师说今天先不拍了，让我回去休息。"怀兮说。

黎佳音望了一眼刚才程宴北离开的方向，停车坪上赫然空了几辆车。他应该走了。

她又看了一下怀兮手里的塑料袋，试探着问："吃药了吗？"

"嗯，吃了。"

其实黎佳音本来想问的是"程宴北给你买的药吃了吗"。她想了想，终究没这么问。

怀兮可是个有什么说什么的性子，这几天居然这么能沉得住气，一个字都没透露，不知是彻底放下了，还是在遮掩。

开车载着怀兮去水疗的路上，黎佳音一路上心事重重的，难免忍不住，又多嘴试探了几句。

怀兮靠在座椅里闭目养神，比她这个局外人气定神闲多了。她自然听出了黎佳音的言外之意，好笑地说："你直接问我不就行了？还问我药是谁买的，正常情况下都会认为是我自己买的吧？"

黎佳音白了她一眼，没好气地说："要不是我刚去找你的路上碰见程宴北，我都不知道你们居然碰一块儿了。"

"谁知道怎么会碰到？"

黎佳音下意识地观察怀兮的情绪。当年分手后的很长一段时间，怀兮连"程宴北"三个字都听不得。如今却面不改色，懒懒地靠一边儿，一副漠不关心的态度，好像在说别人的事。

黎佳音继续说："你口风也真是严，这几天连提都不带跟我提的？我看国家机密告诉你都没事，派你去当卧底得了。"

怀兮身上披着黎佳音常备在车内的外套，驱散了寒意，浑身暖洋洋的。

她的感冒明显加重了，呼吸都不顺畅，笑起来时，已有了重重的鼻音："没什么好提的。"

轻飘飘的一句。

也是，黎佳音在心底径自叹气，确实没什么好提的。

黎佳音便不再问了，车内一时沉默了。

过了一会儿，她察觉到右侧窗户开了，有丝丝缕缕的冷空气夹着细密的雨丝飘进来。怀兮开了窗，略带暗哑的嗓音，被冷风吹散，显得清透淡薄："我也没想到会碰见他，都这么久了。"

黎佳音微微一怔，减慢了车速。

怀兮一只手支着脑袋，目视前方，视线飘向远处，却眨都不眨一下眼睛。

她这才缓缓地、简明扼要地，将这短短几天发生的一连串事告诉了黎佳音。

从听到她穿情趣内衣进错酒店房间，到听她说他们昨晚在她住的酒店房间里擦枪走火了一遭，黎佳音的惊呼就没停过。

"这样你们都没发生点啥？"黎佳音激动地拍了一下方向盘，刺耳的鸣笛声响起，两人已泊车到了路边，周围有人投来疑惑的目光。

她平复了一下情绪，继续问怀兮："那昨晚，如果蒋燃再晚回来一会儿，你们之间真的会发生点什么吗？"

怀兮迟疑了一下，最终大方地承认："会吧。"

黎佳音感叹了一声："不过，那个时候他能忍住，也挺不容易的。对了，他现在是不是也有女朋友？"

"刚才他说分手了。"怀兮说着，咬了咬唇。

怀兮想起刚才跟程宴北在车厢里时，不知是不是因为感冒的缘故，她有些口干舌燥。她不自觉地交换了一下交叠起来的双腿："昨晚那会儿分没分，不知道。"

黎佳音心想，昨晚那个越轨之夜，如果他们做到最后一步应该蛮刺激的，但只能在脑海里过过瘾了。既然怀兮没打算复合，程宴北那边或许也是玩玩儿的态度，蒋燃回来撞破，大家都落不到好。

及时行乐却不想重蹈覆辙，就要该收手时就收手。

"等等，"黎佳音正要下车，突然意识到了什么，"你的意思是，刚才他和他女朋友分手了吗？他说的？"

"嗯。"

黎佳音想到刚才程宴北还嘱咐她跟怀兮说，吃了药给他打电话，登时明了："他不会是因为你才……"

"拜托！"怀兮有点儿无奈，"就算是因为我又怎么样？难道他因为我跟他女朋友分手，我就要跟我男朋友分手，然后和他在一起吗？"

黎佳音笑了笑，过去扶稳她，两人一齐向一家水疗中心走去。她半开着玩笑说道："那你还真是提起裙子不认人，自己爽完就完事儿了？"

怀兮哼了一声。

两人舒舒服服地做了个水疗，东拉西扯地聊了许久，怀兮的心情都好了不少。难得休息，她这才想起给怀礼回电话。

爸爸一周后过生日，每年这时候就会盛情邀请她去港城。

从前怀兮还小，最开始还以为是爸爸要跟妈妈抢她，后来才发现自己想多了。爸爸当初带着哥哥离开南城北上港城，就没打算带她。爸爸最初连哥哥都不想要。他们父子关系多年来一直都不好。

如同情侣分手总是两败俱伤，夫妻离婚也时常闹得这样不体面，过往的举案齐眉，伉俪情深统统不算数。

从前父母关系紧张，每年的这个时候，大概是爸爸唯一能找借口见她的机会。

巩眉这么多年都无法与怀兴炜和解。

怀兮的性子随妈妈，倔强别扭，又要脸面。说起来离婚了都快二十年，她父母之间的来往寥寥，电话都吝啬打一个。

怀兮能记起来的，还是九年前高考结束填报志愿，怀兴炜打电话跟巩眉提议，可以让怀兮去港城读书，他代为照顾。当时巩眉与怀兴炜在电话里吵了很久，意思是既然离婚了，就别来干涉她的孩子去哪里读书。

怀兮当时没敢跟巩眉摊牌，自己偷偷报了港城的学校。

南城地方小而逼仄，初中时哥哥带着她去过一次港城，那时她就心生向往。

而程宴北一开始报了南城以南的学校，最后还是为她改了主意。

那些年，他也为她妥协过，大大小小，很多次。

除了分手那一次。

离开SPA馆时，大概下午五点。

黎佳音对怀兮提议道："你不是说你没钱了吗？你今晚干脆把酒店的房退了，这几天住我家好了。"

"你家？你男朋友呢？"

"他妈妈病了，这几天回他爸妈那边去了。我让他多待几天。反正你最多也就在沪城待一周，就住我家得了。"

像她们这个年纪的人，好像都对婚姻很恐惧。

黎佳音和男友都是沪城人，同居两年没结婚。两人都是不婚主义，坚持认为"婚姻就是爱情的坟墓"，不愿被婚后条条框框的家庭责任捆绑，这么多年也过来了。

怀兮今年二十有七，家里也没少催过她结婚，可她都兴致缺缺。

怀兮交往的男友不少，条件优越的也很多，却没有一个让她冒出过"我想和这个人过一生，走进坟墓"这种想法。

除了曾经和程宴北在一起的那些年。

与他恋爱的那些年，从小在父母失败的婚姻环境下成长起来，对婚姻这座坟墓恐怖如斯的她，真的做好过同他一起过一生的准备。只能怪当初太幼稚。

"那好，"怀兮答应下来，"我估计就住个四五天。我工作还有两天应该就能结束。四天后我男朋友比赛，比完赛我就回港城了。"

黎佳音听到她刚才跟怀礼打电话，凑过来八卦了一句："哎，对了，你哥现在有女朋友吗？"

"怎么了？"怀兮瞥了她一眼，"还没放下我哥呢？"

黎佳音当时还在上大学，见过怀礼一面就念念不忘，追了好久。当时还有怀兮给她帮忙，可追到怀礼出国读研回来，也没追到。两三年前，黎佳音遇到现在的男朋友，才慢慢地放下他。

"我就不能惦念一下吗？"黎佳音笑着说，"他什么时候分手，告诉我一声，我可以接盘。"

"他未婚妻都有了。"

"这么快？"

"对啊，一个高知海归，家境挺好，跟我爸和我阿姨那边好像也认识。"怀兮顿了顿，觉得不大对劲儿，"哎，你别告诉我，你跟我哥……"

黎佳音神秘秘地笑了笑，竖起了大拇指，说道："不然我能惦念到现在吗？人这辈子总得有几个忘不了的人吧？你不也忘不了程宴北吗？"

怀兮默了一下，不说话了。

黎佳音载怀兮去外滩她住的酒店，准备帮怀兮把东西搬到她家去。晚点怀兮还要去一趟赛车场那边找蒋燃。

黎佳音听她鼻音深重，感冒明显加重了不少，而且她脚还受着伤，没好气地开玩笑："你以前对男人也没这么主动吧？"

怀兮动了动唇，没说话。

黎佳音继续试探："喂，你别是因为差点儿跟前男友擦枪走火，忙不迭地想弥补现男友吧？"

怀兮瞪了她一眼："我早上就答应他了，说等他训练结束，我们一起去吃饭。"

"你脑子也没那么轴吧？真是为了吃饭才去？让他结束了来接你不就行了？你真看得懂赛车啊？"黎佳音撞了怀兮一下，暧昧地笑着，"是不是……想去赛车场见程宴北啊？"

怀兮翻了一个白眼，懒得跟她说。

正在这时，怀兮接到了尹治的电话。

尹治火急火燎，简明扼要地说《JL》有个别刊的电子刊缺个模特拍一个内衣品牌的广告，之前的模特毁约不拍了，问怀兮有没有时间。明天就要发刊，很着急，她如果来给三倍薪水。

怀兮想都没想就答应了下来。

黎佳音听说怀兮又要去工作，又心疼又生气："得，你这没休息一会儿，男朋友的温柔乡也没挨一枕头，又感冒又受伤的，还要去工作。"

怀兮让黎佳音下了高架就掉头前往《JL》："有什么办法？我不还欠你一万块钱吗？"

"是，专门借了我的钱给程宴北修车。"黎佳音笑了笑，又问，"对了，你真不打算给他打个电话吗？你管我借的那一万，应该是转账给他的吧？电话留了吧？微信加了吗？"

黎佳音不愧是学理科的，逻辑思维能力一流。怀兮那会儿听她说程宴北要自己吃了药打电话给他，直接一句"我没他电话"堵过来。

这会儿全被黎佳音拆穿了。

"真不打给他吗？"黎佳音又笑嘻嘻地问，"人家买的药你都吃了。"

"不打。"怀兮斩钉截铁地拒绝。

Hunter 与 Neptune 六点有个练习赛。蒋燃训练了一下午，休息的空档收到了怀兮的微信。她说临时有工作，今晚来不了了。还说她从酒店搬走了，去朋友家住了。

他想问是哪个朋友，又怕她觉得自己多疑，便回复道："那你工作结束了好好休息。"

蒋燃想了想，怀兮好像说她感冒了，于是又嘱咐道："记得买点儿药吃。"

蒋燃收了手机，见任楠过来，朝他"哎"了一声，问："Hunter 的人来齐了吗？"

任楠不属于 Hunter 或 Neptune 任何一支车队，虽是赛车手出身，但留在 MC 赛车俱乐部的赛事组工作，组织两支车队打练习赛、热身赛，替他们安排比赛期间的住宿什么的。

任楠点头："嗯，都来了。"

一下午，大家的话题都集中在蒋燃和怀兮，程宴北和立夏这两对恋人身上。早上从《JL》拍摄场地跟程宴北回来的几个人，更是抖落了不少八卦。

程宴北在跟蒋燃的女朋友怀兮拍杂志不错，今早好像有点暧昧，一群在现场的人嚷嚷要拍他俩的照片发给蒋燃，最后也不知拍了没有，蒋燃收到没有。

据说是拍了没发，觉得不好。

据说程宴北还跟立夏分手了。

昨晚一群人吃饭，蒋燃是带着立夏去的。立夏好像把什么东西落在蒋燃车上了，蒋燃还让任楠加立夏微信，把自己的名片推过去，看似刻意避嫌。

程宴北跟立夏分手，不会是因为蒋燃和立夏……

任楠也搞不清了，试探着问："哎，燃哥，你女朋友今晚不是要过来吗？"

"嗯，"蒋燃好像陷入自己的思绪中，沉吟了一下，抬头看任楠，"不来了。"

"哎？"任楠不解地问，"怎么不来了？"

"她说是临时有工作，要去《JL》。"蒋燃说着起身拿起一边的头盔，准备重返赛场，他问，"程宴北呢？也去拍摄了吗？"

"没有啊，"任楠朝外侧休息厅那边张望了一下，"刚才还看见他呢。"

任楠难免八卦了几句："我哥今天好像心情不好，四点多那会儿跑了两圈下来，就坐在那儿玩手机。我听说他跟他女朋友分手了，不会是吵架吧？"

蒋燃颇为诧异："分手了？"

"嗯。"

"和立夏？"

"对。"

蒋燃想了想，问道："对了，昨天我不是让你加立夏微信吗？"

"对。"

"加了吗？"蒋燃不知如何开口。

"加了呀，"任楠还挺疑惑的，"还把你的名片推过去了。你不是让她加你吗？没加？"

蒋燃垂眼，没什么表情。

"还没加。她掉了一只耳环在我的车上。"蒋燃说着，戴上了头盔，"你跟她说一声不用加了，我明天托 Hunter 的人带给她——他们还要在《JL》拍两天吧？"

"好。"

任楠答应着，却一头雾水。

早这样不就行了？干吗还要多方辗转费那么大劲儿？

显得欲盖弥彰。

任楠跟着蒋燃往外走，问他："燃哥，你女朋友如果今晚不来，那我跟赛场工作人员和 Hunter 的人说一下，多给你们加几圈？"

这次比赛对 Neptune 很重要，任楠知道蒋燃这几天能多加圈数就加圈数，练习得很刻苦。

"好，"蒋燃似乎也有点可惜，他练习了一天很疲累，遂答应道，"去跟他们说吧。"

任楠看出了他的疲倦："要不是她今晚临时有工作，你估计开两圈就能回去休息了。"

程宴北也往这方向走来，听到他们交谈的声音，顿了顿脚步。

他穿着一身红白相间的赛车服，身长腿长，手里还抱着自己的头盔。

他今天心情好像不大好，眉眼低沉。跟那会儿任楠在休息厅看到的一样，捏着手机不离手。不知是否如任楠猜测，跟立夏吵架了。

蒋燃也同时顿住脚步。

"哥，你吃饭了吗？"任楠问。

程宴北摇头："还没。"

蒋燃故作轻松地调笑："不吃饭怎么行？不就是分手了吗？一会儿咱们多跑几圈，放松一下心情。"

程宴北抬头，看着满面笑意的蒋燃，眉眼淡漠："你们今天练了很久？"

Neptune 趁 Hunter 和程宴北去拍杂志的空档，在赛车场都要开爆缸了，可谓是下了十万分的功夫。也是蒋燃这个队长严格要求，练习一整天，就中午给了半小时的吃饭时间，这会儿休息了没一个小时，又要跟 Hunter 打比赛。

赛场下不分敌我，即将比赛，蒋燃说话都是一股浓浓的火药味儿："是啊，这不是为了赢你们吗？"

程宴北抬了抬下颌，神情隐隐不耐烦。他觑了蒋燃一眼，随手将头盔扔到任楠怀里："今天让你赢。"

"呃……"任楠一脸疑惑。

他说完，拉下拉链，脱了赛车服上衣，抬脚朝反方向的出口走去。顺便给尹治打电话："怀兮去《JL》了吗？"

时近傍晚，夜幕垂垂。

尹治在走廊上停住步伐，见是程宴北的电话，微微吃惊。他们仅昨晚饭局前联系过一次，他还以为他这种趾高气扬的世界冠军不会存他的号码。

他以为是什么事呢，结果他一开口，就是问怀兮。

尹治腹诽了几句，却并不觉得特别意外。他朝忙忙碌碌的摄影棚里张望了一眼，才拍摄了一轮，怀兮正跟一个欧洲面孔的外籍男模做准备，画面赏心悦目。

"她在。我们这边正好有个事找她帮忙。"尹治不知道程宴北这时候找怀兮做什么，他们应该是上午一起拍摄的，"那个，你找她……"

"别告诉她我找你问过她。"程宴北淡淡地说。

尹治一愣："哦，那你？"

"我来找她。"

然后他挂了电话。

段位挺高啊。

尹治挑了挑眉，端着咖啡去了摄影棚。一路上思忖起来。

昨夜饭局过半，程宴北就带怀兮走了，也不知干什么去了。他俩在饭桌上就很暧昧。如果他没记错，怀兮现在交往的那个赛车手，和程宴北是出自一个赛车俱乐部的同门。

《JL》电子别刊《JL·风姿》赶工，尹伽就此开了个紧急会议。在场的都很有眼色，一见主编在场，都打起了十二分精神。尹治这个执行副主编最近任务繁重，四处催促、安排工作。

曾米和立夏正准备给怀兮和那个叫 Daniel（丹尼尔）的德国籍模特做造型。

上午那会儿，曾米和几个同事见到把崴脚的怀兮送上楼的蒋燃，想起昨天众人就八卦过怀兮的男朋友也是赛车手，还跟立夏的男朋友是朋友，于是半开玩笑地问了立夏一句，程宴北怎么没陪她上来。

立夏当即便说："分手了。"

语气挺轻松、潇洒的。

众人皆惊，昨天不是还好好的吗？

可惜曾米没机会打探到八卦。领导今天没让她们跟拍外景的去外滩，她留在这边做别的工作，一整天下来，几番试探，立夏都没透露口风。

立夏的工作和私事一向分得清楚。昨天程宴北与怀兮在江边先湿了身，傍晚又在车前盖一番惹火，立夏的确吃醋了，却也没说什么。

于是大家自然而然地猜测，分手不会是因为怀兮吧？

立夏不说，也没什么明显的情绪，大家只能在私下议论。

尹伽走过去，声音清亮："你们领导今天有事外派，她安排的工作都做完了，今晚还要麻烦你们留下帮忙，其他事宜可以找立夏商量。"

立夏闻声抬起头，是尹伽。

尹伽对上她的目光自然地笑了笑。

"主编这是什么话？"曾米谄媚道，"大家都在这里忙，我们也不能坐视不理啊。"

"那你们就去忙吧。"尹伽温和地笑着，语气有些疏离。

曾米也有眼色，见尹伽明显是想与立夏攀谈，便去另一边了。

人群散了，尹伽抿了一口手里的咖啡，瞧了瞧不远处的怀兮。

怀兮今晚帮尹治的忙，来给一个内衣品牌拍《JL·风姿》的电子刊广告。

和黎佳音一说，她才知道这个居然是黎佳音他们公司的项目。不过黎佳音不参与这块儿，也帮不上什么忙，只得不情不愿地送感冒加重且肿着脚的怀兮来拍摄了。

怀兮刚才拍摄时穿的那身石榴红蕾丝内衣，与她那晚误打误撞进了程宴北房间时穿的那套情趣内衣款式相当。她此时披了件外套，正一件件地挑选接下来拍摄要穿的款式。

尹伽自然注意到了她腰后那株长刺玫瑰文身，若有所思了半天，对立夏说："她穿的那个款式不错，是不是？"

立夏正忙着手中工作，闻言望过去，眉心微皱。

"男人应该很喜欢文身的女孩儿，"尹伽注意到了立夏的表情变化，"掌控这样的女人，会满足他们的征服欲。毕竟，不能轻易得到的才让人有兴趣吧？"

立夏总觉得她话里有话，遂挑了挑眉。

"容易得到的，更容易被抛弃。被抛弃的，不就证明自己的魅力输给了更有魅力的女人了吗？女人输给女人，是很让人难过的事。"尹伽看着立夏，眨眼笑了。没等立夏变脸，她凑近了一些，轻声问道，"昨晚的照片收到了吗？"

立夏浑身一震，瞪大眼睛问："是你发给我的？"

"举手之劳。不忍心看你受委屈。"尹伽轻松地笑了笑，好像自己做了一件大善事，"正好昨晚碰见。"

立夏顿了顿，而后笑了一声："正好？"

似乎有点儿不买账。

昨晚在电话里，尹伽并未明说饭局上有程宴北。

程宴北昨晚没说他去了哪里，赴了什么局，但那张照片的拍摄角度，显然是个大型餐厅楼梯的拐角。

沪城这么大，高级餐厅那么多，正巧就能碰上？

"主编，你平时就很忙了，想不到还会挂心我和我前男友的事，还特意发照片给我。"立夏似笑非笑地说。

"我和他很久之前就认识了。"尹伽的笑容淡了几分。

"哦？"立夏扬了扬眉，克制住不悦，"哪种认识？"

"也是前男友。"

立夏很意外。

据立夏所知，尹伽已经结婚了。

结婚了的女人，居然大晚上约一个前男友去吃饭，还来管前男友的闲事？尹伽与程宴北也是过去式了，凭什么来说她失去魅力了，被男人为了另一个魅力更大的女人抛弃了？

尹伽昨晚还在电话里试探她，问"你男朋友去哪会不会跟你报备"——昨晚程宴北还是她的男朋友——如果不是她知道程宴北跟怀兮在一起，今日从尹伽口中听到这样的话，估计就要怀疑是尹伽另有所图了。

"你别生气，我没别的意思。"尹伽换了温和的语气，"我只是好心提醒你一下，我们也认识很久了，而且，"尹伽抬了抬下巴，指怀兮，"程宴北是因为她跟你分手的吧？照片你也看了，什么情况你大概都能猜到，我也是好心罢了。"

"好心提醒我我男朋友昨晚背着我在做什么吗？"立夏眯了眯眼，冷笑道，"还是特意来告诉我，是我魅力尽失了，所以他才因为另一个女人和我提分手？"

既然尹伽非要在工作时间谈私事，在她面前阴阳怪气，那她也不介意把工作与私事混为一谈。

立夏也不知道，这样的反驳，是想挽回自己一丝丝自尊心，还是去回击尹伽的诘难。

可尹伽的确一语中的。

她的男朋友，昨晚任凭她那样挑逗都毫无反应，留她一人羞赧尴尬，就算睡在一张床上都很久不再面朝着她睡。她半夜收到陌生号码发来的一张图片，却是他抱着另一个女人。

"主编，我不想在工作的时候谈自己的私事，也希望主编你提醒我之前，先把自己的私事和工作分开。毕竟，你已经结婚了，不是吗？"

立夏笑了笑，伪装了一整天的轻松淡定，终于在伤及自尊心后崩坍："不必冷嘲热讽谁失去了魅力，又是谁不安分——你本质上，和他，和我都是一种人，大家都半斤八两。"

一边表现出在意，一边无法安分守己，一边又心有不甘。

蠢蠢欲动，图谋不轨。

故作矜持，逢场作戏。

如此罢了。

怀兮照要求换了身更张扬暴露的款式，与她试镜那天穿的很像，不过上次有薄纱掩盖，现在毕竟是给内衣品牌拍宣传，风格更乖张、大胆。

她去换衣服时，又听了不少议论。

很多人昨日目睹她与程宴北的拍摄实况，有人说昨晚主编请她和程宴北吃饭，其实是牵线做媒，给他与她的暧昧行为铺路，不然怎么今天程宴北就跟立夏分手了呢？这件事绝对跟她有关系。

直至进了换衣间，有个工作人员还扒着门缝跟她开玩笑："你可要小心了，立夏给你挑的衣服，藏别针了，扎到你。"

怀兮跟看神经病一样看着她，她讨厌这种无端的猜忌，径直拉上帘子。

可她的心态还是受到了波及，甚至很夸张地想起某些宫斗剧中的情节，穿之前还神经质地检查了一遍衣服。

并没什么不妥。

立夏昨天和前天，与她交谈都很自然，今晚打了几次照面，并没有多余的话。

摄影师见怀兮出来，喊了一声，让工作人员就位，闪光灯四下响起。

尹治拿咖啡的间隙，遥遥地瞧见一道黑色身影。

尹治目光微动，看了一眼正搭着搭档肩膀，左右调整造型，在聚光灯下光芒万丈的怀兮。

他都忙忘了。

他本来根本没把程宴北的那句"别跟她说我找你问过她"放在心上，准备直接告诉怀兮。

这下完了。

被跟他同等级的"前男友"占了上风。

程宴北一看就是那种很会玩弄女人的男人，久经情场，为了一个翻新的"旧爱"跟立夏分手，一句不许他告诉怀兮自己问过她，直接不请自来，手段如何登时高下立判。

不出意外，怀兮现在应该还跟那个叫蒋燃的赛车手在一起。

也不知道程宴北跟她发展到哪一步了，两人现在这么不清不楚，不尴不尬地玩着暧昧，不知是在做什么。

怀兮连他这个前男友想给她过生日都不接受，分了手便潇潇洒洒，绝不黏糊，却跟程宴北这个前男友走得这样近。

或许他们两人就是找刺激，玩暧昧。不是怀兮玩儿他，就是他玩儿怀兮。

程宴北没去一边的休息厅，径直走过来。他对上尹治的视线，还算礼貌地向他点头微笑，食指轻轻挨在唇边，做了个"嘘"的手势。

不让尹治提醒怀兮。

他站在人群偏外侧，看里面的拍摄。

立夏看到了他，明显讶异于他的出现。曾米他们一群人也注意到了程宴北，八卦之魂熊熊燃烧，还不怕死地戳一戳立夏。

立夏神情呆滞。

不仅是因为惊讶于他的出现，还因为他的目光，自始至终，都落在正在拍摄的怀兮身上。

她想到尹伽的话，内心酸涩。

和怀兮搭档的德国籍模特叫 Daniel，是个十八岁的小鲜肉，站在怀兮这个亚洲面孔的模特身旁，十分和谐。

模特圈子爱用经典亚洲长相的女模特，单眼皮、丹凤眼、小鼻子、小嘴巴更受时尚圈的钟爱，这当然也是刻板印象。

怀兮是灵动的明艳流，着浓妆，画浓眉，加重眉头与眉峰的弧度棱角，眼眶深邃，双眼如猫瞳，一颗灵动的泪痣更是点睛之笔。

哪怕她右脚脚踝肿起，人还感冒了，还是很快进入了状态。其中一个动作是她站在 Daniel 身前，背对着他，身子贴着身子，她一只手搭在他的肩头，稍稍回头看他时，眉目之间有一种侵略性的美。

后腰那一株野蛮妖娆的带刺玫瑰，在闪光灯闪起的瞬间，仿佛加重了笔墨，鲜活了起来，像要攫住所有的视线。

也是这么一回头，她看见程宴北站在不远处。

他斜倚在一边，抱着手臂，姿态散漫地看着这边。他的视线稍稍下移，落在她后腰的文身上。

立夏顺着程宴北视线看过去，猛然想起，怀兮后腰的这一株长刺玫瑰，与他下腹那片荆棘，好像可以完美契合。

怀兮只文了三分之二。

程宴北的那处文身，只有三分之一。

是一对。

程宴北望向怀兮的目光渐渐深远，不知是在看人，还是透过她后腰的那一处文身，回忆着他们的过去。

彼此仿佛站在时光长河的两端，中间光路蔓延铺开，宽广无比，广袤无边，无论如何都再也回不去，也无法跨越它。

他在看怀兮，立夏却在看他。

虽不了解他们的过去，她却能懂他此时此刻的表情。

叫作后悔。

怀兮结束拍摄时，右脚已酸麻到快没知觉了。

怀兮收拾好东西，穿回自己的衣服，将帆布鞋的鞋带重新系好，拎着包一瘸一拐地出来。黎佳音他们内衣公司将她今天试穿过的七八套内衣都送给她了。

尹治那会儿还问她，知不知道程宴北来做什么。怀兮估计他是来找自己，但还是揣着明白装糊涂，说可能是来找立夏的。

她也希望程宴北是来找立夏的。

怀兮软磨硬泡地拜托尹治在门口等一等自己，她想坐他的车回黎佳音的住处。她累了一天，感冒加重，说话都不利索了，一开口嗓子就疼。

她浑浑噩噩、跌跌撞撞地往外走，下意识地扶一扶身边的栏杆或者墙面，正准备给尹治打电话，手机才拿出来，就被一只修长干净的手劫过去。

她知道是谁，没抬头，只笑了笑，沙哑着嗓音道："你还给我。"

程宴北将手机重新放回了她的口袋，拉住她将她往自己怀中拥了拥，还用了些力气，生怕她挣扎似的。

他的下巴抵在她的额头上。

她今天穿了帆布鞋，像从前一样。从前她不爱穿高跟鞋，一来是她的身高在女孩子里已经很拔尖了，二来便是，她说，她矮一些，他抱着她就不会太突兀。娇小的女孩子总会让男人生出保护欲。

廊灯昏暗，走廊上没人。

怀兮因为感冒，浑身软绵绵的，全然没了力气。

他这么拥着她，下巴在她的额顶摩挲，试探着她的额头温度。

很烫了。

"不是让你回去休息吗？"他低声道，语气却并无苛责，"要不要去打针？"

怀兮默默地闭上眼，无力地贴在他的身前，仿佛如此依偎着他，才能在这世间获得安稳。

她沉默地感受他的气息拂在她的额顶，闷闷的，暖洋洋的。

不知怎么回事，她突然很想哭。

"不去。"她说。

一道光路好似那条横亘在彼此之间，无法跨越的时光长河。好像低头或抬头的瞬间，就能回到从前。

他怀抱的温暖，驱散她身上的寒冷。怀兮胸腔中仿佛有什么不安地跳跃了一下。

他又抬手，抚她的发。

怀兮浑身乏力，避不开，也不敢抬头。

"不去怎么行？"他像在诱哄、安慰一个不懂事的孩子，柔声说道，"听话，怀兮。"

怀兮的肩膀微微一颤。她缓缓地抬头，一双明亮清澈的眼眸看着他。

今天她穿了平底鞋，感觉他更高了。比从前的他，印象里的他，梦里的他，都高了很多很多。

她尽力仰起脸，像要把他这些年所有的变化全收入眼底。她的嗓音很哑："我不去。"

很倔强，又像在怄气。

程宴北抚她头发的动作停下，改为箍住她小巧的后脑勺。她整个人跟着向上提，站不稳，又不敢踮脚。

"都病成这样了，你明天不工作了？"他问。

怀兮头昏脑涨，无力地呛道："那你找别人去跟你搭档好了，管我干什么……"

她的嘴皮子永远比思想跑得快，也不知自己逞什么口舌之快跟他说这些。她来了些力气，推开他，转身跌跌撞撞地朝外走。

她又是避他，又是躲他，一不留神，脚被什么勾了一下，猛然向下一摔，腰硌到了什么。她下意识地拽他的袖子，没拽到，却不留神拽到了他腰间的皮带，就这么带着他，一起摔到沙发上。

怀兮穿着短裙，半仰着摔下去，裙摆跟着向上蹿起一截，凉飕飕的。他裤子的布料摩擦着她腿部皮肤，又疼又痒，像极了昨晚。

她睁大眼睛，微微喘气，惊惶地去看上方的他。

程宴北一只手臂撑住沙发靠背，虽不至于摔到她身上，但高高隆起的扶手还是将她的腰抬高了一截儿，与他紧密相贴。

怀兮很尴尬，鼻子不通气，双唇张合，上气不接下气地轻喘。程宴北的目光陡然深了。

对视良久，慢慢地变了味道。

怀兮意识到了，侧头避开他灼热的视线，挣扎着要起来。

"我说要带你去医院，又没说带你去别的地方。"他的气息落在她的耳旁，低声笑了，"你急什么？"

怀兮心里一惊，视线下移，她的手还拽着他的皮带，他右下腹的荆棘文身都差不多被她全部暴露了出来。程宴北又沉声笑道："不拿出来？"

怀兮这才愣愣地移开视线，嗫嚅道："拿什么……"

"手。"

怀兮赶紧收手，睫毛颤了颤，回避他笑意深沉的目光。他皮肤滚烫的温度好像还残留在她的指尖上，她的脸也跟着烫起来："我不是故意的……我感冒了……没注意。"

程宴北没说什么，起身手臂一收，揽着浑身软绵绵的她，从沙发起来。

怀兮仍执拗地坐在沙发扶手上，一动不动："程宴北，你就不能不管我……"

"自己走还是我抱你？"他只是淡声地问。

怀兮撇嘴，不说话。

等了几秒，也没等到他别的行动。他好像真的在耐心地征询她的意见。

算了，她这一身毛病，去医院就去医院吧。

怀兮妥协了，虽然嗓子疼极了，还是硬着声音道："不用，我自己走。"

她摇摇晃晃地站起来，避开他要扶她的手，不要他帮忙。可人还没站直，就双脚腾空，又被他抱起来。

她的心几乎要跳出嗓子眼。等她稳稳地落在他怀里后，心又稳稳地落回去。

她看着他坚定的眉眼，怅然若失。

程宴北捡起她落在沙发的外套，搭在她的肩上。怀兮无力地靠在他怀中，好笑道："你干什么？我不都说了，我自己走吗？"

"是吗？"他鼻息微动，"我没听见。"

怀兮不说话了。

程宴北最后看了她一眼，眼底带着几分笑意。他迈开长腿，抱稳她，大阔步地出了大楼。

他的车停在不远处。

"你今天，不是有事吗？"临上车时，怀兮问，"你不是，去赛车场训练了吗？我记得你早上不是跟摄影师他们说……"

程宴北将她放上座位，为她拉过安全带。

她下意识地向后躲。

他离她很近，两人气息交缠，他慢条斯理地为她系好安全带："你记我的事，好像记得很清楚。"

"呃……"

怀兮动了动唇，要辩解，程宴北却散漫地抬眼道："去医院。"

没有回答她的问题。

怀兮看着他，欲言又止。

他好像怕她拒绝，又轻轻地说了声："听话。"

然后他揉了一下她的头发，关上车门。

雨丝飘拂，直至车身穿进雨幕，一路前行了许久，怀兮都说不出话。

嗓子发痛，脚踝肿胀，整个人像是被扔到了雨里淋透了，她的世界如这个雨天一般糟糕。

她的生活，在短短的几天内，被他搅得一团糟。

其实，并非她将他的事，特意记得这么清楚。

可是他对她，或是她对他，那些不经意的，逃不开，也躲不掉的在意，好像一直在。不知为什么。

明明他们已经分手了。

分手这么多年了。

这是为什么呢？

第
十
四
章

今
夜
想
你

怀兮做了个梦。

九月底的南城，一如今日的沪城，绵绵不绝飘了一整天的小雨。对于一个气候温和的南方小城，那是再普通不过的一天。

教学楼大门刷了新漆，满楼道都是油漆味和铁锈味。新印的复习资料小山一样地堆在教室里，油墨味道很浓。

操场正在开运动会，高一、高二的学生尚不知高三的水深火热，在那儿没心没肺地喧嚣闹腾，惹人烦躁。

操场被占用了，他们高三的体育课被强行改成自习。

怀兮所在的班级不是什么尖子班，良莠混杂，这是她刚开始不到一个月的高三生活，再普通不过的一天。

她正打瞌睡，身后那套常空的桌椅，蓦地传来"吱呀——"一声，尖锐刺耳，惊扰了一教室的昏昏欲睡。

巩眉公式化的笑声从门外由远及近地飘进来，犯困打瞌睡的登时清醒，满教室都是翻动书本、试卷发出的声响，气氛一下子紧张起来。

巩眉与门外的教导主任聊了几句便进来了。

每当这个时候，她尖刻的视线就会扫教室一圈，最后在怀兮身上稍作停留。

怀兮正打瞌睡，一个激灵坐起，抽出数学试卷装样子。不料，因为紧张，手里的笔骨碌碌地沿着桌面滚落下去，摔到椅子后面不知什么地方去了。

全班同学都对怀兮这个班主任的女儿"关照有加"，纷纷顺着巩眉的目光看向她，见她这么慌乱，有人发出了一两声低低的嘲笑。

怀兮匆匆低头弯腰，正要伸手去捡掉到座位后方的笔，一只手进入了视线。

那是一只很干净的，男生的手，手背很白，隐隐透出淡青色的血管。仿佛和窗外淅淅沥沥的雨打梧桐，几近不可闻的声响，同一个节律跃动。

他先一步捡到她的笔。

她讶然抬头，对上一双陌生的眼睛。

陌生的男生，有着狭长淡漠的单眼皮，瞳仁黢黑，留着干净利落的寸头，应该是新理的，毛刺儿一样的棱角。

他左眉眉峰上有一道疤，好像受过伤，看起来有些凶。

少年对上她打量的目光，神情有几分漫不经心。

怀兮看着他，心脏莫名一跳。紧接着，巩眉就扬声喊出了她的名字："怀兮——"

语气很严厉。

每每巩眉喊她的名字，大家便都准备好看笑话。

平时大家就很关心她这个"班主任的女儿"是否会挨骂，怀兮头皮都麻了。

可那时，更多的人在看她身后的座位。

他比她更吸引他们的注意。

怀兮还没想明白他是谁，不自觉地就跟着他站起来。一抬头，发现他比她想象中要高很多。

他垂眼看着她，递给她笔。

满脸的漫不经心。

"怀兮，你盯着新同学看什么呢？"巩眉不客气地训斥她。

班上哄堂大笑。

"谢谢。"怀兮一把夺过他手中的笔，生硬地道谢，羞恼地坐回座位，埋头假装写卷子。

同桌戳了戳她："怀兮，你看人家看得眼睛都直了——哎，是不是比追你的那个隔壁班的班草好看多了？"

前座同学也转过来，一边打量她身后的人，一边悄悄地说："我知道他，他是高四的学长，来复读的。"

"啊？为什么复读？"

"差点儿把人打死了——"

"哇，怀兮，你也敢盯着他看啊——"

两人你一句，我一句，说了起来。

"别吵了。"怀兮心烦地打断，抬起下巴，示意讲台上的巩眉，压低声音，"我妈还在上面站着呢。"

一群人悻悻地散了。

怀兮那句声音不大，却被身后的人听见了。

巩眉提醒他自我介绍，少年用低缓的嗓音说出自己名字。他的目光好像还时不时地会落回她的身上。

或许是因为那句"我妈还在上面站着呢"，他的目光一直在她和班主任身上逡巡。

不知怎么回事，那个普通的下午，好像变得不再普通了。

他们对彼此的第一印象都太深刻了。

他一向不怎么跟同班同学说话，那天在课堂打盹走神被老师突然提问时，他单人单座没有同伴，就直呼她的姓名，问她老师讲到了哪里。

平时怀兮被巩眉问候都会被全班同学笑话，可也许是因为他打伤人的事传得尽人皆知，他这么直呼她的大名问问题，所有人都鸦雀无声。

满教室仿佛只能听见她的心跳。

那段时间，因为被隔壁班的那个长得挺好看的男孩儿追求，七夕那天对方给她塞礼物的事还在年级里闹得沸沸扬扬，她被一群女孩子不知多少次堵在了女厕所。

后来又一次故技重施，她费劲儿地爬出窗户，满心怒火未消，又被众人嘲笑。正在这时，她看到了刚从教室出来的他。

不等他反应，在众目睽睽之下，她牵住他的手就走。

那天，她惶惶又胆怯地望进他冷淡的眼睛，却一瞬又别开视线，一副决绝赴死的模样。肌肤相触的地方冰冰凉凉，大脑仿佛绽开了一朵带毒刺的花，窒息迷乱。

她不敢去看他的表情。

他没有松开她。

大家都说程宴北因为打架，那年没有参加高考，不予毕业，只能留级到他们班上。

她知道，全年级听过他的事的人，都很害怕他。

所有人说他很浑蛋，都说他不好惹。

但是她只想利用他，让别人不再敢欺负她。

当然她成功了。如她所想，那些起哄的笑声，没多久，就渐渐消散了。

第二天，他就同她说话了。

没有人再敢在课堂上看她的笑话。

那些年，他轰轰烈烈地路过她的青春。她本该平淡无奇的青春，好像也变得不再普通，以至于大学时他们的恋爱就显得相当平淡了。

这种平淡一开始就是因为距离。

她与他每次见面需要坐很久的地铁，为了一次匆匆见面，要横跨整个港城，从城市的一端奔向另一端。

大二那年冬天，怀兮参加学校游泳社得了重感冒，而她参加社团的事没有告诉他。不是不说，而是忘了说。

那些年他们明明在一个城市，却被距离生生分隔成了异地恋。这种"异地"，不仅仅是指距离上的，还有他们的生活圈子。

在那个对她和他而言都很陌生的城市，他认识的人她不熟悉，她的圈子与他无关。

有一次他的手机没电了，那天新闻报道他们学校周围发生恶性的无差别伤人案，她找不到他，担心、焦虑得不得了。后来辗转多方，通过同城的同学，打听了很久才找到与他一个学校的人，问到与他同系的同学，联系到他的室友，最后才终于找到他。

那天他在实验室待了一整天，根本不知道发生了什么事，她急得在电话另一头发火，那晚他离开实验室就匆匆来了港西。

她抱着他哭了很久，也是那时，她才发现自己很没安全感。

高三被同学们欺负得最狠的时候，八岁那年父母离婚的时候，爸爸带着哥哥一走了之，一声招呼没对她打的时候，她都没有那么哭过。

她的圈子与他也没有交集。

别人只知道她的男朋友在港东的港城大学，但对他不甚了解。有一次，社团的一个朋友跟她开玩笑："怀兮，你男朋友好穷啊。我去港东找我女朋友玩，看到他在帮烧烤店搬啤酒呢，我叫他过来喝酒他也不来，一点面子都不给。"

怀兮脸色不好了，对方仍喋喋不休："哎，你何苦呢？找个这么穷的男朋友。我见过你爸和你哥，当牙医挺有钱的吧？我看你穿的、用的也挺好的，怎么第一次喊你男朋友来喝个酒……"

话没说完，怀兮就给了对方一巴掌。

她浑身发抖，说："你懂什么！"

他们什么也不懂。

她八岁时父母离婚，爸爸带着哥哥不告而别，去了港城。没有人告诉她父母离婚，所谓的怕伤害到她，其实是一次次无底线的隐瞒和欺骗。

最开始妈妈、舅舅、周围很多人都告诉她，爸爸只是出差了，带哥哥去外地看爷爷。

于是她还做着等学校放暑假一家四口去旅游的美梦，直到有一天发现爸爸和哥哥好久都不回来了，问了妈妈，妈妈才告诉她，他们原本幸福的四口之家被一分为二了。

所以她讨厌被欺瞒。

十分憎恶，无比讨厌。

他们什么都不懂。

程宴北八岁时爸爸因为酒精肝去世，没两年，他妈妈跟别的不知哪里的男人给他生了个妹妹，然后将妹妹与他都扔给了奶奶，卷走家里的所有存款一走了之，去了港城。

从那之后，奶奶靠吃低保和做一些薄利辛苦的针线活供他读书。

所以他从来不喝酒，厌酒如仇。

所以他一开始填志愿时，并不愿与她一起去港城。

所以他咬着牙，一边读书一边打工兼职供自己上学，供妹妹读书，供奶奶生活，坚持了近乎一年半，就是咬着牙，一个字也不告诉她。

甚至他们出去玩的大部分花销，都是他出的。

她在他面前永远像个无忧无虑的孩子，别人一句话却揭露了他的艰难。

他永远给她最好的，生日、节日礼物从没落下，尽可能去满足她那些根本不需要，根本不必维持，他只要说一声，她就可以彻彻底底放弃的虚荣心。

她说，他们什么都不懂。

其实她也不懂。

从那时起，她就看不懂他了。

更迭了多少个梦，怀兮手背酸胀，十分不适，被迫醒了过来，睁开眼。

入目是苍白的天花板，近乎失去嗅觉的鼻子捕捉到一点点的消毒水味道。

护士过来替她换吊瓶。

刚才一大瓶下去，好像用了一个多小时。

她就这么靠在程宴北的怀里睡了一个多小时。

医院的病床满了，只能在输液室输液，椅子靠背坚硬，她生病了没力气，他便坐过来，伸出手臂让她靠着。

一开始怀兮想离他远一些，但她实在没力气，或许还因为往事涌上心头，且自从他出现在她的摄影棚前，自从上了他的车，对他的依赖感战胜了理智，她不想挣扎了，虚虚地靠着他，睡了一觉又一觉。

电话响了好几次她都没接。

有蒋燃的，有怀礼的，还有黎佳音的。

都没接。

他的电话也响过，也没接。

小护士全然把程宴北当成怀兮的男朋友，嘱咐了几句，让他看着她的手别乱动，不然手背要鼓包了。

程宴北不辩解，只是答应，听了护士的嘱咐，就将她的手放在他的掌心，十指扣住，保证她纤细单薄的手背在一个平面上。

他的手指干净修长，骨节分明。

怀兮看着他的手，想到刚才的梦，她思绪清明了几分，想要抽回手。他的力道紧了又紧，捏得她骨头都疼了。

她半闭着眼眸，无奈地笑："非要这么抓着我吗？"

鼻子不通气，她浑身没劲儿，没力气挣开他。

程宴北没说话，骤然靠近。

怀兮下意识地往一边躲，他的胸膛朝着她，用一只手臂拥稳她，往上伸直腰背，等她靠稳在靠背上，才伸手为她调整吊瓶的位置。

怀兮正要抬头，他半垂下眼眸，笑着睨了她一眼。

"不许看我。"

"谁要看啊……"她赶紧别开眼。

神经病。

程宴北调整好又坐回去。他左手握住她的右手。她右手手背已微微泛起青紫色。

她不敢动那只手了，他也放松了些力气，不那么执拗地握紧她。

她心里却如同缺了什么。

趁他松懈，怀兮抽出自己的手。

程宴北感受到她的抽离，看了看自己空荡荡的掌心，只径自笑了笑："那你自己别乱动。"

说完他长腿伸开，从口袋里拿出手机。

晚上八点，赛车场那边应该快结束了。

程宴北滑着手机屏幕，漫不经心地打字回消息。怀兮不安地动了几下，靠在自个儿的椅子里，又抬眼看他。

看了一会儿，他察觉到她的视线，也没回头，径自收了手机："怎么了，一直看我？"

怀兮不说话，仿佛陷入自己的思绪。

怀兮盯了他半天，他也没有觉得不自在，只稍偏了一下头，靠向座位一边的她，离她更近了。

他的唇就在她的唇上方两三寸的位置，两人呼吸交缠。

怀兮立刻要躲，程宴北却垂眼睨着她饱满潋滟的唇，眼底泛起笑意："问你呢，为什么盯着我？嗯？"

怀兮睫毛下意识地一颤，她的心也跟着怦怦直跳。

空气却仿佛静默在此刻。

怀兮以为程宴北要吻上来，可没有。他停在了一个十分克制的距离，容彼此的心脏空虚地搏动。

怀兮微微别开视线，不再看他。

片刻后，她平静地问："程宴北，如果当初我们没分手……"

程宴北一怔。

怀兮倏然又抬眼，他的笑意已经凝在眸底。

"你现在会快乐一些，还是难过一些？"她问他。

"你今天不去比赛，真的没事吗？"怀兮看着程宴北，不等他回答，又道，"如果我们当初不分手……你也不会有现在的成就吧。"她已替他下了结论。

"应该不会比现在好受，对吗？"

说罢，她重重地叹了一口气。她的手机一直在外套的口袋里振动，里面一层外套是黎佳音的，上面压着一层他的外套。

手机放在靠他那一侧的口袋，又是在里层外套里，她在打吊针，手很不方便，尝试了没两秒就放弃，下意识地看了他一眼。

程宴北从刚才的思绪中回神，轻轻说了声"别动"，帮她拿了出来。

如意料之中的那样，电话来自蒋燃。

他眉心轻蹙。

怀兮立马将手机接过去："谢谢。"

她左手第一次扎针没扎好，直接扎肿了。她是右撇子，这么滑手机很不方便，没拿稳，"啪——"的一下，手机掉到地上。

她这下彻底不方便了。

程宴北这回却往座椅里靠了靠，袖手旁观，不想帮她。

之前几个电话都没接，接起了肯定又要撒谎。怀兮本来觉得接不接都无所谓，但看他一副淡漠的神情，又想接了。

仿佛回到那些年，无休无止地与他赌气。

和好，赌气，和好，赌气，赌气，赌气。再赌气。没了下文。

任手机嗡嗡作响，她也捡不起来。俯身会牵扯到吊针的针头，脚受伤了，也没办法够到。她几番尝试后作罢。

她白了他一眼。都怪他似的。

程宴北看她一脸怄火，轻声笑了笑，等手机不响了，为她捡起来。

故意的。

怀兮更没好气了，在心里骂咧咧。

他把手机交给她的一瞬，屏幕又亮起，"蒋燃"两个字再次蹦了出来。

怀兮登时喜笑颜开，仿佛自己赢了。正准备接起，他却淡淡地瞥了她一眼，说："少说两句。"

"呃……"她挑眉。

"我有点吃醋。"他说。

怀兮愣了愣，手一按，电话已经通了。

"喂。"她嗓音嘶哑道。心却不在这通电话上。

程宴北一向直截了当，从来是吃醋就说，如此磊落——就算现在，她还有男朋友，他这个前男友还能大言不惭地说出这样的话。

可为什么，那些年，他们之间会那么别扭？

他为什么，当年又非瞒着她不可呢？

为什么不跟她和好呢？

怀兮想着想着眼眶就酸了，蒋燃听着情绪不佳，也"喂"了一声，怀兮这才将思绪拉回现实——他们已经分手的现实。

生病了，思绪跟不上，怀兮又愣愣地"喂"了一声。

程宴北目光还落在她的脸上，好像在告诉她"已经两句了"。

蒋燃没跑完剩下三圈就从赛道下来了，他脱下赛车服上衣，和头盔一齐塞给一边的人，迫不及待地打电话给怀兮。

刚中场休息，他看到了怀兮新发的朋友圈。

她在医院输液，手背都青紫了一片。还开玩笑说，她这种感冒了能扛一阵是一阵的人，都不记得上次输液是什么时候了。

他以为她吃了药应该就没事了，没想到居然去输液了，于是火急火燎地打了电话过来，没想到几通她都没接。

今天程宴北不在，据说是临时去了 MC 总部那边处理事务了，独他一骑绝尘。

原本还剩最后四圈，但他跑了一圈就下来了。一方面觉得赢得无趣，一方面心头总惴惴不安。担心她，又担心程宴北去找她。

怀兮的沙哑声音，像是砂纸磨在他心上，要把他的心磨碎了。

除了猜忌与嫉妒，另一种被他忽略了很久，也被压抑了很久的情绪占了上风。

原来他与她之间，他对她，还有喜欢和在乎。

但是有个淡出她世界很久的人，比他更早一步意识到了。

这让他抓狂焦躁。

"怎么声音都哑了？"蒋燃心疼又无奈，打通电话就奔向停车坪，一路快步如飞，"不是让你买药吃了吗？"

他这样的语气，更像是在责备自己。

"啊，我那个……"怀兮轻轻咳嗽，有些虚弱，放软语气，"我明天还要工作，今天临时加班，有点严重了。"

仿佛怕蒋燃下一句就问"程宴北有没有跟你在一起"，又或者是想起黎佳音说的话，"你不会是因为差点跟前男友发生点什么，所以忙不迭地想弥补给现男友吧"，怀兮又道："我就打个吊针，等会儿就结束了。你训练一下午也很累吧？今天有比赛吗？"

她不住地说话，嘴皮子不敢停下，怕一瞬思绪飘忽，就胡思乱想。

蒋燃坐上车，手扶着方向盘，看着外面的雨缄默不语。

怀兮的唇还机械且迅速地动着："你，那个，你应该也训练完了吧？今天有没有很辛……"

"怀兮。"蒋燃温声地打断她的话。

"嗯？"

"对不起。我这个男朋友当得很失败。"蒋燃扶着方向盘，整理思绪，力图将话说明白，"我总是在怀疑你是不是跟他在一起，我不该这样的……为什么你病成这样了，我都没想到？"

"怀兮，真对不起。"

"我不管你跟谁在一起，我现在，真的，真的很担心你。"他强调着，"我是你的男朋友，是我没做好……不管怎么样，怀兮，是我没有做好，对不起。"

"但是你和他已经过去了，不是吗？"

雨下大了，耳边都是嘈杂的雨声，整个世界，好像都随着蒋燃的那句话，化为不断溢出的泡沫，在怀兮的耳边沸腾。

怀兮握了握手机，良久才轻轻地"嗯"了一声："我知道。"

一个城市，不同的地点，后知后觉的在乎，隔着微弱的通信电流，渐渐变得清晰。

这才明白，最本质的喜欢，这些日子以来居然被嫉妒与猜忌冲淡了太多。

她的声音更哑了。

蒋燃的心更软了，深深地呼吸，他与自己和解了，恢复了素日的温柔："你现在在哪个医院？吊针还有多久打完？我这会儿正好从赛车场出来，我去陪你。"

"不用。"怀兮说。

蒋燃沉默了。

怀兮看了一眼头顶那个小吊瓶，居然歪着。剩下不多了。

程宴北刚才故意弄歪的。应该是想液体流得慢一点，真是幼稚。

她收回视线，去看身旁的男人。

程宴北却没看她。他的神情始终不大好，察觉她在看他，他反而起身，抬脚朝输液室外走去，把空间留给了他们。

"你不用过来了。"怀兮垂了垂眼，"我朋友在陪我打针呢，吊瓶马上见底了。我晚上去她家住——嗯，就是我上次跟你说的，我在沪城的那个朋友，内衣公司的。"

又撒谎了。

怀兮可悲地发现，一次一次的谎言，会让人变成一个一开口就说谎的撒谎机器。

她的座位离门不远，程宴北清晰地听到了，他无声地笑了笑，去走廊外侧的吸烟区抽烟。

他想离她远一些，最终却还是停在了一个能听见她说话，却又听不清楚的位置。

"我去见你。"蒋燃并没有问她这个朋友到底是谁，也没有变态到让她把电话递给对方，他的口气也并无质疑与逼人的咄咄气势，反而一直很温柔，"我很担心你，特别担心。你不知道，我还剩四圈跑完，但我跑了一圈就下来了。怀兮，我担心你。"

怀兮咬住唇，不说话。

“怀兮，给我一个机会。”他的语调一缓再缓，好像在认错，可好像又不仅仅是为他过去无休无止的猜忌，对她的疏于关心，差点儿让别人占了先机而认错。

他几近恳求：“给我个机会，去见你。”

怀兮开玩笑道：“什么叫给你机会？你做了什么对不起我的事了？”

这样问，更像是在拷问她自己。

“怎么会？”蒋燃立刻说，同她一起心照不宣地笑起来。

他看了看窗外，雨已经很大了。

“那你打完吊针先回去，你把你朋友家的地址发给我，今晚让我在门口或是哪里见你一面就好。”他柔声地说着，下一秒忽然装出严厉的口吻，“让你朋友照顾好你，照顾不好感冒加重了，我可是要生气的。”

“嗯，好。”怀兮答应了。

挂了电话，程宴北回来了。

怀兮的座位并不靠墙，与身后另一排背靠着背。她正盯着手机凝神，犹豫要不要把黎佳音家的地址发给蒋燃，忽然一道气息贴近她。

低沉灼热，夹着一丝很淡的木质香气和未消散殆尽的烟草味。

程宴北俯下身，问她：“为什么不跟他说我们在一起？”

“为什么要说？”怀兮半仰起头，抬眼由下而上地看他，像在挑衅。

程宴北反问：“为什么不说？”

“谁想给自己添麻烦？”怀兮说。

程宴北咬了咬牙，笑着，一字一顿地说：“那以后无论我们怎么样，你都不告诉他？”

“你确定吗？”怀兮也淡淡地笑，见他脸色越来越差，又补充说道，“越这样下去，我可能对蒋燃就越愧疚了。”

“你以后别对我这么好了，我不想对你愧疚。”怀兮说完垂下眼，把黎佳音家的地址发给蒋燃。

她的睫毛很长，掩去眼底的神色，嗓音很淡很淡：“你别爱我了，程宴北。”

车停在路口等红绿灯，雨刷器摇摆不休。

任楠他们赛事组的人，还有几个 Neptune 的队友火急火燎地打来电话，轮番盘问蒋燃临时从车场跑出去又去了哪里，比赛都没结束。

蒋燃只答，有点急事。

那边又是一通责备。说他跑了，程宴北也跑了，后面的人还怎么比，今天这个友谊赛的意义何在。

蒋燃心烦，挂了电话，把车载音响开大声了些。

雨淅淅沥沥下着，搅扰着他心头的烦闷。

路上行人寥寥，雨刷刮开一道清晰的视线，他正要抬眼看红绿灯时，注意到一抹身影。

立夏穿着一条鹅黄色的裙子，没打伞，头顶顶着包，正要穿过马路。

雨很大，她的披肩长发湿透了，贴在脸上。她四处张望，不复优雅得体的模样，有几分狼狈。

蒋燃思忖了一下，意识到她或许是来赛车场取东西的。

她那对耳坠是限量款，丢一只肯定挂心。

昨夜在车中聊天，她说她一路打拼过来，从未拿过家中一分钱。与他一样，他们的家庭都不赞同他们的兴趣与事业。她这几年不在秀场工作，工资微薄。不若怀兮及时行乐，挥霍起来大手大脚，痛痛快快。

他之前跟任楠说，托明天去《JL》拍摄的人将东西带给她，不必再让她加他的微信找他。

他下意识地摸了一下口袋，感觉到一处小小的坚硬。

他忘记将东西给任楠了。

右前方路口红灯跳绿了，立夏顶着包准备过马路。她好像在四处张望着哪里有便利店，想去买把伞。

她一个人，无人开车载她。

她和程宴北分手了。

绿灯亮了许久，蒋燃久久没发动车子，身后响起尖利的鸣笛声。他右手落在口袋里，耳坠的锐利边沿扎着他的指腹，也在催促他做决定。

立夏快到马路另一边时，身后窜出来一辆电动自行车，剐了她一下。她左右躲闪，不留神，包一倾斜，里面的资料哗啦啦地落了一地。

她气愤地去看刚才刮她的那辆车，然后蹲下，裙摆落在积水的地面。

她准备低头捡东西。

蒋燃眉心一皱，右手挂挡，本应直走，却还是打了半圈方向，转了弯。

两道车灯逼近，立夏已捡好了湿透的资料。

蒋燃打开车窗，隔着雨幕喊道："立夏——"

立夏一愣，抬手挡雨看了一眼车牌，确定是他。

她犹豫了一下，走到车窗边，问道："你怎么在这里？"

蒋燃见她浑身湿透，还顶着包挡雨，根本多此一举，他无奈一笑："雨这么大，先上车说吧。"

她怕弄湿他的座椅，有些拘束地说："那个，我衣服湿了……"

"没事，皮质的。"

蒋燃说着，把副驾驶座的东西悉数扔到了后座。

立夏冻得直打哆嗦，犹豫了一下，还是上去了。

车门一关，隔绝了雨声，只有车载音响低缓悠扬的乐声。

蒋燃调小声音，找了个路边位置停下车。

立夏从包里拿面巾纸擦潮湿的头发，望了一眼她本来要去的方向："你刚从赛车场出来吧？"

"对，"蒋燃说，"你也过去吗？"

"是，任楠打电话给我，说你让他托人带东西给我，是我的耳坠吧？"她想起自己昨晚好像丢了一只耳坠，还是昨晚与他在车中……

立夏不愿多想，顿了顿，又说："我从公司出来那会儿雨还小，想着直接乘地铁过来拿上就回去了，没想到一出地铁口突然下这么大的雨，我还把伞给住得远的同事了……"

她说着抱怨起来，看窗外，视线一直不看他："对了，你知道这边哪里有 7-11 或者随便什么便利店吗？我想去买把伞。"

"附近好像没有 7-11。"蒋燃说着，从口袋里将她那只耳坠摸出来。

蒋燃特意找了个装小物件的塑封袋给她细心装起来："给。"

立夏的视线落在他的掌心。

他手心里一只莹亮的耳坠，星辰形状，缀着流苏。

她迟疑地抬起手。

"我急着出来，忘了给任楠，本来想找明天去《JL》拍摄的人带给你。"蒋燃将东西放入她虚拢起来的手心，目光一刻不敢停留。

"这样啊，"立夏拿着耳坠，借着光看了看，"你急着干什么去？你们今晚应该在打比赛吧？我还算着时间差不多才过来的。"

"去找我女朋友。"蒋燃说，"她生病了，在输液。"

立夏愣了一下，想起那会儿在《JL》的摄影棚前见到程宴北来找怀兮，临收工时他们好像又是一起离开的。

立夏看了看蒋燃，却没多说，只点点头："哦。"

没了下文。

东西都拿到了，立夏也没有再去一趟赛车场的必要了。

她今天没戴耳环，另一只在包里装着。她想两只一齐戴上。

蒋燃便打开了车顶灯。

车内一瞬明亮起来。

她浑身濡湿，雪纺衣料黏在身上，周身曲线被勾得若隐若现。蒋燃无意扫了一眼，然后发动车子："雨大，我从前面掉头，把你放在地铁口吧。"

故作疏离。

好似叫她上车，送她去地铁口，只是雨夜里一个平平无奇的绅士之举，别无其他。

"好。"立夏应道，"谢谢你。"

"不客气。"

她抬手，摆弄着两耳的耳坠，动作熟稔。动间，脖颈显露的线条很漂亮。

"你今天，和怀兮一起拍摄的吧？"蒋燃问道，怕自己问得突兀，又笑了笑，"她本来今晚和我一起，晚上临时有了别的工作。"

"嗯。"立夏应道，难免抱怨两句，"就一个电子刊的小项目，上个模特跑路，明天发刊，这边要赶工，所以把怀兮还有我们临时叫去了。"

蒋燃却没再问起别的。

立夏也没说。

多问一句，多说一句，在对方面前都是减分项。女人不喜欢疑神疑鬼的男人，男人也讨厌搬弄是非、嘴巴碎、爱八卦的女人。

路上两人随意拉扯了几句。

快到地铁口时，立夏突然说："哦，对，先前给任楠打电话打不通，我就加了一下你的微信，想问问你你们几点结束。"

她和程宴北分手了，不方便问他。

蒋燃稍顿了一顿，好像就明白了她的意思："哦，那个，今天很忙，晚上还比赛，没看手机。"

立夏笑了笑，没说什么："没事。东西拿到了。"

又不知是谁，拉扯到最近漫威电影《复仇者联盟》系列准备在中国大陆重映的事。蒋燃一向着迷这个，尤其喜欢钢铁侠，两人爱好相当，前一晚就在车上聊了许久。蒋燃微信头像还是个 Q 版的钢铁侠。

说着说着，立夏阴霾了一天的心情好了不少。她还半开玩笑地说："只上映 1 和 2 吧，复联 3 和 4 就不用了，建议回炉重拍。"

说完两人皆笑了笑。到了地铁口，蒋燃车上正好有伞，便给了她："下次别把伞借给同事了。如果不是碰见我了，估计你明天也要去打针了。"

立夏听出他表达好心的同时在暗示自己有女友。

很快他又补了一句："不用还了。"

仿佛在说，也不用再见面了。

立夏也没说什么，笑了笑："行。"

于是下车。

临关车门时，她突然停了一下："对了，那天晚上……"

蒋燃刚准备发动车子，闻言又回头看她。他眉眼在暗处，眼底情绪看不清。

"就是在外滩 18 号那天晚上，你喝醉了，"立夏撑着伞看他，鹅黄色雪纺裙子湿透，将腰身掐出袅娜曲线，她长发披肩，脸庞清透又漂亮，"你还记得吗？"

蒋燃看着她，没说话。

立夏心里有了答案。

不等他回答，她弯了弯唇，笑了笑，关上车门："谢谢你啊，今晚。"

第
十
五
章

❍
❍

局
外
人

　　黎佳音家住一个半封闭的小区，依傍大型商圈，毗邻两座高架，周遭灯红酒绿，光河流淌。雨夜，世界仿佛荡涤成另一种样子，处处清透无瑕，处处又朦胧虚幻。

　　程宴北照导航载怀兮进了小区。

　　雨还在下，怀兮身上罩着他的外套和黎佳音的外套，她靠在一边睡得很熟。

　　这应该是个有些年头的小区，光照并不好。车灯劈开一道通明平直的光路，在黑夜中潜行。

　　程宴北不知目的地在哪里，他便在路边停下车，准备再看看导航。

　　雨声嘈杂。

　　他心头有些烦躁。

　　怀兮此时却睁开了眼。

　　她睡得不深，平稳行驶一路的车刚一停下，立刻察觉到了。

　　不知是下了雨还是生了病的缘故，她浑身发冷，两层外套都驱散不走周身的寒冷，哆哆嗦嗦地看向身旁的男人。

他一只手搭在方向盘上，另一只手随意滑手机，在她睁眼的同时回眸看了她一眼。

心电感应似的。

"醒了？"

光线太暗，他眼底神色晦暗不明，单眼皮更显淡漠。

一开始，她身上只有黎佳音的一件外套，下这么大雨，他只穿一件单薄的黑色半袖衫。从医院出来时，她说什么都不穿他的外套，但半路她睡着了，他又将外套罩回她身上，还几次体贴地给她压了压边角，怕她着凉。

他那带着丝丝雨夜寒意的指背掠过她面颊，很冰凉。

从那之后，她就再也睡不沉了。

怀兮"嗯"了一声，借着周围路灯微弱的光线四下打量。她记起黎佳音家所在的楼栋好像就在附近，她下午从酒店收拾行李来过一趟。

"是这里吗？"

沉闷的车厢里，他的嗓音也有些沉闷。

"嗯，就前面那栋，二十二栋。"怀兮说着，有些疲倦地闭了闭眼。

雨小了不少。七层公寓楼，星星点点地亮着灯。

怀兮等车一停下，拎起包，匆匆说了句"谢谢"就准备下车。

左手手腕却被一只略带凉意的手紧紧地抓住。

怀兮顿了顿，在原地僵住，好半天才回头。

他的目光深深地攫住她。

她的心都颤了颤。

"你……"怀兮还没来得及说话，他便拉着她的手腕走上前去，伸出两条手臂，将她紧紧地拥在怀中。

呼吸沉沉地拂过她的额顶，沉重得像他那件夹克外套，将她从梦中压醒，又如一个浪头，将她打回了梦中，分不清是从前还是现在。

怀兮不记得上次被他抱得这样紧是什么时候。

好像是很久很久之前的事了。

怀兮没力气挣扎。

她的脸埋在他肩窝，因为打了退烧针，已不若下午那么滚烫。程宴北深呼吸，下巴抵住她额顶的头发。

"趁我没劲儿推你是吧？"良久，怀兮出声道，"你这样，不怕蒋燃看到？"

"我怕什么？"他轻笑。

"我早就失去你了，没什么可怕的了。"他说。

怀兮下意识地推他，又作罢。她力不从心，被一种巨大的悲伤包围，匆匆就要躲开去开车门。

下颌这时又被他用手捏住，他两手轻轻一扣，将她这张任性的脸捧入了掌心。

程宴北垂眼仔细打量她，像是想从她的眼中看清什么。

或许是光线暗沉，他看不清。

或者说，看不懂。

或者说，即使不看，他也懂，那是什么。

他没有打开灯。

不愿打开。

不愿看清。

怀兮被他这样盯了许久，心里发慌。

她又挣扎，想从那仿佛要拽着她下坠，吸引她深陷的幽潭之中挣扎出来。

他又凝视她须臾。

低沉灼热的气息便拂过了她的鼻尖，他改为箍住她的后脑勺，五指穿过她柔软的发，就要吻上来。

她闭了闭眼，及时出声："我感冒了——"

他便停下。

她的心怦怦地跳着，却不敢睁眼。犹如那年在众目睽睽之下第一次吻他，她闭着眼，不敢睁开，不敢去看他的表情，只是用极快的语速说："我怕传染给你。"

程宴北愣了一下。明明刚才，还说着"你不怕蒋燃看到吗"这样的话。

他不禁低笑："所以？"

"你明天还要训练吧？"怀兮这才微微睁开眼睛，"我传染给你，你明天，应该会很难受……"

许是因为感冒了，呼吸不畅，她的语速很快，微微地喘气。

程宴北轻佻地笑了一声，拥紧她的腰身，气息未撤离，在她鼻尖儿飘拂。他放低了些语气，嗓音沉缓："怀兮，我已经很难受了。"

正在这时，身后响起了一阵突兀的鸣笛声。

灯光灼目，刺痛人的眼睛。

怀兮条件反射地推开还没反应过来的程宴北。那两道刺目的光，不依不饶地照着他们。

雨夜，四周光线晦涩，潮气肆意氤氲。强光晃眼，看不清后面那辆车的车型与车内坐着的人。

怀兮指尖微微收拢，把包抱在怀中，整个人靠在副驾驶座里，像是想用座椅将自己遮掩起来。

宛若惊弓之鸟。

程宴北知道她怕什么。

他的怀抱空了。

他打开左侧车窗，雨丝断断续续地飘进来，他看到身后那辆车下来了人。

是个女人。

她打着伞，拎着购物袋，高跟鞋声和着雨声落下。

黎佳音那辆保时捷被一辆黑色越野车结结实实地挡在这里。眼见前面那辆车的车窗半开着，下意识一抬眼，居然是程宴北。两人今早在外滩《JL》外景场地那边见过。

一侧路灯亮着。

黎佳音对上他投来的散漫视线，公式化微笑一下，果然，下一秒就看到副驾驶座里的怀兮。

怀兮看到是黎佳音，一时气短。

都不知自己是不紧张，还是更紧张了。

黎佳音什么也没问，了然一笑，对怀兮轻声喊话："上楼等你啊，允许你晚点回来。"

说罢便走了。

一场虚惊。

怀兮目送黎佳音进了楼道，看见声控灯应声而亮，她才如梦初醒，打开车门下去。

程宴北从兜里摸了根烟咬在嘴里，见她要走，慢条斯理地问："不都说了你可以晚点回去？"

怀兮没心情跟他开玩笑。

她看了他一眼，十分气愤。

程宴北咬着烟，眯眼看了看她，笑道："你就这么喜欢逞能？"

"怎么了？"怀兮皱眉。

"我没见过明知道自己感冒还要冒雨拍杂志的，也没见过脚崴了还要在摄影棚站两个多小时的。"程宴北自顾自地说，放缓了语调，"也没见过大晚上去打针，居然是前男友陪着的——你这样，会让我觉得蒋燃对你很差。"

怀兮笑了笑，看着他，一字一顿地说："那是你见识太少，今天见到了吧？满意了？"

怀兮以为程宴北在看她的笑话。

怀兮从前也没吃过这么多苦头。

上高中，当班主任的妈妈虽在学习上对她严苛，其他方面能惯着就惯着。她来例假不想做值日，不想跑操，妈妈就睁一只眼闭一只眼。她被一群女孩儿霸凌，当老师的不好当面遏止，知道这样无济于事，反而会变本加厉，便在大课间将她叫到她的办公室做作业避难。

后来她遇到他。

最初她为寻求保护，小尾巴一样，天天上学、放学跟在他的身后，走在南城的大街小巷。他上下学与她本就一条路，不躲也不避，直到第一次扭身回头，为了她跟别人大打出手，才恍然发觉，他已不知不觉任她跟在他身后，走过了几乎一整个绵长的冬天。

上了大学，她的爸爸、哥哥都在港城，或许是想补偿父母离婚对她造成的伤害，所以对她倍加呵护。她也依赖他，甘愿待在他身边被宠成个废物。

但是程宴北好像陷入了一个误区。

他以为，她一直会无忧无虑地生活下去。哪怕他不再出现在她的生活里。以为若干年后狭路相逢，他问她一句"你这些年过得好不好"，她客套寒暄说她过得很好时，目光不会闪躲。

但昨夜他问起她这个问题，她有过闪躲。

这种闪躲犹如凌迟人心的薄刃，将他深埋在心中，早已放弃了的遗憾，重新鲜血淋漓地挖出来，质问他——

你当年为什么要放弃她？

为什么？

程宴北轻轻垂眼，眸色转深，仿佛在整理着自己的思绪。

怀兮下了车，告别的话也没说。程宴北目光暗了一瞬，径直从驾驶座下去，拿起被她扔在副驾驶座的自己的外套，喊："怀兮——"

怀兮忍着右脚的痛楚，冒着雨头也不回地往前走。

五年前他们分手那天，她好像也走得如此匆忙。

扔下一句赌气的"我们分手吧"，转身就离开，头也不回。

那时他没有追上来。

快要接近楼道口，头顶罩下一片温热，遮住了绵绵的雨丝——他用他的衣服遮在两人头顶，顺势揽住了她的腰，送她进去。

怀兮的心跟着跳了两下，眼泪快要掉下来。

头顶声控灯一亮，那种感觉又戛然而止。

他送她到电梯口。

怀兮心绪复杂，一时也不知该说什么，只看了看他，轻轻说了句"谢谢"，然后按下了按钮。

电梯很快下来，她正要进去，程宴北紧随其后。

怀兮以为程宴北又要跟着上楼，刚要开口，他却倏然捧住了她的脸。她被迫踮了踮脚，右脚生疼，整个人摇摇摆摆。

他半侧肩膀都湿透，外套也湿了，眼睫也濡湿。

他深深地看着她。眉眼之间，再也没了素来的漫不经心。

最终，一个温柔的吻落在她的额头。

"上去好好休息，什么也别想。"他说，"我没那个意思。"

"偷情回来了？"

门虚掩着，怀兮一进来，黎佳音便不客气地调笑了一句。

怀兮白了她一眼，手撑在玄关，换鞋。

黎佳音赶紧过来扶她，嘴上还不客气："看你们情到浓时不好打扰。怎么？程宴北宝刀已老，你们俩这么快就结束了？"

黎佳音说着把脚边的拖鞋给她拨过去，又是一巴掌拍在怀兮的屁股上："啧啧，这小翘臀，练了不久吧？五年没见，不让他验收一下成果？"

怀兮没好气了，沙哑的嗓音都拔高不少："验收什么？你都不知道我这几天有多倒霉，我碰见他跟犯太岁一样，烦都烦死了。"

她委屈地抬了抬自己肿着的右脚："喏，脚崴了。"

然后她给黎佳音展示泛起一片青紫的手背："感冒了，还打了针。"

"啧啧啧，可怜的宝贝，还不是人家陪着你去医院的？"黎佳音笑眯眯地牵着怀兮往客厅走，"你那个男朋友，蒋燃，怎么不见对你这么挂心？"

怀兮把自己甩进沙发，疲惫地伸了伸双腿："他一会儿过来。"

她顺便看了一眼手机。

蒋燃十几分钟前发了条微信，说是他马上过来，还向她确认地址。

"来哪儿？"

"他今天晚上有比赛嘛，"怀兮半支着脑袋，说到这里，自然而然地想到了程宴北。只是一瞬，她甩了甩头，似乎是想把他甩出脑海。她继续说，"来你家见我一面。"

"程宴北没比赛？"

"谁知道。"怀兮懒得提这个人，挺不好意思地对黎佳音说，"我一会儿下楼，他不上来。"

"上来也没事儿，大不了我下去给你俩腾地方，方便你们发挥。你脚又不方便，正好带上来让我瞧瞧有没有程宴北好啊。"黎佳音开她玩笑，"你们为什么刚才不见？他那赛车场离我家十万八千里呢，他也不陪你打针？"

怀兮瞥了她一眼。

"哦，程宴北在啊，程宴北陪你打的针。"黎佳音立刻了然，笑起来，"那你让他走不就行了？让你男朋友陪你啊。"

怀兮收回视线，看窗外的雨，不说话了。

黎佳音又凑过去，暧昧地笑着："怎么，你不会是不舍得他走吧？"

怀兮嘴角微动："你好烦。"

"你说你，平时也是挺潇洒的一个人，现在这小脸色，纠结得跟谁欠了你二五八万似的。"黎佳音也不调侃了，滑起了手机，"今天你给我们公司品牌拍的图我刚看了，要不是在《JL》电子刊发行之前不能外传，我真想跟别人炫耀一下——这位女模特是我朋友，多漂亮啊。"

她停了停，又道："哎，对了，跟你搭档的那个小男模Daniel也很帅，你今天跟他聊天了吗？他有女朋友吗？你留联系方式了吗？帮我打听打听啊。"

"你不是有男朋友吗？问人家做什么？"怀兮白了她一眼。

然后她突然觉得，这话好像是在质问自己，便咬了咬唇，不说话了，径自跟自己怄气。

怀兮突然想起，她还欠着程宴北的钱。

昨晚崴了脚，他买外敷跌打损伤的药给她，今天中午他买了感冒药让别人送给她——他还记得她吃药怕苦，也知道她一感冒，嗓子就跟着哑，特意配了瓶糖浆。

还知道她感冒了总硬抗，让黎佳音跟她说，吃了药打电话给他，不过，她没打。

晚上去医院，她在打针的时候睡着了，打完才知道，他还替她付了药费。

怀兮不愿欠别人。

从前她乐意受用他的好，因为他是她的男朋友。

现在他却被归到"别人"的范畴内。

怀兮心里估算了一下大概需要多少钱，查了一下自己的银行卡余额，决定转给他。但她只有他的手机号，还是那天晚上从赛车场出来，任楠送不了她，将她的电话给了他，他打来的。

现在手机号都和微信绑定，但她不想加他。

太刻意了。

黎佳音见怀兮一会儿看手机，一会儿又陷入思绪，愁眉苦脸，便走过来用胳膊肘戳了戳她："在想前男友还是现男友？"

怀兮瞪黎佳音，问道："只要是银联的卡，不同银行卡之间就能互相转账吧？"

黎佳音点点头："怎么了？你要给谁转钱？"

怀兮没说话。

黎佳音清晰地听到她深深地吸了一口气，仿佛下了什么决心一样，然后拨打了一个没保存姓名的号码。

黎佳音心中已有了答案，笑了笑："人家一天了，就等你这个电话呢。"

怀兮听着忙音，手指不耐烦地在沙发上敲打。响过一遍，却没人接听。

她放下电话，有些狐疑。

程宴北在车里坐了许久，发动车子离开。

绕着黎佳音家那栋楼前的一个椭圆形大花圃转了半圈，手机嗡嗡振动。他瞥了一眼扔在副驾驶座的手机，没存号码，但他知道是谁。

他没接。

很快，又响了一遍。

他还是没接。

电话响了两遍，他将车停下，手肘支在车窗边沿，降下车窗，隔着花圃，看着黎佳音家的那栋公寓楼。依稀记得她按的是第七层，第七层也只有一扇窗亮着灯。

手机第三遍响起时，打火机一声轻响，他点了支烟，和着一侧雨声吞云吐雾，任手机在副驾驶座振动。

另一边，黎佳音跟怀兮头碰头，四只眼睛盯着屏幕上"正在拨号"四个字，屏息凝神等待着电话接通。

结果没有。

提示她们的只有冰冷的机械女声："您拨打的电话暂时无人接听，请稍后再拨。"

黎佳音盼着怀兮再打去第四遍。

怀兮却没有。

她看着屏幕，咬了咬牙，突然说："他故意的。"

"啊？"黎佳音吃惊地看着她。

"就是故意的。"怀兮深信不疑。

怀兮正欲放下手机，蒋燃的微信视频通话打了进来。

怀兮想都没想就接通。

蒋燃将车停在了某处，给她展示周围的街景。他有一双温柔多情的桃花眼，面部线条分明。如此一看，还蛮好看。

"是这里吧？我没走错吧？"他问。

怀兮有气无力地"嗯"了一声："你到了啊。"

如同知道程宴北故意不接电话，她也知道蒋燃故意打视频电话过来，是想确认她在不在她那个所谓的朋友家。

成年人很少将话说得明明白白。

今晚，他们三人，却好像把话说得很明白。

为爱交锋之时，成年人也有无数计谋。

如同这一刻。蒋燃说了不在意她与谁在一起——但他是她的男朋友，怎么能不介意？盘问她的方式不是一句直白的"你今晚和谁在一起"，而是直接打视频电话过来。

而程宴北，走之前还说让她上去好好休息，什么也别想，却又不接她的电话。

言外之意不就是——

我要你想我。

我要你一直想我。

我要你在我不在的时时刻刻，都被我搅得心神不宁。

他做到了。

怀兮甩了甩纷乱的思绪，起身对蒋燃说："我下楼等你，你去停车吧。"

"哎，你真去啊？"黎佳音见怀兮一瘸一拐地往门边走，喊道，"脚不是还受着伤吗？就这么下去？你让他上来啊。"

"我一会儿就上来。"怀兮坐在玄关的凳子上，穿上自己的鞋，系鞋带。

"一会儿？程宴北才走没一会儿。"黎佳音哼了一声，"我都不知道你现在是对谁见异思迁了。"

怀兮系鞋带的手顿了顿。

她不由得想到，上午在保姆车里，有一双手，有一个人，蹲在她身前，耐心地替她系鞋带。

就像从前，鞋带一整天都没再散开过，她的心也一整天都没安稳过。

尤其是现在。

黎佳音无奈地往她这边走："你让他直接上来吧，我家又没别人。大不了我出去溜达两圈儿给你们腾地方，你就别下去了。"

她还没说完，怀兮就起身，开门出去了。

像是在跟自己的那一丝丝心虚赛跑。

黎佳音又喊："你穿件外套啊你。"

没喊住。

黎佳音担心她，跺了跺脚，拿了件外套和伞，跟着一起出去了。

怀兮脚受伤，忍着痛尽力快走。黎佳音几步跟上她，在她肩头披上外套。

怀兮低下头，短发遮住侧脸，掩住脸上的神情。

"至少穿件外套吧……那么着急干吗？"黎佳音陪她进电梯，叹着气。

黎佳音欲言又止了几次，她想问怀兮："你现在这么义无反顾，跟做了坏事要弥补蒋燃一样去见人家，可不就是证明自己重新对程宴北动心了吗？"

她想点醒怀兮："这是愧疚感，不是喜欢。"

"你要真喜欢程宴北，你干脆跟蒋燃分手好了。人家不接你电话你就躁动成这个样子。"

可黎佳音终究也没开口。

怀兮不知道这个道理吗？她肯定知道。

身处囹圄的人心如明镜，非要蒙蔽自己的双眼。

置身事外的人，总自以为自己跳脱局外，对别人的感情了如指掌，但其实，只是个局外人罢了。

能怎么办呢？

当年怀兮跟程宴北轰轰烈烈爱一场，分手闹得人尽皆知，两败俱伤。不知两人心中是否憎恨，但到底这么多年过来，大家都有了新的生活，都放下对方许久了。重新拿起或许仍心头惴惴，不再回头也情有可原。

感情的事，大多数时候只有选择，哪有绝对的对与错呢。

冗长的楼道，声控灯陡然一亮。出电梯时，黎佳音牵住怀兮往门边走："我们小区虽然照明不太行，但楼号还是挺好找的，咱们沿着这条路出去，蒋燃开车过来……"

"就在这里吧。"怀兮脚步停在门边，轻声说。

怀兮紧抿着唇，望着门外说道："他应该能找到。"

黎佳音一时默然，陪她站在这里。

"那我陪你等一会儿吧。"

雨又变大，如铅灰色的珠帘，遮掩住这个烦闷的春夜，一切都变得意味深长。

怀兮和蒋燃在电话里说她下楼去见他，看似义无反顾，却停在了这里，不再向前。黎佳音不由得想，如果换成程宴北，她会不会伞都不打就出去。

从前的怀兮也许会。

现在，就不见得了。

长大后的感情，不如少年时代那样，总是满心热血，哪怕遍体鳞伤都无所畏惧。而成年人无论是谈恋爱还是交朋友，都是非常奢侈的事情，总是精于算计，及时止损。

七分热情或许换不到三分真心，话不敢说太深，事不敢做太满，心也不敢全部捧出去。再也没有能为谁不顾一切的一腔孤勇。

五六分钟的时间内，手机再没响过。

一支烟抽完了，程宴北的视线扫一眼扔在副驾驶座的手机，伸手拿过来，手指在屏幕上滑过，看着那一串陌生又熟悉的数字，陷入思绪。

过了一会儿，他决定保存号码。

他在输入名字时，有一瞬间的失神。

没了往日的亲昵，存个冷冰冰的电话号码，最多只能输入她的姓名。

程宴北正要打字，蓦地，两道光柱掠过。

身形笨重的黑色奔驰从身旁这个椭圆形的大花圃旁缓缓经过，引擎声在错杂雨声之中低沉地轰响，由近及远，最终停在了黎佳音家的那栋楼旁。

蒋燃几乎是刚将车停稳就匆匆下来，伞也没打，冒雨直奔而去。很快，他就在楼道口拥抱住了谁——或者是谁拥抱住了他。

两只白皙的手臂缠绕住他的脖颈，短发埋在他的肩头，像是在寻求着安慰。

程宴北视线停滞在那个方向许久，不知不觉，放下了手机。

雨声不休，他倚着车门，望了望窗外的雨，又望了望紧紧相拥的两人，目光有些深远。

车窗半落，丝丝雨芒飘进来，他从口袋中摸出自己的烟盒，迟缓地拿出一支烟，放到了唇上。他的目光还望着那个方向，迟迟忘了点烟。

直到他猛然想起，拇指才僵硬地，缓缓地，拨动了打火机的滚石。

声音响起，火苗蹿起，将那两道纠缠在一起的身影，一齐燃烧殆尽。

他们消失了。

没多久，黎佳音一人打着伞出来，七楼一扇黑了许久的窗重新亮起灯。

这个雨夜，天地之间，仿佛除了方才紧拥不舍的二人，人人都是局外人。

次日拍摄，怀兮的精神状态好了不少。她平时有锻炼身体的习惯，体质还算不错，感冒了就算不吃药不打针，扛一扛也就过来了。

在模特儿圈这么多年，从前走秀上T台，十几厘米的恨天高都穿过，最开始时崴脚是家常便饭。昨晚去医院，顺带看了看脚踝的伤势，医生说她右脚都快成习惯性崴脚了，昨晚睡前蒋燃和黎佳音轮番用热水袋帮她敷，今天好了不少。

上午拍完一组，她的工作就结束了，下午拍摄团队要去赛车场取材。

天空难得放了一会儿晴，只是天边还飘着一团铅灰色的积雨云，跃跃欲试地要压过来。

尹伽将《JL》这期项目全然交给尹治，尹治没事儿就往这边跑。这会儿他倒了杯水给怀兮，知道她感冒，存心贫嘴："你也来沪城四五天了，没跟男朋友去别的地方玩玩儿——哟，不好意思，忘了你生病了。"

怀兮没好气地瞅了他一眼，捧着杯子不说话。

尹治昨晚可是眼睁睁地看着程宴北来《JL》找她，又故意问："昨晚你跟程宴北干吗去了？"

怀兮瞥他："没干吗。"

"陪你打针去了？"尹治昨晚也看到了怀兮的朋友圈，当下猜道。

怀兮没说话。她喝着热水，望向远处。偶有鸥鹭或者不知名的水鸟，压低了翅膀一群群地掠过江滩，鸣叫声不绝于耳。

尹治顺着她的视线，远远地又瞧见程宴北跟 Hunter 的几个队员，也陆陆续续地到这边准备拍摄了。

不知怀兮是在看他，还是在看江滩。

尹治便笑了笑，说道："那你前男友昨晚陪你打针，你男朋友知道吗？"

明摆着拿怀兮当初噎他的那句"你给前女友过生日，女朋友知道吗"的话呛她，报复心挺强。

怀兮转头，疏懒地将手中水杯放下："少学我说话。无聊。"

她起身朝临时搭的化妆棚走去。

她感冒没全好，带了点儿鼻音，一句"无聊"，倒有几分娇嗔柔弱感。

尹治心痒，瞧着她的背影，心想，他要是对她再多那么一些冲动，也跟程宴北一样，为了她跟女朋友分手，去追她了。

前任之间的复合，不是不来电，就是少了那么一些冲动。复合的，大部分还会再分手。

好感与心动在其次，感情中多了沉没成本的算计，就将所有的冲动都浇熄了。

这年头，大家都不爱瞎折腾。

最后一场，怀兮没和程宴北搭档，摄影师让她和 Hunter 的另一个队员试了试，很快就结束了。

怀兮与程宴北上次搭档得不错，成片出来的效果也非常好。摄影师今天又安排她与新搭档再做点暧昧的配合。她配合做了，表现力称绝，眼神戏也到位，几乎超额完成，摄影师对她赞不绝口。

三天后就是正式比赛，Hunter 队长缺位多时，许多事都需要程宴北这个副队长亲力亲为。昨晚从赛车场出来，他就打了几个冗长的电话与 MC 总部协商事务。

这会儿他过来，恰巧看到怀兮搭着路一鸣的肩，在摄影师的要求下帮路一鸣调整姿势和角度。两人言笑晏晏，气氛融洽。

任楠今天没事，也来了，与许廷亦他们几个坐在一边，拉扯几句没头没尾的玩笑话，调侃那边在怀兮的调教下，脸涨成柿子红的路一鸣。

等程宴北过来，众人就不出声了。

程宴北今天心情看起来不大好，据说是 MC 那边压缩赛制，对 Hunter 有些不利。

此次与 Neptune 的比赛，不仅 Neptune 要加人进 Hunter，他们 Hunter 也要剔除一部分人。

任楠听说程宴北这几日都在为此事游说，想多保几个名额，可 MC 那边说，Hunter 要多保名额，就意味着 Neptune 那边要多减相应的加入 Hunter 的名额。

蒋燃也不同意，不让步。

成了死局。

程宴北靠在一旁休息，长腿疏懒地伸开，抽着烟，心不在焉地滑手机。

他偶尔抬头，看一看不远处的怀兮。

她是模特儿，职业使然，自然是要在镜头下展现自己的千娇百媚，温柔锋芒。摄影师要求她伸手扶住路一鸣的腰，转头看镜头的一瞬，同时对上他的视线。

他们从早上到现在，一句话没有。

他们又恢复成几天前见面最初时那样，佯装陌生人的状态。

手机又响，程宴北便从她身上收回目光，起身去一边接电话。

怀兮看看他的背影，直到路一鸣提醒她一句"看镜头"，才后知后觉地移回视线。

末了收工，程宴北先去 MC 总部那边，其他人准备回赛车场训练。

这几日训练 Hunter 都没放在心上，懒懒散散，没个正形。听说造型师立夏下午也会跟着摄影师团队一起去赛车场拍摄，有人兴奋地说道："哎，你还别说，我就等程宴北跟她分手呢。上次喝酒我就对她挺有兴趣，谁不喜欢长得漂亮又会玩儿的啊！"

"她跟蒋燃也玩得开啊。"

"别吧，估计前天晚上就是带她来吃个饭。真有点什么，怀兮早跟蒋燃分了吧？”

“蒋燃跟怀兮好好的呢。”

大家彼此上了车。

路一鸣打开窗，还跟一群人夸怀兮："蒋燃什么福气啊！我怎么就没个身材这么辣，性格这么好的模特儿女朋友？怀兮跟他怎么认识的？”

“据说是朋友介绍，不过蒋燃倒是追了她挺久的。”

“什么神仙朋友？也介绍一个给我啊。”

“你可算了吧，你现在的不还没分手？吃里爬外。”

“我吃里爬外？你忘了昨天程宴北怎么抱着她走的吗？怀兮昨天脚崴了，又淋雨，人家蒋燃不在，可是把他心疼坏了。”

“蒋燃不还带着程宴北女朋友跟咱们喝酒吗？有一个不吃里爬外的吗？”

正准备走，任楠这侧的车窗被人敲了敲。

是怀兮。

怀兮很高，她偏了偏头，短发垂在脸颊一侧，漂亮得像只灵动的猫。她红唇微抿，有些不好意思地笑了笑："我也跟你们一路，能顺带捎我一程吗？”

她涂着猫眼绿的食指指了指马路那边。车流密集，到了午高峰，很难打到车。

她还伤着脚。

漂亮女人一向有特权。任楠还未说话，路一鸣和其他几个人就此起彼伏地喊了起来："上我的，上我的，上我的车啊！”

“人家去赛车场找男朋友有你屁事？”

“她不都找任楠带她了吗！”

任楠点点头，说："上来吧。”

怀兮便拉开车门上去，没理会那些声音。

看上去还挺傲慢。

一群人出发了，有人隔着三五米的车距，特意打电话来调侃任楠，让他把握机会，说不定哪天能撬了蒋燃的墙脚。

266

任楠的恋爱经历大致只有前些日子在酒吧认识的某位漂亮姐姐，其他人都比他玩得开，他没跟太多女人打过交道，这会儿居然有点儿紧张，不知是否该与怀兮搭话。

怀兮坐在他的车后座，脚尖轻晃，只顾着摆弄自己的手机，也没怎么与他说话。直到到了赛车场门前，有人下来敲了敲任楠的车窗，问了句："蒋燃托你带给立夏的东西你带了吗？立夏今天下午正好要来赛车场。"

"什么东西？"任楠愣了一下，这才猛然想起。他都不记得蒋燃有没有给自己，浑身摸了一遍。

外面人骂道："就那天晚上立夏落在蒋燃车上的，让你保存好，你不会给弄丢了吧？"

"怎么会……"

怀兮闻言，抬眸皱了一下眉："哪天晚上？"

任楠与车外刚才咋咋呼呼的赵行不约而同地沉默了，他们面面相觑，这才意识到好像说错了话。

赵行朝任楠使眼色，想甩锅了。

任楠一头冷汗。

这几天的事不过都是私下众说纷纭的暧昧猜测。

从外滩酒局那晚，申创在程宴北车上见到的，到前天晚上蒋燃和立夏同时现身饭局，再到蒋燃说立夏将东西落在了他的车上托人捎带，再到盛传程宴北是因为蒋燃和立夏发生了什么，甚至是为了怀兮才跟立夏分的手，这些，大家八卦起来不过都是逞口舌之快，满足自私又爱看热闹的本性罢了。

一旦当事人问起，赵行与任楠却一个字都不敢乱说。

流言与猜测不能用来搬弄是非。何况昨天早晨拍摄，程宴北还冒雨抱着怀兮上了保姆车，如果立夏与蒋燃真有什么，那他们又算什么呢？

赵行先打了一声哈哈："没什么，就燃哥托任楠带个东西给立夏。前天晚上大家一群人吃饭，应该是那天落下的。我们也都在的，是不是啊，任楠？"

怀兮又皱眉。

她记得前天晚上，蒋燃说去赴局。

立夏也在吗？

可是那天晚上，她和程宴北在一起。

怀兮不自觉地咬住下唇。

任楠一抬眼，便从后视镜对上怀兮复杂的视线。他有些于心不忍，想多说两句，可见怀兮满脸心事，又不知该从何说起。

他毕竟也是个局外人，于是跟着赵行点了点头："嗯，是。那天大家都在。"

"东西呢？到底给你了没？你是不是已经给人家了，然后忘记了？"赵行推了一下任楠，继续使眼色，然后对怀兮笑了笑，"燃哥肯定是怕你多想，才找我们代为转交。那天很多人在的，你别多想。"

赵行那晚也喝醉了，刚才说得信誓旦旦，这会儿自己一时都不确定那晚蒋燃是叫了代驾，还是让立夏开着他的车，便不敢多说了。

怀兮也没再多问了，拎着包，下了车，跟任楠道谢："我先进去了。谢谢你载我。"

"客气啦。"赵行吊儿郎当地替任楠回答。

怀兮只身离去。赵行瞧了瞧那一道摇曳的背影，摸了一下脸，龇牙咧嘴一下。

差点儿又说错话。

怀兮这一天穿了一条黑色的长喇叭裤，上身是一件贝壳白无肩带露脐背心，蝴蝶骨嶙峋漂亮，后腰一株长刺玫瑰文身很是惹眼，脚踩一双防水台粗跟高跟鞋，风情万种。

"别人的事最好别插嘴，装个傻就行了。"赵行对任楠说，继续望着怀兮的方向，若有所思道："哎，对了，程宴北之前去文胸口那块儿文身之前，身上是不是还有一片文身啊？"

"你一个直男，管人家纹几块儿文身呢。"任楠白了他一眼。

"那也不能怪我吧！以前大家在训练营还一个澡堂洗澡来着，难免看到。我还笑话他是不是文一半疼得不让文了，明显是个半成品啊。"说到这里，赵行恍然一惊，"我说，怎么那么眼熟呢！哎，兄弟！程宴北那块儿文身，好像跟怀兮腰后面那块儿是一对儿啊！"

"不会吧？"任楠也是一惊。怀兮已走远了。

"我看像！他俩到底什么关系？"

这个问题作为新一天的爆炸新闻，又私下传了一遭。有人听赵行提起，还挺激动地说："别的地方不知道，程宴北胸口那文身我跟他一起去的。"

"你知道？"

"对啊，一串儿梵文。据说是他以前上学的时候，他初恋写在他作业本上的一句话。当时用英文写的，记到现在。"

"什么话？"

"什么话……哎，你们不如去问程宴北。我也记不清了。"

他们即将迎来三天后的比赛，训练进入白热化阶段。

偌大的赛场引擎轰天巨响，十多辆颜色各异的赛车风驰电掣，如一道道闪电，在一圈圈赛道中迅疾飞驰。

Neptune 这一天早晨十点开始训练，到这会儿都没结束，这段时间换了两轮休息，刚吃过午饭又匆匆地上场。Hunter 的队员从《JL》拍摄场地返回，也加入其中。

昨晚的友谊赛，程宴北在比赛之前就离开了，蒋燃后面没跑完也临时走了，今天下午两队人又重比一场。怀兮到时，蒋燃那辆银灰色的梅赛德斯已在赛道中飞驰了，与前面一辆红黑相间的法拉利 SF100 竞相领先，难分高下，一贯胶着。

看台上，《JL》的摄影团队也到达了。

镜头长枪大炮地架好，立夏和几个造型师、化妆师在原地候命。准备等他们跑完这一趟下来，去赛道采景。

怀兮是第二回来这里了，她伏在栏杆上，与工作摸鱼的黎佳音发微信，有一搭没一搭地聊天。

在看台上待了大半个小时，怀兮与立夏之间并无交谈。

怀兮却时不时地感受到立夏的目光落在自己身上，好像在观察她到底在看赛道中的哪辆车。

风拂面而来，怀兮扫了一眼下方赛场，从前往后顺了顺短发，侧头一瞥，对上了立夏的视线。

立夏似乎没想到怀兮会看过来，不带温度地牵了牵嘴角。她笑了笑，就回头继续看台下赛道。

怀兮同样也在观察，立夏在看哪辆车。

黎佳音听说她又去了赛车场，调侃道："我的姐妹，你今天是去看谁？"

蒋燃那辆车今天状态不错，铆足了气势，在一个弯道后，将程宴北的车狠狠地甩到身后百八十米，再一个平稳的提速，就遥遥领先了。

看台上有他们各自的车迷，甚至《JL》的摄影师团队和工作人员中就有几人是他们的车迷。见蒋燃领先欢呼不断，见程宴北落后，加油的叫喊声也此起彼伏。

精彩极了。

程宴北的职业生涯里，可从没被蒋燃甩开这么远，这么久过。他今天好像很不在状态。

怀兮听着七嘴八舌的议论，也抬眼去看赛道那边。

又是一圈下来，程宴北那辆红黑法拉利 SF100 落后一圈半了，过个"Z"型弯道时犯险提速两次，一个猛冲，想要超过前面蒋燃那辆银灰色的梅赛德斯。

但是无济于事，还是被甩在后面一截。

还剩最后一圈。

程宴北在弯道犯险提速，车身落地急需平稳，再提速有爆缸的危险。看台上有解说，大呼小叫起来，猜测他下一步会怎么做。

出人意料又好像在意料之中，他还是拼尽力气提速。

几乎是一眨眼，便冲上前去。

赛道上方，传来一阵尖锐沉闷的引擎回响，刺耳，又震撼人心。

蒋燃那辆梅赛德斯也不甘示弱，原本就有领先的优势，如此一通行云流水的操作，再一提速，轻松地压制过去。

两辆车直奔终点，互不相让，难舍难分。

摄像师都不拍了，看台上一群人屏息凝神，众人都在等待冠军的产生。

最后，是蒋燃的那辆银灰色梅赛德斯，领先了程宴北的法拉利 SF100 零点零二四秒，率先冲过了终点。

欢呼声迭起。

Neptune 的车迷都知道，这是 Neptune 的队长蒋燃第一次真正意义上赢了 Hunter 的副队长，几乎拿了大满贯冠军的程宴北。

人群推着怀兮前行，她好不容易抓着栏杆站稳了，还没下看台，穿着一身太空灰色赛车服的蒋燃，就迫不及待地从看台楼梯奔上来。

"恭喜啊——"

"恭喜冠军！"

蒋燃迎着众人的称赞声，越过人群喊了一声："怀兮——"

她才站定，他就伸手将她揽入怀抱。

蒋燃一只手还抱着赛车头盔，因为激动还微微喘着气。接着，一个吻就落在她的嘴角。

他刚吻上去一抬眼，就看到了不远处的立夏。

立夏下颌轻扬，也在看他。

而怀兮的视线落在看台之下。

从那辆滞后毫厘，引擎还滚烫着的红黑色 SF100 上，下来一道红白相间的身影。程宴北摘下头盔，抬头向看台上的他们望过来。

程宴北看到蒋燃吻她，目光深沉，再也挪不开。

第
十
六
章

◐
◑

痒

　　这几天，怀兮给《JL》拍封面的消息几乎传遍了模特圈，前经纪公
司 ESSE 一个曾与她关系不错的 HR（人事招聘）下午发来邮件，问她要
不要考虑重新签回去。

　　国内模特市场几乎被 ESSE 等几家大的经纪公司垄断，怀兮要是想
在这一行混得长久，不签公司做独行侠肯定不行。没有公司，就没有
资源。

　　怀兮猫眼绿的指尖停顿在手机屏幕上，久久没回复。

　　偌大的休息厅二层，她的座位面朝窗户，方才在场地中飞驰的人一
半都不见了踪影，唯有身着清一色红白赛车服的 Hunter 队员们勾肩搭
背，在摄影师的安排下，拍摄最后一组。

　　程宴北不在。

　　"蒋燃今天跑赢了程宴北，三天后正式比赛应该没什么问题了。"

　　中场休息，Neptune 的申创等几人在这里休息，四点还要训练。

　　他们瞧见了怀兮坐在那儿，还拔高了嗓音："燃哥争气啊！那会儿
程宴北可是被他甩在后面好几圈，最后半圈怎么都没赶上去！可太牛

了，我跟在后面都激动了！"

"咱们这么辛苦地训练还是有效果的，再努把力，下次拍杂志燃哥也带咱们去啊。"

"不能总便宜他们 Hunter 吧？"

一片吵闹声中，怀兮显得很安静。

她又将那封邮件浏览了一遍，还是不知该怎么回复。看了一眼表，时候不早了。

蒋燃临时去 MC 总部办点事，走前怀兮说等他回来，这一刻她仍乖乖巧巧地坐在那儿喝着下午茶，没食言。

蒋燃还以为她可能走了。

怀兮这一日的妆容很浓，着重眉眼。天阴了大半，她面朝窗，光线衬得她面容更明艳三分。

Neptune 一群人见他回来，刚要嚷嚷，蒋燃立刻给了眼神让他们噤声，自己则绕到怀兮的座位后面。

他的手才洗过，冰冰凉凉的，倏然贴了一下她的额头。

怀兮正在走神，乍然感到一凉，不禁一颤，魂儿都吓飞了。

她抬起头，不悦地看他："干什么？"

蒋燃一早察觉到她今天情绪不大好，这会儿更像是愠怒。他并不放在心上，反而希望她最好在他面前有点脾气，不要毫无情绪。

当然，他胸有成竹可以哄好她。于是绕过来坐在她的旁边，揽过她纤薄的肩，柔声说："昨天才感冒，今天怎么就穿这么少？"

怀兮拿起桌上手机，滑了滑："我不是很冷。"

"感冒好点了？"

"嗯。"

"脚呢，还疼吗？"蒋燃低头看她的右脚。昨夜他和黎佳音轮番给她敷了好久，她疼得眼眶都红了。他看到她又穿着高跟鞋，声音透着几分不悦，"穿这么高的鞋子，再崴了怎么办？"

"今天早上拍摄的时候穿的，就没脱。"怀兮的视线瞟向窗外忙忙碌碌的一堆人，向他示意《JL》的摄影团队。

不知怎么回事，她莫名有些心烦。

蒋燃马上又要去训练，于是她也收拾好手边的东西："你忙吧，我先回去了。”

Neptune 的副队高谦宇见怀兮要走，看了看蒋燃，笑道：“燃哥一会儿跟我们还有队内训练赛呢，你又不常来，留下来过过眼瘾啊。”

“就是啊！训练一个多小时就结束了，也不着急吧。”旁人搭腔，“你走了，燃哥再拿了冠军跟谁炫耀啊？”

蒋燃适时地牵住她的手，力道不轻。

恰好他的电话响起了，他眼角微抬，向她挑了挑，示意她先别走，然后接起来。

是程宴北。

最近赛事组在平衡两个车队间的利益关系。

三天后正式比赛，要筛选 Neptune 的精兵良将加入 Hunter 重组车队，准备后半年的国际 F1 锦标赛。相应地，Hunter 也会被相应地剔除几位，为 Neptune 腾位置。

Neptune 落选 Hunter 的队员，与 Hunter 被裁的队员一样，会视为被 MC 赛车俱乐部放弃，以后很难有机会再参加大型国际比赛，只能在国内或者国际不知名的小型赛事上露脸，好比高中经过一场考试后划分重点班与普通班。

如果 Neptune 多争取一个名额，就要挤掉 Hunter 的一个名额。这些本来都是赛事组定好的，昨天临时改了主意，要多给 Neptune 一到二个晋升到 Hunter 的名额。一支车队最多十一人，这意味着 Hunter 也要多牺牲一至二位现在的队员，腾出位置。

程宴北不同意，蒋燃这边也不让步。

平时两支车队的人下了赛场都是好朋友，这两天两边却暗潮汹涌。

电话接通了，程宴北开门见山地说，赛事组新来的经理人让蒋燃通过他的微信。

蒋燃摘了手机，随意在屏幕点了两下。

两条好友申请。

一条是新弹出的陌生人。

一条是立夏。只有微信名，没有备注。微信名就叫“立夏”，清爽又简洁。

是昨天的消息，他一直没有通过。

蒋燃垂眼通过第一条时，拇指一颤，附带着也把下面那条通过了。他点得轻快、随意，仿佛只是不经意点到一样。

蒋燃注意到了程宴北没跟Hunter那群人一起拍摄，随口问："你下午比完赛去哪儿了？"

程宴北正要开口，怀兮站起要走："我一会儿可能有约，要走了。"

程宴北听到她清冷的嗓音，顿了顿。

这时，外面又有队员进来喊："燃哥，训练了！高谦宇，邹鸣，你们几个也快点儿！"

"来了，来了。"

队员们拿起扔在一边的头盔，三三两两地往外走。

蒋燃也站起身，担心怀兮伤了脚站不稳，自然地揽过她的腰身，没等程宴北回答就挂了电话，对她温和地笑道："真要走？不等我训练完一起？"

一阵忙音入耳，程宴北皱起眉。

蒋燃的手扶住她腰，刻意避开了她后腰的文身。

从前与她缠绵时，他万分着迷她这一处文身，妖娆又漂亮，像是琢磨不定的她。他内心总隐隐觉得，这文身背后或许有故事，却又不愿去想，这段故事是否与程宴北有关，直到今天听车队的人聊起程宴北的文身。

大家都猜测，那是一对。

怀兮心里有些乱，又不知因何而起，只笑着摇头："对不起，我今天有点累了。"

蒋燃笑着重复："累了？"

"嗯。"

双方都有点儿心不在焉。

"也是，你这几天生病又受伤，还要工作，太辛苦了。"蒋燃用下巴贴了贴她的额头，"退烧了，好多了。"

只是这么一个瞬间，他用下巴试她额头温度的动作，令怀兮睫毛颤了颤，心也跟着跳。她不禁闭上眼睛，还以为是另一人。

"那你回去好好休息吧。"蒋燃没勉强，反而宠溺地说，"回去睡

275

一觉，晚点我训练结束，你醒了的话，我带你去吃饭，咱们顺便去外滩那边转转？这几天来沪城都没机会一起出去走走。你和你要见的人约到什么时候了？"

蒋燃如此温和耐心，也不问她约了谁，从昨夜开始，就放弃了他的疑心与揣测。

怀兮看着他，温顺地点点头："还不清楚，可能晚上，可能明天。"

她对上他温柔的目光，笑容却十分公式化："那我，先走了。"

"要我找人送你吗？"

"不用，我在附近逛一逛，自己打车回去。"

"好。"蒋燃最后吻了吻她的额头，不舍地说，"有事给我打电话吧。我会想你。"

那边一声一声地催促，他拎起头盔，最后又像先前在看台上一般，轻快地吻了一下她的唇，转身匆匆去训练了。

怀兮看着他的背影远去，再次望向窗外。

那会儿在赛车场忙碌的一群人已不见了踪影，空空荡荡的，什么也没有了。

黎佳音中午就发来短信，提议晚上买点儿食材在家吃火锅。怀兮又稀里糊涂地答应蒋燃，晚上和他一起。

她一整天思绪乱糟糟的，明显是昨夜失眠的缘故。

蒋燃他们三天后正式比赛，爸爸的生日也要到了。怀兮在沪城的工作到今天已全部结束，她开始考虑要不要买回港城的机票。

她也还没回复 ESSE 的 HR。

尹治听说她最近手头紧，中午就提前将这几天拍摄的薪酬结给了她。她混了这么久模特圈儿，还是第一次见到提前结薪的。不知是不是他垫付的，也不知是不是他们《JL》的规矩比较特殊。

说起来，她还欠着程宴北的医药费。

昨晚给他打电话……

怀兮想着，又心烦起来。

凭什么让她给他打电话，打过去他还不接？

怀兮四处走了走，前面好像是个健身房，里面有人进出。

这家赛车场并非 MC 一家给 Hunter 与 Neptune 两支车队包揽，前来训练的大大小小的车队不少，设施一应俱全，酒店式管理，蒋燃这几天为了训练方便，就住在这边。

怀兮想问任楠，能不能她把钱转给他，他代为转给程宴北；或者问问之前修车行的那个叫吴星宇的人。她就要离开沪城了，并不想欠他。

怀兮留神手机屏幕，正准备翻任楠的联系方式，经过一个楼梯拐角时没注意，就撞到了谁的身上。她向后趔趄了一步，高跟鞋在地面一阵乱响。

接着，她的腰被一个力道稳稳地托住了，或者说，被直逼着向后退。

她的后腰撞上楼梯拐角的栏杆，硌得她吃痛。

抬头，撞上一双熟悉的眼睛。

程宴北才从楼上下来，准备去健身房。他穿着一件黑色背心，应该是才洗过澡，水汽未消，散发出一丝沐浴露的清冽薄荷味儿。

整个人很清爽。

他宽肩窄腰，肌理紧致，线条结实却不累赘，是时常锻炼才能保持下来的好身材。

黑色背心领口不高，胸前那一块儿地裂纹样的梵文文身，半遮半掩，透着几分嚣张的野性。

怀兮稳稳地落入他的怀中。

男人眉眼一挑，容色倦怠，似乎也很意外在这里遇见她。

正好碰见了，怀兮就不用费尽心思地找人给他钱，她直直地对上他深沉的眼睛，开口要说话，他先略带倨傲地笑了笑，满眼挑衅："感冒好了？"

怀兮顿了一下，扬眉说道："怎么，你关心我？"

"当然，"程宴北嘴角带着轻快的笑意，"都不怕传染给蒋燃了。"

吃醋这么明显。

怀兮心底哼了一声，莫名其妙被他这语气惹恼。她倒是不卑不亢，扬起下巴说道："我怕什么？他的身体素质比你好多了。"

"是吗？"他低笑起来，对这话万分不悦似的，垂眸睨着她的唇，用指腹晕开那一抹绯红，两指扣住了她的下颌，淡淡地说，"你不试试怎么知道？"

怀兮还没来得及开口，就像那晚一样，他几乎将她整个人腾空架起来。

"程——"突如其来的失重感，吓得她只来得及发出一声尖叫。

程宴北迈开大步，走向三五米开外的一扇门，用脚顶开了门。一进去，她几乎是被甩到了木地板的瑜伽垫上。

一屁股摔下去，怀兮吃痛。

他站在她的上方，活动了一下肩臂与双手，接着，双臂撑在她身体两边，整个人覆了下来。

怀兮的睫毛下意识一颤，闭上眼睛。

感受到他接近她的同时，一道低沉气息落在她耳边："试试吗？"

他们太近了，彼此呼吸交缠。

怀兮双腿不自觉地屈起，胸膛起伏，压抑住一颗不安分的心。

她看着他，眼前好像出现了那晚在她酒店房间，她头顶的那盏金铜色的灯，上面映出他们纠缠在一起的身影。

此刻，头顶天花板居然是一整面通明透亮的镜子。

她无比清晰地看到，此时此刻，她蜷缩于他的身下。

怀兮注意到他左手的手腕戴着运动手表，那会儿他好像是要去健身房那边。他们所在的这个房间，像个小型私教室，旁边错落地摆着几张瑜伽垫，还有一些简单的器械。

不等她反应，一个尖锐的声音响起。

他的手表开始计时了。

"躺好了，帮我数。"他沉声命令道。

怀兮的思绪也被拉了回来。

程宴北双臂支撑自己，伏在她身体上方。那双深沉的眼睛，死死地攫住她，凝视着她，眸中满是她看不懂的情绪。

他们对视着，接着，他突然屈臂，蓦地伏低身子，怀兮又是条件反射一般地一闭眼，屏息凝神。

隔了两秒，无事发生。

不若她想象中那般，气势汹汹地对她展开什么激烈的攻势。待她松一口气，却有一个轻快的吻落在她的唇上。

猝不及防，又好像是水到渠成。

如同一片羽毛，从她心上拂过，不留痕迹却偏偏令她的内心喧嚣不止。

怀兮的心跳跟着慢了一拍。再睁眼，目光一颤，看着他。

程宴北停在她的上方。他敛低眉眼，单眼皮弧度狭长，黢黑瞳仁深不见底，正静静地凝视着她。

她宛如第一次接吻那般，惶惶然又羞赧。

他的嘴角缓缓泛起笑意，似乎对扰乱了她的心，非常满意。与她对视了两秒，他眼睫微垂，半掩住眼中的情绪，再次覆下来。

怀兮的心乱得不成样子。这次却不是条件反射，反而像是追寻过往的美好，缓缓地闭上了眼。

他又吻了她一下，认真，小心，谨慎，又富有感情。

如此循环。

每一次，都停在一个极克制，又极暧昧的距离。他有千般本事，万般手段，就如昨晚故意不接她电话那样，轻易将她的心搅成一团糟。

怀兮以前陪程宴北去大学城打球。

闷热的夏日，体育馆比这里大出十几倍还不止，铺着结实的塑胶地面，两侧有很高的篮球架。男孩子们在场地中打球、灌篮，女孩子们三三两两地聚在一边跳绳或者聊天。

那时一整个下午，一整个夏天都是他们的。

都是青春的。

程宴北高中就在篮球赛上创下了许多佳绩，身体素质很好，体育特长班的老师还游说过他要不要去考体校。他断然拒绝了。

那天他们学校和另一方打友谊赛输了，依照约定，每人要做一百个俯卧撑，不做完不准走。程宴北作为主力队员自然首当其冲，他甚至还帮身体素质不如他的队员包揽了一部分。

开始大家还津津有味地看一群男孩子在场地中央大汗淋漓地做俯卧撑，一直起哄，放学铃一响，场馆里的人就一哄而散了。

旁人走时还朝她喊："怀兮！别因为他是你男朋友就放水啊，数够二百个再让他走！"

大家陆陆续续地走光，只有他一个人在场地中挥汗如雨。

怀兮走下看台，在他旁边蹲下来，拿出面巾纸为他擦汗，问他："多少个了？"

"你数了多少？"他累得说不出话。

其实怀兮根本没数。

她蹲在一边，看他那么累，又去给他擦汗，汗水浸湿了一整张纸。

她无意触碰到他的皮肤，滚热的，鲜活的。

"我没数。"怀兮说，"他们都走了，没人看了，你就不会不做吗？非要做完？"

他这才停了一下，侧头，单眼皮挑起一个温柔的弧度，朝她笑："我不是在等你过来给我放水吗？他们让你数。"

怀兮哼了一声。

"真不心疼我？"他问。

"谁心疼你？"她别开脸。

他便沉沉地笑了。

怀兮嫌地板太硬，从器材室拖过来一个折叠垫，为了证明自己真的没心疼他，让他在上面做完再走。他却将她也给拉了下来，就像现在这样，她仰面躺在他的身下，他覆在她的上方，做一个俯卧撑就亲她一下。

他不断地问她："几个了。"

她沉溺于他的亲吻中，乱报着数字。

那天他们在无人的体育馆接了很久的吻，到最后，都忘了还有多少个俯卧撑没做完。

头顶的镜子映照出他们，亲吻不过是他的幌子，犹如昨夜那个响过三两遍都故意不接的电话。程宴北故意吊着她，全是弯弯绕绕的小心思。

"程宴北，你到底是放不下现在的我，还是以前的我？"怀兮忽然出声问，她的感冒尚未痊愈，嗓音仍沙哑。

程宴北的手掌在她后腰那处文身附近摩挲，看着她道："都有。"

怀兮默然，不知这个答案是她想要的，还是不想要的。

她的心已然乱成一团糟，都分不清，她到底是在为过去的他心动，还是为现在的他。

她忽然觉得悲哀。

突然，一阵急促的手机铃声响起，他扔在不远处的手机频频振动。

"那个，你的手机……"怀兮提醒他。

"不管。"

过了一会儿，又有人敲门。

"有……"

怀兮又要出声提醒他，却被他直接按回了瑜伽垫。

敲门声继续。

他不管不顾，装作听不见。

她心一横，索性也不再提醒他。

遇见他后，她变得毫无自制力，心乱得无底线。人在他面前，这么不成模样。

无法招架他，过了很久，她才颤抖着嗓音对他说了一句："程宴北，你知道我想……"

他倏然抬头，对上她的视线。

她像是极力地从他的挑拨中挣扎出来，目光渐渐地恢复了清明。

"我知道。"他笑意淡淡，目光渐深。

"我忘不了你，真的，我忘不了。"她定定地看着他，望入他的眼底，"我一直，一直，都没有忘记过你。我总能梦见你，总能。"

他也看着她，沉默了几秒，答道："我知道。"

怀兮稍稍垂眼，避开了他的视线，轻声地补充道："但是对不起，我还没想好，要不要重新跟你在一起……我不知道。我只是，太想你了。"

一阵冗长的寂静。

这次他沉默得更久，好半天，才听见他低缓地笑道："嗯，我知道。"

他又覆下来吻她。

毫无顾忌。

似乎也没将她刚才的话放在心上。

他指尖温热，掠过她小腹的皮肤，引得她一阵阵发痒。

此时，又响起了敲门声，咚咚咚，咚咚，一次比一次急促，回荡在空旷的瑜伽室里，仿佛在拷问他们。

程宴北低垂眉眼，有条不紊地解开她的纽扣。她听着那敲门声，问："你不去看看吗？"

"看什么？"他没抬头。

"有人……敲门。"怀兮话音刚落，纽扣便开了。她没有丝毫放松，反而紧张地咬了咬唇，对上他的视线。

他迎着她目光，抬起头，嘴角一道浅色绯红，是她口红的颜色，迷乱又斑驳。

"你很关心外面是谁？"程宴北轻佻地问。

怀兮也不确定。她下意识地望向赛车场，蒋燃那辆银灰色的梅赛德斯依然在场地中飞驰。她机械地动了动唇："不是，我觉得应该是找你的……吧。"

事实证明，敲门声的确和程宴北有关。这间私人训练室最近都是他在使用，门外还传来了说话的声音，有人在喊他的名字。

程宴北皱眉，将食指放在唇边比了个"嘘"的手势，示意她别出声。

怀兮赶紧穿好衣服。

程宴北没直接去开门，反而边走边将上身的黑色背心脱掉，往一侧一个小房间走去。

很快，那边响起淅淅沥沥的水声。

他去冲澡了。

水声戛然而止，五分钟后，他重新出来，一身清爽。怀兮此时也穿戴完毕，她老老实实地坐到一边，抬头看他一眼，神情有几分慌乱。

程宴北过来牵住她的手在他的掌心摩挲，好像是怕她逃走似的。

他带着她，来到刚才他出来的那个里间："我去看看，在这里等我。"

然后他出去开门。

门外是这栋楼的管理员和任楠，身边跟着个十六七岁的少女。那少女穿着一身皱皱巴巴的校服，与他和怀兮上学时的校服一模一样，宽松的白色上衣，臃肿的黑色运动裤，上面有"南城七中"的标识。

程醒醒一见他，眼睛一亮："哥！"

程宴北皱了一下眉："你怎么来了？"

任楠起初听程醒醒说夏让她来这里找程宴北还不信，这下可算松了一口气："哥，这真是你妹妹？"

程宴北抱起手臂，倚在一边门框上点了点头。

他看着程醒醒："怎么来沪城了？"

"我想你了！"程醒醒立即说，"所以就来沪城找你了……"

看到他的脸色黑了大半，她完全没了底气。

程宴北脸一沉，要发火："奶奶和舅舅知道吗？"

程醒醒眨眨眼，嗫嚅道："不知道……"

程宴北的脸色更差了。

"我……我可不是离家出走啊！我跟学校请假了！"程醒醒强调道，仍底气不足，紧张地看了看不远的立夏，"之前……之前你不是说你在这里训练吗？我就过来了……刚才还在门口碰见了你的女朋友。"

程宴北一怔，他这才注意到立夏。她跟在任楠和楼层管理员后面，没走近。

立夏对着他淡淡地微笑。

"是你女朋友带我上来的，不然我都进不来。"程醒醒记不清立夏的名字了，只能一口一个"你女朋友"称呼她。她挠挠头，很不好意思地对立夏笑了笑。

《JL》在赛车场的拍摄工作结束，立夏一行人准备离开了。还没出赛车场的门，立夏就碰见了一个探头探脑的小姑娘。

程醒醒一身校服，上头印着"南城七中"的校标，原本宽松的校裤显然是偷偷改良过，双腿的轮廓纤细笔直，是女高中生里很流行的那种。

程醒醒被拦在门口进不去，一眼就认出了立夏。

程宴北平时不怎么同她提及自己的家人，立夏与他交往的这几个月，唯一一次见到他的家人，是她有次因为工作缘由滞留南城，意外遇见的。

要不是那次，她对他的原生家庭真的一无所知。她之前只知道他大学是在港城读的，在那之前，她甚至以为他和她一样，也是港城人。

立夏从容地走上前，主动解释道："我们刚收工就在门口碰见她了。我也不是很确定你在不在，就打电话找任楠确认了一下，然后带她上来找你。"

立夏说着，看着程醒醒温柔一笑，并不在意她不记得自己的名字："难为你还记得我。不过啊，"她又朝程宴北笑了笑，"我和你哥哥已经分手了。"

程醒醒以为找到了能替自己说话的救星，正准备去立夏的身后躲一躲，闻言，脚步立刻刹在原地，也有几分尴尬，过了半天才小声地接了一句："啊？怎么又分了一个？"

程宴北面上薄怒隐隐。

任楠听程醒醒那口气觉得十分好笑，却强忍着没笑出声，他主动打破僵局，对程宴北说："哥，你没出去训练吗？快比赛了，今天下午赛车场就半封闭。外来人员进来都要登记的，立夏说是你妹妹，我才让楼管带着一起上来的。"

似乎是起过一番争执，任楠对一边的楼管无奈地说道："你看，说了是亲妹妹，没错吧？"

楼管点点头，这下终于相信任楠了，又说："马上比赛了，最近管得严，大家互相理解吧。你们下来跟我登记一下。"

他还指了指同样也是外来人的立夏："你也过来一下。"

程宴北看了程醒醒一眼："跟着我，别乱跑。"

他顺手带上身后的门。

一行人下楼。

此时别人都在赛车场训练，而 Hunter 拍最后一组照片时程宴北就不在。因为他的任务已经结束，今天这组不用他出镜。

他下午一直不在。立夏原本还担心遇到他给他做造型会不会太尴尬。

立夏转身，顺便瞧了一眼刚才程宴北出来的那个房间。房门紧闭，仿佛藏了个幽深的秘密。出于女人的第六感，她盯着看了许久，不料一回头，便撞上了程宴北的目光。

立夏看着他，觉得他有话对自己说。

程宴北敛了敛下颌，走过她身边时，低声说了一句："谢谢，今天。"

是在为她带程醒醒上来而道谢，泾渭分明。

立夏笑道："不客气，我碰见了而已。"

两人都客客气气的，好像只是刚打照面没多久的陌生人。

立夏表面在笑，心底却不由得泛酸，于是垂眸不再多言。

程醒醒身材偏瘦，把臃肿的校服穿得有些不修边幅，书包都没背，晃晃荡荡地跟在程宴北身后。

程宴北看了一眼她那身校服："你才从学校出来？"

程醒醒一惊，以为程宴北要发火，小心翼翼地点了一下头："嗯……

284

我请假了。"

"一个人？"

小姑娘又点点头。

"怎么来的？"

"飞机啊，一个多小时就到了。"程醒醒这会儿有点小得意了，晃了晃手里的手机，"你别小看我。我又不是小孩子了，坐个飞机而已。"

"行啊你，下了飞机坐地铁过来的？"程宴北觉得有些好笑。

"是啊，很方便啊。我给你们赛事组打了电话，他们说你们车队今天都在这里训练。"

"方便？"程宴北眉眼一扬，"明明这么麻烦。你怎么不直接打给我？"

"我傻啊？"程醒醒觉得不可思议，"打电话给你找骂？"

程宴北轻哼一声，道："你还知道会挨骂？"

"你那么聪明，我又不傻。"

程宴北并不想跟她开玩笑，见小姑娘都飘了，大手拍了一下她的脑袋，力道有点儿重。

他冷冷地瞥她一眼，敛去笑容，淡淡地说道："还知道自己会挨骂，那咱们等会儿好好算算账。"

程醒醒气得吹胡子瞪眼。

照楼管指示，他们几人进入一楼的一个房间去登记。程醒醒紧走几步跟上他，悄声问："哥，你为什么跟那个姐姐分手？"

说的是立夏。

程宴北随手拿来一支笔，填她的信息："管好你自己的事。"

洁白纸张上，很快留下洒脱却不凌乱的字迹。程醒醒怕他忘了自己的身份证号，还老老实实地递了身份证过去。

程宴北扫了一眼，突然注意到程醒醒身份证上的照片重新拍过。

上个身份证是他带她去办的，那时她还是长头发，现在剪成短发，两边的头发别到耳后，眼眸明亮，笑容干净而清甜。

他们都是单眼皮，都遗传了妈妈。

程宴北上次回港城还是春节，算算有一段时间没回去了。往常他结束一项比赛就回家，一刻也不耽搁。这次紧锣密鼓地准备比赛，无暇返乡。

程宴北在纸上迅速填好信息，抬头起身。程醒醒这段时间好像长高了。他用笔杆儿敲了敲她的脑门儿："你出来怎么不跟奶奶说？嗯？"

"说了她也记不住呀。"醒醒捂着脑门儿，揉了揉，坐到一边儿，颇为委屈，"你说她能记住什么？我放学回家经常没饭吃。我现在都高三了，作业都写不完，回家还要给她做饭，自己在外面吃了又不行，她身体不好，总不能跟我一起吃外面的饭或者叫外卖吧……多不干净啊。"

"你知道自己高三了，还乱跑？之前说要请保姆阿姨，你不是不要吗？不是还有舅舅和舅妈？"程宴北柔缓了口气。

醒醒还是怨声载道："他们也很忙啊，也不能时时刻刻管着我和奶奶吧。"

程宴北还想多说她两句，却最终没说。他放轻力道揉她的头发，让她坐在这里，他出去打电话。

爸爸去世，妈妈离开后，舅舅经常会帮衬他们家里。这几年奶奶身体不好，记性又差，他常年辗转各地比赛无法照拂，程醒醒读高中，不喜欢家中来陌生人，死活不要他请保姆阿姨，舅舅和舅妈就会帮忙照顾她们。

刚才在楼上好几通未接来电，大部分来自舅舅。

果不其然，一回过去，那边就火急火燎："小北呀，怎么办呀？醒醒不见了！学校老师说她今天就没来上课。打电话这孩子也不接，你快想想办法呀！她有没有打给你？"

程宴北站到通风口。

天阴了大半，雨势频频，却没风。他径自点了支烟，舅舅那边已抱怨了一通。

他吐出烟气，这才淡淡地开口："她来沪城了，我刚见到她。"

"啊？怎么去沪城啦！这孩子！去找你了吗？"舅舅那边又是担心，又是自责懊悔，"她跟你说她闯什么祸了没？"

程宴北皱了一下眉头："闯什么祸？"

接着，手机里传来舅舅噼里啪啦的一通解释。

他讲了好半天，程宴北算是听明白了。

程醒醒月考没考好，从班级中上跌到倒数。前天开家长会，她不敢让舅舅去，害怕挨骂，就让记性不好的奶奶去充人数，结果奶奶压根儿没记住这事。

所以家长会只有她一人的家长缺席，老师当着所有同学家长的面打电话给舅舅，宣扬她糟糕的月考成绩，还顺带把她跟某某男同学早恋的事抖搂出来。

这下惨了。那男孩子与她同班，这次成绩也有所下降，对方家长听了气不打一处，棒打鸳鸯，让班主任直接联系到舅舅。

舅舅找程醒醒谈了一次，才说要把这事儿告诉程宴北，小姑娘就闹了脾气，学都不上了，一气之下就跑来了沪城。

程宴北默默地听完，按灭了手里的烟。

"要是你们爸妈还在，我犯得着跟她说这些？"舅舅怨气不小，"你一直在外面比赛，我也不好打扰你，我心想，我也算是你和醒醒的长辈，是吧？总该有义务替你教训她几句吧？"

"老师打来电话可是气死我了。离高考只有两个多月了，怎么能早恋呢？而且这个时候成绩突然下降这么多……她倒是脾气大！我还没说我有多委屈呢，我又不是你们家长，老师批评我做什么呢？"

"那你说说，难道我不该说她吗？"

他的一番话自相矛盾。

又想作为"家长"管教孩子，又不想被老师当成"家长"教训。

程宴北淡淡一笑："不是不该说她。"

"那要怎样？你说。"舅舅挺着急。

程宴北又将一支烟放在唇边，眺望远处，拇指漫不经心地按着打火机的滚石，却久未点燃那支烟。

不远处，蒋燃他们结束训练了，车辆三三两两地驶过终点线。

"老师和您都该教育她的，这没什么问题。"程宴北说，"只是，您可能也忘了问老师。"

"问什么？"舅舅问。

程宴北点上烟："老师当着那么多人的面，只宣布她一人的成绩，所以，这个家长会，是单独给她的家长一个人开的吗？也没有照顾您的面子吧？"

"舅舅您如果实在觉得麻烦，就让老师有什么事给我打电话吧。快高考了，醒醒也不小了，有的事她自己也知道。"程宴北继续说，"她来找我估计就是心情不好，闹脾气。不过您放心，该说的我会跟她说的，我去解决好。这些天也辛苦您操心了。"

舅舅沉默了好一会儿，好像被程宴北这么一通话说得有些不好意思。刚才他怨气占了上风，还提及他们父母的事，而醒醒毕竟还是个孩子，不若程宴北懂事成熟，正值叛逆期，又快高考，有的事，有的话，也是他操之过急，没考虑到她的心情。

于是他叹了一口气，说道："那你可得跟醒醒说，让她早点回来。快高考了，她也是胆子大，敢跑去沪城找你了。"

"等她情绪好点了我就送她回去，不会太久。最近辛苦您和舅妈了。"程宴北说。

"那行。"舅舅语气好了不少，"那个，小北，你最近不是要比赛很忙吗？醒醒班主任是不是找你了？打扰到你了吧？"

"没事儿，今天正好有空。刚我在忙，电话我没接到。"程宴北笑了笑，客气地说，"我一会儿回电话过去。家里那边，就麻烦舅舅最近再帮忙照顾一下奶奶。我这边结束就回去了。"

"没问题。"舅舅似乎还想多说几句，最终却只说，"你比赛也要加油，奶奶的事放心，有我跟你舅妈在。"

"嗯，好，辛苦你们了。"

程宴北的未接来电列表，的确有一通来自程醒醒的班主任。

对方对程醒醒的家庭情况了如指掌，知道他忙于各种比赛，且哥哥这个身份在老师心目中，也算不上是"家长"，所以程醒醒的事，素来不会打电话给他，而是经常打给舅舅解决。舅舅接电话接得多了，难免厌烦暴躁。

程宴北还没回电话过去，身后蓦然响起一阵高跟鞋声，由远及近。

他回头一看，是怀兮。

她脚伤未愈，步伐沉缓。这栋楼没电梯，她要步行从三楼下到一楼。

楼道只有他面前这一扇窗。她迎着阴沉的光线走来，他一个恍神，以为她和他都是还穿着那一身校服的年纪。

怀兮见他在这里，也是一愣。她眨了眨眼，问："你怎么在这里？"

说起来，她在楼上，久等也没等到他回来。

先前一番天雷勾地火，现在这么平静地面对面站着，她竟有几分不自在。

程宴北眉眼轻扬："你呢？"

明明是她抛出问题，又被他扔了回来。

故意的。

怀兮没好气，抬起下巴："任楠打电话给我说，今天下午所有的外来人员都要登记，让我没走的话就过来登记一下。"

程宴北只笑了笑，没说话。

他按灭了烟，打量她脚下："穿这么高的鞋走楼梯，再摔了怎么办？"

怀兮却不大在意。

她想说，她没他想的那么娇弱，也不是以前那个事事让他操心的小姑娘了。

最后她却什么也没说，只说："那我进去登记。"

"嗯。"程宴北应了一声。

好像刚才真的什么都没发生过。

怀兮迟疑了一下才迈步，她走入登记室，迎面遇到了正欲往外走的立夏。

立夏与程醒醒和任楠一一挥手告别，一转头，就看到了怀兮。

程宴北也随后跟上来，不知是找她，还是找程醒醒。

立夏面上笑容还未消，一个回眸的瞬间，注意到怀兮腰际的文身。她今天在车场也听了不少闲谈，说他们二人的文身是一对。

怀兮不由得也想到了那会儿任楠与赵行无意提及的事。

两人如此面对面，分外尴尬。

他们还是同一个男人的前任。

那个男人为了一个前任把另外一个人变成前任。

立夏面上的笑容僵了几分，绕开他们，离开。

此时，程醒醒注意到了怀兮，愣了两秒认出来了，又惊又喜地喊了一声："小兮姐姐——"

立夏挺直的脊背在听到这一声后明显僵了一下。

过往情景在脑海中倏然闪现。

之前在南城与程宴北的家人偶遇那次，他罹患阿尔兹海默症的奶奶拉着她的手喊了许久的"小兮"，怎么都纠正不过来。

她那时几度强调，她的名字是立夏。奶奶过了很久才弄明白，才又叫她"小夏"。

可后来有一次，她打电话给奶奶询问身体状况，还托朋友买了补品准备送去，奶奶却完全不记得她是谁。

她说她是程宴北的女朋友。她是立夏。奶奶却说："谢谢小兮。小兮要常来家里玩哦。"

立夏的脚步顿在了楼道中，回头一看，门边空空荡荡。

她的故作潇洒，好像在这一瞬间，荡然无存。

蒋燃结束训练，下来洗澡。

Neptune 的队员们聚在一起等他吃饭。临近比赛不宜过于紧绷，今日训练足够。大家准备在赛车场这边解决晚餐，再找个地方喝酒。

见蒋燃过来，有人突然问："燃哥，你今天看见程宴北他妹妹了吗？"

"妹妹？"蒋燃倒是知道程宴北有个妹妹，"他妹妹不是在南城吗？"

"今天下午来了，临走时咱们刚收车，你可能没见到。"赵行调笑道，"长得跟他哥一点都不像，除了那双单眼皮。"

"是啊，还在上高中。今天离家出走，跑来找程宴北了。"旁人接话。

蒋燃坐下，跟着笑道："离家出走？胆子还挺大的，南城离沪城也不近。"

"坐飞机来的，也不远吧，一小时。"

"嗨，说起来，我以前上学那会儿也离家出走过。小姑娘胆子倒是很大，直接买了张机票飞沪城。我那时候哪有那胆子，真这么做要被我爸把腿打断。"

一群人聊天不嫌聒噪，又有人提道："我还挺意外的，我听任楠说，他妹妹居然和燃哥的女朋友认识。"

"哎，他们走了吗？"

"走了吧？"

"燃哥女朋友也跟着一起走的。我还纳闷呢，燃哥，你女朋友训练前不就……"

蒋燃握筷子的手顿了顿，笑容稍敛。

赵行赶紧使了个眼色，让大家闭嘴："你看错了吧？燃哥的女朋友早走了。"

"哦对，记错了，记错了！"立刻有人纠正。

这天议论了一圈儿怀兮和程宴北的文身，大家早就对他们之间的关系猜测纷纷。这会儿蒋燃在场，当着他的面没大没小地议论，难免尴尬。

几秒后，身在话题中心，好似又在局外的蒋燃，才缓缓地抬起头，淡淡地扫视他们一圈。

七八人面色惶然，好像说了多么了不得的事，不敢看他的脸色。

"没事儿，"蒋燃嘴角扬起笑容，"你们继续聊。"

"那个，燃哥……"

"他们的事我知道。"蒋燃漫不经心地说，"以前上大学那会儿我就知道，大学他俩就好了很久了。"

一众人面面相觑。

有人听说过，程宴北与蒋燃是一个大学的，蒋燃是高程宴北一届的学长。

"之前一直没告诉大家，上次喝酒我也没跟大家说。"蒋燃又抬了一下头，不知是不是头顶光线过于刺眼，他的眼眶有点涩，只笑了笑，"都吃饭吧。"

"哎，不就是好过吗？你们在这边瞎说什么呢！"不知是谁骂了一声，替蒋燃鸣不平似的，"燃哥你快吃，吃完我们去喝酒。"

"对对对，今晚多喝点！"

大家说着，都拿起筷子吃饭，聊着别的话题，气氛渐渐缓和。

可蒋燃没多久就离席走了，饭也没吃几口。

"瞧瞧，还是忍不住了吧。"有人望着他背影，"啧"了一声，"查岗去了。"

蒋燃徘徊到楼道那边。外面天色暗沉，雨不知下了多久。

他站在窗口抽了支烟，想给怀兮打个电话，犹豫再三，还是作罢。

雨又大了些。

过了半天，他才稍稍能平静情绪。

手机滑了一圈儿，转打给了另一个号码："今晚有空吗？"

第十七章

暖昧回溯

　　程醒醒一上车就黏在怀兮旁边，抱着她的胳膊不撒手，生怕前面开车的程宴北突然转头训她两句。她那会儿就猜到他出去给舅舅或者班主任打电话了，虽然他回来也没说她什么。

　　怀兮有五年多没见程醒醒了。初见还是上高三时在程宴北的家里，那时她才七八岁，还是个软软糯糯的小姑娘，正上着小学。如今长大，出落成亭亭玉立的少女，宽大的校服都包藏不住日渐成熟的身体。

　　程醒醒也是一头短发，乖张极了，不过不若怀兮精心打理过的造型，有几分乱糟糟的俏皮感。她拨了拨自己的头发，对怀兮笑："小兮姐姐，你之前的秀我都看过！我的头发就是照着你的剪的！"

　　怀兮抬手顺开程醒醒的短发："你的发型比我的好看多了，哪个理发店剪的？我回去也光顾一下。"

　　"哪有？明明是你的更好看！"程醒醒白了一眼前面从上车到现在都没怎么说话的程宴北，"之前我都没好意思问我哥，你怎么不走秀了？我还关注了你们 ESSE 的官方微博，之前总能看到你要去走秀的动态，现在好久也没看到他们 po（晒）你的照片了。"

程醒醒知道他们分手了。

对于还生活在南城这一方小小天地的十七八岁的女孩子来说，无法想象两个曾经亲密无间的人一告别，就可能永远地失去人生的交集。

天地如此广阔，世界很大，一分别很可能就意味着退出了彼此的人生。

"我解约了。"怀兮解释道，似乎不愿提及太多。

"为什么？"

怀兮不说话了，半晌才笑了一下："没什么，就是累了。"

怀兮恍然间发觉，她在程醒醒这么大的年纪，已然有了不少烦恼。那时还是少女的她，一点小事也觉得天大一样，这一刻想来，简直不值一提。

程宴北知道她与ESSE解约，还是她主动为之，却并不知缘由。她也从未主动提起。

之前他问她，这些年过得怎么样，她都说很好。可直觉告诉他，她三缄其口的背后，并不是一句"很好"就能轻描淡写地带过的。

他弹了弹烟灰，程醒醒立刻在后头嚷嚷道："别抽烟了，哥！对身体不好！"

思绪拉回来，他淡淡地笑了笑，就掐了烟。

程醒醒换了话题，又问怀兮："那我今晚，可以和小兮姐姐一起住吗？"

"晚上给你找了个酒店，"程宴北说，"等会儿送你过去。"

"我不——"程醒醒很执拗，"我就要和小兮姐姐一起！"

程宴北正要开口训她，程醒醒却先撒泼："我要和小兮姐姐住！我一个人住酒店我害怕！你白天开赛车又不在，我遇到什么坏人怎么办？"

小姑娘嗓子挺尖，吵得程宴北头疼，直皱眉。

怀兮思量了一下，念及程醒醒是个女孩子，她们从前关系也很好，于是主动说："不如我去酒店陪你？"

她又抬头看向后视镜中那一双眼睛："她一个女孩子，晚上一人住酒店很不安全。毕竟沪城这么大，对她来说，周围都很陌生。我正好工作结束了，还可以带醒醒在周边玩一玩。"

程宴北却回绝了，他的嗓音很低："会给你添麻烦。"

怀兮张了张口。

他的视线从后视镜瞥过来："你不是脚还没好？再搬去住酒店会很不方便吧？"他又是一笑，像是责怪她不关心自己似的，"还感冒了吧？"

"我又不是废了。"怀兮吹了一下眼前的刘海，很不服气。

然而程宴北说的字字属实。她的脚带着伤，再搬到酒店的确多有不便。

"所以你好好休息就行，我把她送到酒店。"程宴北移开目光，只是笑。

"不行，不行！"醒醒死活不同意，"我就要和小兮姐姐一起！哥，你如果不让我们一起，我去想办法找到她！我再跑一次！"

车子陡然在路边停下。

怀兮和程醒醒二人猝不及防，差点儿撞到车前座。前面的男人回过头来，眼神危险地看着后座的小姑娘："你再说一次？"

醒醒缩了缩脖子："呃……"

怀兮看到他这表情，突然也不敢吱声了。

程宴北这才眯了眯眼："再说就把你扔下车，你自己找地方吧。"

程醒醒更不敢吱声了。

怀兮心底腹诽，这个男人怎么那么坏？

程宴北到底心疼程醒醒。他最近常在赛车场，小姑娘心思又多，肯定有他照拂不到的地方。于是他妥协，还是麻烦怀兮看管小丫头几天。

怀兮于是准备打电话问黎佳音，介不介意家中再多个人来住。

正好她们三个女孩子住一起也方便照应，黎佳音还有一手好厨艺。

程醒醒听怀兮说她朋友厨艺精湛，眼睛都亮了："那我是不是可以多待几天？"

怀兮笑了笑，没回答。

她给黎佳音打电话过去，还没接通，一条短信就过来了，来自她昨晚打了几次没人接的那个号码。

她警惕地眯起眼睛，抬头在后视镜中与男人对视。

他单眼皮的弧度狭长而温柔，散漫地瞥她一眼，略带笑意。

"你别惯着她。"言简意赅的五个字。

程宴北这时才慢悠悠地说："程醒醒，最多只能在沪城待三天。等我比赛结束，送你回南城。"

程醒醒白了他一眼："知道了，知道了！"

怀兮看着手机上的短信却沉默了。

全世界都可以不惯着他的妹妹，他一定要惯着。只不过这次不同，程醒醒还要上学，再过两个月就高考了。

从前全世界也可以都不惯着她，他却偏要毫无原则、毫无底线地惯坏她，惯出她一身娇生惯养的臭毛病，脾气还差。

她曾以为，程宴北能一直惯着她。

哪怕她赌气，哪怕她总是跟他闹脾气。

可是他没有。

不知是否是雨天缘故，怀兮的情绪有些低落。

黎佳音那边电话正好接通。

黎佳音还以为她要带什么稀奇古怪的男人回家，听清了是程宴北的妹妹，不是程宴北，还挺失望："不是程宴北？你们居然还没进一步？"

怀兮开着免提，这下她大惊失色，赶紧摁掉电话。

她的脸都吓白了。

程宴北也听到了，微微抬眸。

怀兮视线游移，死活不看他。

好在程醒醒没听清，一直嚷嚷着问电话里是不是怀兮说的那个做饭很好吃的漂亮姐姐。

怀兮立刻讪笑着遮掩道："就是她。我不小心挂了，我再打回去让她给你做好吃的。"

程宴北在前面扬起嘴角，只是笑。

她又打过去。

黎佳音调笑道："怎么了啊？怕谁听到呢？突然给我挂了，这么害怕？"

"你胡说什么！我刚开的免提！"怀兮放低声音，紧张地警告道，然后说明打电话的意图。

黎佳音没兴趣听，但很大度地表示："行啊，不是程宴北也行。你要是带他回来多好，我可以忍痛割爱，把房子和床让给你们随意折腾。"

怀兮听着来气，一个不留神，又碰到了免提。

黎佳音刚提到程宴北的名字，还有什么"可以把房子和床让给你们"。

她一紧张，又给挂断了。

她懒得跟黎佳音聊了。

真烦。

就没一件顺心事。

她慌什么？

另外两人的目光都看着她，她的脸颊慢慢升温。

程宴北又透过后视镜瞄她，怀兮不卑不亢地对上他的视线，瞪了他一眼。

你看什么看？刚才不是听到了？

他读懂了她的眼神，偏头笑了笑，没说话。

一行人前往黎佳音家中。

今晚怀兮和黎佳音要在家中吃火锅。怀兮拿着黎佳音家的钥匙，本以为黎佳音这会儿应该在公司开会，一开门，两拨人同时一惊。

她眼睁睁地看到沙发上两道人影纠缠在一起。

黎佳音差点儿就噎到自己："关门！"

砰——

破云一声雷似的尖叫，被关门声一瞬夹断在门内。

怀兮背靠在门上，心脏狂跳。

怀兮今天穿的是无肩带背心，胸腔如此一番起伏，以为胸前的衣料滑下去了，立刻伸手向上拽了拽。

程宴北注意到她的动作，视线立刻移开，像是被烫到。

程醒醒分别打量了他俩一眼，犹豫着要不要下楼转一圈，给他们腾出点空间："那个……要不我去住酒店吧？"

里面的人好像很不方便的样子。

正在这时，怀兮身后的门开了。

昨天和怀兮搭档的那个德国小嫩模 Daniel 穿戴完好地出来，见到怀兮，还用中文打了声招呼："怀兮，再见。"

怀兮眨眨眼，没反应过来，只机械地对他挥了挥手。

黎佳音懒懒地倚在门边，用披肩将自己裹起来，抱怨道："神经病啊你！我以为你还得好久才到呢，两次挂我电话，毛病。"

她白了一眼怀兮，转身往里走："进来吧。"

沙发已被收拾妥帖，但能看出来刚一番折腾过的痕迹。

黎佳音又去开窗户。外面下着雨，冷空气携着雨芒飘散入内，冲散了黏稠的空气。

她又打开了空调，好像在毁尸灭迹似的。

怀兮看她忙忙碌碌的，觉得好笑。黎佳音却回头瞪她："电话挂那么快，我以为你跟谁干吗去了呢，催命一样。"

她又意味深长地瞥了一眼程宴北。

程醒醒有点儿局促，不知该坐刚才黎佳音跟那个外国帅哥缠绵过一遭的沙发，还是坐到程宴北旁边去，就只好跟在怀兮背后，像条小尾巴。

黎佳音看她可爱，问程宴北："这就是你妹妹？"

程宴北坐在吧台附近的高脚椅上，长腿伸开，表情疏懒："嗯，麻烦你们了。"

"不麻烦啊，你的事就是怀兮的事，怀兮的事就是我的事。"黎佳音笑了笑，拽怀兮去厨房拿杯子和果汁。

怀兮这才悄悄问黎佳音："刚才那个，怎么回事？"

"哪个？"黎佳音看了她一眼。

"Daniel啊。"

"哦，那个小嫩模啊，"黎佳音说，"我们下午从公司出来，我叫他来我家拿东西。"

"得了吧你。"怀兮翻白眼。

二人瞎贫，黎佳音突然发现，怀兮的锁骨附近有一道浅浅的吻痕，不仔细看都不易发觉。

"哎——你别动。"黎佳音凑上去，"这什么？老实交代？"

"看什么？"怀兮往一边躲。

黎佳音看清了，的确是吻痕，笑道："看你的少女心呢。"

"男朋友吻的？"黎佳音笑着瞥那边的程宴北，笑意深了。

怀兮匆匆地换了话题，语气强硬："你别跟我说别的，我问你呢，你跟Daniel到底怎么回事？"

"没什么啊。"黎佳音耸耸肩，冲洗着玻璃杯，"我和我男朋友要分手了。他这次回家，就因为他家中让他结婚，我不结婚，他又不想跟我分手，他爸妈跟他发脾气，气病了。"

怀兮皱了皱眉："怎么这样？"

"他说他得照顾家人。我猜，多半是相亲去了吧。毕竟他年纪也不小了，这事儿他爸妈也没少提过，他跟我耗着也没意思。我觉得他心底是想结婚的，只不过为了顺从我，才跟我在一起这么久吧。"

黎佳音颇为冷酷地笑了笑："我实在不懂，结婚有什么意思？这辈子只跟一个男人过，不是一件很可悲的事吗？"

怀兮见黎佳音情绪低落，拍了拍黎佳音的肩膀，算作安抚："的确。"

"是吧？"黎佳音得到理解，又开玩笑，"还说呢，你哥什么时候分手？我可以接盘。我这几天做梦天天都能梦见他。"

怀兮横了她一眼："少说屁话。你俩又没好过。"

"那你跟程宴北好过，会梦见他吗？"

怀兮懒得跟她说，去一边拿杯子："说你的事就说你的事，别带我下场。"

黎佳音嗤笑一声，从她手中接过杯子："好好好，不说你们啦。"

她们准备好果汁过去时，程宴北好像是去门外打了个电话又回来了，只剩程醒醒一人坐在吧台那边。黎佳音给她倒了杯橙汁，对正进门的程宴北说："哎，程宴北，你妹妹跟你长得一点都不像。"

"啊？是吗？"程醒醒先疑惑了。

"对啊，你哥凶巴巴的，你比较可爱。"黎佳音说着，顺带着推了一下怀兮，"是不是？"

怀兮没回头，在洗杯子。

黎佳音打量她的背影。

怀兮今天穿了一条紧身裤，臀形挺翘，腰身纤细，很好看。后腰一道文身，野性又热烈。

黎佳音听说过这文身的来历，瞧了一眼程宴北，扬了扬眉，悄声问他："怎么样，练得不错吧？"

"什么？"

"她经常健身，屁股很翘。"

程宴北散漫地移开视线，没说话。他垂着眼，神情很迷人。

黎佳音给他倒好了酒，玻璃杯底碰在大理石台面上发出"啪——"的一声响。

"还不快追？"

黎佳音还没等到男人回答，怀兮走了过来，把他才拿起的杯子夺过去，放到一边："他不喝酒。"

程宴北手心一空，视线微抬。

怀兮没看他，匆匆地放下他的杯子，立刻不自在了。她下意识地去提肩带，却落了个空，窘迫得如同浑身上下找不到一个口袋。

她忘记了，自己穿的是无肩带背心。修长脖颈与白皙双肩没有任何遮挡，锁骨处一道红痕，短发凌乱，和她的心情一样遮掩不住。

"人家说不定这几年能喝了呢。"黎佳音故意说，"都四五年了，你知道什么啊？"

怀兮不大自在地抬了一下眼角，不动声色地看身后男人一眼。

程宴北也在抬眸看她，目光微沉。

她又回身，笃定地对黎佳音强调了一遍："他不喝。"

好像对他这几年的事了如指掌，可她显然一无所知，心中惴惴不安，又想到自己问他的问题，也不知道如何能把过去的他和现在的他重合。

她径自为他换了杯子。

黎佳音看了看程宴北："你喝吗？"

程宴北下颌轻敛，对黎佳音笑道："嗯，我不喝。"

还一唱一和的。

黎佳音挑了挑眉，佯装讶异："这样啊，那看来怀兮很了解你嘛。"

这么一瞬间，黎佳音恍然以为他们还在一起。

程宴北又不是她的前男友，以前大家也没一起喝过酒，黎佳音没心思关心他为什么滴酒不沾，就是有点儿吃惊，怀兮平时挺没心没肺的一个人，没见她把谁的喜恶习惯记得这么清楚。何况她跟程宴北都分了这么久了。

怀兮又走过来，放了个空杯子在台面上。

程宴北应声抬头。

吧台上方亮着一排暖橘色的灯。他眉眼深邃，略带笑意。

怀兮扬着下巴，倨傲地问他："你喝什么？"

她长得高，又穿着高跟鞋，她站他坐，如此一高一低，程宴北看她一板一眼，半抿起唇来，凝视她几秒："跟你一样？"

怀兮跟他在一起的那些年，他不喝酒，所以她也不怎么喝。长久以来，就变得跟他一样，一点儿都不会了。

最可怕的就是对方的习惯，成了你的习惯。

如烙印，拂之不去。

怀兮没说什么，看了他一眼，替他倒了杯白开水。然后又当着他面给自己倒了一杯刚才被她换掉的起泡酒。

还挺叛逆。

末了，她朝他挑衅地笑了笑："你随意，我喝酒。"

"那我随意。"程宴接过盛满白开水的杯子。

他一直看着她，嘴角的笑意始终未消。

她匆匆别过脸。

晚上吃火锅，他们一边做准备，一边闲聊。多半是黎佳音有一句没一句地问程宴北这些年的经历，怀兮和程醒醒去另一边准备食材。

黎佳音见怀兮躲远了，便屡屡拉扯话题，拉他们两人一起聊。

怀兮并不想听，找各种理由回避，不是说锅沸了，就是说菜没洗干净，要重洗。但谁让听者有心，还是不可避免地听到了一些他这些年发生的事。

她悲哀地发现，和她想的一样，不论谁和谁分开，地球还是转的，不会爆发第三次世界大战，也不会有外星人入侵。

不过五年时间，他比起从前的，她记忆里的他，就陌生了这么多。

程宴北去过的地方她不熟悉，他认识的人与她无关，他经历的种种再也没有她的参与。

他们是最熟悉的陌生人。

黎佳音扯到想通过程宴北，认识几个赛车手作为男友预备役，怀兮立即制止她："那 Daniel 怎么办？"

"我大他快十岁，你有空担心他，不如担心担心我，再担心担心你自己！老大不小的人了，家里不催你相亲吗？"黎佳音翻了个白眼，指桑骂槐，一句话点到了三个人。

她又环视准备好的食材，满满当当的，却突然对程宴北说："还缺点东西，你跟怀兮出去买一下吧。我只买了我们两个人的份儿，四个人吃好像不太够。"

"这么一桌子不够吃？"怀兮简直要尖叫，"你这哪里是两个人的量？五个人都够吃了吧？"

而且人家还没说要不要留下吃饭。

怀兮那半句话还在喉咙里，程宴北已然起身。

黎佳音立刻拧了一下怀兮的屁股，贴耳调侃："挺翘啊，练得这么翘，发挥点儿作用吧，啊——赶紧跟上啊！"

她二话不说就推着怀兮追上去，还朝他们暧昧地眨眼："晚点回来也可以，不用跟我说！"

说完，怕怀兮掐死她一样，赶紧回到厨房，招呼程醒醒："宝贝醒醒，快来给姐姐帮忙！我们先吃，吃光了他们就回不来了！"

怀兮简直要翻白眼。

她淡淡地看了程宴北一眼，无奈，在玄关跌跌撞撞地穿鞋。

她的胳膊被他自然地扶住，她没有推开他，摇摇晃晃地嘱咐："你要扶就扶稳了，我摔了要讹你医药费的。"

程宴北哼笑："你想得美。"

怀兮要去穿自己那双高跟鞋，还没穿就被他的黑色皮靴轻轻地拨到一边去了："穿别的。"

怀兮没好气地看了他一眼，笑道："还真怕我讹你啊。"

程宴北看着她，只是笑。

他伸手，把她朝他身边揽。怀兮向前跌撞，还没撞入他的怀中，就被他按着坐到了玄关边的凳子上。

他半蹲下来，拿过她昨天穿的那双帆布鞋。

怀兮也不是什么大小姐脾性，很不自在地说了句："不用，我自己来。"

程宴北并不理会她的话，慢条斯理地给她穿好鞋，避开她右脚踝的浮肿，右脚的鞋带还系得比左脚松了一些，很细心。

怀兮看着他，不说话。

"走吧。"他站起来，又朝她伸手。

怀兮打开他的手："我又不是废物，我能走。"

她雄赳赳地打开门出去。

黎佳音听到门响，探头去看。

程醒醒也探头探脑地向那个方向张望，这会儿才问黎佳音："姐姐，你知道小兮姐姐为什么跟我哥分手吗？"

黎佳音收回目光，看她一副人小鬼大的模样，不禁觉得好笑："你想知道？"

"想啊！"

"你这么小，真的懂？"

"我都有男朋友了！"

小孩子的小打小闹算什么啊，黎佳音心里好笑地想。

"那行。"黎佳音正色道，"醒醒，如果——我是说如果，你没跟你男朋友考上同一个大学，没去同一个城市，没有未来，你会难受吗？"

"当然会啊，我们说好要一起考到沪城的。"程醒醒信誓旦旦地说，"我们说好了。"

"那如果，"黎佳音放下手里的东西，故作严肃地看着她，"你都做好了跟他一起来沪城的一切准备，甚至和家里都闹得很不开心，结果最后发现，他临时改变了主意，他的目的地，根本不是这里，你会难受吗？"

程醒醒抬起头，天真的脸庞上掠过一丝紧张。

"或者说，你的未来里有他，但他的未来里没有你，"黎佳音自认为自己把这其中的干系解释得足够通透，直视着程醒醒，"你会不会难过？"

程醒醒听懂了。她愣了愣，回味黎佳音的话。

半晌，她似懂非懂地点了点头："我会难过得想哭吧。"

蒋燃没和车队的朋友们去喝酒，自己在附近找了个地方闲坐。雨飘到傍晚就停了，天上没有星星，只有沉冷的天空黑压压地压在头顶，令人喘不过气。

天色将晚，立夏姗姗来迟。

客人不多，驻唱歌手低沉迷人的爵士嗓音和着沉闷的旋律，给这样的一个风雨飘摇过后的夜晚，平添几分潦倒意味。

蒋燃坐在不远的卡座上，立夏往里走了一段距离就注意到了他。

他手中拿着半杯酒，一只手支额，目光呆滞看着窗外的钢铁丛林。

雨后的沪城，外滩的热闹景气像醉生梦死的彼岸，人迹不绝，车如流水马如龙，他却像被这座玻璃瓮隔绝在此，陷入了困局。

察觉到有人来，他没回头，知道是她。

立夏放下包，坐下来，离他不近也不远。

她从桌面拿了个杯子，给自己倒上酒。水声潺潺，好像又下了雨。

蒋燃这才回过头看她，酒吧的光线很暗，他的眉眼仿佛笼罩在这片虚无中。眼见一只白皙的手拿起酒杯一饮而尽，又放下，他的视线也跟着抬起，又落下。

立夏很快又倒了一杯，烈酒入喉，火辣张扬。

她再次端起一杯酒与他手中的半杯轻快地一碰，发出一声脆响。

她对他笑了笑，再次一饮而尽："我来晚了，自罚三杯。"

她眉头都不皱一下，是他印象中的好酒量。

三杯下去，酒瓶见底，倒不满第四杯了。

她明明只说自罚三杯，却不知不觉罚多了些，心头好像有无限怅惘。她眼睛迷离，对着他轻轻地笑起来："不好意思啊，给你喝完了。"

蒋燃终于按下了她要喊人拿酒的手，半开着玩笑："你喝醉了，今晚谁送我回去？"

酒劲儿热烈，立夏登时有些疲软，柔柔地靠住他的肩，眯起漂亮的眼睛，手指钩住他的下巴："所以你要把我当代驾小妹？"

二人很快亲吻到一起。

蒋燃不断地提醒自己，她不是怀兮。

她不是怀兮。

立夏也热情得要命。

可蒋燃不知道，她是否把自己当成了程宴北。

二人近乎发泄地接吻，厮磨。似乎像她说的那样，她只是个廉价的，呼之即来的陪酒女郎。她裙底的丝袜被他扯了个痛快，立夏裙底一凉，挣脱他几近蛮横的亲吻，按住他。

立夏轻佻地笑起来，气喘不匀："你今天为什么加我微信？"

蒋燃亦笑着反问她："你先告诉我，昨晚下车后，为什么问我记不记得那天晚上的事？"

"看，你不是记得很清楚吗？"立夏嘴角带笑，"你知道我说的是哪天晚上，不是吗？"

她用指尖戳了戳他的喉结，挑开他衬衫的纽扣："我们第一次见面，在赛车场，你背着程宴北多看了我好几眼；晚上大家一起喝酒时，你挡我的酒，别人没话跟我说时，你打开话题跟我开玩笑；散场的时候，还在我男朋友的车里——"

她说着扬起下巴："蒋燃，如果你不是喜欢我，那你现在，是又把我当成怀兮了吗？"

"你也可以把我当成程宴北，我们好像，互不相欠吧？"蒋燃不客气地笑起来，抬手抚她一头漂亮的长发，"不过，老实说，我更喜欢你的长头发。"

"比喜欢怀兮还喜欢？"

"说不好。"

虚与委蛇。

立夏伏在他的肩上，与他一起扭头看窗外的夜景："这么晚了，他们说不定背着我们在别的地方做着什么亏心事。她可没有把谁当成你，那你还要把我当成她吗？"

蒋燃把玩着她的长发，径自笑了笑，自嘲地说："老实说，我也分不清，我更喜欢从前的她，还是现在的她。"

像是要吐露心事。

也许蒋燃叫她来，不过就是觉得与她惺惺相惜，想吐露一番近日的怅惘，如此罢了。

"以前的她是长头发。现在跟她在一起，我总在想，明明她留长发更好看，明明从前更好看，明明从前，她恋爱更认真。但不可避免的是，我就会想到，从前她的长发不是为我留的，她爱得最认真的那个人，也不是我。"

"我来这里，不是听你吐苦水的。"立夏冰冷地笑了笑，从他身前离开，却又被他给拉了回去。

他下决心要跟她吐苦水，凝视着她——或许是在透过她，看另一个人；或许是回忆另一段故事。

他看着她的眼睛，不急不缓地继续说："程宴北和她分手后，我总在心底为她鸣不平。为什么，他要放弃一个这么好，这么爱他的女孩子？如果他不能爱她，那么可以换我来。"

立夏目光微动。

"快五年，我都忘记了有这回事，忘记我以前暗恋过她，可再遇见她，我这种想法又冒了出来——是的，我替他去爱她了，可是她没有爱上我。"蒋燃苦笑着，深深地吸了一口气，问立夏，"所以你说，我是不甘心吗？我和她在一起，是在圆我曾经暗恋她的那个梦吗？"

"你自己已经知道答案是什么了，何必再问我？"立夏听得漫不经心，"你知不知道，不甘心与愧疚感，其实是很可怕的东西。"

蒋燃抬头看着她，眼眶泛红。

立夏的指尖在他左胸口画了一个圈："是你把自己绕住了。"

蒋燃有几分不解："怎么说？"

"你对她是不甘心，她对你是愧疚感。"立夏下了结论，"其实你没弄清楚一点，你们谁都不爱谁。别打着爱的幌子，绑架谁来爱你了。"

立夏说着，眼眸微沉。

立夏想到今天下午在赛车场，程宴北的妹妹对怀兮喊出的那声"小兮姐姐"，淡淡地笑道："而且说到底，我今晚来找你，可能也是我不甘心罢了。"

蒋燃看着她。

"她对你有愧疚感，你今晚和我在这里，包括你上次，上上次吻我，你肯定，早也对她有了愧疚感。她在逃避，你也不例外。"

立夏贴到他的耳边，气息丝丝缕缕撩着他的皮肤："那不如就逃避到底吧，蒋燃？"

怀兮和程宴北照着黎佳音发来的物品清单买得差不多了，回去的路上，黎佳音突然又说家里没有洗衣液了，让怀兮再帮忙捎一瓶上来。

于是两人又折回。

最近的超市离他们有一段很长的距离，需要过一个天桥，上上下下，又要折腾一趟。

怀兮知道，黎佳音就是故意的。

但她并不排斥她的安排，转身就跟着程宴北往超市折返。

刚才有点尴尬，现在正常地相处，居然不知道要聊些什么。

聊往事，没必要。

聊现在，好像也没必要。

临近比赛，程宴北很忙，他帮着她拎着一大堆的东西，她倒是两手空空很自在。电话响起时，两人正好回到超市门前。

程宴北便向她示意自己的口袋。

怀兮没辙，帮他拿出手机。

怀兮以为他可能要自己帮他接或是怎样，都想好了拒绝的话，他却让她先进去，他放下手中的东西，在门口打电话。

怀兮看了他一眼，进去了。

黎佳音又发了一堆需要买的东西，怀兮无奈了："不知道的，还以为你要搬家呢！买这么多东西，你家那些剩下的都不要了？"

黎佳音："我这不是给你们创造机会吗？不如我直接说锅炸了吧，你们单独在外头吃好了，晚上回不回来随你，你如果没带身份证，我还可以帮你送一趟。"

怀兮咬牙，打字的力度都重了几分。

"你想得美，我马上就回去。"

"这么快？"

"给我们留饭，别都吃完了，我要饿死了。"

黎佳音沉默了一会儿，发了个怪笑的表情："哟，这么一会儿不见，都成'我们'啦？"

紧接着又一条："那'你们'准备什么时候复合呀？"

怀兮站在一排排货架前，黎佳音还在用信息轰炸她。她心烦意乱地往上翻聊天记录，找已经被刷得很远的物品清单。

手机一直嗡嗡振动着，黎佳音喋喋不休。

"我觉得你应该再想一想，要是还想在一起呢，就复合呗。要是不想，那大家就把欠着的分手炮打了，一别两宽。"

"以后遇见了，谁都把自己的心收好了，别不安分。"

"其实我比较倾向于后一种，复合的情侣多数又分手了，倒不如谁也不欠谁，大家各取所需。谁也不是没了谁就不行吧？这么几年都过来了，就当追忆青春了。被窝不就是青春的坟墓嘛！"

"哎，我问你话呢？"

"怀兮，你到底怎么想的？"

怀兮顺着清单一样样地找东西，浏览了一遍这连珠炮似的消息，烦躁地回复了一句："回头草就那么好吃？"

"当然好吃了！"

"好吃才怪。"

"好不好吃，你吃一次不就知道了？顺便买盒避孕套吧。"

怀兮出来时随便穿了件黎佳音的外套，她将手机放回口袋。

虽不下雨了，夜风却渗着几分寒意。她感冒未痊愈，扛不住超市里还吹着中央冷气，打了个哆嗦。

她伸手去取货架上方的东西。

近日病毒流行，黎佳音让她帮忙再买点消毒液回去。她没穿高跟鞋，货架又高，想踮脚去够，右脚脚踝却有点不堪重负，生疼不已。

这时，身后贴过来熟悉的气息，一只手臂越过她的头顶，带起丝丝缕缕沉稳的木质香气。

怀兮的心跳漏了一拍。

她抬头，顺着他的喉结往上，看到他微扬的嘴角，还有他看向自己的温和的目光。

程宴北对上她的目光，帮她把东西拿下来，扔到一边的购物车上，问道："还缺什么？"

怀兮看着他，愣住了。黎佳音发来的东西太多了，她一下想不起来具体有哪些，于是拿出自己的手机，滑到清单给他看："痱子粉……"

黎佳音要这个干什么？

"在哪边？"他垂眸问道。

她直视他的眼睛，心脏怦怦跳："嗯，百货区？问问别人吧？"

见她支支吾吾，有点扭怩，和平时实在不一样，他勾了勾嘴角，无声一笑，转身和她去隔壁的百货区。

二人在超市里来回地穿梭了半天，怀兮走累了，程宴北趁没人发现抱着她坐入购物车。等超市的工作人员看到了，要过来提醒，她尖叫一声，他立刻将她抱出来逃到另一头。

两人不禁笑作一团。

气氛融洽到他们自己都没发现。

他们买完东西，去收银台。

"看看还有什么落下的？"程宴北最后向她确认。

怀兮拿出手机，找到清单，小玩意儿什么的实在太多，得一样样核对。程宴北帮她清点购物车，一件件地罗列货物，怀兮还把手机凑到他面前，让他帮她一起看。

大概是觉得他俩今晚一定没下文了，黎佳音又发了条消息过来："你们到哪里了？我们现在可一筷子都没动呢。"

他们还没核对完清单，这条消息立刻将对话框拉到最底下，黎佳音上一条贴心嘱咐，"买盒避孕套"五个字，明晃晃地落入了两人的视线。

怀兮察觉到他的气息好似也停顿在她的上方，要打字的手一顿，想也没想，立刻收起手机，匆匆地说："应该没什么了。"

怀兮抬头张望前方排队的人群，他的视线也恰好从她身上移开，目光落到了别处，显然看到了黎佳音的话。

她说的那句"回头草好吃才怪"肯定也被他看到了。

两人经过一排五颜六色的货架，上面品牌、型号一应俱全，怀兮赶紧跟上前面一个顾客推着购物车走过去。

这时他却在身后问了句："要买吗？"

怀兮又回头。

她对上他揶揄的视线，然后抬手，指尖从一个个包装精致，红的、蓝的、银灰色的小盒子上滑过去，特意在最大 size（尺寸）上停了停："你确认有你能用的？"

说完她又恨不得咬掉舌头。

该死，怎么表现得这么了解他？

她只是想开个玩笑而已啊！

程宴北凝视了她一会儿，实事求是地说："可能确实没有。"

然后去收银台结账。

怀兮在心底翻白眼，得意什么啊你？

夜幕悄然降临。

几瓶酒又见底，两人都了无醉意。蒋燃仰头靠在沙发上，深蓝色的灯像是深沉的海平面，酒意如浪潮翻涌，要溺毙他。

越喝，心越焦灼。

立夏脱掉那双扯烂的丝袜，扔到垃圾桶，去卫生间补妆。再出来时，这家 Pub（俱乐部）的客人越来越多，熙熙攘攘的。她虽没醉，喧闹声却吵得她头痛。

蒋燃还维持着刚才她走时的姿势，靠着沙发，闭目养神。

立夏知道他也没醉，坐回他身边："还喝吗？"

蒋燃不说话。他的眼睛是弧度温柔的桃花眼，脾性温和。他转头温柔地凝视她几秒，抬手，拭了一下她的眼睫。

睫毛膏尚未完全干涸，立夏条件反射性地闭眼："你干什么？我又要去补妆了。"

蒋燃不说话，就这么看了她半天才笑着转过头去："你没哭吧？"

立夏觉得莫名其妙："你没哭吧？"

"我哭什么？"蒋燃扯了扯领带，"你今晚还有别的事吗？"

"有。"

"什么事？"

"跟你有关系吗？"

蒋燃转头看她："工作再忙，陪我吃个饭的时间总有吧？你吃饭了？"理所当然的口气。

"怀兮平时不陪你？"立夏有点嘲讽地说道。

"很少。"

几问几答，都如此不假思索。

"你晚上也没吃饭吧？"蒋燃坐起身，看了看表，再次向她确认。

已快晚上八点。

"走吧。"他说。

训练了一天，蒋燃本该和队员们在赛车场吃过再出来，可那会儿他实在没什么心情，吃两口就走了。他又喝了这么多酒，胃里火烧火燎，很不舒服。

他那时给立夏打电话，原本以为她忙，不会来，但她还是来了。

他猜她应该也还没吃晚饭。

立夏没直接回答，盯了他半晌。他们好像在这样的对视中拿捏着分寸和距离。谁进一分，谁就要稍退一些。不能太近，也无法疏离。

"走吧，立夏。"蒋燃看着她，语气恳切。

"怀兮不陪你吃饭，你现在又要把我当作她，陪你吃饭吗？"立夏扬了扬眉，言辞讽刺，"吃完饭呢？是不是还要带我去酒店？"

"我又没喝醉，不会乘人之危。"蒋燃嘴角弯起，笑着摇头，又直视她，"而且你是立夏，不是别人。"

立夏倏然沉默。

她不知道蒋燃是和她玩玩儿，还是真心实意。

她不想多说，起身要走，又立刻被他箍住了胳膊，拉回去。她离他极近，丝丝缕缕的酒气裹挟着他周身好闻的气息飘散开。

"行吗？"他又说，"不去酒店，我还有女朋友。"

立夏轻笑："那你不如给怀兮打……"

"我只想有人陪我吃顿饭，就今晚。"蒋燃利落地截断了她的话，看着她。

他这么看着她，似乎在说，你就是你，我没把你当作怀兮。

立夏与他对视了一会儿，终是点头："反正我也是玩玩儿，为什么不行？"

黎佳音家所在的小区是旧式小区，建了十几年了，布局清晰，楼宇紧密，家家飘来饭菜香味，喷香扑鼻。

怀兮平时吃得少，在身材管理方面也很自律，一整天她只吃了早饭，但这个时间了，胃还是不争气地叫唤了两声。

程宴北走在她旁边，听到了，抿唇笑。

怀兮知道他笑什么，横了他一眼："你笑什么？"

"没什么。"他向前走了几步，"饿了就快点回去。"

她上次和他吃饭，吃一口就要用手机算一算卡路里。

以前的她，可从不会这样。

快到楼下时，怀兮抬眼，注意到他的车停在不远处。

想到这一路他就接了几个电话，好像很忙的样子。要不是程醒醒突然来了，还非要和她一起住，估计他就忙自己的去了。

他还陪她出来辗转这么久买东西。

进楼道前，怀兮说："你送我到这里就行了。"

程宴北晃了晃手上一个挺重也挺大的塑料袋，眉眼轻扬："不请我上去吃个饭？"

"不必了吧！"怀兮拒绝道，"你那么忙，快去忙自己的事吧。"

程宴北也没想过她会邀请自己，伸手拍了拍她的脑袋："我帮你把东西提上去，太重了。"

"有电梯，很方便的，你也帮我拿一路了。"怀兮逞强道，追着他就要去夺他手里的塑料袋儿，"给我吧。"

程宴北倏地躲开她的手，朝她狡黠地笑。

他步子大，二人打打闹闹地就到了电梯前。

门一开，他按住她的腰身，轻轻地推搡了一下，就进了电梯。

从一层到七层，谁也没跟谁说过话。只彼此透过面前光滑如镜的电梯门，偶尔窥视对方。

很快，"叮——"的一声，电梯门在七层打开，两人顿了顿，好像不知该谁先向外走。

两秒后，塑料袋里发出不安分的响声，程宴北先迈出一步。

怀兮紧跟着出来，趁她不注意，接过他手里的塑料袋："你不用总对我这么体贴，我说了我能拿。"

程宴北的脚步停在了门口。

她说完那话也停住了，看着他，欲言又止。

电梯门在她身后关闭。

楼道背阴，光线并不充足，头顶声控灯灭了，看不清对方脸上的表情。

在这样的半明半晦中，怀兮好像才有了莫大的勇气，她突然开口说："程宴北，我以为你早就结婚了。"

他皱起了眉。

"我之前总以为你应该已经结婚了，在我看不到的地方。我也总在想，最起码，有人能代替我，跟你好好地在一起了。哪怕你也忘不了我。"

怀兮的嗓音清澈。

她下午同他说得很明白了——我想跟你拥抱，想跟你接吻，想跟你彼此抚慰。但我没做好跟你在一起的准备。

为什么偏偏要对她这么挂心，给她负担呢？

好像在逼着她，非要给他一个结果。

怀兮不知道在超市时，她和黎佳音的聊天记录他看到了多少，只是说："如果我们，都抱着玩玩儿的态度，大家不是能更轻松一些吗……你越对我这么体贴，我越不知道怎么办才好。你总给我错觉，让我觉得我们好像还在一起。"

程宴北还是沉默。

怀兮深呼吸一口气："可是，我们已经分手很久了。有时候，我很希望你已经和别人在一起了，就像之前你跟立夏，不也好好的？可能看到你和别人在一起，我就没那么重的心理负担了……"

他们各自都已经，向前走了很久了。

在此之前，都是。

这次之后，就忘了吧。

她不想让自己的心再那么乱了。

怀兮见他不言语，也不再说什么了，费劲儿地提起地上那个很重的购物袋："到门口了，我先进去了。"

这时他忽然向前一步，她下意识向后一退，后背死死地抵在两道电梯门上。塑料袋没提稳，又落回地上，东西掉了一地。如同无法收场的现在。

头顶声控灯亮了。

怀兮抬头，对上他阴沉的眸子。

她几乎不曾见过他这样的眼神。

她的心不由得打了一个颤。

"那就玩儿吧。"程宴北笑道，"随便你。"

怀兮的目光颤了颤，这个瞬间，她突然看不懂他。

他捏起她小巧的下颌，也不顾她踮起脚时崴伤的右脚会不会痛了，将她向上牵引起来。她微微皱了眉，气喘也紊乱了："程……"

他俯身，凉薄的气息靠近。

"找个机会我来买，"他说，"忙完这段时间我给你打电话。"

怀兮知道他说的是什么，她这才惊觉，真的惹到他了。

"随便你告不告诉蒋燃。"他最后笑着说。

这时，黎佳音带着一屋子的火锅味出来了。她手里还提了个垃圾袋正要扔，开门就看到了他们。

她立刻退回去："不好意思啊，打扰你们了。"

如果她信基督，一定要请求主的原谅，原谅她打扰别人这一桩唇都要对上唇的好事。

"不打扰。"

怀兮挡开程宴北的手，咬牙承受着右脚的疼痛，将落在地上的东西一件件地捡起，装回了塑料袋。

她看也没再看他一眼，就进了门。

黎佳音见她提那么一大堆东西，赶紧搭手，怀兮却推开她的手，径自往屋内走去了。

黎佳音满心奇怪,刚出门的时候不是还好好的吗？这下不尴不尬的。她朝站在电梯门边的程宴北笑了一下："进来吃饭吗？"

"不用了，我还有点事。"程宴北目光瞥了一眼空荡荡的门口，"就送她上来。"

他语气淡淡的，那会儿出门时的好气氛荡然无存。

"那好吧，"黎佳音心想两人可能是吵架了，也不强留他，"你回去路上小心。"

便准备关门进去。

"那个……"程宴北又出声。

黎佳音闻言收了手，回头看他："怎么了？"

程宴北依然去看那个空荡荡的方向，抿了抿唇，最后说："让她多吃点吧。"

第十八章

❶
◆

不
甘

饭桌上，只有黎佳音与程醒醒的话多一些，怀兮平时跟黎佳音吃饭时也挺能聊，这天却意外地话少，有心事似的，依然是吃一口算一口的热量，无意滑开ESSE的HR下午让她考虑是否签回ESSE的邮件，手指略有停顿，不知不觉筷子都放下了。

她这顿饭算是收尾了。

"不吃了？"黎佳音问。

怀兮抬头道："吃饱了。"

"我就没见你吃两口。好不容易来沪城，到我家吃顿饭，就吃这么点儿？这么不给面子？"黎佳音很不悦。

"已经吃了很多了。"怀兮无奈地说，"这比我三四天的晚饭都吃得多了。"

"你那鸟胃，撑撑就大了。"黎佳音说着，将涮好的一块儿肥牛夹给了她，还跟程醒醒说，"小姑娘，以后千万别学你小兮姐姐当什么模特儿，我们这么多中华美食尝不到，换我都不想活了。"

"哎——"怀兮要挡，没挡住。

"别搞得跟我要给你下毒一样。"黎佳音乘胜追击，又扔了一块儿肉到她的碗里，苦口婆心地劝道，"明天又不拍摄，怕什么发胖啊？再多吃点儿吧。有人心疼你不好好吃饭，特意让我监督你今晚多吃点。"

怀兮张了张嘴，目光微动。

"有人？"程醒醒脆生生地接了话，"是我哥吗？我哥让小兮姐姐多吃饭？那我哥是不是……要跟小兮姐姐和好了？"

黎佳音笑而不语，自然地跳过这个话题，不忘照顾程醒醒的碗："醒醒今晚也多吃点儿吧，吃饱了去睡觉，明天早点起，咱们去迪士尼玩。"

怀兮正盯着碗走神，问："明天要去迪士尼？明天周五，你不是要上班？"

"最近不是很忙，"黎佳音笑着说，"难得醒醒来沪城一次，是不是？"

程醒醒点头，问怀兮："小兮姐姐，你明天有空吗？要不要一起去？"像怕她拒绝似的，她还凑过去小声说，"我哥不来的。他明天、后天两天都要开赛车，我都见不到他。"

怀兮在沪城的工作告一段落，回港城的机票还没买，明天也没什么事。

怀兮正要答应，黎佳音抢在她之前揶揄道："得了吧，你哥不来，她心底指不定悄悄地失望呢。"

"真的？"程醒醒吃惊地问。

"我明天没事，后天可能就回港城了。"怀兮白了黎佳音一眼，一字一顿地强调着。

言外之意：谁想见他？

她最后扯出一个笑容："明天一起去吧。"

饭后，怀兮帮黎佳音收拾碗筷。

程醒醒累极了，洗过澡就先睡了。

巴掌大的厨房，只有黎佳音与怀兮二人。黎佳音在怀兮身后忙碌，问："你跟程宴北吵架了？"

"没有。"怀兮说。

"那你俩刚才在门口干吗呢？出门前不是还好好的吗？"黎佳音用胳膊推了推她，暧昧地说，"商量什么好事儿呢？"

"哪有什么好事？"怀兮将碗碟在架子上摆好，沥干。

"我真觉得你们应该谈谈。当年一毕业就各奔东西了，话也没好好说吧？"黎佳音说着，拧了一下怀兮的腰，"你就赌气吧，嘴硬得要死，都多大的人了。"

怀兮不说话了，明显不愿再聊这个话题。

黎佳音又想起她那儿在饭桌提起 ESSE 的 HR 给她发邮件的事："你如果回 ESSE，是不是又得沪城、港城两头跑了？"

"何止港城，"怀兮也烦恼这事，"ESSE 的资源确实挺好的，他们给我开出的条件也比以前好。说真的，我都二十七岁了，现在的模特一个比一个年轻，哪里轮得到我？"

"你总得混口饭吃吧？年龄算什么？我最讨厌拿年龄说事了，二十七岁就不能当模特了？我看 ESSE 这几年也没捧出几个红人。再说了，现在谁没挨过社会的毒打——我又要说说你这个脾气啊，"黎佳音恨铁不成钢道，"你当时要是缓一缓解约的事儿，别那么冲动赌气，把幕后黑手揪出来，说不定还能告对方诽谤，顺便拿一笔赔偿金再走，不是更好？"

"我一没金主，二没靠山，又是跟自家公司打官司，你觉得我能打赢吗？我们公司的律师团队遇到官司就没输过。"怀兮无奈地说，"你说得也对啊，我才二十七岁，我还要在这个圈子吃饭的。"

去年怀兮和 ESSE 解约的事闹得很凶，当时 ESSE 有个三十多岁的高管追她，人帅又有钱，全公司上下都知道，怀兮那时还有男朋友。

没多久就传出怀兮当"小三"，插足人家已婚男高管家庭的绯闻，闹得沸沸扬扬的，差点儿上了热搜，被 ESSE 的公关压了下来。不然她就算不解约，事情发酵起来，她前途也毁了大半。

怀兮又是个嘴硬的，解约的事闹了两三个月，黎佳音听说时，她已经离开 ESSE 了。

黎佳音都不知她是如何抗住这么大压力的，怀兮对她说起时，已是一副十分轻松的状态了。

黎佳音最开始真以为她做了这种跟已婚男牵扯不清的破事，后面才知道，怀兮跟那个高管根本八字没一撇，人家追她她就没答应，约她吃饭从没去过，跟男友分手也跟对方没半毛钱关系。

而且她早就知道对方结婚了。

不仅她知道，那个男人无名指上的戒指，全公司上下人人都见过。

摆明了是有人要逼事业、前途一片大好的她离开 ESSE，对方的目的就是闹大这事，毁她的前程。

入了这个圈子，尤其是对于还没完全红起来的她来说，名声比名气更重要。

后面就是怀兮主动解约，离开了 ESSE，及时止损。

那时她为数不多的代言全部解除，公司承担一部分损失，她也赔给公司近一百多万的违约金。一遭下来，那个高管也被请退了。

或许如她所说，她在这个圈子没靠山，也没金主，长久地闹下去，自己捞不到丝毫好处，得不偿失。

对方的目的就是毁她前程，事情愈演愈烈就愈中人家下怀。

她没那么傻。

且不说现在打个官司有多难了，光是上上下下的关系就要费尽心思打点。尤其还是这种捕风捉影的屁事弄出的名誉官司，还是跟自家公司打，相当于端起碗吃饭，放下碗骂娘了，怎么可能打赢。

她这么多年赚的钱，赔代言费，赔违约金的，已经吃大亏了。

更多的亏，她吃不起。

黎佳音总在想，怀兮当初若是不"赌气"解约，默默地忍受下来，公司压一压热搜，四处公关一下，等风头过去，她还能在 ESSE 混口饭吃，不至于这么一年半没秀可走，没钱赚。

可她就是这么个性格，偏要给自己争一口气。

她主动解约，不是被公司请退，是在告诉别人，她占理。

她不追究，不发酵，她吃了亏，但不代表她真的做了错事。

从厨房辗转到沙发，黎佳音给自己倒了杯酒，怀兮喝白开水，二人互相碰了碰杯，聊以慰藉。

黎佳音说笑起来："我跟你不一样，怀兮，我就是个得过且过的性子，这种脏水如果泼到我身上，估计我就忍一忍，等风头过去了再说，赚钱重要。"

怀兮只是笑笑，径自喝水，没说话。

"但你当时主动解约了，现在 ESSE 还求着你回去，想想还挺爽啊。"黎佳音调笑，"以你这性格，我真想不通你高中会受欺负。谁让你胆子越来越大了？程宴北？"

"你少来啊。"怀兮翻了她一白眼。

"行了，行了，"黎佳音和她碰杯，"年少时的真性情是鲁莽，成年后的真性情是难得，算你当初年轻，我现在敬你的难得。"

怀兮笑着和她碰了碰："我喝白开水，你跟我碰什么啊？"

"那你来，你来尝口我的。"黎佳音把自己的起泡酒塞给她。

"你这次回港城，去你哥和你爸那儿吗？"黎佳音问道，"没别的打算？"

怀兮拿着那杯酒端详，又看了她一眼："你又打我哥的主意了？"

"他不是有未婚妻吗？"黎佳音撇撇嘴，"我的意思是，你现在港城、南城的，如果再回 ESSE，加上个沪城，再世界各地这么跑，什么时候安定下来？"

怀兮没说话，转头看窗外。

"我可没觉得你年纪大了啊！"黎佳音说，"就觉得，你如果真没想吃这么适合你的一棵回头草，总得有点别的打算吧？我看你跟你男朋友相处得也就那样吧，没见你对他多上心，也没见他多喜欢你。"

"我想安定，"怀兮立即说，"说实话，有点累了。"

酒香馥郁，她的唇贴在杯边儿，小抿一口。

从前程宴北不喝酒，她也不喝，现在这么一小口都让她舌根发软。

黎佳音叹气："是啊，你和程宴北分手后，这么没心没肺地玩了五年了，是该安定了。"

"但是他看起来不是很想安定的人啊。"怀兮最终抿唇一笑，情绪终是没有外露，放下杯子，皱了皱眉，"这东西的热量是多少？"

没头没尾的一句话，结束了她们的话题。

每次谈到程宴北就是如此。

白开水的确平淡无趣。

怀兮叹了一口气，起身去厨房寻酒瓶，显然是倦了，声线也倦懒："我回去顺便相个亲吧。我妈正好也催我呢。"

"所以，你跟程宴北没下文了？"

"他也不像要安定的人吧，"怀兮开玩笑，"我也没个想法。"

黎佳音白了她的背影一眼，往卧室走去，不客气地扔下一句话："那麻烦先把你自己的心管好，就像管你的身材一样。"

翌日，她们在迪士尼痛痛快快地玩了一圈，出来时已近傍晚。

黎佳音晚上还有公司的局，白天老板批了她的假，晚上就不好不去了。她告别了怀兮和程醒醒，先打车回市区。

怀兮和程醒醒准备找个地方吃晚餐。

一路上，程醒醒和她聊了很多。

怀兮高中也就读于南城七中，听程醒醒说起一些名字熟悉的老师，一些学校的事，甚至一栋教学楼的名字，都觉得很亲切。

从前上高中，她总在心里想，自己毕业了绝不会怀念高中的生活，甚至一直到高三，她都是这种想法。可现在有时还是会梦见。

梦见就觉得很怀念。

程醒醒也无意识地说了很多关于程宴北的事，每到这时，怀兮就不接话了，心不在焉地听。

晚饭后，两人散步到一个广场，"凹"字形的坑底，喷泉没开，十几岁的少男少女们穿着旱冰鞋，或是踩着滑板，灵活地在人群中穿梭。

"如果你没来沪城，现在应该在学校做题吧？"怀兮伸展开两条酸痛的腿，打开一罐汽水递给程醒醒，"我没记错的话，七中现在这个点好像刚上晚自习没多久。"

广场上一束光落在怀兮的侧脸上。她今天的打扮休闲随意，白T恤配牛仔短裤，着淡妆就很漂亮。

玩了一整天，她头发都乱了，飞扬在脸际，耳侧挑出来一缕编发到耳后，慵懒又成熟。

程醒醒对她最早的印象，就是这个漂亮姐姐某天被程宴北牵回了家。奶奶那时记性还好，问程宴北，这是你同学吗？

程宴北没回答。

他带着她去了他们家的阁楼，很久之后才下来。

程醒醒那天放了学在看动画片，电视声音放得特别大，都忘了有客人在楼上，也不知道他们怎么在阁楼待了那么久。

那时怀兮还是长发，再跟着程宴北下阁楼时，也如今日一样头发凌乱慵倦。醒醒注意到她左眼下有一颗泪痣。

那是怀兮第一次来他们家，很局促。程醒醒还记得，那天她整个人都很紧张，坐在灯下与他们一起吃饭时，脸红得不像样。

后面怀兮就常来了，奶奶也很喜欢她。

怀兮来时还会给她带小礼物，或是精致的发卡，或是一盒糖果，后来她和哥哥上了大学再回来，还会给她带漂亮的裙子。

程宴北不在家，她还会过来陪陪奶奶，给她讲讲作业题。

后来程宴北大学快毕业时，奶奶病了，就没见过怀兮了。

夜风清凉，吹得人很舒服。

怀兮与程醒醒坐了一会儿，两人好像都若有所思。

怀兮不禁想到那夜从赛车场出来，程宴北送她回酒店，她在车上听立夏说起他奶奶病了，好像是脑出血，记性也不大好了。

"我听说奶奶病了，"怀兮问程醒醒，"是记性不大好了吗？你这次出来有没有人能照顾奶奶？"

程醒醒也不是只知道闹脾气的小孩子了，自己跑出来，把奶奶一个人丢在南城，一开始有赌气的成分，接踵而来的就是愧疚。她低下头，短发遮住脸："舅舅在照顾。"

怀兮"啊"了一声，轻叹道："那就好，有人照顾就行。"

半晌，怀兮又说："下次不可以这么乱跑了，醒醒。我以前也离家出走过，回去还被我妈揍了。开始我不理解，后来我才知道我妈边哭边揍我，是怕失去我。外面的世界还是很危险的。"

程醒醒抬起头，看着怀兮。

她有着与程宴北一样狭长的单眼皮。

单眼皮的女孩子看起来就清纯干净。

程醒醒点了点头。

怀兮也没想教训她，像是回忆起以前的事，笑着说："而且啊，高考成绩真的代表不了什么的，外面的世界虽危险，但是很广阔，选择很多。我有些高考成绩不如我的同学，现在混得可比我好多了。你别看我又走秀又拍杂志什么的，都是有上顿没下顿，而且我现在也没秀可走了。未来你要过一种什么样的生活，你要想好。"

说着说着，还是有点儿说教的意味了，怀兮就不多说了。

可能由于妈妈是老师，从小总念叨她，规范她的言行，她十分逆反，也最讨厌别人对自己说教。

怀兮伸手揉了一下程醒醒的头发："回去要好好学习啊，醒醒，这样你哥和你奶奶才不会总操心。"

"小兮姐姐。"程醒醒抬起头。

"嗯？"

"你喜欢我哥吗？"

"现在吗？"

"一直。"

"没有一直，"怀兮说，"没有谁会一直喜欢谁。"

程醒醒目光灼灼瞧着她："那以前呢？"

怀兮转头看远处，声音淡淡的："以前喜欢。很喜欢。"

"那现在呢？"小姑娘问得很狡猾。

"不喜欢了。"

"真的？"小孩儿不依不饶。

怀兮不说话了。

程醒醒也看向怀兮刚才看的方向，视线飘得很远，很远："你和我哥刚分手那会儿，我不知道你们分手了，还挺恨你的。"

怀兮转过头，有些讶异。

"我在想，我哥以前那么爱你，我奶奶对你那么好，为什么奶奶病得那么重，病了那么久，你都不来看一眼。"

"那阵子，我哥也在忙他毕业的事，忙着开赛车，赚钱给我奶奶治病，我也是那之后很久才知道，你和我哥分手了。"程醒醒又叹气，"但是想一想，你们都分手了，分手后就没那个义务了吧。"

怀兮回味程醒醒的话，皱了一下眉，总觉得哪里不对。

"等一下，你说，奶奶是你哥毕业前病的？"

"是啊，"程醒醒抬头，"就三四月份那会儿，在家做饭，突然倒下了……要不是我那天放学早，估计我奶奶……"

程醒醒咬了咬唇，不忍多想。

怀兮心下梳理时间线。六七月是毕业季，她和程宴北闹分手那阵是差不多五月底的样子。她那时完全不知道他奶奶生病。

第一次了解到，还是前几天她撞坏了他的车，他带她去修车，那个叫吴星宇的年轻人随口告诉她的。

吴星宇还说，他那时参加集训，疯狂地开赛车打比赛赚钱，就为了给奶奶治病。

她以为，这最起码在他和她分手后。

如果她知道，她不会不去看奶奶，也不会袖手旁观。

数日来一种很难熬的感觉在内心升腾。

她不仅发觉自己对曾经那个熟悉的他一无所知，还意识到，现在也根本没有办法来填补这些年的空白，去认识现在的他。

蒋燃推门而入，左烨已在餐位等了他许久。见他进来，抬起手朝他打招呼。男人的肌肤是较深的小麦色，笑起来时，牙齿很白。

他的一只手臂受伤了，打着石膏。

左烨是 Firer 的队长，从大学时代起和蒋燃就是好朋友，两人当初共同加入 MC 赛车俱乐部接受职业训练。那时 MC 主推车队是 Neptune，多年来屡创佳绩，很难进。后来左烨辗转跳到另一家俱乐部，加入了 Firer，这些年来在国际赛场上也是硕果累累，如今还混到了队长。

蒋燃当年没跟左烨去 Firer，留在了 MC，经过不懈的努力进入了 Neptune，也从普通队员一路做到队长。可 Neptune 在国际赛场逐渐式微，势头大不如前，近年来，被后来居上的 Hunter 超越了太多，实在令人唏嘘。

"怎么才来？在训练吗？"左烨看着蒋燃落座，"今天我们 Firer 和 Hunter 打友谊赛，你们 Neptune 应该不训练吧？"

左烨几天前还跟蒋燃通过电话。

最近大家好像都不太好过，左烨前段时间摔伤了胳膊，没参加比赛，正好回到沪城，便叫蒋燃出来聚一聚，顺便同他商量上次提议他加入 Firer 的事。

"今天没去训练。"蒋燃点了支烟，刘海垂下一缕，一副宿醉过后的颓废模样，"你胳膊怎么了？"

"前几天摔了一跤。"左烨毫不在意地笑了笑，"你今天怎么一副没睡醒的样子？女朋友昨晚榨干你了？我才知道你女朋友居然是怀兮，我都没想到，我还以为你得了个什么宝贝呢，一直藏着掖着的，都不告诉我。"

蒋燃弹了弹烟灰，抬眸，神色倦怠："我又不是不知道你们好过，有什么可说的。"

"那不是好久之前的事了吗？就大学快毕业那阵儿，她跟程宴北分手，就跟我在一起了，几天而已。"左烨撇嘴，"之前听你说你女朋友是个模特儿，我都没多想，我也是回沪城听我几个做杂志的朋友说《JL》这次请的模特儿叫怀兮，我以为哪个怀兮呢，一问，真是那个怀兮。"

蒋燃径自抽烟，没说话。

烟一点点变短，像是他即将消耗殆尽的耐心。

左烨瞧他心情显然欠佳，试探着问了一句："怎么了？你们吵架啦？脸这么臭。"

"没有。"

"那怎么了？"左烨先前只知程宴北登《JL》封面，蒋燃的模特女友跟他搭档，如今才得知是怀兮。看蒋燃脸这么臭，他猜测道，"她跟程宴北拍杂志，你不高兴了？"

蒋燃动了一下唇："都拍完了。"

"那有什么啊！他们要有什么早有了，都这么多年了。"左烨大大咧咧地说，"你忘了吗？就我和怀兮好的那会儿，程宴北也没说什么啊。分了就是分了。你别想太多。"

蒋燃揉眉心。

怀兮当年跟程宴北提分手，几乎跟程宴北身边的人"好"了个遍。

他们一个俱乐部的同期，之前都瞧着程宴北那个身材好、人又漂亮的女朋友垂涎三尺，一听说他们分手了都蠢蠢欲动。

左烨和怀兮在一起的那段时间，几次没来训练。有人还打趣说，左烨带新交的女朋友上酒店真枪实弹地开车了，还开他们赛车做什么。

当时蒋燃与程宴北也在场。

四下哄笑，或许只有他们二人听者有心。

蒋燃那时以为，怀兮都这么气他了，他总该回头了吧？

可是没有。

那段时间程宴北整日整夜地在赛车场训练，好几次将车差点儿开到"爆缸"，休息都没时间。蒋燃听人说他奶奶病了，要做手术，后续治疗、住院、康复，都需要很多钱。他家没有钱，所以他必须去沪城参加集训，再出国打比赛赚钱。

怀兮好像就是因为他要走，才跟他分手。

"不说这个了。"左烨见蒋燃沉默，意识到自己话不投机，便转了话题，"MC 那边给你们 Neptune 几个名额？"

"五个。"

"你们车队多少人。"

"算上外籍队员，十八个。"

"Hunter 呢？"

"十二个。"

"果然在精不在多啊。"左烨说，"MC 之前给你们三个，现在追加到五个，意味着 Hunter 的十二人里要多走两个人，也不知道 MC 怎么想的。这不就是要让平时兄弟相称的一伙人红眼吗？赛场上做不成朋友，私下也不做啦？"

蒋燃的心情稍微轻松了一些："Neptune 大多是老队员，马上退役了，估计也是想多给他们机会。"

"程宴北那边怎么说？"

"在争取。"

"排外嘛，"左烨了然，"就算是给三个名额，也会排外。人家可是冠军队，你们去了后要重新培养团魂，还把人家本来的队员挤走了，谁乐意啊？跑到终点线分个一二三名，赛场上大家都是一支队伍，要一起奋斗的，团魂很重要。再说了，本来就是 MC 出尔反尔。"

左烨喋喋不休。

蒋燃刚加入 Neptune 也被排挤过一阵子，自然明了其中的苦涩。他笑了笑："没办法，后天比赛一结束，结果就出来了。"

"你今年才二十九岁，三十五岁退役的话，还能打五六年的比赛吧？"左烨这才说到主题，"上次跟你说的那事儿，考虑一下吗？"

蒋燃正要点烟，装傻笑道："什么事？"

"就是来我们 Firer 的事啊。兄弟，你去了 Hunter 也拿不到冠军，你上面还有个程宴北。你自己知道，你不离开 MC，就只能一直给他作衬。"左烨直言直语，"你来我们 Firer，待遇不会比你在 Neptune 或 Hunter 差，我们的训练水平以及运营和 MC 不相上下，我车技不如你，你也可以趁没退役多打几次冠军赛，再回家继承你爸那船厂，也倍儿有面子不是？"

蒋燃因为要走职业赛车手这条路，多年来跟家里关系一直很紧张，他这些年虽然打了不少比赛，成绩也不错，但说来惭愧，目前夺冠纪录还是零。

左烨见蒋燃不说话，知道自己一语中的了，继续道："咱们可以不在赛场跟 Hunter 打照面，他们参加什么比赛，我们避开就行了，我们打自己的，以后大家桥归桥，路归路。"

"避开？"蒋燃淡淡一哂，觉得有些好笑。

"是啊，现在国际赛事这么多，也不一定要跟他们……"

"所以避开了他，我才能拿冠军是吗？"蒋燃轻声打断他的话，眼中已无笑意，"所以我一定要避着他走？我什么都得避着他吗？"

左烨刚动得飞快的嘴皮子登时一停："也不是这个意思。"

蒋燃冷笑着将打火机放在桌面。

"啪——"的一声轻响，左烨跟着一凛。

蒋燃微微抬起了下颌，目光与语气一样的冰冷："我要赢他，就不会避着他。"

左烨欲言又止。

"我可以去 Firer。我就当你今天这么说，是为了挖我过去，你们开的条件我都能接受。但你告诉我，大家一个圈子的，怎么在赛场上避开？你是觉得，我怕他吗？

"如果你们车队培养的第一条策略是怕输就避着别的车队走，我觉得我也没必要过去了，至少 MC 传递给我们的理念，不是在比赛开始前就认输。"蒋燃倏然沉声，冰冷地笑了笑，"不仅如此，无论我在哪支车队，今后的赛场上，我也不会避着他走。"

他不由得想起立夏对他说的话，不甘心可不是爱。

他知道。

他一直知道。

可他就是，该死的，不甘心。

哪怕他知道，这根本不是爱。

怀兮和程醒醒穿过一条条街道，前方不远就是外滩，熙熙攘攘，很热闹。

许是昨天和今晨都飘了雨，江面上浓雾不散，覆着一层寒，但也不冷。

怀兮一周前初来沪城，也是这般的天气。那日刚下过冻雨，春寒料峭，不过一周时间，前天、昨天两日一场春雨过后，天气明显转暖，几乎瞬息万变。

她好像，也已然是另一番心境了。

程醒醒在沪城玩了一整天，离家时的坏心情驱走了大半。怀兮的心情却不若早上在游乐园那会儿轻快了。

两人在路边顿住脚步，准备商量一下再去哪里逛逛。

程醒醒本想着拍点儿照发个朋友圈，给这会儿还在教室里苦读奋斗的同学、朋友们瞧瞧，可早上出门就忘了带手机。

早晨刚到迪士尼，她就借用怀兮的手机给程宴北打了电话，知会了一声。

程醒醒那会儿就注意到怀兮没存程宴北的号码，却能在一堆的陌生号码中一下就翻到他的。她感到惊奇。

当时没问出口的，这会儿问了出来："小兮姐姐，你和我哥当初为什么分手？是你提的吗？"

怀兮环视了一圈儿人来人往的街道，点头："嗯。"

"为什么？"程醒醒不理解。

听怀兮说的话，她当时好像并不知道奶奶生病的事。程宴北也不会因为这种事就跟她分手。

又想到昨天问起黎佳音，怀兮和程宴北为什么分手，黎佳音那会儿打了个比方，解释说：因为他的未来没有她。

程宴北的未来，没有怀兮。

"因为我不成熟吧，"怀兮看了看程醒醒，主动说，"然后，觉得被欺瞒。"

"欺瞒？"程醒醒更不懂了，"因为没告诉你我奶奶病了的事吗？"

怀兮小时候父母离婚，爸爸带走了哥哥，全家人因为怕她受"伤害"，独独瞒着她一个人。

等她某天发现爸爸和哥哥再也不回家了，也根本不是其他人所说的那样去外地看望爷爷奶奶，她才知道，原来父母离婚了。

原来她也成了班上同学们会同情的那种"没有了爸爸"或者"没有了妈妈"的小朋友。

她讨厌被欺瞒。

当年他们读的大学分别在一座城市的两端，聚少离多，从程宴北大一就瞒着她去大学城打工起，隔阂就在他和她之间暗自产生了。

每次见面，时间短促，顾不上倾诉生活的不快，只能争分夺秒地宣泄爱意。

他有瞒着她的，那些出于自尊心，出于爱她，出于生存压力，不得不去做的事。

但她的大学生活，也并非多姿多彩，一帆风顺。

她也瞒了他不少。

譬如，她本就是个容易得罪人的暴烈冲动的性子，在学生会、社团没少吃亏、少受过委屈。

譬如，她陪同学去模特公司面试，她意外被看中，长相猥琐的 HR 差点儿性骚扰了她，她也没对他说过。

譬如，有很多男孩子追她，在宿舍楼下摆蜡烛跟她告白，在很多人面前不给她台阶下，导致她被人指指点点，戳脊梁骨，她也没说过。

或许他们都知道，即便互相倾诉，也无法慰藉对方的生活。

无法立刻、马上、即时地拥抱。

那么一切都没有意义。

倒不如缠缠绵绵到天涯，爱便爱，轰轰烈烈地爱，不要对谁施加压力，也不要将生活的负能量带给对方。

于是他们都三缄其口，一忍再忍。

怀兮因为程宴北以前说过，想把奶奶和妹妹接到港城生活，她早就做好了毕业他们就同居，领证，结婚的打算。

她拒绝了工作地点在沪城的模特公司的签约，还和妈妈闹了一场，为了他放弃自己的未来，决定留在港城和他长久地安定下来。

可后来才知道，原来他早就做好打算，放弃了她和他的未来，要去国外开赛车，打比赛了。

归期未定，义无反顾。

看不到未来。

那个时候，他身边所有人都知道了，他却还在瞒着她。

她是最后一个知道他要走的人。

她曾以为她是他未来的中心与重心，他没有她一定活不下去。他却那么轻易就放弃了她。

刚赌气说了分手她就后悔了。

她觉得他要走，也没什么不好。人人都有自己的选择。

他大学开始就对赛车着迷，她知道。他有天分，他有梦想，她不该干预。他因为要实现梦想，暂时地放弃她和他安定的未来，没什么大不了的，她可以等他。

可是，她又凭什么等他呢？

她的人生，凭什么围绕着他转？

她也为他放弃了自己喜欢的事，不是吗？

他根本没把她对他们未来的设想放在心上，只是一门心思地去做他自己的事。

即便后来她猜，他可能是像父母当初离婚，为了所谓的不想伤害她才瞒着她，她仍十分介怀。

但她还是最后一个知道他要走的人，不是吗？

他与她之间，居然已经可悲到了，事无巨细，需要从别人口中打探到的地步了。

真可悲。

程醒醒等了半天也没等到怀兮说出个所以然，于是就让怀兮等在这里，她去上个卫生间，等会儿就回来。

对面有个商场，程醒醒直奔而去。

临近四月，天气暖了。就算夜深了，外滩依然热闹，车如流水，人潮汹涌。

很快，程醒醒就不见了踪影。

因为感冒，鼻子不通气，嗓子也疼，怀兮有好几日都没抽过烟了，心里有些发痒。之前念在程醒醒在身边，要以身作则，不能教坏小姑娘，她便忍住了。

此时倒没了顾忌。她点了一支烟，心中有些惆怅。

等会儿送程醒醒回去，她还要见蒋燃一面。

昨日从赛车场离开，这一天，两人之间都未通过电话。他也没问昨夜她去了哪里，明明他们约好晚上要见面的。

她在朋友圈上传了自己去迪士尼的照片，他发来消息问她玩得开不开心。

她说，挺开心的。

他说，那就好。

然后就没有下文了。

他不再像从前一样，总问她和谁在一起，和谁出去了，就像那天晚上表示的那样，不再质疑她。

他说他是她的男朋友，要相信她。

他做到了。

蒋燃也发了一个朋友圈。应该是在沪城某高级酒店的房间，镜头对着桌面，桌面上一瓶 XO 人头马。

底下有个共同的朋友还评论他："跟谁喝酒去了？"

他回复："一个人。"

光线半明半晦，流畅的玻璃瓶身，什么也映照不出。

照片明显是昨晚拍的。

如果怀兮没记错，蒋燃已经搬到赛车场那边住了。他后天就要比赛，这会儿应该还在训练，怎么会突然出去喝酒，还住了酒店？

怀兮正想着，蒋燃就发来了一条微信："你在哪儿？"

怀兮知道他或许要见她。

她环视四周，迟疑了一下，不知该说自己准备回去，还是直接告诉他自己在哪里。

她又思忖，信任是相互的。这两天，两人之间缓冲了足够长的时间。

他的态度也不再咄咄逼人，已经给了她足够的空间与信任了。

于是怀兮抛开纷乱的思绪，直接给他发了定位过去。

好像是也想让她相信他，他也发了定位过来。

就在附近，不到三公里的距离。

他说："等我过来。"

怀兮沉思一下，回复："好。"

一根烟抽完，程醒醒还没回来。

商场就在正对面，隔着一条斑马线，人来人往。怀兮朝商场走去，一层层地找，却并没有看到程醒醒。

她怕程醒醒又回到刚才离开的地方，于是又出去了。

还是没有看见她。

人流熙攘，怀兮四处张望，一张熟悉的面孔都看不到。

她又回到商场，问了商场的保洁有没有看到一个十几岁的小姑娘，却一无所获。

过去快半小时了，程醒醒却还没回来，怀兮有些着急，想给她打电话，却想起她今天出门就没带手机。

她又打给程宴北，无人接听。一遍遍地打过去，还是没有任何回复。

他这一整天都要在赛车场训练。

这会儿都十点多了。

她都不知道他这次是不是故意的了。

蒋燃快到了，他今晚没喝酒，刚才两个人的定位显示距离不远，但其实只是直线距离，还要越过一个高架才能过来。

外滩这边好像有活动，他车行缓慢，走一阵就停一下。

蒋燃怕怀兮等急了，给她打电话，说："怀兮，这边有点堵，你在原地等我，我可能还要十分钟。"

"那个，"怀兮焦急地四处张望，"醒醒不见了……"

"谁？"蒋燃一愣。

"程醒醒……"怀兮顿了顿，直接对蒋燃说出他的名字还有几分别扭，可即便不说，同一个姓氏出口，就能明显地感受到，电话那边的气息都沉了几分。

可她实在着急，还是说了出来："程宴北……他妹妹。"

蒋燃下了高架就能掉头，目视前方，深呼吸，平复心头的不快："程宴北他妹妹今天跟你在一起？"

怀兮晒到朋友圈的迪士尼游玩照片里，同行的的确有个十七八岁的少女，清纯干净，稚气未脱，有着干净狭长的单眼皮。

与程宴北有几分相像。

他昨天听人说，程宴北的妹妹来沪城了。

程宴北，程宴北。

她的生活到处都是程宴北。

怀兮到处奔走，焦虑不已，顾不上解释太多："我们今天去的迪士尼，她早上出门就没带手机，刚才她说去那边商场找卫生间，现在还没回来，我去找了也没找到……我联系不到她，外滩的人又这么多……"

人潮一层又一层来了去，去了来，她的目光四处寻觅，找不到。

"我刚才应该和她一起去的。我以为商场就在对面，不会有问题。"怀兮急得手足无措，又担忧又自责，"这么晚了，沪城又这么大，她又没带手机，如果走丢了……"

怀兮不是脆弱的女孩子。

蒋燃知道。

至少与他在一起的这几个月，他鲜少见到她脆弱的样子。

以至于前几天她感冒生病，他只随意地嘱咐她吃药、休息，在看到她发在朋友圈的打针照片之前，他都没想过会那样严重。

这会儿听她急得不成样子，俨然多了几分哭腔，还匆匆要挂电话找派出所报警，蒋燃心底挣扎了一番，还是心软了。

他朝她这边赶，温声安抚道："他妹妹应该读高中了吧？又不是小孩子了，也不至于真的走丢。可能就是到哪儿逛了逛。你别担心，我开车过来，我们一起去找，这样快一些。"

蒋燃话音落下，能听出电话那头，她的呼吸沉重又紊乱，应该是急得不得了。他还听见一阵阵短促的风声，那是她在四处奔走。

蒋燃能感受到她的焦急，只能一再加快车速，甚至还抄了一条近道前往。

他安慰她的声音也压得很低："怀兮，别着急。我马上到了。"

"我在找了。"怀兮囫囵应着，好像完全没注意到他刚才说了什么。

蒋燃又说："你别急，现在给我发个定位，站那里别动。人很多，我怕我也找不到你了。"

"好。"

蒋燃挂掉电话，提速通过路口，前方却迅速地跳了红灯。他迫不得已停下来。黑压压的人群如浪潮一般，席卷着他的耐性，横穿马路。

手机又急促响起。

来自立夏。

他的耐心瞬时蒸腾无影，暴躁地按了一下喇叭，一边催促着前面过马路的行人，一边随意接起电话。

对面飘来懒散的一声："在哪儿？"

"外面。"

"和怀兮？"

"嗯。"

"好吧，"立夏笑了笑，"那我不打扰你了。"

然后准备挂电话。

"等等——"没头没尾的一遭电话，让蒋燃一头雾水。他问，"什么事？"

"没什么事。"立夏说，"你昨晚的手表落在酒店了。他们给我打了电话，问你什么时候有空去取。"

蒋燃烦躁地按揉眉心："今晚没空。"

"我知道，"立夏漫不经心地说道，"所以我说，我去拿，有空带给你。"

蒋燃抬起头，看了一下红灯剩余的数字，已跳到了个位，仿佛对他最后的警告与问责。

"再说吧。"他冷淡地说道，然后挂掉电话。

绿灯亮起的一刻，他踩了一脚油门，去找怀兮。

怀兮从一个街口寻到另一个街口了，她给蒋燃发了定位，想四处看一看，但还是忍住了，等他过来。

她给程宴北打电话，还是打不通。

快晚上十一点，不知他这会儿是不是还在训练，训练的话，手机应该放在休息室的柜子，应该有人没训练吧，蒋燃他们车队今晚……

怀兮正胡思乱想，身后响起一声急促的喇叭声。

蒋燃的车就停在不远处。

还没上车，蒋燃便说："我刚给我队友打了电话，他们有人在赛车场。Hunter今天傍晚就在跟别的车队打友谊赛，应该快结束了。"

还有一句话蒋燃没说。

他跟对方嘱咐的是，让程宴北收车立刻回电话给他，说是有急事。

他没说回给怀兮。

人在陌生的城市走丢不是什么小事，他心底万分不想收拾这个烂摊子，也不想程宴北与怀兮直接联系。

他也不想让程宴北先给怀兮打电话，劈头盖脸地就先责怪到她的身上。

万一那个小姑娘是自己跑丢的呢？

怀兮上了车，跟蒋燃说了一下程醒醒和她是在哪个地方分别的，去了哪个商场，两人又折返回到那一片，一条条的街道寻过去。

怀兮盯着他车上导航，打开车窗四处张望，手里还捏着自己手机，屏幕时不时地亮一亮。

她还在尝试打给程宴北。

他们果然互相留了联系方式。

蒋燃没说话，开车照她的指示一条条街寻过去。人多时，两人就下车，在人群里奔走穿梭，喊程醒醒的名字。

还是找不到。

找不到。

怀兮简直急火攻心。

她从外滩的一头奔到另一头，脚踝的伤尚未痊愈，跑着跑着，都疼得没了知觉。

蒋燃跟在她身后，也跑出一身的汗。他还打电话给左烨和几个在沪城的朋友帮忙。左烨是沪城本地人，家就在外滩这边，对这边十分熟稔。

左烨才跟蒋燃吃晚饭，两人分别没多久，又被蒋燃拉出来找人，一开始不愿意，听说是怀夕，就来了。

怀夕和左烨那一段已是陈芝麻烂谷子的事，两人都豁达潇洒，没什么前任见面的尴尬，二话不说，怀夕立刻跟他描述了程醒醒的外貌和今天的穿着。

左烨听得挺认真，还给自己几个本地的好友同时转达，听到是程宴北的妹妹时，挺同情地看了看蒋燃，当即就去找人。

人走丢了可不是小事。

何况还是个十七八岁的小姑娘。

没多久黎佳音匆匆地结束酒局，也打车过来，一伙人持续奔走寻找。

直至快晚上十二点，都没找到人。

怀夕累极了，也急坏了，脑子轰鸣，手脚都仿佛不属于自己了，完全不知道怎么办才好了。

"报警吧。"

蓝牙耳机里，任楠安慰道："哥，你别着急，我们也帮忙去找了，就快到外滩了。派出所那边也已经备案出警了，你路上慢点开车，千万别着急。"

任楠他们几个接到蒋燃的电话，先一步去了外滩帮忙。

程宴北和Hunter的队员从早上开始，一整个白天都在训练，傍晚又跟刚归国的友谊车队Firer跑了一晚上，才下车就有人跟他说程醒醒丢了。

对方让他回电话给蒋燃。蒋燃和怀夕在一起。

程宴北扔在休息室柜子里的手机几乎被打爆了，光是怀夕就给他打了四十几通。他没回给任何一人，上车赶往外滩。

午夜零点半。

众人找了一圈无果，派出所出警了，还给周边下达了通知，集结警力一起寻找。

怀夕坐在派出所冰冷的椅子上，抬头看天花板，满脸都是惨白的颜色。

派出所一个面孔和善的女民警给她递了杯水，说："喝点吧。"

怀兮一开始毫无反应，隔了一会儿才机械地抬起手臂，动了动唇："谢谢。"

她的嗓音沙哑极了，仿佛砂纸磨过一般，嘴唇也发干。她目光呆滞，整个人如同死过一遍，眼中毫无生气。

民警于心不忍，安慰她："别太担心了，我们这片治安挺好，应该不会有事。"

怀兮心头惴惴不安，并没听在耳里。

脚步声响起，蒋燃和任楠他们又从外面找了一圈儿回来，怀兮闻声立刻从椅子上站起，一不留神，水都泼洒了，烫到了她的手，她一直皱着的眉头紧了紧。她顾不上自己，问蒋燃："怎么样？找到了吗？"

蒋燃跑了一圈也累极了，栽到座椅上，说话都没了力气，只摇摇头。

没有。

怀兮又跌坐回去："都怪我……"

蒋燃拍了拍她单薄的脊背，将她拥向自己怀中，安抚道："别担心，应该不会有事的。"

任楠接了个电话过来，看了眼情绪低落的怀兮，犹豫地想，此时也许不该说别的事，却还是小心翼翼地开口："那个，燃哥，之前咱们赛事组在静安路订的那家酒店，你跟我程哥都退房了，是吗？"

蒋燃点头："嗯，怎么了？"

"没事，"任楠匆匆地说，"就刚才酒店打电话跟我确认，我问一下你。"

蒋燃沉吟了一下，没再说什么。

任楠不好打扰他们，便出去抽烟了。

从那天晚上到现在，不过短短一周的时间，居然发生了这么多的事情，蒋燃也深感疲惫。

怀兮还是自责，蒋燃将她揽过来，抱住了他。她累得虚脱了，根本没什么力气，任他拍着肩膀安抚。

蒋燃的思绪却不由自主地飘向一周之前。

他忽然状似无意地提了一句："上周的今天，你刚到沪城。"

"嗯？"她闷声回答。

"我记得，那天晚上，你要去酒店找我是不是？好像也是这么晚，我那天还在赛车场训练。哦，对了，那晚你好像去机场送朋友，就没来，对吧？"

蒋燃心底不想追忆，但这件事仿佛万恶的开端，如横在心里的刺。

他便说："说起来你可能不信，任楠那天告诉我的房号是错的。"

怀兮的肩膀僵了僵，不知蒋燃为什么突然提及此事。

"房卡也发错了，他把我的房卡和程宴北的弄混了。你那天晚上如果去了，估计就走错房间了。"蒋燃不带情绪地笑了笑。

他察觉到，怀兮在他的怀中，身体一寸一寸地僵硬了。

蒋燃虽在笑，语气却十分冰冷："你那天晚上，其实去了，对吗？"

"那晚，你们睡了吗？"

横在他心头的刺，终于拔了出来。他终于问出了口。

怀兮慢慢地挺直了脊背，从他怀中抬头，目光微动，不可置信地看着他："你说什么？"

"我说，"蒋燃看着她，笑意温和，"你们睡过了吗？其实你那天晚上走错房间了，对吗？"

她是走错了。

那时程宴北还告诉她，那是他的房间。

她现在满心焦灼，都无暇去想那个房间究竟是谁的，他又要在这个节骨眼上，跟她翻旧账吗？

程醒醒还没找到，她强忍着焦虑与怒意，闭了闭眼："蒋燃，我现在不想说这个。"

然后她推开他，倏地站起来，手腕却立刻被他拉住。

蒋燃仍坐在椅子上，捏住她手腕的力道一点点地加重。他抬眸瞧她，弧度温柔的桃花眼如不见底的深潭，透着寒意。

怀兮站在他身前，眉眼垂低，也冷冷地睨他。

谁也不退让。

他们之间数月来还算相处融洽。就是这短短的一周，程宴北的出现，让蒋燃仿佛彻头彻尾地变了一个人。

他们剑拔弩张地对视着，却都清晰地知道，没有谁是坚定的，谁是清白的。

怀兮冷冷地看了他一会儿，收回目光，又要去甩开他的手。他拉紧她的同时，冷声说道："所以这么多年过去了，他的一切，对于你来说还是这么重要？"

怀兮简直不可置信，眉心狠狠地一蹙："你说什么？"

"不是吗？"蒋燃苦笑，积压在心口多日的情绪，仿佛打开了一个缺口，"他一出现，你就变得不像你了。你在面对左烨的时候，怎么没有一分的不自在，跟我撒谎说你不认识他？他妹妹来了你陪，丢了你找，昨天下午你撒谎说早就回去了，其实不是在等他妹妹来赛车场找他，然后你们一起回去吗？"

怀兮整只胳膊僵住。

她想说，她昨天下午没有撒谎。

她是想早点离开赛车场回去休息的。

可是，她说不出口。

"算了。"蒋燃笑着叹了一口气，放开了她，一只手掩住脸，苦涩地笑，"什么时候你不逃避了，我也就能不逃避了吧。"

说着，他就站起来，先她一步，朝门外走。

怀兮心里打了一下鼓。她望他的背影，想到他晒到朋友圈的照片。他昨晚住在沪城的某家高级酒店，桌面一瓶 XO 人头马的瓶身映照不出任何东西，但她却总觉得暗藏旖旎。

女人的直觉。

"那你昨晚去哪里了？你不是搬到赛车场住了吗？"

她忽然问他。

蒋燃的脚步停了一停。

"不仅昨晚，还有那天晚上，你不是托谁带东西给立夏吗？"怀兮的指甲陷入掌心，嗓音铿锵，"带的什么？为什么她有东西落在你那儿？"

蒋燃缓缓地回头。

各怀鬼胎的目光一瞬交织，他终是什么也没说，转身便走了。

房间是他让立夏帮忙开的，照片是他故意发的。

他们昨晚什么也没做。

他喝醉了，找了个地方睡了一觉罢了。

蒋燃一路走，心中酸涩不已。

是，她终于注意到他了。

但最可悲的是，才注意到。

程宴北赶到，警力也陆陆续续地回来了一部分。

静谧了快一个小时的派出所，终于被嘈杂的电话铃声和鼎沸的人声填满。

怀夕的思绪混乱，人都是虚脱的，她还没从一片嘈杂中分辨到底发生了什么，就见一道高大的身影径直朝她走来。

怀夕立即站了起来，惊慌地望着他，面色苍白。

她的唇动了动，下意识地想道歉，"对不起"还没说出口，肩背倏然横过一个力道，接着她稳稳落入了一个怀抱。

他抱住了她。

他一路匆匆奔来，没穿外套，上半身只穿了一件半袖T恤，手臂冰凉，碰到她的皮肤，令她浑身也跟着一凛。

他显然也怕极了，整个人微微发抖，深深喘息着，几度说不出来话。

怀夕没弄明白他的用意，推了推他，想挣扎出来跟他道歉，他却将她的脑袋按在他的肩窝上，抚着她的发，低声温柔地安抚道："没事了。没事了，怀夕。"

她的动作僵住。

"没事了，找到了。"他的呼吸拂在她的额顶，从最开始的紊乱急促，慢慢地趋于平稳。不住地吻她的发顶、额头，心有余悸道，"找到醒醒了。没事了，别怕了。"

怀夕的肩膀狠狠地一抖，那只紧紧扼住她脖子的无形的手，终于松开了。

仿佛失去最后一丝力气，她双腿一软，几乎要跌坐在地："找到了？"

她的声音沙哑，声线和人都是抖的。

"嗯，没事了。别害怕。"程宴北说着，将她冰凉的手指包裹在温热的掌心，替她一点点地焐热。

"对不起……"她不住地道歉，"对不起……对不起。"

有一处潮湿浸透他的衣领，滚烫得几乎要灼伤他的皮肤。

不知为什么要说对不起，她只是不住地说："对不起，程宴北，真的很对不起……"

他握住她手，吻她的发："我也该对你说对不起。"

程醒醒在商场上完卫生间出来，徘徊到与这个商场相连的另一个商场去了，在 KTV 门口看到一个按摩椅，她玩了一天累极了，想坐上去休息一会儿，却不知不觉地睡着了。

这里是监控的死角，很不起眼。打扫楼层的保洁员偏偏临时有事，提前下班了，没人打扫这一楼层，一直到商场关门，都没人发现她。

等她醒来，整座商场都黑了，大门紧闭。

值夜班的保安说，这个小姑娘胆子真是大，自己一路摸着黑从四层下到一层，借着外面广场照进来的光，去一层大门前按了报警铃，直接传达到商场所处的这个购物广场的保安室。

可哪儿能不害怕？

女孩子都是心思敏感脆弱的生物。

即便她敢离家出走，一人坐飞机跑来沪城，天不怕，地不怕的，从黑乎乎商场出来也一滴眼泪都没流，但一见到程宴北，登时就憋不住了。

小姑娘大哭起来，说商场多么黑，一个人多么害怕。

她说她不想长大了，还想哥哥像小时候一样保护她。

她在 KTV 门口睡着，是想起以前妈妈把哥哥和她骗到了港城，妈妈那时在 KTV 打工，说要给他们兄妹俩好生活，再也不走了，可还是把他们扔在了那个陌生的城市。

她真的好害怕。

一觉醒来，商场全黑了，一个人都没有，仿佛被全世界抛弃。

程醒醒哭了很久，程宴北、怀兮、黎佳音轮番安慰都无果。可孩子就是孩子，心气儿轻，哭一阵就累了，撒娇说要回家睡觉。

其他几人折腾了一晚，却了无困意。

黎佳音打车先带程醒醒回去，准备安抚小姑娘洗个澡，早点睡下。

程宴北开车载着怀兮另行一路。

怀兮给他指程醒醒是在哪里和她走散的，她又去了哪些地方寻找，两人又左右拉扯了些别的话题，有意无意地说起了他们这些年的一些事。

好似在回忆，他们是在哪里把对方弄丢的。

他们经过一个夜市。

凌晨一点，这里依然人来人往。

路边套圈游戏的小摊，招牌闪着五颜六色的光。怀兮说，想下去走走。

她对他提议时，眼睛亮亮的。

或许是才哭过的缘故，加之今晚过于焦虑，她眼圈还泛着红，眉眼很疲惫，眼眸却是澈滟清澈，天真得像个孩子。

要什么就有什么似的。

程宴北天也累了一天，身心俱疲。他没催她回去休息，自己也不想回去，便将车停在了一边，和她一起下车。

从前南城七中门口也有这么一处小广场。每到周五晚上，摊贩们会摆出小摊，学生们下晚自习经过这边，都乐意逗留一二。

摊贩正要收摊，见来了客人，立刻要加倍收钱。怀兮有点儿脾气，说不玩了，转身要走，想回去睡觉了。

程宴北却笑了笑，按摊贩开的价付钱。

他将十个圈儿交到她手中。

"真玩啊？"怀兮看着他苦笑。

好像是在回应昨晚在黎佳音家门口，他对她说"那就玩吧"的话。

他们总是后知后觉，又不知不觉。

程宴北沉声笑了，轻轻地扳过了她的肩。

怀兮背过身去，还没来得及说话，眼前就被两只温热的手遮住了。

"玩吧，我陪你。"他说。

（未完待续）

番外

❷
❸

最
好
的
我
们

"不过来了？"

"学校很忙，地铁也太久了，不过去啦。你今天不是也很忙吗？"

地铁停停走走，怀兮发完短信，抠起了指甲上的柠檬黄。半片脱落，指甲原本的颜色白得很无聊。

高中生模样的女孩裙摆一阵阵地掠过怀兮的腿面，红指甲翻飞，炫耀新买的翻盖手机。旁边凑过来几个脑袋，一脸羡慕的样子。

课没结束，古板的教授点完名，怀兮就从后门溜走了。

她勉强抢到座位，手机屏幕的光在眼前忽明忽灭，与她一齐消磨剩余的二十八个站。

又少一站，人们鱼贯而出，汹汹而入。

高中生沸腾的交谈声平息，稚嫩的脸上写满了好奇，几乎要贴到怀兮手中。这款侧滑盖手机在他们同龄人中非常少见。

短信箱里静悄悄的。

怀兮将手机揣回口袋，靠在座位上浅眠。

不知多久，又少了几站，高中生喧闹地离开，人潮来来往往，如沸腾的海浪推着这辆地铁前进。

到下个换乘站，怀兮被人撞醒。

平头男人不对她道歉，反而坐到她的身边，霸道地挤走抱孩子的妇女。二人有所争执，怀兮坐得腰疼，主动起身让座，结束了这场战争。

抬头看线路图，还有十站。

太长了。

长到看不到头。

她摸口袋里的手机，有点儿生气程宴北怎么不回复。

空空如也。

乘客议论起地面上的台风天，怀兮身处地面之下，却犹如被灌了一脑袋迅烈湿凉的海风，脸色登时白了。她慌忙左右张望，没有谁的视线逗留于她，他们不约而同地置身事外，挤开人群，迎接她的都是陌生面孔。

下一站到了，怀兮奔下车，报警说手机被偷了。她被带到服务站，借到电话，拨了串熟稔于心的号码。

她几度急哭，接通后哽咽起来："程宴北……我、我的手机被偷了……"

正值晚高峰，人潮汹涌，程宴北没听清，抓稳拉环道："什么？"

"手机……我的手机，"怀兮急得语无伦次，"程宴北，我的手机丢了！"

"丢了？你在哪里？"

"我在……我在……"怀兮四处张望，报出标识，听到他那边也传来地铁报站的声音，又问，"你在哪里？你也在地铁上？"

二十分钟后。

程宴北下了地铁，他找了三四个站台，才发现坐在人群角落的怀兮。

怀兮看见他，茫然的目光晃了一晃，眼眶湿漉漉的，像要哭似的。

程宴北大步上前，半蹲于她面前，他还没开口，怀兮就伸手抱住了他："呜……我爸买给我的新手机……地铁太久了，我就睡了一会儿就不见了……"

程宴北抚着她柔软的长发，温声问："找站务员了吗？"

怀兮委屈地点头："看了监控，可是人太多了，根本看不到是怎么没的……早知道，我放到书包里就好了。我一直在等你的短信。"她又抬头，不解地冲他眨眨眼，"你坐地铁是有什么事出门吗？"

程宴北看着她，单眼皮轮廓柔和了很多，他轻轻地笑："我今天结束很早，准备去见你。"他的指腹滑过她湿润的眼角，心疼又好笑，

"你不是说不来了吗？"

怀兮抬起手背，匆匆抹了一下眼睛，嘟起唇："那你呢？你也不告诉我……我还以为你很忙。装什么神秘啊？都不跟我说。"

二十出头的年纪，倏然就从少年长成挺拔的男人。程宴北宽大的手掌包裹着怀兮的五指，驱散开这沿海台风天的冷意："走吧，先去趟派出所。"

"派出所？"怀兮被他牵着起身。

"让警察看看监控，说不定能找回来。"程宴北回眸看了她一眼。

"然……然后呢？"

"然后是我们的时间。"

寒风喧嚣，港城的十一月湿冷透骨。

他的外套宽大而舒适，烘着体温，让人贪恋。天空雨丝横斜，人行道旁边的树木被狂风吹得乱舞起来。怀兮耍赖似的钻到他怀里不出来，任外头风雨肆虐，坏心情一扫而光。

程宴北拥着她，四处寻找避雨的地方："台风天你也不在学校好好待着等我？"

"有什么区别？迟早要淋啊。"怀兮指着远处一个商场，"你要这么说，那以后天气差了，我就不去见你了。"

程宴北隔着外套捏她的后颈，他低垂的眸子也危险地眯着，笑着说道："你敢？"

怀兮于是踮起脚，笑吟吟地去寻他的唇："反正你会来见我的，对吧？"

怀兮特意提早溜出学校，为这一周一盼的温存争取更多时间。

她故意说不去的时候，他已乘上了那趟去见她的地铁。如若不是她丢了手机，他们就要错过，时间又要白白浪费在这冗长的路途上。

怀兮总在想，什么时候能结束这样的日子呢？如果能立刻毕业就好了，就不再有横跨东西的距离成为相见的负担，也不必为了他温暖的怀抱如此周折麻烦。

电影院荧幕微亮，无趣的电影也变得极有意思。在台风天冒雨出摊的小吃车前，看着那一盏灯就足以慰藉。电视机屏幕里赛车场地的喧嚣，小旅馆天花板上摇晃的光斑，长长久久，久久又长长。

周日清早，怀兮迷迷糊糊察觉到程宴北出了门，再睁眼时他已经回来了。

她不想回港西，赖在床上，想找他借电话发短信给黎佳音，让她帮忙贿赂查寝的同学，却突然想不起黎佳音的电话号码了。

程宴北坐在窗边，胳膊肘支在膝盖上，手里摆弄着一个手机。

和她丢掉的那个一模一样。

怀兮"噌"地坐起来："那是什么？"

程宴北抽了一口烟，单眼皮微掀，看了她一眼，带着点笑意："你过来看看？"

怀兮三步两步奔下床去，坐到他的腿上。程宴北修长的手指滑过屏幕："你的那个也可以触屏吧？"

"啊……"怀兮一头雾水，恍然发现桌上扔着打开的包装盒。

程宴北翻开侧屏，按几下键盘："我问了别人，这款手机里面有自己的定位系统，等会儿我给派出所的人打电话，他们可能还不知道这个。"

怀兮按下他的手："等等，你说，这是你买的？"

程宴北看着她："和你的不一样？"

"不是，不是……一样的，不是啊，我说是一样的。"怀兮越急越说不清，几番纠正，有点懊恼了，"你给我买手机干什么呀？"

程宴北眉梢微扬："你的不是丢了？"

"那也不用你给我买呀。"怀兮皱起眉，"花这个钱干什么？"

"你不喜欢？"

"不是……不是不喜欢，"怀兮都解释不清了，直接说，"你去退掉！我不要。"

程宴北轻轻一笑，伸手拿过她的包，放进去："晚点你要坐那么久的车回学校，我不放心你。"

"我到了可以用黎佳音的电话打给你。"

"那你晚上要跟我发短信怎么办？"程宴北看着她，眼神挺认真，半开玩笑地问，"你不知道我在这边做什么，你睡得着？"

真是把她堵了个哑口无言。

每到周日，怀兮的心情就很差劲，这一日脸色更不好，满腹心事似的。程宴北送她到地铁站，特意嘱咐她把手机放到书包最里面的夹层，然后隔着门与她笑着挥手告别。列车呼啸一瞬，他就不见踪影。

依然人挤着人。

怀兮背着书包如同背着千斤重的石头，心中不是滋味。

程宴北乘上反方向去往港东的地铁时，接到怀兮的电话。

"喂？"

"你……你在哪儿？"她像是在哪里狂奔，上气不接下气。

"地铁。"程宴北疑惑地问，"怎么……"

"哪一站？你到哪里了？"

程宴北抬头看标识。距离他们分别的地铁站只过了一站。

怀兮立刻说："下一站你下车，等我一下！"

人潮中骤然出现一张俏白的面容，她眼下泪痣盈盈，直朝着他奔过来。程宴北以为她落了东西在他这里，正要开口，她踮起脚，上前勾住他的肩膀，他的唇蓦地覆上柔软的触感。

每周匆匆见面都会争分夺秒地接无数次的吻。

这个吻却比任何一次深入，绵长。

多么不舍。

怀兮睁开眼睛，程宴北眼眸带笑看着她："怎么了？不想走了？"

怀兮几度欲言又止，又踮脚去寻他的唇，程宴北先低头吻住她，低声地笑："再亲我回学校就来不及了啊。"

怀兮伸手，在他的脸上又捏又揪。

她的唇嘟得挺高，发脾气似的。

程宴北的头发常年理得很短，眉骨又高，单眼皮让眼窝并不显深，鼻梁高挺，薄唇，面部线条流畅，五官立体好看。

怀兮任性地想让这张脸扭曲，程宴北不舍得报复到她的脸上，拧了一把她的屁股："还有五天，五天就能见到了。"

怀兮将脑袋埋入他怀中，抱着他不说话。

如此温存了许久。

怀抱热了，几乎能消融掉这横亘一座城市东与西的冗长距离。

怀兮闷闷地开口："谁说五天？"

"我算错了吗？"程宴北微微一顿。

怀兮不说话了。

最终程宴北陪她上了同一个方向的地铁，两小时的穿城之旅不再那么无趣，到终点站分开后，他又乘了反方向的地铁，回到他的学校。

怀兮目睹他独自搭乘的列车远去，哭了很久。

她没勇气问他买手机的钱是哪里来的。这次见面他身上的烟味都重了很多。可能这样的台风天，他回到港东还要做兼职做到半夜。

两天后，程宴北收到了一份同城快递。是一个小巧精致的赛车模型，打开有滚石砂轮。是个打火机。

买手机的钱齐整地压在礼盒底部，硬卡纸上她的字迹很娟秀——

"我最好的程宴北，二十一岁生日快乐。"

"全世界最爱你，还没到二十一岁的怀兮。"

傍晚，怀兮发短信给他："我还有五个站，你可以到地铁站准备接我了。"

"我已经在了。"程宴北很快回复她。